HEYNE
BÜCHER

SCIENCE FICTION

Herausgegeben
von Wolfgang Jeschke

Ein Verzeichnis aller STAR TREK-Romane
finden Sie am Schluß des Bandes.

STAR TREK
DEEP SPACE NINE

ESTHER FRIESNER

KRIEGSKIND

Roman

STAR TREK®
DEEP SPACE NINE™
Band 7

Deutsche Erstausgabe

WILHELM HEYNE VERLAG
MÜNCHEN

HEYNE SCIENCE FICTION & FANTASY
Band 06/5430

Titel der Originalausgabe
WARCHILD
Übersetzung aus dem Amerikanischen von
UWE ANTON

Umwelthinweis:
Dieses Buch wurde auf
chlor- und säurefreiem Papier gedruckt.

Redaktion: Rainer Michael Rahn

Erstausgabe bei Pocket Books,
a division of Simon & Schuster, Inc., New York
Printed in Germany 1996
Umschlagbild: Pocket Books/Simon & Schuster
Umschlaggestaltung: Atelier Ingrid Schütz, München
Technische Betreuung: M. Spinola
Satz: Schaber Satz- und Datentechnik, Wels
Druck und Bindung: Ebner Ulm

ISBN 3-453-09473-5

All jenen Menschen gewidmet,
die Kindern
ihre Kindheit lassen.

HISTORISCHE ANMERKUNG:

Die Ereignisse in *Kriegskind* spielen zwischen der ersten und der zweiten Staffel von *STAR TREK: Deep Space Nine*.

PROLOG

Die Raumstation drehte sich langsam vor dem Sternenhimmel. An Bord des Flitzers saßen zwei Männer nebeneinander, die Roben bajoranischer Mönche trugen, und betrachteten schweigend die samtschwarze Dunkelheit.

An den Kontrollen kämpfte Fähnrich Munson gegen eine neue Welle des Unbehagens an, das jedesmal sein Rückgrat hinaufzukriechen schien, wenn er an seine Passagiere dachte. Major Kira persönlich hatte ihm den Auftrag erteilt, auf einem Raumhafen in der Nähe des großen Tempels einen bajoranischen Mönch abzuholen, doch als er sich dort gemeldet hatte, hatte er festgestellt, daß dort ein Mönch sowie ein Vedek warteten. Beide wollten zur Station gebracht werden, und beide zeigten ihm einwandfreie Reisepapiere.

Sie präsentierten ihm ihre Dokumente wortlos, reagierten auf seine förmlichen Begrüßungsworte lediglich mit einem Nicken und hatten dieses unergründliche Schweigen seitdem bewahrt. Das einzige Geräusch, das Fähnrich Munson während des gesamten Flugs von einem der beiden vernommen hatte, war ein leises Klingeln gewesen, das ihn an ein Windspiel erinnert hatte. Es war entstanden, als der Vedek den Kopf leicht in die Richtung des Mönchs geneigt und der zarte Schmuck, der an seinem rechten Ohr hing, sich bewegt hatte.

Munson wußte nicht, wieso ihm so unbehaglich zumute war. Das Schweigen zwischen den beiden Bajoranern war mehr als nur die Abwesenheit von Geräuschen. Es schien eine eigene Masse und Präsenz zu haben. Eine leise Stimme in Munsons Kopf flüsterte besänftigend: *Wir werden bald andocken, und dann werden sie verschwinden. Ich bin sie bald los! Bei denen bekomme ich eine Gänsehaut.*

»Ahh.«

Es war nur ein leises Ausatmen, ein kaum wahrnehmbares Geräusch, doch inmitten der Stille explodierte es mit der Lautstärke eines Photonentorpedos. Munson wäre fast aus dem Sitz gesprungen und drehte sich ruckartig um. Die Bajoraner hatten die Köpfe zusammengesteckt und hielten eine hellblaue Schriftrolle so, daß beide sie lesen konnten. Der Fähnrich konnte jedoch nicht sagen, welcher der beiden das Schweigen gebrochen hatte.

Dann stellte derjenige, der die Schriftrolle hielt, eine Frage: »Und Ihr Grund, mein Bruder?«

Fähnrich Munson richtete sich auf und schaute wieder nach vorn. Das Gespräch der Bajoraner ging ihn nichts an. Er kam sich wie ein verdammter Narr vor, daß ihr bisheriges Schweigen ihn dermaßen entnervt hatte.

Sie sprechen also nicht viel. Na und? sagte er sich. *Nicht jeder in der Galaxis ist ein Plappermaul, das ist alles. Zumindest unterhalten sie sich jetzt.*

Und dann hörte er Worte, nach denen er sich wünschte, die Bajoraner hätten ihren Schild des Schweigens bewahrt.

»Ich bin wegen der Kinder gekommen.« Die Stimme des Mönchs hallte unheimlich im Flitzer wider. »Die Kinder sterben.«

1

»Jemand möchte Sie sprechen, Commander.« Benjamin Sisko schaute abrupt von seinem Schreibtisch auf und versuchte, das Gesicht eines Mannes aufzusetzen, den man gerade bei einer wichtigen Arbeit gestört hatte. Doch in Wirklichkeit hatte er sich einem Tagtraum hingegeben. Seit er das Kommando über Deep Space Nine übernommen hatte, hatte er nur selten die Muße oder die Neigung dazu gehabt. Erst vor kurzer Zeit hatte er herausgefunden, daß diese Ablenkung auch Spaß machen konnte. Ein umherstreifender Geist wanderte manchmal auch in die Vergangenheit zurück.

»Ja, was gibt es?« fragte er etwas scharf.

Major Kira Nerys sah ihn wie gewohnt unbeeindruckt an. »Haben wir Sie bei einer wichtigen Tätigkeit gestört, Sir?« fragte sie. Ihr trockener, leicht amüsierter Tonfall verriet Sisko geradeheraus, daß sie ihn durchschaut hatte. Sie wußte, daß der Commander im Augenblick nichts zu tun hatte, war aber bereit, das Spiel mitzumachen, falls er unbedingt vorgeben wollte, sehr beschäftigt zu sein.

»Keineswegs, Major«, sagte Sisko, gab jede Täuschung auf und bedachte sie mit einem Lächeln, was selten genug vorkam. »Wer will mich sprechen …?«

Die Worte gefroren in seinem Hals, als der bajoranische Mönch in das Büro kam.

Sisko spürte, wie sein Körper sich verkrampfte. Ganz gleich, wie sehr er sich bemühte, sich zu entspannen, der Anblick eines bajoranischen Mönchs machte ihn stets nervös. Er erinnerte sich – er konnte einfach nicht anders – an seine erste Begegnung mit einem Mitglied dieser Bruderschaft, als er und sein Sohn Jake gerade auf Deep Space Nine eingetroffen waren. Damals hatten seine Gedanken einzig der Frage gegolten, wie er dieses ungeliebte Kommando loswerden und mit Jake zur Erde zurückkehren konnte, selbst wenn dies bedeutete, einen Posten mit weniger Verantwortung anzutreten oder Starfleet sogar ganz zu verlassen.

Dieser erste bajoranische Mönch hatte ihm ähnlich wie dieser in die Augen gesehen, doch Sisko hatte das Gefühl gehabt, als würde der Mann ihm in die Seele schauen. Dieser Mönch hatte Worte gesprochen, die Sisko damals nicht verstanden hatte – *die Propheten? Welche Propheten?* Sisko hatte die Worte abgetan. Er wußte schon gar nicht mehr, wie viele exotische Religionen er kennengelernt hatte, seit er Starfleet beigetreten war. Auch wenn er nicht an sie glaubte, versuchte er, sie mit einem gewissen Maß an Respekt zu betrachten. Er hatte nie erwartet, daß eine davon nach ihm greifen und sein Herz berühren würde, wie es beim bajoranischen Glauben der Fall gewesen war.

Dieser Glaube hatte ihn sogar tief berührt, ihm geholfen, sich mit seiner Vergangenheit, dem Tod seiner Frau und seiner Rolle als Commander auf Deep Space Nine zu versöhnen. Dieses mystische Vertrauen, das jeden Aspekt des bajoranischen Lebens durchdrang, war eine starke Quelle der Kraft – der seltsamen, unbekannten Macht. Und wie bei vielen mächtigen, seltsamen und nicht ganz bekannten Dingen war Sisko auf der Hut.

»Was können wir für Sie tun?« fragte er den Mönch und bemühte sich, dabei freundlich zu klingen, wenn er es schon nicht über sich bringen konnte, wirklich herzlich zu sprechen. »Es gibt doch hoffentlich keine Schwierigkeiten im Tempel? In dem an Bord, meine ich.« Ihm war klar, daß es für einen Bajoraner nur einen Tempel geben konnte – den riesigen und auf unheimliche Weise wunderschönen Komplex der Kuppelgebäude und üppigen Gärten, den die abziehenden Cardassianer mutwillig verwüstet hatten, ohne ihn völlig zerstören zu können. Wenn Sisko hingegen vom Tempel sprach, dachte er zuerst an den kleinen bajoranischen Schrein an Bord der Raumstation.

Der Blick des Mönchs schwankte nicht. Er stand vor Commander Sisko, die Hände in die weiten Ärmel seiner rostfarbigen Robe gesteckt. Eine eng sitzende Kappe bedeckte seinen Kopf und ließ nur sein wettergegerbtes Gesicht und die Ohren frei. Sein schwarzer Bart war kurz gestutzt und mit grauen Flecken gesprenkelt. Sisko wurde klar, daß dieser Mönch kein uralter Weiser, sondern ein ziemlich junger Mann war. Seine wenigen Falten waren nicht altersbedingt, sondern rührten von harter Arbeit her.

»Commander Sisko«, sagte er. Die Kraft hinter der Stimme überzeugte Sisko, daß er mit der Einschätzung des Alters des Mönchs richtig lag. »Ich bin Taren Gis, ein Mönch, der den Propheten dient. Ich bin gekommen, Sie um Hilfe zu bitten.«

Sisko wurde sich bewußt, daß er die Lehnen seines Sessels viel zu fest umklammerte. Er zwang sich, den Griff zu lockern. »Fahren Sie fort. Was für Hilfe?«

»Es sind die Lager«, platzte Major Kira heraus. Sisko fuhr erschrocken zusammen. Es geschah nicht oft, daß Kira Nerys sich vergaß, Forderungen äußerte oder ihre Meinung kundtat, ob man sie nun darum gebeten hatte oder nicht. Doch normalerweise handelte es sich dabei um Zornesausbrüche, um das kurze Aufblitzen eines Temperaments, das in ihrer Kindheit und Jugend während der cardassianischen Besatzung geschärft und verhärtet und von ihren Jahren als bajoranische Freiheitskämpferin feingeschliffen worden war.

»Lager?« wiederholte Sisko.

»Die Flüchtlingslager, Commander.« In der Stimme der Bajoranerin lag kein Zorn, nur Schmerz. »Wir haben keine genauen Zahlen, wie viele es davon gibt, aber es überrascht mich, daß Starfleet sie Ihnen gegenüber gar nicht erwähnt hat. Wahrscheinlich war man dort der Ansicht, die Sache wäre nicht wichtig genug, um Sie darauf aufmerksam zu machen.« Nun glitt ein Splitter der alten Verbitterung in ihre Worte zurück.

»Starfleet ist durchaus bekannt, daß es auf Bajor Flüchtlingslager gibt«, erwiderte Sisko. *Eine Zeile, irgendwo in dem Material vergraben, das man mir zur Verfügung gestellt hat, bevor ich diesen Posten antrat,* dachte er reuig. *Falls überhaupt.* »Wir arbeiten mit der provisorischen Regierung zusammen, um die Umsiedlung der Bajoraner zu beschleunigen. Die meisten dieser Lager sind bereits aufgelöst worden und …«

»*Arbeits*lager«, fauchte Major Kira. »Die Cardassianer haben ihr Bestes getan, um diese Lager vor ihrem Abzug noch aufzulösen. Sie haben ihre eigenen Umsiedlungsmethoden benutzt.« Ihr Tonfall ließ nicht den geringsten Zweifel daran, daß die cardassianische Vorstellung einer Umsiedlung dauerhaft war. »Die Flüchtlingslager sind eine andere Geschichte.«

Sisko wandte sich an den Mönch. »Bruder Gis, wie viele dieser Lager gibt es?«

Der Mönch breitete die Hände aus, um ihm zu bedeuten, daß er es nicht wußte. »Commander, welche Bedeutung haben schon Zahlen? Unseren beiden Völkern ist bekannt, daß die cardassianische Besetzung sechzig Jahre gedauert hat. Sie zählen diese Jahre in Tagen, ich in Leben. Sie glauben, es sei vorbei, einfach, weil die Cardassianer nicht mehr hier sind, aber ich sehe es anders. Ich sehe zu viele Tote, die noch leben könnten, zuviel Land, das verwüstet wurde, zu viele Leben, die auf schreckliche Weise verwandelt wurden. Ich habe die Leitung über ein einziges Lager; mehr weiß ich nicht. Es liegt im Kaladrys-Tal. Das war einmal das vorzüglichste, fruchtbarste Ackerland auf ganz Bajor. Die Cardassianer wußten das genausogut wie mein Volk.«

»Die Cardassianer haben in diesem Tal zwangsweise Ackerbau betreiben lassen«, sagte Kira. »Keine Gnade für den Bauern, der die vorher festgesetzten Quoten nicht erfüllt hat. Diese Quoten waren völlig unrealistisch, aber das störte die Cardassianer nicht. Sie haben genommen, was sie kriegen konnten, und wenn sie eine Entschuldigung fanden, dabei noch mehr Angehörige meines Volks zu töten ...« Sie zuckte mit den Achseln, doch es war eher ein Erschaudern. »Wer fliehen konnte, hat es versucht. Aber im Kaladrys-Tal haben hauptsächlich Familien gewohnt. Mit Kindern kann man nicht so schnell laufen.« Sie fauchte die Worte geradezu: »Man kann sie leicht fangen.«

»Ich bitte Sie nur um Hilfe für ein Lager«, fuhr der Mönch fort. »Für dasjenige, in dem ich und zwei meiner Brüder dienen. Es liegt in der Nähe des alten Dorfs Lacroya. Wir haben mehr Glück als die anderen gehabt: Lacroya wurde erst vor verhältnismäßig kurzer Zeit und nicht vollständig zerstört. Wir konnten viele nützliche Dinge aus den Ruinen sammeln. Viele der Leute, die ursprünglich bei uns waren, waren Bauern und konnten den Felsen Getreide abschwatzen ... das haben sie zumindest gern behauptet. Sie haben die Kinder um sich geschart, damit sie ihnen beim Pflügen einiger weniger Felder und beim Setzen von Schößlingen halfen. Die Versorgung durch die provisorische Regierung war so gut, wie die Nächstenliebe es zuließ, aber will man anderen Wohltätigkeiten erweisen können, muß man zuerst einmal genug haben, um die eigene Familie zu versorgen. Dies können heutzutage nur sehr wenige Bajoraner von sich behaupten. Also haben unsere Bauern sich entschlossen, das Land zurückzuerobern und sich selbst zu ernähren.«

»Eine empfehlenswerte Maßnahme«, erwiderte Sisko. »Und ich versichere Ihnen, falls wir ihnen irgendwie helfen können, ihre Unabhängigkeit zurückzuerlangen ...«

Ein sehnsüchtiges Lächeln legte sich auf das Gesicht des Mönchs. »Sie sind jetzt tot.«

»Tot?« Siskos Hände umklammerten erneut die Lehnen seines Sessels. »Was ist passiert?«

Der Mönch hob die Hände und spreizte die Finger. »Da wir die genaue Bezeichnung nicht kennen, haben wir es Lagerfieber genannt. Einer meiner Brüder ist ein erfahrener Heiler. Im Tempel hat er die uralten Aufzeichnungen über Krankheit und Gesundheit studiert. Er ist der Ansicht, daß diese Heimsuchung dem *Satai* ähnelt, dem Schwellfieber. Er hat bei den Opfern alle bekannten Behandlungsmethoden für das *Satai* angewandt.« Er senkte die Hände wieder. »Sie sind trotzdem gestorben.«

»Haben Sie die Regierung um Hilfe gebeten?«

»Warum sich die Mühe machen?« schnaubte Major Kira. »Die Regierung wird nichts unternehmen, weil sie keinerlei Hilfe leisten *kann*. Außerdem hat sie schon genug Probleme. Sie muß versuchen, alle Fraktionen und Splittergruppen wenigstens so lange zusammenzuhalten, daß sie mehrheitliche Entscheidungen treffen kann. Hinzu kommt noch, daß ein halbes Dutzend ›Führer‹ nur auf die Gelegenheit wartet, sich ins richtige Licht stellen zu können. Nein, es gibt keine Hoffnung auf wirkliche Hilfe. Den Regierungsmitgliedern ist ihr politisches Überleben viel wichtiger als das Leben von ein paar Flüchtlingen.«

»Es ist traurig«, sagte der Mönch leise. »Das Volk des Tals hat unter so vielen verschiedenen Händen so viel und so lange gelitten. Die brutale Herrschaft der Cardassianer war nur eine der Bürden, die man ihm auf die Schultern gelegt hat. Später hat der bajoranische Widerstand versucht, die Cardassianer zu treffen, indem er ihre unmittelbare Nahrungsversorgung zerstörte. Sie haben Felder verbrannt und landwirtschaftliche Geräte zerstört, konnten ihrer Sache damit jedoch kaum weiterhelfen.«

Kira warf den Kopf zurück. »Der Widerstand hat gewußt, was er tat! Wir haben die Vorräte der Cardassianer vernichtet...«

Der Mönch zuckte mit den Achseln. »Die cardassianische Technik konnte problemlos alle Nahrungsmittel ersetzen, die der Widerstand vernichtet hat. Wo man nicht über Replikatoren verfügte, hat man einfach Lieferungen aus kooperativeren Bezirken angefordert. Verhungert sind lediglich die Bajoraner. Und als wäre das nicht schon Strafe genug gewesen, haben die cardassianischen Herren die Bauern persönlich für alle Schäden verantwortlich gemacht, die der Widerstand angerichtet hat. Es gab noch mehr Exekutionen, und noch mehr Bajoraner wurden in die Arbeitslager deportiert. Viele Bauern wollten fliehen, doch erneut hielten ihre Familien sie zurück. Den wenigen, die blieben, teilte man klipp und klar mit, daß sie ihre alten Quoten erfüllen mußten. Es spielte keine Rolle, daß diese Quoten festgesetzt worden waren, als den Bauern noch viel mehr Helfer und Maschinen zur Verfügung gestanden hatten.«

»Es besteht kein Grund, dem Commander das alles zu erzählen«, sagte Kira scharf. »Erklären Sie ihm einfach, was Sie mir erklärt haben.«

Sisko stützte das Kinn in die Hand. Er hatte genug Schlachten und ihre Nachwirkungen gesehen, um zu wissen, daß es bei einem Krieg niemals Sieger gab – nur einige Opfer, die weniger verloren als andere. Er war überzeugt, daß Major Kira dies auch wußte, doch wenn sie es aussprach, würde sie damit eingestehen, daß der Widerstand Bajor fast genauso viel Schaden wie den Cardassianern zugefügt hatte. Er entschloß sich, nichts zu sagen und den Mönch anzuhören.

»Wir wissen nicht, an wen sonst wir uns wenden sollen«, fuhr Bruder Gis an den Commander gewandt fort. »Die Regierung kann uns in der Tat nicht helfen – weder mit Geräten, noch mit Lebensmitteln oder personeller Unterstützung.«

»Das überrascht mich«, sagte Sisko. »Man sollte doch meinen, die provisorische Regierung würde einsehen, wie klug es ist, in die Wiedernutzbarmachung von Ackerland und jene Personen zu investieren, die es kultivieren können. Selbst Politiker müssen essen.«

»Sie haben recht«, erwiderte Bruder Gis. »Doch Weitblick ist ein Geschenk, mit dem die Propheten in ihrer Weisheit nicht viele bedacht haben. Es wurde schon wieder genug Land kultiviert, daß unsere politischen Führer der Ansicht sind, sie hätten die unmittelbaren Bedürfnisse Bajors befriedigt. Außerdem halten sie es für Verschwendung, Flüchtlingslager zu unterstützen, die die Hilfe in frühestens zehn Jahren mit effektiver Arbeitskraft zurückzahlen können.«

»Was?« fragte Sisko bestürzt.

»Das Fieber hat bereits die meisten Erwachsenen in unserer Obhut getötet, Commander.« Der Mönch senkte den Kopf. »Vor der Krankheit lebten in unserem Lager Familien. Jetzt ist es fast ausschließlich eine Zuflucht für Waisenkinder.«

»Kinder arbeiten wie Erwachsene auf den Feldern«, sagte Major Kira. »Sie können kaum genug beschaffen, um sich selbst zu versorgen, geschweige denn die Kranken.«

»Krankheit ernährt sich am besten am Tisch der Hungersnot«, sagte Bruder Gis. »Wir haben erfahren, daß es in anderen Lagern – sowohl im Tal als auch außerhalb davon – zu ähnlichen Ausbrüchen dieser Krankheit gekommen ist. Sie breitet sich aus und befällt zuerst die Geschwächten. Deshalb bin ich hier. Diese Station hat Bajor stets den Tod gebracht. Jetzt möge sie ihre andere Hand öffnen und das Geschenk des Lebens bringen.«

»Was genau brauchen Sie?« fragte Sisko.

Der Mönch griff in seinen Ärmel und zog einen sorgsam zusammengefalteten Zettel hervor. »In Absprache mit meinen Brüdern habe ich diese Liste erstellt.« Er übergab sie ihm.

Sisko studierte die Liste, und sein Mut sank ein wenig mit jedem weiteren aufgeführten Posten. Einige der Dinge, die die Mönche anforderten, waren leicht zu beschaffen, aber nicht in solchen Mengen...! Er würde sich an Starfleet wenden müssen, und während er auf die Lieferungen wartete, würden weitere Bajoraner sterben. Doch viele Forderungen der Liste – zum Beispiel medizinisches Personal – konnte er unmöglich erfüllen. Man konnte nicht zur Verfügung stellen, was man nicht hatte.

Sisko lehnte sich zurück und atmete tief ein. Er hatte immer gewußt, daß es nicht leicht war, bei Starfleet einen Kommandoposten auszuüben, aber stets gedacht, es würde mit der Zeit leichter werden. Er wußte, welche Antwort er diesem Mönch geben mußte, auch wenn sie ihm überhaupt nicht gefiel.

»Bruder Gis«, begann er, »es tut mir leid ...« Er sah, daß Major Kira sich versteifte. »Wir gewähren Ihnen jede Hilfe, die wir Ihnen geben können, aber es wird eine Weile dauern, all die Gegenstände zu bekommen, um die Sie bitten.«

»Uns bleibt nur noch wenig Zeit«, erwiderte der Mönch.

»Ich werde sofort eine Nachricht an Starfleet abschicken und zusätzliche medizinische Geräte und Medikamente von allen Schiffen in der Nähe anfordern, auf beiden Seiten des Wurmlochs. Bis dahin werden wir Ihnen alles zur Verfügung stellen, was diese Station erübrigen kann, aber ...«

Bruder Gil setzte zu einer kleinen, aber gebieterischen Geste an, die Sisko vorübergehend verstummen ließ. »Die Medikamente sind nicht von solch lebenswichtiger Bedeutung. Wir werden dankbar annehmen, was Sie uns geben können. Was den Rest betrifft, so werden wir es wie in der Vergangenheit halten – wir improvisieren. Aber in Wirklichkeit und am dringendsten brauchen wir Heiler. Ohne sie können wir es nicht schaffen. Was nutzt es uns, wenn Sie uns das alles geben« – er zeigte auf die Liste in Siskos Hand –, »und wir können es nicht einsetzen?«

»Ich verstehe, was Sie meinen.« Sisko drückte nachdenklich seine Finger auf die Lippen. »Dr. Julian Bashir ist der Chefarzt unserer Station. Seit seiner Ankunft hat er einige Assistenten ausgebildet. Ich werde mit ihm sprechen. Vielleicht kann er Ihnen ja einen oder zwei dieser Assistenten zur Verfügung stellen.«

»Mit allem gebührenden Respekt, Commander, wir brauchen dies« – der Mönch streckte die Hände aus – »genauso dringend, wie wir dies brauchen.« Er berührte den Kopf und dann über dem Herzen die Brust.

Sisko versuchte, den Mönch aufmunternd anzulächeln. »Dr. Bashirs Leute sind sehr gut ausgebildet. Sie können Lebenserhaltungssysteme überwachen und jede verschriebene Behandlung sehr genau ausführen.«

»Aber können sie auch entscheiden, welche Behandlung angebracht ist?« Bevor Sisko antworten konnte, fuhr Bruder Gis fort: »Ich habe Ihnen bereits gesagt, daß wir keinen Namen für die Krankheit haben, die unser Volk heimsucht. Wir brauchen einen Heiler, einen, der ihr einen Namen geben kann. Dem Feind einen Namen zu geben, ist der erste Schritt, ihn zu besiegen. Sind die Assistenten Ihres Dr. Bashir dazu imstande?«

»Sie sind diagnostisch nicht ausgebildet«, gestand Sisko zögernd ein.

»Wenn in der Wüste Wasser durch unsichtbare Risse aus einem Behälter sickert, braucht man niemanden, der das bereits verschüttete Wasser aufwischen kann, sondern einen, der so geschickt und klug ist, daß er die Risse findet und den Behälter reparieren kann. Wir brauchen diesen Dr. Bashir, nicht seine Assistenten.«

Sisko hatte gelernt, daß es am besten war, die schwersten Erklärungen so schnell und eindeutig wie möglich abzugeben. »Das ist unmöglich. Ich kann ihn nicht entbehren, Bruder Gis. Dann gäbe es auf Deep Space Nine keinen Arzt mehr, und dieses Risiko kann ich nicht eingehen.«

»Die Propheten werden Sie nicht ungeschützt lassen, wenn Sie die Fertigkeiten Ihres Heilers mit uns teilen«, sagte der Mönch.

»Die Propheten sind ... großzügig wie immer, aber wir sprechen hier von der allgemeinen Sicherheit von Deep Space Nine. Um Dr. Bashir ziehen zu lassen, brauche ich eine bessere Rückversicherung als den versprochenen Schutz der Propheten. Er wird hier gebraucht.«

»Auf Bajor wird er viel dringender gebraucht«, beharrte Bruder Gis ruhig.

Sisko schob das Kinn vor. »Es tut mir leid. Aber was den Rest betrifft ...« Er legte die Hand auf die Liste des Mönchs.

Der bajoranische Mönch faltete die Hände und verbeugte sich leicht. »Mögen die Propheten Ihnen einen besseren Weg zeigen«, sagte er zum Commander und ging.

Bruder Gis hatte das Büro kaum verlassen, als Kira zu Sisko herumwirbelte. »Warum können wir Dr. Bashir nicht entbehren?« fuhr sie ihn an.

Sisko kniff die Lippen zusammen. »Ich dachte, ich hätte meine Gründe dargelegt. Offensichtlich halten Sie sie nicht für ausreichend.«

»Nein, allerdings nicht«, sagte Kira geradeheraus,

obwohl ihr diese grobe Offenheit öfter zum Nach- als zum Vorteil geriet. »Auf Bajor gibt es eine medizinische *Krise!* Hier gibt es nichts, was auch nur im entferntesten einer Krise ähnelt. Warum sollte Dr. Bashir nicht ...«

»Hier gibt es *im Augenblick* keine Krise.« Der Commander überlegte sich genau, was er sagte. »Sie dienen schon lange genug auf Deep Space Nine, um zu wissen, wie schnell sich das ändern kann.«

»Commander, auf Bajor sterben *Kinder!*« beharrte Major Kira verzweifelt.

»Glauben Sie etwa, ich hätte Bruder Gis nicht verstanden?« fauchte Sisko. »Wir tun für die Kinder auf Bajor, was wir können«, fuhr er dann ruhiger fort, »aber ohne die Kinder auf der Station in Gefahr zu bringen.«

»Natürlich nicht«, murmelte Kira leise vor sich hin. »Das sind ja auch keine Bajoraner.«

Sie hatte nicht so leise gesprochen, daß Sisko sie nicht gehört hätte. »Darf ich Sie daran erinnern, Major Kira, daß es sich bei der Mehrheit der Kinder an Bord von Deep Space Nine um Bajoraner handelt?« Er drehte sich mit dem Sessel von ihr weg. »Das ist eine der härtesten Lektionen, die man als befehlshabender Offizier lernen muß: Manchmal ist die richtige Entscheidung nicht die einfachste.«

»Manchmal ist die harte Entscheidung nicht die richtige«, konterte sie.

Er drehte auf dem Sessel schnell zu ihr um. »Vielleicht, aber *ich* muß die Entscheidung treffen. Und jetzt machen wir uns an die Arbeit. Mal sehen, was wir für Bruder Gis und seine Leute tun können. Sie dürfen wegtreten.«

Kira schien noch etwas sagen zu wollen, überlegte es sich dann aber offensichtlich anders. Sie öffnete den Mund, schloß ihn sofort wieder und biß die Lippen zusammen. Sie bestätigte den Befehl ihres vorgesetzten Offiziers mit einem scharfen Nicken und marschierte aus dem Büro hinaus. Plötzlich schien die Temperatur im Raum um einige Grad gefallen zu sein.

Sisko faltete über der Liste, die Bruder Gis zurückgelassen hatte, die Hände. Er wußte, soweit es Dr. Bashir betraf, hatte er die einzig mögliche Entscheidung getroffen. Auf Deep Space Nine war jetzt alles ruhig, aber wie lange würde das noch so bleiben? Konnte er vorhersagen, ob es bei den Andockplätzen Unfälle geben würden? Ob es auf eintreffenden Raumschiffen medizinische Notfälle geben würde, oder unvorhersehbare größere Verletzungen unter den Mitgliedern von Mr. O'Briens Team, das mit riskanter cardassianischer Ausrüstung arbeiten mußte?

»Ich bin keiner der Propheten«, murmelte er. Aber er war der Commander, und es war seine Pflicht, die unter seinem Befehl stehenden Leute so umfassend wie möglich zu schützen. Daher war es ihm nicht möglich, für einen unbestimmten Zeitraum auf die Kenntnisse seines Chefarztes zu verzichten.

Er machte sich mit Bruder Gis' Liste an die Arbeit. Wenn er nur hart genug arbeitete, hoffte er, würde er nicht so viel über die Kinder nachdenken müssen.

2

Sicherheitsoffizier Odo stand vor Commander Siskos Büro, als er den bajoranischen Vedek bemerkte, der mit Bruder Gis in dem Flitzer gekommen war. Der Mann benahm sich seltsam, ignorierte den Türmelder, der seine Anwesenheit verkünden würde, und pochte statt dessen mit einem seltsam aussehenden Rohr gegen die geschlossene Pforte. Odo trat schnell zwischen den Mönch und die Tür.

»Kann ich Ihnen helfen?« sagte er, doch sein Tonfall verwandelte die höfliche Wortwahl in die Frage: *Wer sind Sie, und was machen Sie hier?*

»Wie funktioniert das?« fragte der Vedek.

»Wie funktioniert *was?*« erwiderte Odo gereizt.

»Das.« Der Vedek schlug erneut mit dem Rohr gegen die Tür, diesmal beträchtlich heftiger, so stark, daß Odo unwillkürlich zusammenzuckte.

»Sie wissen nicht, wie eine *Tür* funktioniert?« Der Gestaltwandler klang unwillkürlich leicht amüsiert.

»Nicht *eine* Tür«, antwortete der Vedek gleichmütig. »*Diese* Tür.«

Odo stieß durch seine nicht ganz perfekt gebildete Nase ein halb unterdrücktes schnaubendes Gelächter aus. »Mir ist das Problem nicht ganz klar. Eine Tür ist eine Tür.«

»Hier.« Der Vedek griff mit seiner freien Hand in einen Ärmel seiner Robe und warf Odo schnell einen Gegenstand zu. Seine Reflexe ließen den Gestaltwandler nicht im Stich; er fing das Ding mitten in der Luft auf und betrachtete es.

»Was ist das?« fragte er und drehte den kleinen Würfel aus gummiähnlichem Material langsam.

»Ein Ball.« Der Vedek lächelte. »Na los, rollen Sie ihn über den Boden, wenn Sie mir nicht glauben.«

»Dieses Ding rollen?« Odo schnaubte erneut. »Das ist wohl kaum möglich.«

Noch immer lächelnd, streckte der Vedek die Hand aus. Der Gestaltwandler drückte ihm den Gegenstand unhöflich hinein. Der Vedek schnippte ihn davon, und der Würfel sprang auf seinen Kanten unregelmäßig und unberechenbar durch den Gang.

Aber er rollte.

»Ein Ball ist ein Ball«, sagte der Vedek und hob ihn auf, als er endlich zur Ruhe kam. »Und eine Tür ist eine Tür«, schloß er triumphierend.

Mittlerweile hatte Odo vollends die Geduld verloren. Ganz gleich, wieviel er den Bajoranern verdankte, er würde sich niemals an die umständliche Methode der Vedeks gewöhnen können, etwas zu erklären. »*Kann* ich irgend etwas für Sie tun? Abgesehen davon, mit Ihnen auf dem Gang Ball zu spielen?«

»Ich möchte Commander Sisko sprechen«, erklärte der Vedek und drückte das Rohr mit beiden Händen an seine Brust.

»Erwartet Commander Sisko Sie?«

»Commander Sisko ist mit den Propheten gewandelt. Wer kann schon sagen, was er erwartet?«

»Schon wieder die Propheten«, murmelte Odo angewidert vor sich hin. Es war ihm lieb, auf direkte Fragen direkte Antworten zu bekommen, und das war nie der Fall, wann immer ein Bajoraner die Propheten ins Spiel brachte. »Haben Sie einen Termin?« fragte er.

»Ich habe eine Mission.« Auf das faltige Gesicht des Vedek legte sich ein Ausdruck reinster Wonne. Er drückte das Rohr zärtlich an sich.

»Wenn das eine Nachricht für Commander Sisko ist,

werde ich sie ihm übergeben.« Odo streckte die Hand aus.

Der Vedek trat hastig einen Schritt zurück und hielt das Rohr fest gepackt. »Es wurde mir anvertraut«, protestierte er. »Lediglich seine Augen dürfen es sehen.«

»Sie müssen es mich trotzdem untersuchen lassen. Ich bin hier für die Sicherheit verantwortlich. Ich kann nicht zulassen, daß verdächtige Gegenstände in Commander Siskos Nähe gelangen.«

Der Vedek trat noch weiter zurück und schüttelte heftig den Kopf. Odo seufzte. »Ich gebe Ihnen mein Ehrenwort, daß ich es nicht *lesen* werde. Ich sehe es mir nur an. Wenn es sich beim Sondieren als harmlos erweist, muß ich es nicht einmal öffnen. Ich will mich nur vergewissern, daß es sich wirklich um das handelt, was Sie behaupten. Danach werde ich Sie persönlich zu Commander Sisko begleiten. Einverstanden?«

Der Vedek bedachte Odo mit einem langen, argwöhnischen Blick, der den Gestaltwandler stark an sich selbst erinnerte. Doch schließlich gab er ihm das Rohr. Odo fuhr mit einem kleinen Sensor darüber und fand nichts, was Anlaß zur Besorgnis gegeben hätte. Er gab es dem Vedek zurück, der die Hände darum schloß, als hätte er nie erwartet, es zurückzubekommen.

»Na also. Das hat doch nicht weh getan, oder?« sagte Odo trocken.

»Möchten Sie das auch gern scannen?« fragte der Vedek.

Odo schaute zu dem Gummiwürfel hinab. »Das wird nicht nötig sein«, knurrte er und berührte seinen Kommunikator. »Commander Sisko, hier Odo. Jemand möchte Sie sprechen.«

»Ich habe im Augenblick sehr viel zu tun, Odo«, erklang Siskos Stimme. »Ich möchte nicht gestört werden. Wer auch immer es ist, sagen Sie ihm …«

»Es scheint sich um einen bajoranischen Vedek zu handeln.«

»Er ist schon wieder da?« Die Stimme des Commanders verriet Überraschung. »Na schön, meinetwegen. Ich habe ein paar gute Nachrichten von Starfleet Command für ihn. Die medizinischen Geräte sind unterwegs, und an dem anderen Teil der Problems arbeite ich bereits. Bringen Sie ihn herein.« Das Schloß wurde entriegelt, und dann ertönte ein gedämpftes Zischen, während die Tür zum Büro des Commanders aufglitt, um Odo und den Mönch einzulassen.

Sisko schaute von seinem Schreibtisch auf. »Bruder Gis«, sagte er, »wir hatten Glück. Es sind drei Schiffe der Föderation in der Nähe, die ...« Als sein Blick auf das Gesicht des Bajoraners fiel, hielt er inne. »Sie sind nicht Bruder Gis.«

»Bei allem Respekt, nein.« Der Bajoraner verbeugte sich leicht. »Ich bin *Vedek* Torin vom Orden *Na-melis*. Ich diene der Kai Opaka.«

Sisko runzelte die Stirn. »Die Kai Opaka ist ... nicht mehr bei uns.«

»Ihre Abwesenheit beeinträchtigt uns alle sehr«, erwiderte Vedek Torin. »Und doch, wenn wir die Augen finden, sie zu sehen, bleibt sie unter uns.«

»Noch mehr von diesem Blödsinn«, murmelte Odo.

Vedek Torin musterte den Gestaltwandler forschend. »Mein Freund, ich nehme bei Ihnen eine gewisse Verbitterung wahr. Obwohl mein Orden nur klein ist, haben wir eine Reihe bemerkenswert wirksamer Techniken gemeistert, mit denen man persönliche Harmonie erlangen und das *Pagh* versöhnen kann. Wenn ich meine Mission bei Commander Sisko erledigt habe, darf ich Ihnen vielleicht einige davon erklären?«

»Was für Techniken?« fragte Odo erzürnt.

Der Gummiwürfel flog zwischen ihnen in die Luft. »Nun ja, wir spielen oft Ball.«

»Ich würde das Angebot an Ihrer Stelle annehmen, Odo«, sagte Sisko und weidete sich insgeheim an dem verblüfften Ausdruck auf dem normalerweise nichtssagenden Gesicht des Constable.

»Ich brauche keine persönliche Harmonie!« fauchte Odo so scharf, daß Commander Sisko ein Kichern unterdrücken mußte.

»Nicht?« Vedek Torin klang enttäuscht. »Dann ziehen Sie es vielleicht vor, unsere Techniken als Möglichkeit anzuwenden, sich über Ihre skeptische Natur zu erheben? Der Geist, der alles anzweifelt, findet oft keine Antworten. Bei der Tätigkeit, die Sie hier ausüben, brauchen Sie Antworten.«

»Bei allem Respekt, Vedek Torin«, sagte Odo und zwang sich dabei zu einem Mindestmaß an Höflichkeit, »ich nehme nicht an, daß Ihre Mission darin besteht, geistige Übungen zu lehren.«

»Das stimmt«, gestand der Vedek ein. »Commander Sisko, ich muß Sie bitten, mich zum Tempel zu begleiten. Ich habe eine Nachricht von derjenigen für Sie, in deren Diensten ich ewig stehen werde.«

»Von der Kai? Aber ...«

Der Vedek kam seinen Einwänden zuvor. »Ich bitte Sie, behalten Sie Ihre Zweifel für sich, bis wir miteinander gesprochen haben. Kommen Sie zum Tempel.«

»Können Sie ihm die Nachricht nicht einfach hier geben?« fragte Odo.

»Warum sollte ich ihn bitten, mich zum Tempel zu begleiten, wenn ich dies könnte?« fragte Vedek Torin so ruhig und vernünftig, daß Sisko fast hören konnte, wie Odo mit den Zähnen knirschte.

»Ich kann die Station nicht verlassen«, sagte Sisko.

»Das ist auch nicht nötig. Ich spreche vom hiesigen Tempel. Werden Sie mich begleiten?«

Sisko erhob sich aus dem Sessel und wollte das Büro mit Vedek Torin verlassen, als Odo ihn aufhielt. »Commander, das gefällt mir nicht. Warum dieses Katz-und-Maus-Spiel ... diese Geheimnistuerei?« Er funkelte den Bajoraner an, der seinen Blick strahlend erwiderte.

»Haben Sie irgendeinen Grund, diesen Mann einer Täuschung zu verdächtigen, Constable?« fragte Sisko. Odo mußte eingestehen, daß er keinen hatte. »Dann machen Sie sich keine Sorgen. Mir passiert schon nichts.«

Odo folgte Sisko und Vedek Torin aus dem Büro des Commanders. Auf dem Gang wandten Sisko und der Bajoraner sich in die eine und Odo in die andere Richtung. Der Gestaltwandler setzte seine Runde fort, war aber noch keine zwanzig Schritte weit gekommen, als er ein kurzes, scharfes Zischen hörte. Er schaute zur Seite und sah, daß Major Kira ihm bedeutete, er solle zu ihr kommen.

»Stimmt irgend etwas nicht, Major?« fragte er.

»Nein, Odo. Ich habe gerade etwas Zeit und frage mich, ob ich Ihnen in Quarks Bar einen ausgeben kann. Wir beide haben uns schon lange nicht mehr nett und freundlich unterhalten.«

»Ein nettes, freundliches Gespräch?« Odo zeigte sich auf seine reservierte Art und Weise amüsiert. »Ein nettes Gespräch über ein bestimmtes Thema, wie ich Sie kenne.«

»Odo, jetzt tun Sie mir aber weh«, rief sie und unterstrich ihre Worte mit einem vorwurfsvollen Blick. »Bin ich etwa nicht Ihre Freundin?«

»Ich weiß, daß Sie das sind. Aber ich *kenne* Sie auch.« Er betrachtete sie mit einem forschenden Blick, mit dem er schon mehr als einem Übeltäter auf Deep Space Nine ein Geständnis entlockt hatte.

Major Kira hob die Arme, um ihre Niederlage einzugestehen. »Sie haben mich erwischt, Odo. Also schön. Führen wir bei einem kühlen Getränk ein nettes Gespräch über ein bestimmtes Thema.«

»Sie wissen, daß ich nicht trinke«, erinnerte er sie.

Die Bajoranerin verdrehte die Augen. »Na schön, können wir plaudern, ohne etwas zu trinken? Sie haben dann eben ein Glas bei mir gut.«

»Vielleicht werden Sie mir noch viel mehr schuldig sein. Was haben Sie auf dem Herzen?«

»Ich brauche ein paar Informationen.«

Odo lächelte finster. »Das habe ich mir gedacht.«

»Wer war dieser Vedek, den ich gerade aus Commander Siskos Büro kommen sah? Er ist mir schon vorher über den Weg gelaufen, als ich Gis am Andockplatz des Flitzers abholte.«

»Hmm...« Odo wurde nachdenklich. »Wissen Sie, Major, Informationen fließen am besten, wenn sie in beide Richtungen strömen. Wir können ja tauschen.«

»Tauschen?«

»Ich beantworte Ihre Frage, Sie beantworten meine. Wer ist dieser Gis, den Sie abgeholt haben?« Er beobachtete interessiert, wie Major Kiras Wangen leicht eröteten.

»Gis hat Commander Sisko auf meinen Vorschlag hin aufgesucht.« Es war offensichtlich, daß sie ihm diese Information nur ungern gab. »Er arbeitet in einem der Flüchtlingslager.«

»Was hat er mit dem Commander besprochen?«

»Ist es nicht an der Zeit für diesen Tausch, den Sie erwähnt haben, Odo?« fragte Kira unschuldig. »Wer war dieser Vedek?«

»Er nennt sich Vedek Torin vom Orden *Na-melis*.«

»*Na-melis!*« wiederholte Kira erstaunt. »Das waren die persönlichen Assistenten der Kai Opaka.«

»Das hat er behauptet.«

»Aber die Kai ist fort. Was führt also ein Mitglied des Ordens *Na-melis* hierher?« grübelte Kira. »Und was hat er von Commander Sisko gewollt?«

»Ich fürchte, diese Information werden Sie sich irgendwo anders beschaffen müssen«, sagte Odo. »Vedek Torin war sehr verschlossen, was dieses Thema betraf. Was ist mit Ihrem Bruder Gis?«

Major Kira lächelte nur.

»Ich verstehe. Nun gut, wenn das alles ist...« Er

wollte weitergehen. Kira hielt ihn mit einer Geste auf.

»Vielleicht haben Sie diese Information im Augenblick noch nicht, Odo, aber es ist nur eine Frage der Zeit, bis Sie sie bekommen. Sie legen ja größten Wert darauf, alles zu erfahren, was an Bord dieser Station vorgeht. Sie mögen nicht wissen, was Vedek Torin hierher geführt hat – noch nicht –, doch Sie werden nicht lange unwissend bleiben. Wenn Sie es herausbekommen, teilen Sie es mir mit. Dann tauschen wir wieder.«

»Ist das ein *Befehl*, Major?«

Kiras Lächeln sollte entwaffnend wirken. »Nur eine Bitte. Von einer Freundin, die Ihnen auch schon ein- oder zweimal bei Ihrem Job geholfen hat. Und die Ihnen jetzt etwas schuldig ist.« Das Lächeln verblich abrupt. »Ich bitte Sie nicht, für mich zu spionieren, Odo. Als Erster Offizier ist es meine Pflicht – im Interesse der Station –, daß ich jederzeit über Commander Siskos Aufenthaltsort informiert bin. Es ist eine Sache der Sicherheit. Das verstehen Sie doch?«

»Vollkommen.« Odos Mundwinkel zuckten leicht. »Als ich Commander Sisko und Vedek Torin zum letztenmal gesehen habe, waren sie gerade auf dem Weg zum Schrein der Station. Falls ich mehr erfahren sollte, werde ich die Information sofort an Sie weitergeben. Natürlich alles im Namen der Sicherheit.«

»Danke«, erwiderte Major Kira würdevoll. »Das weiß ich zu schätzen.«

»Da geht die einzige Person, die ich kenne«, murmelte Odo vor sich hin, als sie sich von ihm abwandte und ging, »die einen Ferengi übers Ohr hauen könnte.« Als er daran dachte, wie verärgert Major Kira gewesen wäre, hätte sie gehört, daß er sie mit Quark verglich, stieß er ein kurzes, scharfes, bellendes Gelächter aus und nahm dann seinen Rundgang wieder auf.

Der bajoranische Schrein an Bord von Deep Space Nine war ein Ort der Stille und Geheimnisse. Obwohl Benjamin Sisko sich bemüht hatte, sich mit jedem Aspekt der Station vertraut zu machen, als er seinen neuen Posten angetreten hatte, beruhte seine Kenntnis des Schreins eher auf Rißzeichnungen und schematischen Darstellungen als auf persönlicher Erfahrung. Er hatte diesen Vorposten der bajoranischen Mystik nicht oft besucht, und bei den wenigen Gelegenheiten, bei denen er den Fuß über die Schwelle gesetzt hatte, war er zu beschäftigt mit anderen Dingen gewesen, um seiner Umgebung wirklich Beachtung zu schenken.

Er folgte Vedek Torin durch den Hauptraum des Schreins, atmete tief den beruhigenden Geruch von altem Weihrauch ein und blieb ungeduldig stehen, während der Mönch in einer der kunstfertig geschmiedeten Kohlenpfannen einen neuen Zapfen aus einer parfümierten, gummiähnlichen Masse anzündete. Als sie weitergingen, bemerkte Sisko mehrere bajoranische Gläubige in den Schatten. Er erkannte sie – Ladenbesitzer und Kundendienstpersonal von der Station. Da war Kova Dilvan, der den Erfrischungsstand führte, an dem Jake so viel Zeit verbrachte und fast sein gesamtes Taschengeld ausgab. Sisko kannte den untersetzten, dunkelhaarigen Bajoraner als Energiebündel, als aggressiven Verkäufer, der sogar für einen Ferengi eine harte Konkurrenz darstellte. Nun stand er in ruhiger Betrachtung vor einer abstrakten Skulptur an der Wand des Schreins, die Ausgeglichenheit und Besinnlichkeit in Person.

Sie verließen das der Öffentlichkeit zugängliche Gebiet und traten durch eine Tür, die mit Verzierungen behangen war, die den Ohrringen erwachsener Bajoraner ähnelten. Die Kristallschnüre klimperten leise, als der Vorhang sich hinter Sisko und Vedek Torin schloß. Sie hatten eine kleine, äußerst persönliche Kammer betreten. Abgesehen von einem glatten, zylindrischen

Podest, auf dem sich eine schimmernde goldene Schüssel mit Öl befand, war sie leer. Vedek Torin murmelte ein paar Worte und zündete dann den Docht an, der in dem Öl schwamm. Diese Lampe spendete das einzige Licht in der Kammer, doch es genügte.

»Nun können wir sprechen«, sagte Vedek Torin.

»Sind Sie sicher?« Sisko schaute zu dem Glasperlenvorhang zurück. Dabei schien es sich um keinen wesentlichen Schutz vor einem Lauscher zu handeln.

Der Vedek blieb gelassen. »Es wird genügen. Ich habe eine Nachricht von Kai Opaka persönlich für Sie, Commander. Der Inhalt dieser Botschaft muß unter allen Umständen geheim bleiben. Wenn Sie nicht die Fertigkeit haben, auch ohne Türen Geheimhaltung zu gewährleisten, wird es Ihnen hinter hundert Schlössern auch nicht besser ergehen.«

Benjamin Sisko betrachtete den Vedek genau. »Wie haben Sie diese Nachricht bekommen? Seit ihrem Abflug hat niemand mehr etwas von der Kai gehört.« Dessen war er sich völlig sicher. Hätte irgend jemand etwas von ihr erfahren, hätte ein halbes Dutzend politischer Opportunisten auf Bajor die Nachricht bereits weitergegeben, um dadurch einen persönlichen Vorteil zu erlangen.

»Ich habe nicht behauptet, daß wir diese Nachricht *erhalten* haben«, erwiderte der Vedek. »Es ist, wie Sie es sagen: Niemand hat etwas von der Kai erfahren. Aber diese Worte blieben zurück.« Er entfernte den verzierten Pfropfen aus der Metallröhre in seiner Hand und zog eine hellblaue Schriftrolle aus ihr hervor. »Seit dem Abflug der Kai haben die Mitglieder meines Ordens und ich selbst uns der Aufgabe gewidmet, alle persönlichen Schriftstücke, die sie uns hinterlassen hat, zu ordnen und zu archivieren. Ihre Äußerungen müssen der Nachwelt erhalten bleiben.«

»Sie war eine Frau von großer Weisheit«, pflichtete

Sisko ihm bei. »Ich bin überzeugt, daß die Werke, die sie zurückgelassen hat, von großem Wert sind.«

»Von größerem, als Sie ahnen, Commander.« Vorsichtig schob der Vedek die Ölschüssel auf eine Seite und breitete die Schriftrolle auf dem Podest aus. »Können Sie Bajoranisch lesen? Es gibt nämlich mehrere Versionen von unserer Schriftsprache, von denen einige nur innerhalb des Tempels benutzt werden.«

»Ah ja. Ich werde es versuchen«, sagte Sisko und schaute über Vedek Torins Schulter. »Haben Sie Einwände dagegen, daß ich den Text vom Computer übersetzen lasse, falls ich ihn nicht verstehen sollte?«

»Nein. Auf diese Weise werden Sie ganz sicher sein, daß die Übersetzung auch richtig ist. Nicht wahr?«

Benjamin Sisko war die Einsicht des Vedeks einen Augenblick lang peinlich. »Der Computer kann auch bestätigen, daß diese Nachricht tatsächlich von der Kai stammt und Ihnen nicht absichtlich untergeschoben wurde, damit Ihr Orden sie dann findet.«

Vedek Torin nickte. »Die Intrigen von Bajor. Es ist klug, daß Sie so vorsichtig sind, Commander. Ihr Geist ist offen, aber Ihre Augen bleiben ebenfalls geöffnet. Das ist gut. Die Kai hatte völlig recht damit, ein so großes Vertrauen in Sie zu setzen. Bei einem so guten Urteilsvermögen müssen Sie diese Nachricht vielleicht gar nicht Ihrem Computer vorlegen. Sehen Sie selbst.«

Sisko sah einen eng und mit wunderschönen Buchstaben geschriebenen Text in der gebräuchlichsten und verständlichsten bajoranischen Schrift. Er konnte ihn problemlos lesen. Die Mitteilung war von einem breiten Streifen aus dunkelblauer und goldener Zierkalligraphie eingerahmt, die Sisko an antike islamische Kunst von der Erde erinnerte. Er hatte nicht die geringste Schwierigkeit, die Mitteilung der Kai zu lesen.

»›Mit dem Segen der Propheten wurde mir, der Kai Opaka, die Vision vom Kind gewährt‹«, las Sisko laut vor und schaute dabei gelegentlich zu Vedek Torin hoch, um sich zu überzeugen, daß er die Worte der Kai nicht falsch übersetzte. »›Die Stunde ist gekommen, da die Propheten sich entscheiden, den Ort zu enthüllen, an dem wir das Kind suchen müssen, und der Frieden Bajors hängt in der Schwebe. Meine Zeit wird es mir vielleicht nicht erlauben, an der Suche teilzunehmen, aber wenn dieser Auftrag einem anvertraut wird, der mit den Propheten gewandelt ist, wird vielleicht doch noch alles gut. Sucht das Kind an den Orten der Ödnis, denn es wird sie heilen. Im Herzen des grünen Tals der Lieder, in dem Dorf, in dem viele Wasser tanzen, wird diejenige gefunden werden, der diese Prophezeiung gilt. Bringt sie dann in den Tempel, vor das Angesicht der Propheten und des Volkes, auf daß es sehen und glauben möge.‹«

Sisko hob den Blick von der Schriftrolle. »Ein Kind?« fragte er. »Was für ein Kind?«

»Das Kind einer uralten Prophezeiung«, erklärte Vedek Torin. »Sie spricht von einer Heilerin, die kommen und alles gesund machen wird. Hat Ihr Volk auch solche Prophezeiungen?«

»Viele Völker der Föderation haben welche«, gestand Sisko ein. »Aber hier« – er deutete auf die Schriftrolle – »scheint es sich nicht um eine Angelegenheit zu handeln, auf die ich Starfleet hinweisen müßte. Es scheint von rein internem bajoranischem Belang zu sein, etwas, das der Tempel selbst verfolgen sollte, aber nicht wir.«

»Ich würde Ihnen zustimmen, Commander«, sagte der Vedek, »wäre nicht der Umstand eingetreten, daß die Botschaft der Kai nicht mehr allein meinem Orden bekannt ist.«

»Was? Sie haben doch von unerläßlicher Geheimhaltung gesprochen ...«

»Die aber nur jene betrifft, die nicht an die Prophezeiung glauben«, sagte Vedek Torin und faltete die Hände auf dem Podest zusammen. »Für uns ist das

Kind alles. Falls Sie einen Schatz haben, der Ihnen wertvoller als alles andere ist, und er fällt in die Hände eines Fremden … was würden Sie dafür geben, um ihn zurückzubekommen?«

Als Jakes Gesicht vor ihm aufblitzte, verspürte Sisko einen plötzlichen Schmerz. »Alles«, sagte er völlig aufrichtig.

»Da ist es doch besser, alles zu tun, was in Ihrer Macht steht, damit Sie diesen Schatz gar nicht erst verlieren. Ganz gleich, welche Unterschiede die politischen Fraktionen auf Bajor auch trennen mögen, in diesem Glauben an die verheißene Heilerin werden wir vereint. Aber jene, die nicht daran glauben, würden das Kind als Schachfigur sehen, mit der sie ihre eigenen Begierden voranbringen können.«

Sisko neigte dazu, Vedek Torin zuzustimmen. Doch da er sich mit dem religiösen Establishment auf Bajor ganz gut auskannte, fragte er sich, ob dieser *Na-melis*-Mönch nicht zu optimistisch war. Sein Orden hatte der Kai Opaka gedient; gewissermaßen hatte seine ausschließliche Hingabe ihn vor den Realitäten des Lebens außerhalb des Dienstes für die Kai abgeschirmt. Auf Bajor blieben Intrigen nicht auf Politiker begrenzt. Verschwörungen und Gegenverschwörungen waren sogar bis ins Herz des Tempels vorgedrungen.

»Dann wissen auch andere Bajoraner von der Vision der Kai bezüglich dieses Kindes?« fragte Sisko. Der Vedek nickte zustimmend. »Ich verstehe Ihr Problem nicht. Je mehr davon wissen, desto leichter wird die Suche nach dem Kind werden.«

»Ich wünschte, es wäre so, Commander«, seufzte Vedek Torin. »Das ist es aber nicht. Als wir die Nachricht der Kai entdeckt haben, brachten wir sie, wie es unsere Pflicht ist, vor den Tempelrat. Eigentlich hätte die Angelegenheit im Tempel verbleiben sollen, bis unsere Suche und Nachforschungen das Kind in unsere Mitte gebracht hätten, wie die Kai es uns aufgetragen hat. Aber die Nachricht wurde bekannt. In der Hauptstadt schwirren Gerüchte. Nicht jedes Ohr, das sie gehört hat, war durch das Schweigen des Tempels gebunden.«

»Wenn die Gerüchte sich überhaupt ausbreiten konnten, ist das Schweigen des Tempels offensichtlich gar nicht so wirksam«, stellte Sisko klar.

»Leider haben Sie recht.« Der Vedek machte eine resignierte Geste. »Nur eine Anweisung des Rats, die in den strengstmöglichen Begriffen gehalten war, hat dem Klatsch ein Ende bereitet. Aber es war zu spät; der Schaden war bereits geschehen.«

»Welcher Schaden? Sind die Gerüchte an die Ohren irgendwelcher Ungläubigen gedrungen?«

Die Augen des Vedeks funkelten hell im Licht der Öllampe. »Sie erfahren als erster davon, und das auch nur, weil Sie mit den Propheten gewandelt sind. Mögen Sie auch der letzte sein, bis das Kind gefunden ist. Nein, Commander Sisko, die Nachricht von der Existenz des Kindes ist nur an bajoranische Ohren gedrungen, aber das genügt vollauf. Sagen Sie mir, haben Sie schon mal von der *Dessin-ka* gehört?«

Sisko überlegte angestrengt. Der Name kam ihm bekannt vor; Major Kira hatte ihn einmal erwähnt. »Die *Dessin-ka* ... ist das nicht der Name einer der politischen Fraktionen, die die provisorische Regierung bilden?«

»Eine sehr einflußreiche Fraktion, Commander«, bestätigte Vedek Torin. »Meine Brüder und ich haben nicht genau gewußt, wie einflußreich die *Dessin-ka* ist, bis unsere Nachricht an ihre Ohren gedrungen ist. Es handelt sich um ... wie würden Sie es ausdrücken ... eine Gruppe, die sich den traditionelleren Werten unseres Glaubens verschrieben hat.«

»Dann widersetzt sie sich der Anwesenheit der Föderation auf Bajor?«

»Das Festhalten an Traditionen bedeutet nicht unbedingt, daß man sich weigert, alles Neue zu akzeptieren. Die *Dessin-ka* erkennt die vielen Vorteile, die Ihre Föderation Bajor bringen könnte. Sie stellt eine starke Stimme dar, die zu Ihren Gunsten spricht … für den Augenblick.«

»Für den Augenblick?« wiederholte Sisko langsam. Ihm gefiel der Klang dieser Worte nicht.

Der Vedek starrte in die Flamme, die über der glatten Oberfläche des Öls tanzte. »Sie haben gesagt, Sie würden außer dem Ihren noch viele andere Völker kennen, die eine Prophezeiung von einem heilenden Kind kennen und den Glauben daran hochhalten. Und doch werden Sie mir sicher beistimmen, daß diese verschiedenen Glaubensrichtungen nicht identisch sind?«

»Es gibt natürlich einige Variationen, aber im allgemeinen …«

»Auch die *Dessin-ka* hat eine Prophezeiung. Wir sehen in den Worten der Kai die Verheißung auf eine Heilerin; doch für die *Dessin-ka* ist das Kind die *Nekor*, diejenige, die ein Schwert bringt. Sie wird mit ihrer Macht ganz Bajor vereinen.«

Sisko verstand Vedek Torins Worte nicht ganz. »Ich dachte, Ihr Volk hätte einen gemeinsamen Glauben. Wie kann die Heilerin der einen bajoranischen Prophezeiung die … die Schwertträgerin einer anderen sein?«

Vedek Torin wandte sich von dem Podest ab. Er ging zu einer Wand, an der eine mit Dutzenden von Kristallen besetzte Schmuckplatte in den Schatten funkelten. Er zog drei lange, dünne, spitz zulaufende Steine aus ihren Einfassungen und zeigte sie Sisko. Einer war blau, einer rot, der dritte von einem so dunklen Purpur, daß er fast schwarz zu sein schien.

»Wunderschön, nicht wahr?« sagte der Vedek und zeigte Sisko, daß die Ziersteine in Wirklichkeit hohl waren. Mit äußerster Vorsicht tauchte er einen jeden in das Öl und hielt ihn dann in das Licht der Flamme. Grüne, orangefarbene und violette Lichtstrahlen leuchteten durch die Facetten. »Was hat sich verändert?« fragte er, als spreche er mit einem Kind.

»Nur das, was wir sehen«, erwiderte Sisko. »Die Kristalle und das Öl in jedem davon sind ein und dasselbe. Ich verstehe, was Sie meinen, Vedek Torin.«

Der Vedek seufzte. »Würde die *Dessin-ka* doch nur Ihre Bereitschaft teilen, sich unterweisen zu lassen. Sie sind überzeugt davon, daß das Kind aus der Vision ihr *Nekor* und niemand sonst ist. Sie fordern lauthals, daß man sie sofort suchen muß. Ihre Prophezeiung sagt nämlich voraus, daß die Herrschaft des *Nekors* mit dem *Berajin* beginnen muß, der Zeit des Erntefests. Wir haben versucht, ihnen klarzumachen, daß es schwierig, wenn nicht sogar unmöglich ist, ihrer Forderung nachzukommen. Das *Berajin* kommt für uns zu früh, als daß wir darauf hoffen können, das Mädchen bis dahin zu finden und zum Tempel zu bringen.«

Commander Sisko betrachtete die Botschaft der Kai. »Allerdings. Diese Mitteilung gibt nicht viele Hinweise darauf, wo Sie mit der Suche anfangen könnten.«

»Ach nein?« Vedek Torin schaute verblüfft drein. »Was verlangen Sie denn mehr als den Namen und den Standort des Dorfes, in dem das Kind gefunden werden könnte?« Seine knotigen Finger berührten eine Zeile des Textes.

»›Im Herzen des grünen Tals der Lieder, in dem Dorf, in dem viele Wasser tanzen‹«, las Sisko erneut.

Der Vedek lachte. »Bei allem Respekt, Commander, Sie beherrschen diese Form der bajoranischen Schriftsprache wirklich sehr gut, aber Sie lesen die *Bedeutung* unserer Ortsnamen und nicht die Namen selbst.«

»Ah!« rief Sisko. Ihm wurde klar, welchen Fehler er begangen hatte. Er erinnerte sich an ein Gespräch mit Chief O'Brien, bei dem der Ire ihm erklärt hatte, daß der Name des terranischen Ortes *Dublin* in Wirklichkeit *der schwarze Teich* bedeutete. Auf der Erde sprach niemand, der nach Dublin wollte, davon, sich *zum schwarzen Teich* zu begeben, und hier …

»Dann heißt das also …?« fragte Commander Sisko und legte seinen Finger neben den des Vedeks auf die Schriftrolle.

»Das Tal Kaladrys, das Dorf Bennikar.« Der Vedek zog die Hände in den Schutz seiner Ärmel zurück. »Man könnte auch sagen, der Abgrund. Das Tal Kaladrys ist jetzt eine Wüste, und in Bennikar tanzen keine Wasser mehr.«

»Das Kaladrys-Tal?« Sisko fiel das Gespräch mit Bruder Gis wieder ein.

»In den Diensten der Kai haben wir die kleinen Ironien vergessen, die die Welt stets bereithält«, sagte Vedek Torin und kniff die Lider zusammen, während er die Flamme der Öllampe betrachtete. »Hätten die Propheten diese Vision der Kai ein paar Jahre früher gewährt, wäre die cardassianische Verwüstung noch tröstlich fern von Bennikar gewesen. Wir hätten das Kind suchen und noch rechtzeitig in den Tempel schaffen können. Jetzt gibt es kein Bennikar mehr.«

»Und welche Garantie haben Sie, daß dies nicht auch auf« – Sisko zögerte; er sprach die Worte nicht gern aus, zwang sich dann jedoch dazu – »das Kind zutrifft?«

Vedek Torin riß die Augen weit auf. »Aber das kann nicht sein«, beharrte er. »Das *darf* nicht sein. Deshalb müssen Sie uns helfen, Commander. Sie müssen uns bei der Suche nach dem Kind die Unterstützung der Föderation gewähren. Sollte dieses Mädchen nicht gefunden werden, sollte die *Dessin-ka* zum *Berajin* nicht ihre verheißene *Nekor* im Tempel sehen, wird sie uns beschuldigen, das Kind gefunden und vor ihr verborgen zu haben – auch wenn es gar nichts gibt, was wir verbergen könnten! Die Auswirkungen werden schrecklich sein. Die *Dessin-ka* wird der provisorischen Regierung die Unterstützung entziehen und das

Gleichgewicht, das wir unter solchen Mühen errichtet haben, erschüttern, wenn nicht sogar zerschlagen.«

Er ergriff Siskos Hände. »Sie haben Möglichkeiten, die uns nicht zur Verfügung stehen. Sie können das gesegnete Kind finden, während wir nicht einmal mit der Suche nach ihm beginnen können.«

»Ein Kind ...« Sisko atmete tief ein. »Ein Kind aus einem Dorf, das ausgelöscht wurde. Haben Sie keine weiteren Hinweise? Vielleicht eine Beschreibung des Mädchens?«

Der Bajoraner schüttelte den Kopf. »Weder hier noch in irgendeiner anderen Prophezeiung. Aber Sie werden das Mädchen erkennen.«

»Sie bitten um ein Wunder, Vedek Torin«, sagte Sisko. »Die Föderation wird Ihnen jede Unterstützung zukommen lassen, aber wir können keine Wunder wirken.«

Der Vedek senkte den Kopf. »Als Sie nach Bajor kamen, haben Sie uns Frieden versprochen. Ist das nicht das größte Wunder überhaupt?«

3

»Commander?« Als Benjamin Sisko den Schrein endlich verließ, wartete Taren Gis draußen auf ihn. Einen Augenblick lang bildete der Commander sich ein, der Mönch, der ihn ansprach, sei Vedek Torin, der unerklärlicherweise an ihm vorbeigeschlüpft sei, um ihn aus irgendeinem Grund zu überraschen, während er nicht auf der Hut war. Es kam ihm unmöglich vor – er hatte Torin zurückgelassen, während der Vedek noch die farbigen Kristalltropfen in ihre Fassungen in der Wandskulptur einfügte –, doch seit er nach Deep Space Nine gekommen war, hatte er gelernt, den Begriff ›unmöglich‹ neu zu definieren. Allerdings erkannte er seinen Fehler sofort. In ihren erdfarbenen Roben und den Kopfbedeckungen mit den langen Seitenteilen war die Ähnlichkeit zwischen den beiden Bajoranern geradezu unheimlich.

Wie lautet die Pointe dieses alten Witzes noch gleich? überlegte Sisko. Ah ja: *Wer suchet, wird auch finden.*

»Bruder Gis, das ist ein glücklicher Zufall«, sagte Sisko. »Ich habe einige sehr gute Nachrichten für Sie.«

»Sie werden uns Ihren Heiler zur Verfügung stellen«, kam der Mönch ihm vorweg.

»Hmm, vielleicht war das doch kein Zufall«, sagte Sisko und fuhr über sein Kinn. Er dachte an den fadenscheinigen Glasperlenvorhang und daran, wie leicht er es einem Lauscher machte.

»Verzeihen Sie mir bitte, daß ich übereilt gesprochen habe. Sie bringen mir unfreundliche Gedanken entgegen, aber ich versichere Ihnen, sie sind unberechtigt.«

»Ich habe nur gedacht, Bruder Gis, daß Ihr Kollege, Vedek Torin, noch viel darüber lernen muß, den richtigen Ort für ein Gespräch unter vier Augen auszuwählen. Das heißt, wenn er wünscht, daß es auch unter vier Augen bleibt.«

»Sie waren gerade bei ihm?« fragte Bruder Gis. Als der Commander nickte, fuhr der Mönch fort: »Die Vertraulichkeit dessen, was in der Umgebung des Schreins geäußert wird, ist heilig. Ich gebe Ihnen mein Ehrenwort, daß ich nichts von dem weiß, was Sie besprochen haben.«

»Woher wußten Sie dann, was ich Ihnen gerade sagen wollte?« fragte Sisko. »Sie sind doch kein Gedankenleser, oder?« Die letzte Frage hatte er nur halb im Scherz gestellt. Viel an den bajoranischen Mönchen war unbekannt geblieben, und noch mehr trotzte jeder Erklärung.

»Ich kenne niemanden mit dieser Macht, Commander, aber viele, die den Eindruck erwecken, sie hätten sie.« Bruder Gis kicherte. »Es bringt gewisse Vorteile mit sich, allwissend zu erscheinen. In Wirklichkeit sind Vedek Torin und ich mit demselben Raumschiff hierhergeflogen. Wir waren die einzigen Passagiere, und auf dem Flug hat er mir etwas über seine Mission und das Geheimnis der Schriftrolle mitgeteilt. Er hat gewußt, daß ich nichts davon weitergeben werde. Ich bin vertrauenswürdig.«

»Hat er Ihnen auch erzählt, daß die Nachricht über die Schriftrolle von einer anderen ›vertrauenswürdigen‹ Quelle weitergegeben wurde und nun außerhalb des Tempels bekannt ist?« fragte Sisko.

Bruder Gis blieb gelassen. »Ja. Aber der Schaden wurde bereits angerichtet. Man kann nicht zweimal dieselbe Tasse zerschlagen. Und selbst, wenn … mein Platz auf Bajor ist in der Wildnis. Wem sollte ich davon erzählen? Eidechsen interessieren sich nicht für Politik.«

»Mir fallen gleich mehrere Personen ein, die anderer Meinung wären«, erwiderte Sisko, dessen gute Laune zurückgekehrt war. »Sie haben also gewußt... selbst wenn ich Sie zuerst zurückweisen würde, würde Vedek Torins Mission mich eines anderen belehren?«

Die Erheiterung verschwand abrupt aus dem Gesicht des Mönchs. »Commander, ich bin nicht hierhergekommen, um Spielchen zu treiben. Dafür habe ich keine Zeit; die *Kinder* haben keine Zeit. Das Kind der Prophezeiung soll angeblich eine Welt heilen können; ich muß nur die wenigen Leben heilen, die noch in meiner Obhut sind. Unser Lager liegt im Herzen des Tals Kaladrys, im Gebiet Bennikar. Es würde mich nicht überraschen, sollten wir eine Reihe von Flüchtlingen aus diesem Dorf beherbergen.«

»Sie wissen nicht genau, woher Ihre Leute kommen?«

Bruder Gis zuckte mit den Achseln. »Außer ›Geht es dir gut?‹ und ›Bist du hungrig?‹ stellen wir keine Fragen. Die Vergangenheit interessiert uns nicht, lediglich die Gegenwart und, so die Propheten es wollen, die Zukunft.«

»Aber die provisorische Regierung stellt Ihnen doch bestimmt Fragen über den Lebenslauf der Bürger, um die Sie sich kümmern?« wandte Sisko ein.

»Die Regierung hat selbst genug Probleme«, erwiderte der Mönch. »Wenn sie so tut, als existierten unsere gar nicht, um so besser. Ich kann mich nicht erinnern, wann uns zum letztenmal ein Repräsentant der Regierung besucht hat; daher weiß ich nicht, ob die anderen Lager mehr Aufmerksamkeit als das unsrige bekommen. Auf keinen Fall können sie weniger Aufmerksamkeit bekommen. Zur Zeit gibt es keine genaue Zählung, wie viele Verschleppte noch in Lagern untergebracht sind, und ganz bestimmt keine Unterlagen über ihre Identitäten. Es ist für uns ein Gebot der Barmherzigkeit, unsere Leute nicht zu drängen, über die alten Zeiten zu sprechen, wenn sie es nicht möchten. Man hat ihnen bereits zuviel genommen. Man bemerkt einen Verlust weniger, wenn man nicht allzuoft von ihm spricht.«

»Ich weiß«, sagte Sisko. Die Worte kamen ihm aus dem Herzen. Die Erinnerung an das Gesicht seiner Frau erschien vor seinem inneren Auge. Dank der Bajoraner – besonders der Kai – wurde diese Erinnerung nun nicht mehr auf ewig von der Erinnerung an die Umstände ihres Todes überschattet.

»Einige unserer kleinsten Gäste wissen nicht mal, daß ihre Dörfer Namen hatten. Für sie war es einfach ihre *Heimat*. Jetzt gibt es sie nicht mehr.« Die Sorgenfalten auf Bruder Gis' Gesicht schienen tiefer zu werden. »Dennoch ist unser Lager der beste Ort, um mit der Suche nach dem Kind zu beginnen.«

»Das will ich hoffen«, sagte Sisko. »Abgesehen vom Namen des Dorfes ergeben sich aus der Vision der Kai keine anderen Hinweise, nicht mal einer auf das Aussehen oder Alter des Kindes.«

»Was dies betrifft, kann ich Ihnen vielleicht helfen. Ich habe einige der Prophezeiungen studiert, und vielleicht werden sie feststellen, daß meine Brüder im Lager andere studiert haben. Ich weiß zumindest, daß das Kind zwischen sieben und zwölf Jahren alt sein müßte.«

»Woher wissen Sie das?«

»Die Prophezeiungen bezeichnen sie als eine, die die erste Präsentation der Propheten bereits hinter sich, aber das Alter der Einführung noch nicht erreicht hat. Und Sie wissen natürlich genausogut wie ich, daß wir nach einem Mädchen suchen müssen.«

»Ja, die Kai hat von einer ›Sie‹ gesprochen«, gestand Sisko ein. »Aber das engt den Bereich nicht gerade sehr stark ein. Wie viele Mädchen leben im Tal Kaladrys?«

»Es werden von Tag zu Tag weniger, Commander«, sagte Bruder Gis sachlich.

»Wir werden alles tun, was in unserer Macht steht, um dies zu ändern, Bruder Gis«, versprach Sisko. »Die Medikamente und medizinischen Geräte, um die Sie gebeten haben, sind unterwegs; sie müßten innerhalb von drei Tagen hier eintreffen. Bis dahin werde ich meinen Chefarzt, Dr. Julian Bashir, und auch Lieutenant Jadzia Dax in Ihr Lager geschickt haben.«

»Ist diese Lieutenant Dax auch ein Heiler?«

»Das nicht, aber sie ist mein Wissenschaftsoffizier und hat Erfahrungen auf sehr vielen Gebieten.«

Das war eine Untertreibung, wie Sisko genau wußte. Obwohl Lieutenant Dax dem nichtinformierten Betrachter wie eine betörend schöne junge Frau Mitte Zwanzig vorkommen mußte, war sie in Wirklichkeit eine Trill – eine Lebensform, die aus einem humanoiden Wirtskörper und einem wurmähnlichen Symbionten darin bestand.

Der innere Teil der Trill war schon einige Jahrhunderte alt und hatte einen Wirtskörper nach dem anderen überlebt, dabei aber stets die Erinnerungen und Erfahrungen erhalten, die er mit allen geteilt hatte. Beide Teile profitierten enorm von dieser Beziehung. Sisko selbst hatte Dax ursprünglich kennengelernt, als der Symbiont im Körper eines älteren Mannes lebte. Die Veränderung von Dax' Aussehen führte dazu, daß es gelegentlich zu einigen peinlichen Momenten zwischen den beiden alten Freunden kam.

Vielleicht, überlegte Sisko, gab es irgendwo in Dax' gemeinsamen Erinnerungen eine Information, die den entscheidenden Hinweis darauf ergeben würde, wie eine Heilung für das bajoranische Lagerfieber gefunden werden kann.

»Nur ein richtiger Heiler, und so viel Arbeit wartet auf ihn ...«, murmelte Bruder Gis.

»Ich kann Ihnen auch Fähnrich Kahrimanis, einen von Dr. Bashirs Assistenten, zur Verfügung stellen, und wenn die Föderationsschiffe mit den Medikamenten eintreffen, müßte weiteres medizinisches Personal zur Verfügung stehen.«

Als der Mönch diese Nachricht hörte, hellte seine Miene sich auf. »Nun, Dr. Bashir ist ein Heiler mehr, als ich anfangs bekommen sollte. Ich werde dafür beten, daß die Propheten Ihrem Dr. Bashir das Heilmittel schnell enthüllen. Je früher eine wirksame Behandlung entdeckt wird, desto schneller können wir ihn zu Ihnen zurückschicken.«

»Es ist in unserem aller Interesse, daß die Mission so schnell wie möglich erfolgreich abgeschlossen wird«, gestand Sisko ein. »Lieutenant Dax wird Dr. Bashir zwar gelegentlich unter die Arme greifen, doch ihre eigentliche Aufgabe ist es, das Kind ausfindig zu machen. Wie Vedek Torin es gefordert hat, wird aus Sicherheitsgründen sonst niemand, nicht einmal Dr. Bashir, den wahren Grund ihrer Anwesenheit kennen.«

Der Mönch bedeutete mit einem Nicken sein Einverständnis.

»Sollten Sie oder Ihre Brüder auf weitere Hinweise bezüglich dieses Kindes stoßen, teilen Sie sie bitte sofort Lieutenant Dax mit. Wir können alle Hilfe gebrauchen, die wir bekommen können.«

Bruder Gis schürzte leicht die Lippen. »Wir ebenfalls.«

Dr. Bashir stand vor Benjamin Siskos Schreibtisch stramm, doch sein Blick blieb nicht auf das Gesicht seines Commanders gerichtet. So sehr er sich auch bemühte, er mußte immer wieder verstohlen zu Lieutenant Dax hinüberschauen, die ebenfalls ins Büro des Commanders bestellt worden war.

Commander Sisko sprach über Bajor, über die Notwendigkeit, daß die Föderation eine aktivere Rolle dabei einnehmen mußte, den Bajoranern zu helfen, sich von sechzig Jahren der cardassianischen Besetzung zu erholen und die Aufspaltung in diverse kleine

Parteien zu überwinden, die unmittelbar nach dem Abzug der Unterdrücker eingesetzt hatte. Natürlich betonte Commander Sisko, daß die schlichte Menschlichkeit ein Eingreifen der Föderation verlangte, die Erste Direktive jedoch einer weitreichenden Einmischung gewisse Grenzen setzte.

Hätte Dr. Bashir nicht stramm gestanden, hätte er den Kopf geschüttelt und verblüfft geseufzt. Warum brachte Commander Sisko das alles ausgerechnet jetzt zur Sprache? Es war doch allgemein bekannt. Genauer gesagt – warum wiederholte er eigens für seinen Chefarzt und Wissenschaftsoffizier, was die beiden doch sowieso schon längst wußten?

Noch als Medizinstudent hatte Dr. Bashir die äußerst nützliche Eigenschaft entwickelt, seine Aufmerksamkeit teilen zu können. Daher war er imstande gewesen, unter der Leitung des einen Arztes Visite zu machen, während er aus dem Vortrag des Arztes der zweiten Studentengruppe am anderen Ende der Station weitere nützliche Einsichten aufschnappte. Als Julians Lehrer sich über die anscheinend wundersame Fähigkeit des stattlichen jungen Mannes wunderten, doppelt so viel und so schnell wie seine Kommilitonen zu lernen, waren sie nie auf den Gedanken gekommen, daß Julian von zwei Lehrern gleichzeitig profitieren konnte.

Dieselbe Begabung ermöglichte es ihm nun, jedes Wort zu verstehen, daß Commander Sisko sagte, während er über die Umstände nachdachte, die ihn hierhergeführt hatten.

Vor kaum fünfzehn Minuten war er, recht zufrieden mit sich selbst, über die Promenade geschlendert. Ein kurzer Besuch in Garaks Geschäft hatte zu einem längeren Gespräch mit dem cardassianischen Schneider geführt.

Garak konnte nur als Anomalie bezeichnet werden, und Dr. Bashirs wißbegieriger Verstand hatte noch nie einem so quälenden Rätsel widerstehen können. Als Mitglied jener Spezies, die Bajor sechzig Jahre lang hatte ausbluten lassen, war der Schneider auf Deep Space Nine zurückgeblieben, als seine Artgenossen sich zurückgezogen hatten. Garak war kein Narr; er hatte wissen *müssen*, daß seine weitere Anwesenheit an Bord der Station mit Argwohn betrachtet werden würde, ganz zu schweigen von offener Feindseligkeit der Bajoraner. Dies war nicht der sicherste Ort für ihn, auch wenn die Föderation aufpaßte und den Frieden auf der Station gewährleistete. Dennoch war er geblieben.

Insgeheim hielt Julian den Cardassianer für das tapfere kleine Schneiderlein aus dem irdischen Märchen. Gleichzeitig dachte er über den wahren Grund für Garaks Entscheidung nach. Dabei war er nicht allein. Der Cardassianer handelte mit mehr als nur der neuesten Mode, und hinter den Vorhängen seiner Ankleideräume wurden Geheimnisse genauso häufig wie modische Stilrichtungen ausgetauscht. Aber wessen Geheimnisse, und zu welchem Preis?

Schon bei mehr als nur einer Gelegenheit war Garaks subtile Hilfe der Föderation zum Vorteil geraten. Dieses Vorgehen schien darauf hinzuweisen, daß der Cardassianer ein Agent war, der auf jede mögliche Art und Weise und für alle arbeitete, nur um daraus den größten persönlichen Vorteil zu ziehen. Doch wie sollte man seine Kooperation einschätzen? Wenn man es mit jemandem wie Quark zu tun hatte, wußte man, daß der Ferengi es nur auf seinen persönlichen Gewinn abgesehen hatte. Aber bei Garak …? Bashir war noch nicht bereit, eine endgültige Diagnose zu stellen. Die Cardassianer hatten noch lange nicht vergessen, daß sie von Bajor vertrieben worden waren, und die Entdeckung des Wurmlochs hatte ihren Groll darüber höchstens noch verstärkt. Würde Garak eines Tages den Vorhang zurückziehen, um eine Tür zu enthüllen, durch die sein Volk sich alles zurückholen konnte, was es verloren hatte?

Niemand hatte Dr. Bashir darum gebeten, doch er hatte sich vorgenommen, ein Auge auf diese mögliche Bedrohung der Sicherheit von Deep Space Nine zu werfen. Er hatte sich eingeredet, es sei seine Pflicht, aber in Wirklichkeit hätte er es sowieso getan, allein schon wegen des Reizes, sich – wenn auch nur oberflächlich – mit einer Intrige befassen zu können. Das Leben eines Medizinstudenten wurde von langen Unterrichtsstunden bestimmt, denen noch längere Stunden der Versuche und der Praxis folgten. Es blieb einem nur wenig Zeit, um sich zu entspannen, und ganz bestimmt keine für Abenteuer.

Abenteuer! Das Wort, nein, schon allein der Gedanke daran, begeisterte Dr. Bashir. Als er noch jünger gewesen war – bevor er sich mit Herz und Seele in sein Medizinstudium vertieft hatte –, hatte er jeden freien Augenblick damit verbracht, in alle möglichen Abenteuergeschichten einzutauchen, von kühnen Fechtern über Cowboys aus dem Wilden Westen bis hin zu den neuesten Nachrichten über die aus dem Leben gegriffenen Starfleet-Aktionen überall in der Galaxis.

Er hatte sich oft gesagt, daß er die medizinische Laufbahn in erster Linie als Folge jenes Zwischenfalls während des Ionensturms auf Invaria II eingeschlagen hatte, bei dem simples medizinisches Wissen das Leben eines Mädchens gerettet hätte. Daß seine Karriere als professioneller Tennisspieler während seines ersten Matchs wie eine Seifenblase geplatzt war, hatte ihn in diesem Entschluß lediglich bestätigt. Aber er wußte ebenfalls, daß er aus freiem Willen Arzt geworden war, weil dieser Beruf die vielen unterschiedlichen Bedürfnisse seiner Seele befriedigte. Als Arzt war er imstande, tausend faszinierende menschliche Rätsel zu lösen – Rätsel, die gelöst werden *mußten,* während es um Leben und Tod ging. Seine Fachkenntnisse würden ihm genausoviel Bewunderung einbringen wie den Helden seiner Kindheit, und selbst, wenn es die kühnen Fechter außerhalb von Holokammer-Programmen nicht mehr gab, konnte er trotzdem noch das Leben unzähliger schöner, in Not geratener Damen retten, und wenn auch nicht mit dem Schwert, dann eben mit dem Skalpell.

Doch selbst die zahlreichen Versprechungen einer medizinischen Laufbahn hatten ihm nicht gereicht. Er weigerte sich, einfach ein ganz normaler Arzt zu werden; er wollte der *beste* sein. Er war zu Starfleet gegangen, da der Anspruch dort fast so hoch war wie sein eigener, und weil der Traum des Abenteuers an irgendeiner fernen Grenze noch immer lockte.

Die Versetzung nach Deep Space Nine war ihm wie die Erfüllung aller Wünsche vorgekommen. Und nachdem er hier eingetroffen war, hatte er festgestellt, daß Garak der Zuckerguß auf dem Kuchen war. Julian war nie zufriedener mit sich selbst als nach einem langen – und, wie er hoffte, enthüllenden – Gespräch mit dem Cardassianer. Er begriff einfach nicht, warum niemand sonst auf der Station seine Bemühungen wahrzunehmen oder zu würdigen schien.

Das hielt ihn jedoch nicht davon ab, ihnen immer wieder zeigen zu wollen, was für ein guter Amateurspion er war.

Er sah es als reines Glück an, als er auf der Promenade zufällig Commander Sisko begegnete. »Ich habe gerade ein hochinteressantes Gespräch mit unserem cardassianischen Freund Garak geführt ...«, begann er.

»Sie können mir alles in meinem Büro erzählen«, erwiderte Sisko und zerrte ihn davon, bevor er auch nur ein weiteres Wort herausbekam.

Als sie das Büro des Commanders betraten, bat Sisko ihn keineswegs, sich zu setzen und das Gespräch mit Garak wiederzugeben, sondern bedeutete dem jungen Arzt, still zu sein und zu warten, bis Lieutenant Dax eingetroffen war. Daraufhin putzte Dr. Bashir sich unwillkürlich etwas heraus. Endlich wurden seine Bemühungen anerkannt! Mehr noch: Commander Sisko nahm seinen Beitrag so ernst, daß er Lieutenant Dax hinzuziehen wollte, damit sie ebenfalls darüber informiert war.

Es fiel Julian nicht schwer, ruhig auf Dax' Ankunft zu warten. Er wiederholte im Geiste sein Gespräch mit Garak in allen Einzelheiten, um es auch so wiedergeben zu können, daß der hübsche Lieutenant ihn einfach ernst nehmen mußte.

Warum sollte sie mich nicht *ernst nehmen?* dachte er, und der Gedanke nagte an ihm wie eh und je. *Ich weiß, daß sie eine Trill ist und eine Lebenserwartung von Hunderten von Jahren hat – zumindest trifft das auf ihren Symbionten zu –, aber das macht Jadzia doch nicht zu einer alten Frau. Was spielt es schon für eine Rolle, daß sie auf die Erinnerungen des Symbionten zurückgreifen kann? Ich habe die Schriften des Hippokrates studiert, aber das macht mich noch lange nicht zu einem alten Griechen. Manchmal habe ich das Gefühl, daß sie mich lediglich für einen kleinen Jungen hält.*

Seltsamerweise ärgerte dieser Gedanke Julian nicht; er bestärkte nur seine Entschlossenheit, ihr zu zeigen, wie sehr sie sich irrte. Er war auch schon von anderen unterschätzt worden. Seine Jugend, sein gutes Aussehen und sein gesundes Selbstvertrauen führten einzeln oder gemeinsam dazu, daß gewisse Leute ihm Vorurteile entgegenbrachten. Er hatte allen bewiesen, daß sie sich irrten, und das wollte er auch Dax beweisen. Es war nur eine Frage des Fleißes und der Geduld.

Doch Lieutenant Dax war kaum im Büro des Commanders erschienen, als Julian zu seiner Bestürzung klar wurde, daß sein neuester Versuch warten mußte. Ohne ein Wort über Dr. Bashirs Gespräch mit Garak zu verlieren, begann Commander Sisko mit dieser Rede über die Notwendigkeit, den Bajoranern mehr Hilfe zukommen zu lassen. Julian sah zwar keinen Zusammenhang, war aber ein guter Starfleet-Offizier. Er biß sich auf die Zunge und wartete seine Zeit ab.

»Doch nun ergibt sich die glückliche Gelegenheit, die Bajoraner zu unterstützen, ohne eine Starfleet-Vorschrift zu verletzen«, fuhr Sisko fort. »Man hat für eine rein humanitäre Aktion auf Bajor unsere Hilfe angefordert. Dr. Bashir, Sie haben oft gesagt, Sie wären in erster Linie nach Deep Space Nine gekommen, um ... Grenzmedizin praktizieren zu können?«

»Ja, Sir«, erwiderte Julian nach kurzem Zögern. Hier war etwas Seltsames im Gange; ein weiteres Rätsel. Aber das war schon in Ordnung, er mochte Rätsel ja.

»Nun, Sie werden diese Gelegenheit jetzt bekommen. Eine neue Krankheit sucht die Vertriebenenlager auf Bajor heim, eine Art Fieber, mit dem noch keiner ihrer Heiler es je zu tun gehabt hat. Die Situation wird von Tag zu Tag ernster. Die Repatriierungsbemühungen kommen nur langsam voran, und die Flüchtlinge, die noch in den Lagern sind, waren schon bei ihrer Ankunft nicht bei bester Gesundheit ...«

»Wen wundert das«, äußerte Lieutenant Dax sich.

»Ganz genau«, bestätigte Sisko. »Sie sind eine leichte Beute für diese Epidemie.«

»Verzeihung, Sir, aber handelt es sich wirklich um eine Epidemie?« fragte Dr. Bashir.

»Ich bin nicht mit den genauen Umständen vertraut, die gegeben sein müssen, bevor jemand mit Ihrer Ausbildung von einer Epidemie sprechen kann, aber ich habe vor, sie als solche zu behandeln. Es handelt sich um eine Krankheit, die unausweichlich zum Tode führt, gegen die es keine bekannte Heilung gibt und die sich schnell ausbreitet«, sagte Sisko grimmig. »Ja, das würde ich eine Epidemie nennen.«

Die Nachricht von einer medizinischen Krise hatte eine erstaunliche und augenblickliche Wirkung auf Dr. Bashir. Er dachte nicht mehr darüber nach, wie er

Lieutenant Dax beeindrucken oder bei Commander Sisko wegen seiner Spionageversuche Bewunderung hervorrufen konnte. Sein gesamter Verstand, sein gesamtes Wesen konzentrierte sich auf das zur Debatte stehende Problem und die Notlage der betroffenen Bajoraner. »Wie weit hat die ansteckende Krankheit sich bereits ausgebreitet?« fragte er.

»Darüber liegen uns keine zuverlässigen Informationen vor, befürchte ich«, gestand Sisko ein. »Es gibt lediglich Gerüchte, daß sie in mehreren Lagern im Tal Kaladrys aufgetreten ist und sich vielleicht schon darüber hinaus ausgebreitet hat.«

»Hat man versucht, die Patienten zu isolieren?«

»Meines Wissens nicht. Man hat keinerlei außergewöhnliche Maßnahmen eingeleitet, aber die Lager selbst liegen schon von sich aus ziemlich isoliert.«

»Die Cardassianer haben bei der Zerstörung des Kaladrys-Tals ziemlich gute Arbeit geleistet«, warf Lieutenant Dax ein. »Zur Zeit ist es dort völlig unmöglich, eine größere Gruppe zusätzlicher Bewohner zu ernähren. Daher haben die Bajoraner ihre Flüchtlingslager so weit entfernt voneinander wie nur möglich angelegt, damit die Überlebenden eine reelle Chance bekommen, sich von dem ihnen zugewiesenen Land zu ernähren.«

»Ich schicke Sie und Lieutenant Dax mit einem kleinen Hilfstrupp dorthin«, sagte Sisko zu Dr. Bashir. »Sie werden die Lager aufsuchen, in denen die Krankheit ihren Ursprung genommen zu haben scheint. Ihr Auftrag lautet natürlich, die Kranken zu versorgen, aber ich möchte, daß Sie der Diagnose dieser Krankheit und der Entwicklung eines Gegenmittels höchste Priorität zukommen lassen.«

»Ich werde mehr als nur das tun«, sagte Dr. Bashir kühn. »Ich werde einen Impfstoff entwickeln, um das weitere Ausbreiten der Krankheit zu verhindern.«

»Ich werde schon zufrieden sein, wenn Sie eine

Möglichkeit finden, sie im Schach zu halten«, erwiderte Sisko. »Und zwar so schnell wie möglich. Lieutenant Dax wird eng mit Ihnen zusammenarbeiten; ihre Erfahrung verschafft Ihnen vielleicht wichtige Einblicke.«

Dr. Bashir grinste. »Eine ausgezeichnete Idee, Commander.«

Dax gab ein Geräusch von sich, bei dem es sich vielleicht um ein Lachen handeln sollte; heraus kam jedoch nur ein ersticktes Husten.

»Ihnen werden nicht viele Hilfsmittel zur Verfügung stehen«, fuhr Sisko fort. »Zumindest nicht am Anfang. Ich gebe Ihnen so viele Medikamente und medizinische Geräte mit, wie die Station entbehren kann, aber das wird bei weitem nicht genügen. Wir erwarten in drei Tagen weitere Lieferungen – das heißt, falls nichts die Schiffe, die sie transportieren, aufhält.«

Dr. Bashir nickte scharf. »Gehe ich recht in der Annahme, daß wir unter... nun ja... primitiven Bedingungen arbeiten müssen?«

Siskos Mund verzog sich zu einem schwachen, nachsichtigen Lächeln. »Das könnte man sagen. Nach Bruder Gis' Schilderung müssen Sie in dem Lager auf moderne Geräte verzichten. Sie haben dort keine Energiequelle.«

»Keine?« Dr. Bashir schaute zweifelnd drein.

»Ich dachte, es wäre Ihr Traum gewesen, Grenzmedizin zu praktizieren?« zog Dax ihn sanft auf. »Für mich hört sich dieser Auftrag wie die Erfüllung Ihrer Gebete an.«

»Ich wollte mir nur einen Überblick verschaffen, was genau uns erwartet.« Die Schärfe hinter seinen Worten verblüffte Dr. Bashir. Sein Gesicht schien in Flammen zu stehen. »Wer ist Bruder Gis?« fragte er, um die Aufmerksamkeit von sich abzulenken.

»Er ist der Mönch, der uns um Hilfe gebeten hat«, erwiderte Sisko, »und ebenfalls ein Heiler. Er wird Sie über die Zustände in seinem Lager aufklären und Ihnen so viele Informationen über die anderen Lager zukommen lassen, wie es ihm möglich ist. An Ihrer Stelle würde ich seinen Worten genaue Beachtung schenken, Doktor. Major Kira hat mir gesagt, daß den bajoranischen Heilern ein medizinisches Wissen zur Verfügung steht, das dem unseren um Jahrhunderte voraus ist. Ihre Methode verläßt sich weniger auf die Technik als auf eine Kombination aus körperlicher und geistiger Heilung, soll aber Wunder wirken.«

»Major Kira zufolge«, warf Dr. Bashir ein.

»Sie mißtrauen ihr?« Sisko klang amüsiert.

»Nein, Sir, es ist nur... Major Kira ist nicht gerade objektiv, wenn es um bajoranische Dinge geht.«

Dax lächelte Dr. Bashir an, ein strahlender Ausdruck, von dem er wünschte, er könne ihn fixieren und für immer festhalten. »In dieser Hinsicht hat Dr. Bashir recht, Sir«, sagte sie. »Major Kiras Patriotismus neigt dazu, ihr Urteilsvermögen manchmal zu beeinflussen.«

»Zum Glück wird keiner von Ihnen Major Kiras Urteilsvermögen bewerten müssen«, sagte Commander Sisko fröhlich. »Sie werden die bajoranischen Heiler aus erster Hand kennenlernen. Danach können Sie einen unvoreingenommenen Bericht darüber erstellen. Und, Dr. Bashir...«

»Ja, Commander?«

»Machen Sie sich über die primitiven Arbeitsbedingungen keine allzu großen Sorgen. Sollten Sie die diagnostische Ausrüstung an Bord benötigen, können Sie jederzeit zur Station zurückkehren. Aber ob Sie den Großteil Ihrer Arbeit nun hier oder auf Bajor erledigen, einen Faktor kann ich nicht stark genug betonen: die *Zeit*. Den Flüchtlingen bleibt nicht mehr viel davon.«

»Ich beginne sofort mit meinen Vorbereitungen, Sir«, sagte Dr. Bashir. »Kann Bruder Gis zu mir auf die

Krankenstation kommen? Er kann mich instruieren, während ich packe.«

»Eine ausgezeichnete Idee, Dr. Bashir. Ich werde dafür sorgen. Wegtreten.«

Als Dr. Bashir auf dem Absatz kehrt machte und das Büro des Commanders verlassen wollte, hörte er, wie Sisko hinzufügte: »Lieutenant Dax, mit Ihnen möchte ich noch kurz sprechen.«

Was hat das denn schon wieder zu bedeuten? fragte Julian sich. Noch ein Rätsel. Und die Krankheit, die den bajoranischen Heilkräften trotzte, war ein weiteres, das ihn erwartete.

Das war schon in Ordnung. Dr. Bashir mochte Rätsel, besonders, wenn deren Lösung ihm eine weitere Gelegenheit bot, Jadzia Dax zu beweisen, daß er nicht der kleine Junge war, für den sie ihn hielt. Ein Rätsel, eine Gelegenheit, Jadzia zu beeindrucken, und die Gelegenheit für Dr. Bashir, unter primitiven Bedingungen zu praktizieren und zu beweisen, daß er nicht den Starfleet-Beutel mit technischen Geräten brauchte, um über diese unbekannte Krankheit zu triumphieren – perfekt! Jeder andere Arzt wäre vielleicht ein wenig nervös geworden, wenn es ihn auf ein so fremdartiges Territorium wie dieses verschlagen hätte, aber er war eben nicht wie jeder andere Arzt.

Er hatte sich noch nie im Leben so zuversichtlich gefühlt.

4

Miles O'Brien, der Leiter der technischen Abteilung, lehnte sich auf die Kontrollkonsole des Flitzers und fragte die beiden Beine, die darunter hervorschauten: »Was halten Sie davon, McCormick?«

Fähnrich McCormicks Stimme erklang gedämpft tief aus den Eingeweiden der Maschine. »So etwas habe ich noch nie gesehen.«

»Und wenn Sie Glück haben, werden Sie es auch nie wieder sehen.« O'Brien schlug auf die Konsole. »Verdammte Cardie-Technik. Wenn sie funktioniert, funktioniert sie … so gerade eben. Das sind die größten Geizhälse des Universums.«

McCormicks Beine verschwanden. Es folgte ein kurzes Scharren; dann steckte er den Kopf hervor und sah zum Leiter der technischen Abteilung hinauf. »Meinen Sie damit nicht die Ferengi, Sir?« fragte er.

»Nein, die meine ich nicht«, erwiderte O'Brien und bedachte die Konsole mit einem angewiderten Blick. »Es liegen Welten zwischen einem Halsabschneider von Händler und einem Geizkragen. Die Ferengi mögen gierig sein, aber sie wissen, daß man in das, was man hat, reinvestieren muß, um in Zukunft noch größere Profite machen zu können. Die Cardies nehmen einfach, was sie kriegen können, und halten es mit beiden Händen und einem Traktorstrahl fest. Ihre Maschinen sind so angelegt, daß sie, was die Funktion betrifft, gerade mal das Minimum leisten. Kein Gedanke an Anpassungsfähigkeit, kein Gedanke an mögliche zukünftige Bedürfnisse, gerade daß es für den Augenblick funktioniert. Ihre Technik ist einfach ... einfach nicht *elegant!*« Das war das schlimmste Urteil, das Miles O'Brien über eine Technologie äußern konnte.

McCormick schob sich unter der Konsole hervor. »Ich glaube, ich bin fertig. Ich habe es wieder hingekriegt.«

»Na schön. Dann können Sie und Trulli jetzt ein paar Messungen vornehmen.« O'Brien berührte seinen Kommunikator. »O'Brien an Trulli. Wir sind hier fertig. Wie sieht es bei Ihnen aus?«

»Hier Trulli«, erwiderte eine Stimme. »Ich habe mich um die Sache gekümmert. Alle Flitzer-Transporter müßten jetzt mit höchster Effizienz arbeiten.«

»Gut.« O'Brien erschauderte bei dem Gedanken, was hätte passieren können, wenn bei dem routinemäßigen Wartungscheck das Problem nicht ans Licht getreten wäre, bevor man die Transporter der Flitzer das nächste Mal benutzt hätte. Er war schon lange genug dabei, um zu wissen, daß es so etwas wie einen schönen Unfall nicht gab, aber die, die von einer Transporter-Fehlfunktion herrührten, waren die häßlichsten überhaupt.

Natürlich konnte er nicht darauf hoffen, daß lediglich die Transporter der Flitzer verrückt spielten. Die Cardies hatten schon dafür gesorgt, daß ein technisches Problem nie allein kam.

»Trulli, kommen Sie bitte her und nehmen Sie mit McCormick die Diagnose vor. Danach bringen Sie einen der Flitzer – nehmen Sie die *Ganges* – in einen hohen Orbit über Bajor. Mal sehen, ob wir unsere Päckchen nicht schon abholen können.«

»Aye, Sir.«

»O'Brien Ende.« Er unterbrach die Verbindung und wandte sich wieder an McCormick. »Nachdem Trulli mit dem Flitzer gestartet ist, kommen Sie zu mir auf das OPS und helfen mir bei der Reparatur der Fernsensoren.«

»Sollten wir nicht alle Flitzer überprüfen, Sir?« fragte McCormick.

»Das werden wir auch. Kommt Zeit, kommt Rat. Ich will nur sicherstellen, daß wir zumindest einen betriebsbereit haben.«

»Aye, Sir.« McCormick klang ein wenig enttäuscht. O'Brien wußte, daß seine beiden besten Fähnriche scharf aufs Fliegen waren. Ihm selbst war diese Besessenheit völlig fremd. Wenn man ihm ein mechanisches Rätsel zur Lösung vorsetzte, war er in einem Erdloch genauso glücklich wie in einem Flitzer, der durchs All raste.

Miles überließ McCormick seiner Arbeit und ging zur OPS. Er war zwar von Natur aus nicht argwöhnisch, aber da auf Deep Space Nine alles stets in Zweier- und Dreiergruppen kaputtging, dachte er manchmal, daß es nicht nur an der cardassianischen Knauserei liegen konnte. Vielleicht – nur vielleicht – waren die abziehenden Cardies so ›großzügig‹ gewesen, ein paar ins Computersystem eingeschleuste Überraschungen zurückzulassen. Das würde eine Menge erklären.

»Eine Menge«, murmelte er leise vor sich hin, während er die Sensorkontrollen studierte. »Oder nichts.« Er hatte sich bereits in das neue Problem vertieft, als Commander Sisko hereinkam.

»Chief O'Brien, sind diese Schwierigkeiten mit den Flitzer-Transportern bereits beseitigt?« fragte er.

O'Brien seufzte. »Die Transporter selbst funktionieren jetzt einwandfrei, Sir. Wir führen in Kürze einen Test durch, nur um ganz sicher zu gehen. Aber jetzt haben sich mit den Sensoren der Flitzer neue Schwierigkeiten ergeben, und sie scheinen sich auf die Fernsensoren hier auf der OPS übertragen zu haben. Wenn wir versuchen, ein spezifisches Ziel zu sondieren, bekommen wir nur verzerrte Messungen. Ich habe einen

Mann unten auf Bajor sitzen, der jetzt Däumchen dreht und darauf wartet, daß wir kommen und ihn abholen. Beim letzten Versuch konnten wir ihn nicht vom Rest der Menge unterscheiden.«

»Von welcher Menge?«

»Der Menge im *Stolz von Mintak,* Sir.« Ein schelmisches Grinsen funkelte in O'Briens Augen auf. »Es ist bei weitem nicht so gut wie Quarks Bar, aber Föderationspersonal wird dort zuvorkommend bedient.«

»Und das will für eine bajoranische Bar ja schon was heißen. Also dreht ihr Mann nicht nur Däumchen«, versetzte Sisko leichthin.

»Tja, er muß sich irgendwo aufhalten, wo es ein paar *unbelebte* Gegenstände gibt, an denen wir die Transporter ausprobieren können, bevor wir das Leben eines Mannes aufs Spiel setzen, Sir«, sagte O'Brien und versuchte, pflichtschuldig dreinzuschauen.

»Zum Beispiel eine oder zwei Flaschen *Kis?*« schlug Sisko vor.

»Wenn sonst nichts als Zielobjekt zur Verfügung steht, Sir.« O'Brien tat weiterhin so, als hätte er an das berühmt-berüchtigte bajoranische Gebräu überhaupt nicht gedacht. »Und wenn sich jemand freiwillig meldet und das Versuchskaninchen für mich spielt, überlasse ich ihm natürlich die Wahl des Ortes.«

»Das ist sehr rücksichtsvoll von Ihnen. Er weiß es sicher zu schätzen. Jetzt sagen Sie mir aber: Haben diese Schwierigkeiten mit den Sensoren irgendeinen Einfluß auf die Transporter?« hakte Sisko nach. »Wir müssen so schnell wie möglich Leute und Gerät nach Bajor bringen, und ich würde es vorziehen, daß der Flitzer nicht landet, wenn es sich irgendwie vermeiden läßt. Wir müssen Zeit sparen. Sollte andererseits jedoch die geringste Gefahr bestehen …«

»Keine Angst.« O'Brien klang zuversichtlich. »Trulli ist bereits unterwegs, um das Transporter-System der *Ganges* zu überprüfen. Um die habe ich mich selbst gekümmert. Ich wette, daß sowohl die Fern- als auch die Nahsensoren jetzt wieder einwandfrei funktionieren. Wenn Sie wollen, kann ich Ihnen eine Flasche mit schön warmem bajoranischem *Kis* hinaufbeamen, direkt aus der Hand des Braumeisters. Wenn die Geräte einwandfrei funktionieren und die Sensoren zu alter Höchstform zurückgefunden haben, kann ich Ihnen die Flasche sogar nach der Farbe und das *Kis* nach der Geschmacksrichtung auswählen.«

»Und das alles mit cardassianischer Technik?« Sisko versuchte, das Zucken seiner Gesichtsmuskulatur zu unterdrücken. Er wußte, wie Miles in dieser Hinsicht dachte; nur wenige Besatzungsmitglieder von Deep Space Nine wußten es nicht.

»Ich glaube, je länger die Geräte in meiner Obhut sind, desto schneller kommen sie darüber weg, daß sie cardassianischen Ursprungs sind«, sagte O'Brien völlig ernst und berührte dann seinen Kommunikator. »O'Brien an McCormick. Wie sieht es mit den Tests aus?«

»Hier McCormick, Sir. Die Transporter funktionieren einwandfrei. Fähnrich Trulli versucht sein Glück mit den Fernsensoren, und ich bin auf dem Weg zur OPS.«

»Gut. O'Brien Ende.« Er ging zu einer anderen Konsole und rief die *Ganges*. »Ihr Bericht, Trulli. Wie machen sich die Sensoren?«

»Nicht allzu gut, Sir«, erwiderte Trulli. »Ich war nicht imstande, das ... Versuchsobjekt zu erfassen, bis Goodman mir die Koordinaten durchgab. Und ich habe mehrmals versucht, Goodman selbst zu erfassen, doch die Meßergebnisse wurden jedesmal undeutlich.«

»Wenn wir Goodman noch allzu lange im *Stolz von Mintak* lassen, wird er auch nur noch undeutlich sehen können«, murmelte der Chief. »Aber der Transporter selbst funktioniert?«

»Einwandfrei, Sir.«

»Dann vergessen Sie die Sensoren erst mal. Das muß genügen; wir können die Fehler im System später suchen. Goodman soll Ihnen seine Koordinaten durchgeben, Sie beamen ihn an Bord und melden sich dann sofort hier zurück. Commander Sisko hat einen Auftrag für die *Ganges*. O'Brien Ende. Sir?« Er richtete seine Aufmerksamkeit wieder auf Sisko.

»Wenn Trulli zurückkommt, soll er eine Gruppe von vier Personen nach Bajor fliegen und zu diesen Koordinaten hinabbeamen.« Sisko gab O'Brien einen Datenchip. Der Leiter der technischen Abteilung schob ihn in die Konsole und überprüfte die Angaben.

»Das Kaladrys-Tal ... eine dicht besiedelte Gegend, Sir?«

»Nein.« Sisko atmete tief durch. »Nicht mehr.«

O'Brien wußte, was sein vorgesetzter Offizier meinte, ohne daß ein weiteres Wort nötig war. »Wissen Sie, Sir«, sagte O'Brien beiläufig, als wolle er das Thema wechseln, »Keiko hat mit ihren Schülern vor einer Weile ein paar Gedichte durchgenommen und die Kinder gebeten, ihr Lieblingsgedicht mitzubringen und im Unterricht vorzulesen. Ganz besondere Gedichte, die große Bedeutung für sie und ihr Volk haben.«

»Ich wette, Nog hat keins gehabt«, sagte Sisko. Er sprach von Quarks Neffen; man konnte sich nur schwer vorstellen, daß es bei den äußerst materialistisch eingestellten Ferengi überhaupt Gedichte gab.

»Sie werden lachen, aber er hat eine ellenlange Strophe aus einem Ferengi-Epos vorgelesen, das einen großen Preiskrieg schildert, der beinahe drei Familien vollständig ausgelöscht hätte. Er stand in dieser absurden, heldenhaften Pose da und trug laut vor: ›Obwohl Städte brennen und das Land von gierigem Feuer verzehrt wird, geh voran, mein Sohn, und kaufe sie auf! Erwerbe! Erwerbe! Erwerbe!‹ und so weiter ...«

»Ja, Chief, ich weiß von diesen Hausaufgaben. Jake

hat geübt und mir diverse Male ›Casey am Schläger‹ vorgetragen. Worauf wollen Sie hinaus?«

»Darauf, Sir, daß eins der bajoranischen Kinder ein Gedicht über das Kaladrys-Tal vorgetragen hat. Es war so prächtig, daß man fast glauben konnte, tatsächlich dort zu stehen, inmitten dieses weiten, grünen, wunderschönen Landes. Aber das Gedicht stammt aus der Zeit, bevor die Cardies kamen.« Miles schüttelte den Kopf. »Das Gedicht beschreibt, wie eine Gruppe, die die Lehren der Propheten auf eine ganz bestimmte Art und Weise befolgte, eine andere Gruppe ausmerzen wollte, die die Lehren anders interpretierte. Ich muß Ihnen wohl nicht sagen, was dann passierte oder wie das Land nach dieser kleinen Meinungsverschiedenheit aussah.«

Sisko sagte nichts. Er wußte es.

»Aber schließlich, Sir«, fuhr O'Brien fort, »kamen die Leute wieder zur Vernunft, und das Land wurde in seiner alten Schönheit wiederhergestellt. Es hat also schon vorher Leute gegeben, die Verwüstungen anrichteten, aber stets auch solche, die wieder aufbauten. Die Cardies haben nicht das letzte Wort gesprochen, genausowenig wie einer von uns im großen Maß der Dinge das letzte Wort sprechen wird.«

Diesmal lächelte Sisko. »Sie sind ja auch ein kleiner Dichter, Chief.«

»Warum nicht?« O'Brien hob stolz das Kinn. »Ich bin Ire.«

Kurz darauf begleitete O'Brien den Commander zu dem Andockplatz, an dem die gerade zurückgekehrte *Ganges* wartete. Das stationsseitige Schleusentor zischte, als Bruder Gis hereinkam, begleitet von Major Kira. »Alles ist bereit«, erklärte er strahlend. »Commander, als Sie gesagt haben, Sie könnten uns nicht viele Geräte zur Verfügung stellen, haben Sie weit untertrieben. Ich habe die Vorbereitungen des jungen Arztes beobachtet, und was allein er mitbringt, ist schon mehr, als wir je erwartet haben. Wir werden diese Spende mit anderen Lagern teilen müssen.«

»Es freut mich, daß wir helfen konnten«, erwiderte Sisko.

»Glauben Sie mir, Sie werden dafür belohnt werden.« Der Mönch machte eine segnende Geste, die Sisko bei den Bajoranern nur selten beobachtet hatte.

»Commander Sisko wird der erste sein, der Ihnen mitteilt, daß er als Starfleet-Offizier keine Belohnung bekommen möchte«, warf Major Kira ein. »Ihm genügt die Befriedigung, die richtige Entscheidung getroffen zu haben.«

Sisko runzelte die Stirn, sagte aber nichts dazu. »Bruder Gis«, fragte er statt dessen, »haben Sie sich schon einmal mit Hilfe eines Transporterstrahls fortbewegt?«

»Äh... nein«, gestand der Mönch ein. Ihm schien etwas unbehaglich zumute zu sein.

»Habe ich mir gedacht. Das ist Miles O'Brien, der Leiter meiner technischen Abteilung. Damit Sie ganz beruhigt sein können und einsehen, daß kein Grund zur Nervosität gegeben ist, wird er Ihnen die Prozedur erklären. Chief?«

»Aye, Sir.« O'Brien nahm den Mönch beiseite. Normalerweise gehörte es nicht zu seinen Aufgaben, nervöse Passagiere zu beruhigen, die zum erstenmal einen Transporter benutzten. Normalerweise machte sich niemand die Mühe, großartig Fragen zu stellen; das Ganze ging so schnell vonstatten, daß kaum Zeit blieb, die Uneingeweihten darauf vorzubereiten. Siskos Vorschlag kam Miles wie eine Ablenkungstaktik vor. Aus dem Augenwinkel beobachtete er, wie Commander Sisko mit verkniffenem Gesicht Major Kira bedeutete, ihm zu folgen. Sie zogen sich in einen abgelegenen Teil des Andockplatzes zurück. Während Miles Bruder Gis die Theorie und Praxis sowie die Wahrnehmungen erklärte, die sich beim Beamen einstellten, warf er gelegentlich verstohlene Blicke zu Sisko und der Bajoranerin hinüber, die sich leise, aber eindringlich unterhielten.

Also hatte ich recht, dachte er. Er konnte zwar kein einziges Wort vom Gespräch zwischen Sisko und Kira verstehen, doch das gesamte Benehmen des Commanders machte klar, daß Major Kira sich erneut zuviel herausgenommen hatte.

O'Brien schüttelte den Kopf. Er bewunderte Kiras kühne, aufrichtige Art und die Hingabe an ihr Volk, doch das brachte ihr mehr Scherereien ein, als es eigentlich notwendig gewesen wäre. Er beendete seine Erklärung schnell, in der Hoffnung, ihre Rückkehr würde Kira einige der Schwierigkeiten ersparen, in die sie sich wieder gebracht hatte.

»Er weiß Bescheid, Commander«, sagte O'Brien und trat zu Sisko. »Er hat jetzt genauso wenig Angst vor dem Transporter, als hätte er ihn von Geburt an benutzt.«

Sisko unterbrach das Gespräch mit Major Kira. »Sehr schön, Chief«, sagte er. Die Bajoranerin schaute keineswegs betroffen, sondern wütend drein. O'Brien hätte einen Monatslohn darauf gewettet, daß es zwischen den beiden nach dem Start des Flitzers noch einiges zu besprechen gab.

In diesem Augenblick wurde die Tür des Hangars erneut geöffnet, und Dr. Bashir und sein Assistent, Fähnrich Kahrimanis, kamen herein. Sie trugen gemeinsam einen ziemlich sperrigen Behälter von der Größe einer Feldkiste. Die Tür hatte sich kaum hinter ihnen geschlossen, als sie sich schon wieder öffnete, um Lieutenant Dax einzulassen, der ein Bajoraner folgte, der drei ähnliche Behälter auf einer Antigravplattform hinter sich herzog.

Während die Fracht verladen wurde, gab O'Brien Trulli letzte Anweisungen. »Wenn Sie im Orbit sind, beamen Sie zuerst die Ausrüstung hinab«, sagte er.

»Und überzeugen Sie sich, daß sie sicher angekommen ist, bevor Sie das Personal hinunterschicken.« Es mochte sich zwar töricht anhören, nachdem er diese verfluchten cardassianischen Geräte gerade erst justiert, beziehungsweise repariert hatte, doch er fühlte sich besser, wenn sie zuerst an unbelebten Gegenständen erprobt wurden. Jeder außer Keiko hätte laut gelacht, hätte er erfahren, daß O'Brien allen Ernstes der Ansicht war, jedes technische Gerät spiegele irgendwie den kulturellen Zustand und die moralische Auffassung seiner Erbauer wider. Klingonische Geräte waren vertrauenswürdig – *ehrenvolle* Technik, wie er sie nannte, die so funktionierte, wie es der Fall sein sollte. Geräte der Ferengi gaben einem nicht mehr und nicht weniger als das, wofür man bezahlt hatte, auch wenn man ein Auge auf sie halten mußte. Sie neigten dazu, in kürzester Zeit auszufallen, wenn man nicht auf der Hut war.

Nichts von dem, was die Cardies geschaffen hatten, konnte man vertrauen.

»Aye, Sir«, erwiderte Trulli, schaute dabei jedoch zweifelnd drein. »Aber ... woher sollen wir wissen, in welchem Zustand die Geräte eingetroffen sind? An der Landestelle befindet sich niemand, der es uns mitteilen könnte, und solange die Sensoren ausgefallen sind ...«

»Keine Angst, sie funktionieren wieder.« Er hoffte, daß der Glaube an seine technischen Fertigkeiten schwerer wog als die verräterische Natur der Cardie-Geräte in seiner Obhut.

»Äh ... Sir?« fragte Trulli. »Wir müssen auch noch etwas *ausladen*.« Er deutete mit dem Daumen über seine Schulter. O'Brien spähte in den hinteren Teil des Flitzers. Fähnrich Goodman saß zusammengesunken auf einer Kiste mit bajoranischem *Kis*. Er war den Leuten im Weg, die die für Bruder Gis' Lager bestimmten Güter sichern wollten. Jedesmal, wenn sie ihn verscheuchen wollten, versuchte er sie zu überreden, mit ihm ein paar Strophen von ›Klingonische Frauen und romulanisches Ale‹ zu singen.

Gis beobachtete interessiert, wie Chief O'Brien Fähnrich Goodman und das *Kis* aus dem Flitzer brachte.

»Nehmen Sie morgen frei, Goodman«, sagte O'Brien mit einem trockenen Lächeln, während er dem Fähnrich mit den trüben Augen einen leichten Stoß in Richtung Hangartür gab. »Sie scheinen heute genug für die Beziehungen zwischen der Föderation und Bajor getan zu haben.«

»Was ist los mit ihm?« fragte Bruder Gis mit leicht zittriger Stimme. »Ist das eine Nebenwirkung dieses... dieses Transports, dem wir uns unterziehen müssen?«

»Das ist ganz normal«, sagte O'Brien. Der Mönch bedachte ihn mit einem zweifelnden Blick und betrachtete den Flitzer dann mit neuer Besorgnis.

Ist ja toll, dachte der Chief. *Ich nehme mir jede Menge Zeit, um ihm groß und breit zu erklären, wie der Transporter funktioniert, und dann macht ein Mannschaftsmitglied, das die Finger nicht vom Alkohol lassen kann, alles wieder zunichte. Einfach wunderbar.*

Er wandte sich an seine wartenden Passagiere. »Wir sind soweit.« *Jetzt werden wir gleich feststellen, welcher Schaden angerichtet wurde.* An die Sensoren dachte er dabei nicht.

Wie O'Brien befürchtet hatte, wurden seine Hoffnungen zunichte gemacht, und Bruder Gis zierte sich. Kahrimanis und Dax stiegen ein, ohne auch nur einen Blick zurückzuwerfen. Dr. Bashir erklärte sich bereit, bei Bruder Gis zu bleiben und ihm die Hand zu halten.

»Die Propheten mögen mir gnädig sein!« flüsterte der Mönch und betrachtete den Flitzer. Dann schaute er Dr. Bashir an. »Und wir könnten nicht vielleicht... landen?«

»Es geht schneller, wenn wir uns aus der Umlaufbahn hinabbeamen lassen«, versuchte Dr. Bashir den

Mönch zu überreden. »Sie haben doch gesagt, es käme auf jede Minute an.«

»In der Tat.« Bruder Gis schien seine Worte jetzt zu bedauern. Er umklammerte Dr. Bashirs Gelenk mit einer schweißnassen Hand. »Und das ist wirklich … sicher?«

»Völlig ungefährlich«, versicherte Chief O'Brien ihm. »Sicherer als der Flug in die Umlaufbahn selbst. Aber das soll nicht heißen, daß der Flug in unserem Flitzer Sie irgendwie beunruhigen müßte«, fügte er schnell hinzu. »Es ist nur eine Sache der Gewöhnung.«

»Ich gestehe ein«, entschuldigte der Mönch sich, »nachdem ich so lange im Kaladrys-Tal gelebt habe, kenne ich mich kaum aus mit solchen …«

Dr. Bashir tätschelte dem Mönch die Hand. »Wenn wir uns in der Umlaufbahn befinden, kann Fähnrich Trulli mich zuerst hinabbeamen. Danach nehme ich hiermit« – er zeigte auf seinen Kommunikator – »Kontakt mit dem Flitzer auf, damit Sie selbst hören können, daß ich sicher angekommen bin. Wären Sie damit einverstanden?«

»Ich … glaube schon.«

»Ausgezeichnet«, sagte Julian fröhlich. »Dann ist ja alles klar. Sollen wir?« Er zeigte auf den Flitzer.

Der Mönch atmete dramatisch ein und wieder aus. Er bestieg den Flitzer mit dem Ausdruck eines Mannes, der zum Schafott geführt wurde, aber er stieg ein. Julian folgte ihm. Der letzte Blick, den Commander Sisko von dem jungen Arzt erhaschte, zeigte ein selbstgefälliges Grinsen auf Bashirs Zügen.

»Genau wie die Edamer Katze«, murmelte er, als er und die anderen den Andockplatz verließen.

»Wie bitte, Sir?« fragte Kira.

»Eine Gestalt aus einem alten Kinderbuch von der Erde. *Alice im Wunderland*«, warf Chief O'Brien ein. »Sir«, sagte er dann zum Commander, »ich nehme Mc-

Cormick mit, und wir machen uns auf die Suche nach dieser Fehlerquelle in den Sensoren.«

»Verschwenden Sie nicht allzuviel Zeit damit, Chief«, sagte Sisko. »Es gibt jede Menge anderer Probleme, die viel dringender sind.«

»Als ob ich das nicht wüßte«, seufzte O'Brien. »Wenn ich die Sache innerhalb von einer Stunde nicht hinbekommen habe, flicken wir das System, so gut es geht, und kümmern uns dann später darum.«

»Einverstanden.« Sisko bedeutete ihm mit einem Nicken, daß er wegtreten konnte, und Miles machte sich auf den Weg. Sisko und Kira folgten ihm etwas gemächlicher zur OPS.

»Wissen Sie«, sagte Sisko dabei, »nachdem Dr. Bashir und die anderen das Ihre dazu beigetragen haben, diese Krise zu beseitigen, könnten wir den Kindern vielleicht weitere Hilfsgüter schicken. Natürlich die wichtigsten Gegenstände, die sie am dringendsten brauchen, aber auch etwas darüber hinaus, etwas ganz Besonderes: Bücher. Erzählungen. Märchen.« Er schaute Kira an. »Kennen Sie auf Bajor überhaupt Märchen?«

Der Verbindungsoffizier setzte einen ganz eigentümlichen Gesichtsausdruck auf. »Ich weiß, wovon Sie sprechen, falls Sie das meinen. Ich habe ein paar Mal in die Schule hineingeschaut und zufällig mitbekommen, wie Keiko O'Brien den jüngeren Kindern eins dieser Märchen vorgelesen hat. Es war eine Geschichte von einem armen Mädchen, das von einer Frau, die sogar noch mächtiger als die Kai war, viele Geschenke bekam, darunter auch ein Paar gläserner Schuhe. Als sie einen davon verlor, mußte sie heiraten.«

»Das ist aber eine ganz neue Interpretation von ›Aschenputtel‹, Major«, erwiderte Sisko amüsiert.

»Meine Mutter hat mir auch solche Geschichten erzählt, besonders am Abend, wenn ich zu hungrig war, um einschlafen zu können, oder die Kampfgeräusche uns alle wach hielten: Geschichten von jungen Mädchen, die nichts besaßen, aber klug und tapfer waren und nicht aufgaben. Wunderbare Dinge geschahen mit ihnen, und am Ende war stets alles wieder gut.« Kira glitt in die Vergangenheit zurück. »Auch als ich schon viel zu alt für solche Geschichten war, wollte ich noch an sie glauben. Selbst als ich mich dem Widerstand anschloß und es so aussah, als müßten wir ewig gegen die Cardassianer kämpfen, klammerte ich mich an die Vorstellung, daß ich einst … wie heißt es stets am Ende dieser Geschichten?«

»Und wenn sie nicht gestorben sind, leben sie noch heute glücklich und zufrieden«, sprang Sisko ein.

Kira nickte. »Mit Ihrer Erlaubnis, Sir, würde ich gern Märchenbücher für die Lagerkinder sammeln. Vielleicht könnte ich in meiner Freizeit daran arbeiten und einige Ihrer Märchen mit Hilfe des Computers ins Bajoranische übersetzen.«

Siskos Zähne blitzten auf. »Erlaubnis gewährt.« Dann verblich sein Lächeln wieder. Wenn jemand es verdient hatte, glücklich und zufrieden zu leben, dann die Kinder Bajors. »Ich habe in meiner persönlichen Bibliothek einige Bücher, die ich dem Projekt gern stiften würde.« Er fragte sich, wie Mark Twain sich in bajoranischer Übersetzung lesen würde.

Major Kira betrachtete ihn lange und eindringlich. »Das ist aber ein gewaltiger Wandel.«

»Was?«

»Plötzlich sind Sie ganz versessen darauf, bei dieser Sache mitzumachen.«

»Warum überrascht Sie das?« Es störte ihn, daß sie sein Interesse überhaupt überraschend fand.

»Weil es so schwierig war, Sie dazu zu bewegen, dem Lager überhaupt Hilfe zukommen zu lassen«, erwiderte sie. »Und weil Sie mir fast den Kopf abgerissen haben, als ich eine harmlose kleine Bemerkung fallen ließ.«

»Und was für eine harmlose kleine Bemerkung war das?«

»Als ich Bruder Gis sagte, das Wissen sei Ihnen Lohn genug ...«

»... die richtige Entscheidung getroffen zu haben«, beendete er den Satz für sie. »Major Kira, Sie hatten von Anfang an die Hand im Spiel, nicht wahr?«

»Ich bin der bajoranische Verbindungsoffizier«, erwiderte sie ruhig. »Es ist meine Aufgabe, Starfleet auf gewisse wichtige Angelegenheiten aufmerksam zu machen, auf Situationen, bei denen die Hilfe der Föderation tatsächlich erwünscht ist.« Sie ließ den letzten Teil des Satzes wie einen Vorwurf klingen.

»Ich glaube, Sie haben weit mehr als nur Ihre Pflicht getan. Bruder Gis kommt mir nicht wie jemand vor, der sein Lager bereitwillig verläßt, nicht ohne eine gewisse Ermunterung von außen.«

»Warum? Weil ihn die Vorstellung nervös machte, zum erstenmal hinabgebeamt zu werden? Er ist kein Feigling, Commander. Er hat schon Flüchtlingen geholfen, bevor die Cardassianer von Bajor vertrieben worden sind, praktisch unter ihrer Nase. Wenn Sie etwa glauben, dazu wäre kein Mut nötig ...«

»Ich habe nicht seinen Mut in Frage gestellt«, sagte Sisko. »Ich habe gefragt, warum ausgerechnet er sich an uns gewandt hat. Warum er und nicht jemand aus einem der anderen Lager, in denen die Krankheit sich ausgebreitet hat? In seinem gibt es kaum noch gesunde Erwachsene, die sich um die Kranken kümmern und die Felder bestellen können. Er ist Heiler; er wird *gebraucht*. Er hätte seine Schutzbefohlenen nicht verlassen, hätte man ihm vorher nicht garantiert, daß seine Mission erfolgreich verlaufen wird.«

Er betrachtete Major Kira ruhig.

»Na schön«, gab sie nach. »Er hatte meine Unterstützung. Ich habe entfernte Verwandte, die aus dem Kaladrys-Tal geflohen sind, sich aber trotzdem noch um die Freunde kümmern, die sie dort zurückgelassen haben. Durch sie habe ich von der Situation in den Lagern gehört und dann selbst Erkundigungen eingezogen, um die Angaben zu bestätigen.« Ihre Augen blitzten zornig auf. »Als ich nach Deep Space Nine kam, habe ich nicht einfach den Rest meines Lebens hinter mir gelassen.«

»Das hat auch niemand von ihnen verlangt, Major«, sagte Sisko auf seine ruhige Art.

Kira lachte höhnisch. »Manchmal habe ich aber nicht diesen Eindruck. Die Föderation kommt stets zuerst!«

»Denken Sie nicht auch so, wenn es um Bajor geht?« Siskos Frage war kaum mehr als ein gerade noch verständliches Flüstern.

»Warum sollte ich anders denken?« fauchte sie.

»Weil dieses Denken Sie blind macht«, erwiderte er. »Niemand verlangt von Ihnen, Ihrer Heimatwelt untreu zu werden. Die Klingonen wären niemals Verbündete der Föderation geworden, hätten wir das von ihnen verlangt. Sie haben Möglichkeiten, Major, unglaubliche Möglichkeiten. Starfleet könnte mehr von Ihrer Sorte gebrauchen; Führung kann man nicht einfach in einem Klassenzimmer erlernen. Aber Vorgesetzter zu sein, bedeutet, Entscheidungen treffen zu müssen, Entscheidungen, die Hunderte, Tausende von Leben beeinträchtigen können. Ich möchte nur, daß Sie eins verstehen... die ›richtige‹ Entscheidung muß nicht immer die sein, die Bajor begünstigt.«

»Das müssen Sie mir erst mal beweisen.«

»Lassen Sie mir etwas Zeit dafür.« Sein Blick glitt über das geschäftige Treiben. All diese Leute, Mitglieder der Föderation und Bajoraner, waren auf ihn angewiesen. »Glauben Sie mir, es ist nicht leicht, diesen Beweis anzutreten, nicht einmal sich selbst.« Die Zweifel, die in ihm aufgekommen waren, als er das Kommando über Deep Space Nine angetreten hatte, kehrten plötzlich zurück. Starfleets Vorstellung von dem ›richtigen‹ Posten für Benjamin Sisko war heftig mit seiner Vorstellung von dem ›richtigen‹ Ort kollidiert, an dem er seinen Sohn Jake großziehen wollte. »Am schwersten ist es, wenn die richtige Entscheidung einem nicht das gibt, was man gern hätte.«

»Ihre Entscheidung hat Dr. Bashir genau das gegeben, was er sich wünscht«, wandte Major Kira ein. »An der Grenze Medizin zu praktizieren. Seit er hier angekommen ist, hat er nur davon gesprochen, Grenzmedizin praktizieren zu können. Ob er überhaupt weiß, worauf er sich da eingelassen hat?«

»Dr. Bashirs Ausbildung müßte ihn ausreichend auf jeden medizinischen Notfall vorbereitet haben«, sagte Sisko. »Sie haben ihn oft genug bei der Arbeit gesehen, um zu wissen, daß er nicht nur große Sprüche klopft. Er hat sich mehr als nur einmal um uns alle gekümmert. Sie sollten größeres Vertrauen in ihn haben.«

»Ich stelle seine Kompetenz als Arzt nicht in Frage, Sir«, erwiderte Kira. »Aber wenn ich noch einmal diese Geschichte mit den prä- und postganglionischen Nerven von ihm höre, kann ich für meine Handlungen nicht garantieren. Auf Bajor haben wir ein Sprichwort: Die lautesten Bittsteller fordern von den Propheten das, was sie sich am meisten wünschen, aber am wenigsten kennen.«

»Wir haben ein ähnliches Sprichwort, Major Kira«, sagte Sisko. »Bitte nie, daß man deinen Herzenswunsch erfüllt; vielleicht geschieht dies dann tatsächlich.«

5

Dr. Bashir saß auf seiner Pritsche in dem Zelt, das Bruder Gis ihm zugewiesen hatte. Er hielt die Augen geschlossen, hatte den Kopf zurückgelegt und den Mund geöffnet, während er tief durchatmete und versuchte, die analytische Ruhe zurückzuerlangen, die er benötigte, wollte er auch nur den ersten Schritt tun, die Kinder zu retten.

Sie retten … wozu? kroch das boshafte Flüstern eines Gedankens durch seinen Verstand. *Für die nächste Epidemie, die diese Einöde heimsucht? Oder für Jahre der mörderischen Arbeit, um das Land zurückzugewinnen, das die Cardassianer in eine trockene Wüste verwandelt haben?*

Sei still, sagte Julian zu der Stimme. Er schloß den Mund, atmete scharf durch die Nase ein, hielt die Luft einen Herzschlag lang an, stieß sie dann zwischen gespitzten Lippen wieder aus und schickte sich an, den Vorgang zu wiederholen. Er hatte diese Konzentrationstechnik gelernt, noch bevor er mit dem Medizinstudium begonnen hatte. Alle hatten davon gesprochen, welch starkem Druck sie auf der Starfleet-Akademie ausgesetzt sein würden, aber niemand hatte vorgeschlagen, wie man mit diesem Druck fertig werden sollte. Entweder man fand eine Möglichkeit, oder man mußte aufgeben.

Aufzugeben wäre für Julian Bashir nie eine Alternative gewesen.

Du siehst doch, wie sie hier leben, beharrte die Stimme. *Es ist erstaunlich, daß dies erst die erste Epidemie ist, die so viele Todesopfer fordert. Du redest dir ein, du könntest schnell arbeiten, aber wird es für sie schnell genug sein? Wenn du versagst, werden sie sterben, und wenn du Erfolg hast... wird eine andere Krankheit ausbrechen und das Werk vollenden, das diese hier begonnen hat.*

Julian drehte sich der Magen um. *Laß mich in Ruhe. Laß mich nachdenken.*

In dem Augenblick, in dem er diese Forderung stellte, wußte er, daß er sie unmöglich erfüllen konnte. Wie konnte er vor sich selbst fliehen?

Er konnte noch immer die Worte des Vulkaniers Selok hören, des Ausbilders, den er am meisten bewundert und verehrt hatte. »Sie sind einer der zuversichtlichsten Medizinstudenten, die ich je kennengelernt habe, Bashir«, hatte er zu ihm gesagt. »Sie sind auch einer der selbstkritischsten. Sie glauben an Ihre Fähigkeiten, stellen sie gleichzeitig jedoch stets in Frage.«

»Haben Sie bei Ihren Vorlesungen nicht betont«, hatte der jüngere Julian protestiert, »daß ein Arzt seine Leistung häufig selbst beurteilen muß?«

Der Gesichtsausdruck des vulkanischen Heilers blieb unverändert streng. »Es gibt einen Unterschied zwischen Selbstanalyse und Selbstzerfleischung. Finden Sie ihn.«

In solchen Augenblicken, in denen er bis auf die innere Stimme, die ihn ständig hinterfragte, allein war, grübelte Julian häufig darüber nach, ob er Seloks Lektion je begreifen würde.

Du denkst darüber nach, was dich erwartet, doch damit änderst du nichts, fuhr seine innere Stimme fort. *Und indem du ein Heilmittel für dieses ›Lagerfieber‹ findest, änderst du auch nichts. Du wirst niemanden retten können, Julian; du verlängerst nur ihr Elend. Ist das freundlich?*

Ich bin Arzt, sagte Bashir sich. Er umklammerte mit den Händen so fest den Rand der Pritsche, daß seine Knöchel weiß hervortraten. *Ich bin Heiler. Es ist meine Aufgabe, ein Heilmittel zu finden. Es ist meine Pflicht. Des-*

halb hat man mich hierhergeholt, genau das erwarten alle von mir. Ich kann sie nicht im Stich lassen.

Ein schöner Arzt! Gelächter hallte in Bashirs Kopf. *Dax und Kahrimanis haben sich im Lazarett bereits an die Arbeit gemacht, während du dich hier versteckst.*

Nennst du das ein Lazarett? schlug Bashir zurück. Seine Empörung ließ ihn im Augenblick alles andere vergessen. *Es gibt nicht mal genug Betten für die Kranken.*

Aber du hast ein schönes Bett, Julian, sagte die Stimme zuckersüß. *Sind Kahrimanis und Dax ebenfalls so bequem untergebracht? Bruder Gis hat gesagt, sie bekämen Pritschen in den Schlafsälen der Erwachsenen – ebenfalls Zelte, nur mit größeren Löchern in den Wänden. Aber du ...! Du bist der Heiler. Du genießt besondere Privilegien. Warum bist du nicht da draußen und verdienst sie dir?*

Ich werde mehr als nur das tun. Dr. Bashir atmete ein letztes Mal tief durch und öffnete die Augen. *Und wenn das, was ich hier tue, nicht ausreicht, um ihre Welt zu retten, kann ich wenigstens ihr Leben retten.* Jetzt fühlte er sich besser. Das Rumoren in seinem Bauch hatte sich gelegt. Statt dessen brannte dort das heiße, gleichmäßige Feuer des Zorns. Er war wütend, weil es Arbeit gab, die er hätte tun sollen, bislang aber liegengeblieben war. Er war wegen der kurzzeitigen Schwäche wütend, die ihn überwältigt hatte, als er das Lager zum erstenmal erblickt hatte.

Die Tatsache, daß er nicht als einziger betroffen gewesen war, stellte keinen Trost dar. Auch Kahrimanis war stark erschüttert gewesen, als Bruder Gis die Gruppe den kleinen Hügel hinab und mitten in die Siedlung geführt hatte. Bashir erinnerte sich noch genau an das bleiche Gesicht seines Assistenten und die Art und Weise, wie er scharf einatmete. Selbst Dax zeigte einen gewissen Schock angesichts des Schmutzes, des Gestanks, der Hoffnungslosigkeit, die wie eine dicke, fettige Rauchwolke über dem gesamten Lager hing.

Dax, die so lange gelebt und so viel gesehen hat! dachte er. Mußte er sich wegen seiner Reaktion Vorwürfe machen, wenn auch sie das Elend, das sie umgab, nur benommen zur Kenntnis nehmen konnte? Die Welle des Mitleids, die ihn durchfloß, fühlte sich wie ein Hammerschlag gegen die Brust an. Sie ließ ihn innerlich so heftig zitternd zurück, daß er Bruder Gis bat, ihn sofort zu seinem Quartier zu bringen.

Sie brauchen mein Mitleid nicht, sagte er sich, als er sich vom Bett erhob und das Zelt verließ. *Sie brauchen meine Hilfe.*

Er hatte gerade mal zwei Schritte getan, als der Gestank sich mitten zwischen seine Augen bohrte und ihn abrupt innehalten ließ. Dr. Bashirs Nase zog sich angesichts des Geruchs menschlicher Ausscheidungen zusammen, die dort liegengeblieben waren, wo man sie hatte fallen lassen, ohne sie zu beseitigen oder wenigstens zu vergraben. Auch die Ausdünstungen verfaulenden Abfalls lagen in der Luft, aber viel schwächer – die Flüchtlinge hatten nicht genug Nahrung, um viel Abfall zu produzieren, und die Nahrung, die sie hatten, wurde so restlos und vollständig verbraucht, daß nur wenige Reste übrigblieben.

Während Dr. Bashir dort stand, kam ein Junge von vielleicht zehn Jahren vorbei, der einen Schubkarren mit organischem Abfall hinter sich herzog. Der Junge ging mit gebeugten Schultern und schlurfte wie ein alter Mann. Seine Kleidung war so zerrissen, daß man unmöglich sagen konnte, welche Farbe sie ursprünglich aufgewiesen hatte, oder ob es sich um eine Hose, ein langes Hemd oder was auch immer gehandelt hatte. Als er den Karren an Bashir vorbeizog, warf er dem Arzt nicht mal einen flüchtigen Blick zu. Neugier erforderte mehr Kraft, als er aufbringen konnte.

»Kann ich dir helfen?« Dr. Bashir trat zu dem Jungen und wollte die Hand um den Griff des schweren Karren legen. Die Bitte um Erlaubnis war für ihn nur eine Formalität. Zu seiner Überraschung klammerte das Kind sich stur an den Griff und entblößte die Zähne zu einem warnenden Knurren. Julian ließ los, trat schnell zurück und zeigte dem Jungen seine leeren Hände. »Schon gut, schon gut, er gehört dir. Niemand will ihn dir wegnehmen.«

Der Junge funkelte Bashir wütend an, grub dann seine nackten braunen Füße in den staubigen Weg und schleppte sich weiter. Bashir sah ihm nach und schirmte seine Augen vor der Sonne ab, bis der Schubkarren um die Ecke eines Lagergebäudes bog und aus der Sicht verschwand.

Nun stand Bashir allein auf dem Weg. Er drückte eine Hand auf Nase und Mund und machte sich auf die Suche nach dem Lazarett. Nach einer Weile nahm er die Hand wieder herunter. Obwohl der Geruch des Lagers noch so scharf wie zuvor war, hatte er sich daran gewöhnt.

Bruder Gis' Lager war ein Durcheinander von Zelten und an der Seite offenen Hütten, die um die Ruinen eines alten Bauernhofs errichtet waren. Die Anordnung der Gebäude kam ihm völlig zufällig vor; es schien den Erbauern nur darum gegangen zu sein, sich so schnell wie möglich Unterkunft zu verschaffen. Es schien sich nicht um das Werk menschlicher Hände zu handeln; vielmehr machte es den Eindruck, als wäre es über Nacht von allein gewachsen, wie ein Pilz. Jede feste Wand, an der Dr. Bashir vorbeiging, war aus Teilen eines halben Dutzends anderer ausgeschlachteter Gebäude zusammengesetzt. Auf Holzbalken lagen Schichten mörtelloser Steine. Dächer dienten als Wände, Dielen waren zu Dächern umfunktioniert worden, und alles, was aufrecht hingestellt werden konnte, war Bestandteil einer Wand. Einige Gebäude verfügten über hölzerne Seiten, die allesamt Anstriche unterschiedlicher Färbung aufwiesen, und viele zeigten Brandspuren. Als die Cardassianer Bajor verlassen hatten, hatten sie geglaubt, alles Nützliche oder Verwendbare mitgenommen zu haben. Die Flüchtlinge stellten unter Beweis, wie sehr sie sich geirrt hatten.

Unbefestigte, mit Rillen und Schlaglöchern überzogene Pfade dienten als Straßen. Bashir sah keinerlei Ordnung in dem Wirrwarr der kreuz und quer verlaufenden Wege, der verrückten Biegungen und Winkel. Zu dieser Stunde waren die Straßen verlassen. Er ertappte sich, daß er sehr leise ausschritt, um alle anderen Geräusche, die irgendwer erzeugen mochte, besser hören zu können. Er schätzte es nicht, von Geistern begleitet zu werden.

Julian mußte nicht weit gehen, um zum Lazarett zu gelangen. Es war ein großes, graues Gebäude, dessen Ausmaße darauf hinwiesen, daß es sich dabei einmal um einen Kornspeicher oder ein Lagerhaus gehandelt hatte. Eine Wand zeigte die schwarzen Spuren von Feuer; eine andere war gar nicht vorhanden und durch ein Flickwerk aus Decken ersetzt worden, die zwischen den Stützbalken hingen. Dieser Vorhang war die einzige Tür, über die das Gebäude verfügte.

Fünf kleine Kinder spielten vor dem Lazarett im Dreck. Drei von ihnen schauten zu, während das vierte – ein kleines Mädchen mit wildem braunem Haar, das an einen Brombeerstrauch erinnerte – dem fünften, einem viel kleineren Jungen, eine heftige Abreibung verpaßte. Die Kinder beobachteten den ungleichen Kampf, ohne die geringste Reaktion zu zeigen. Weder feuerten sie das Mädchen an, noch versuchten sie, dem Opfer zu helfen. Dieses Opfer wiederum akzeptierte die Tracht Prügel einfach und stöhnte gelegentlich leise, wenn es besonders heftige Schläge einstecken mußte. Was das Mädchen betraf, so schien ihr die Prügelei genausowenig Spaß zu machen wie ihrem Opfer. Ihr Gesicht war leblos, die Augen waren leer. Das jagte Julian die größte Angst ein.

Er trat mitten in den Kampf und trennte die beiden

Kinder voneinander, zerrte den Jungen an den Schultern in Sicherheit. Das Mädchen setzte ihrem Opfer nicht nach, stand einfach da und beobachtete ihn mit dem geduldigen, unmenschlichen Ausdruck eines Hundes, der eine Katze auf einen Baum gejagt hatte und wußte, daß das unglückliche Tier irgendwann herunterkommen mußte. Es konnte warten. Aus der Nase des Jungen tropften Blut und Schleim, und er machte sich nicht die Mühe, den Sabber wegzuwischen – was auch keine Rolle spielte angesichts der Schmutzschicht, die bereits sein Gesicht bedeckte. Von seinem zerbrechlichen, knochigen Körper ging ein widerwärtiger Gestank aus.

»Was hat das zu bedeuten?« fragte Dr. Bashir. Er bekam keine Antwort. Die Kinder sahen ihn nur an und warteten. »Du solltest dich was schämen«, fuhr er fort, an das Mädchen gewandt.

Es schämte sich nicht. Es tat gar nichts. Es sah ihn an, aber in seinen Augen war nicht der geringste Funken. Genausogut hätte er von einer Statue eine Reaktion erwarten können.

Julian setzte den kleinen Jungen ab und versuchte, von ihm eine Antwort zu bekommen. »Warum hat sie dich geschlagen?« Er bekam lediglich ein Achselzucken. Der Junge huschte wie ein Kaninchen davon und lief ohne auch nur ein Wort des Dankes für den Arzt um die Ecke eines nahe gelegenen Zelts. Die anderen Kinder trotteten ihm hinterher. Julian schüttelte mutlos den Kopf. Würden sie den Jungen einholen, würde die Prügelei sich fortsetzen, als wäre nichts geschehen.

Er überlegte, ob er sich die Mühe machen sollte, ihnen zu folgen und mit ihnen zu sprechen. Ein Blick auf das Lazarett half ihm bei der Entscheidungsfindung. Wenn er sich nicht an die Arbeit machte und ein Heilmittel für das Lagerfieber fand, würde er diese Kinder nur allzubald wiedersehen, und zwar als Patienten. Er schob zwei herabhängende Decken auseinander und ging hinein.

Hier herrschte ein anderer Geruch vor, der genauso stark und betäubend wie der draußen war, den er aber zumindest kannte. Fieber hatte seine eigene Ausdünstung. Julian blinzelte, während seine Augen sich an das Halbdunkel im Lazarett gewöhnten. Hier gab es kaum Fenster, die meisten davon waren zerbrochen, alle geöffnet, obwohl die schwache Brise es nicht vermochte, die Luft in Bewegung zu versetzen oder den Gestank zu vertreiben. In Metalltassen, die an waagerechte Balken genagelt waren, standen Kerzen, die ihren Schein dem spärlichen Tageslicht hinzufügten.

In dieser schwachen Beleuchtung bemerkte Julian, daß zwei Reihen von Matratzen auf der bloßen Erde lagen; sie bildeten einen Gang. Einige wenige Pritschen standen wie Inseln des Luxus hervor. Hängematten hingen an den Stellen, an denen die Balken nah genug standen, um dies zu ermöglichen. Seile waren über die gesamte Länge des Raums gespannt und hielten durchhängende Laken, die jenen, die auf der anderen Seite lagen, ein wenig Privatsphäre schenkten. Der riesige Raum war mit den leisen, verschwommenen Geräuschen stöhnender, hustender, sich hin und her wälzender und gelegentlich im Delirium aufschreiender Bajoraner erfüllt.

Dr. Bashir schritt langsam den Gang entlang und stellte dabei fest, daß die meisten Körper unter den kärglichen Laken sehr klein waren. Er warf einen Blick in eine der verhangenen Kabinen und überraschte eine Frau – das Gesicht jung, aber das Haar grau wie Asche –, die auf einem groben Stuhl hockte und einem Kleinkind die Brust gab. Das Baby lag trotz der wiederholten Versuche der Mutter, es zum Trinken zu ermutigen, ganz ruhig da. Dr. Bashir sah, wie die kleinen, bleichen Lippen sich ein wenig bewegten und dann sofort wieder entspannten. Die Mutter starrte ihn an, doch ihr Gesichtsausdruck schien weder um Hilfe noch um Zurückgezogenheit zu bitten. Für sie war er nur etwas, das man betrachtete, wie eine Wand.

»Darf ich?« Er trat in die Kabine, wie er zwischen die streitenden Kinder getreten war, doch diesmal würde er nicht so leicht aufgeben. Als er versuchte, ihr das Baby aus den Armen zu nehmen, leistete sie zuerst Widerstand. Er entwand ihr das Kind sanft, aber energisch, und sie war zu schwach, um sich mehr als nur symbolisch wehren zu können. Das Kind auf einem Arm haltend, zog er ihm die schmutzigen Windeln aus und untersuchte es. Er benutzte keins der medizinischen Instrumente, die er bei sich trug, damit die Mutter nicht beim Anblick so fremdartiger Geräte in der Nähe ihres Babys in Panik geriet.

Beobachtungsgabe ist das erste und beste Werkzeug eines Arztes, hatte Selok ihm einmal beigebracht. Der kleine Körper in Julians Armen fühlte sich warm, aber nicht heiß an, und es gab nirgendwo Anzeichen einer Schwellung. Er legte das Kind über seine Schulter und tätschelte dessen Rücken. Er wurde mit einem lauten Rülpser belohnt, dann mit Feuchtigkeit, die durch den Stoff seiner Uniform sickerte, und dem Geruch geronnener Milch.

»Na, das nenne ich Dankbarkeit«, sagte er und lächelte das Baby an, als er es in die Armbeuge der Mutter zurücklegte. Er streichelte die Wange des Kindes und bekam einen starken Grundreflex. Nun, da die Ursache für die Magenschmerzen beseitigt war, wollte es wieder trinken. Aber warum fühlte es sich unter seiner Berührung so warm an? Eine schnelle Untersuchung des Mundes gab ihm die Antwort.

»Es zahnt«, sagte er zu der Mutter. »Es ist normal, daß kleine Kinder sich etwas wärmer anfühlen, wenn sie Zähne bekommen.«

Er gab ihr das Kind zurück. Die junge Mutter nahm es dem Arzt aus den Händen und benahm sich, als befürchtete sie, es würde jeden Augenblick explodieren. Während sie Dr. Bashir nicht aus den Augen ließ, wickelte sie das Baby wieder so fest wie zuvor.

»Nein, nein, nein!« sagte Dr. Bashir und griff nach dem Baby. »Packen Sie ihn nicht so fest und warm ein. Ihm ist schon heiß genug. Wenn Sie es übertreiben, wird er beim ersten kalten Lüftchen eine Erkältung kriegen. Lassen Sie mindestens eine Schicht der Windeln weg, bis der Zahn da ist oder es kühler wird.«

Die Mutter kniff die Augen zusammen. Sie berührte ihr tief gefurchtes Nasenbein, schnippte gegen die kahlen Drähte, die an ihrem rechten Ohr hingen, und zeigte dann auf Bashirs glatte Nase und ungeschmücktes Ohrläppchen.

Er war nur einen Augenblick lang verwirrt, dann lachte er. »Nein, ich bin kein Bajoraner«, sagte er. »Aber ich habe studiert, inwiefern Ihr Volk und meins sich voneinander unterscheiden und welche Gemeinsamkeiten wir haben. Das Zahnen geht bei Ihren Babys genauso vonstatten wie bei den unseren. Bei Ferengi ist das natürlich wieder eine ganz andere Geschichte.« Dann wurde seine Stimme wieder besorgter. »Kann ich Ihnen noch irgendwie helfen? Können Sie es mir sagen? Können Sie sprechen?«

Die Frau schien darüber nachzudenken. »Sie ... haben studiert?« sagte sie dann langsam. »Sie sind der Heiler, den Bruder Gis uns bringen wollte?«

»Ich bin Dr. Julian Bashir.« Er trat vor, um ihr die Hand zu geben, überlegte es sich aber wieder anders, als sie zurückzuckte. »Haben Sie vielleicht andere wie mich hier gesehen?« Er zeigte auf seinen Insignien-Kommunikator. »Lieutenant Dax und Fähnrich Kahrimanis. Wir sind von der Raumstation Deep Space Nine gekommen und ...« Er hielt inne. »Sie wissen gar nichts von einer Raumstation, nicht wahr?« sagte er. »Oder von Starfleet oder der Föderation oder ... Schon gut, es ist nicht weiter wichtig. Wir sind hier, um Ihnen zu helfen, mehr müssen Sie nicht wissen. Sie brauchen vor keinem von uns Angst zu haben. Haben Sie verstanden?«

Die Frau nickte unsicher, entfernte dann die äußerste Windelschicht und versuchte mit einem schüchternen Ausdruck, die erbrochene Milch von Dr. Bashirs Schulter zu entfernen. »Danke«, sagte er. »Und jetzt bringen Sie Ihr Kind hier raus. Es muß nicht in diesem Lazarett sein. Bei dem Fieber, das hier grassiert, sind sowohl Sie als auch das Kind hier wahrscheinlich am schlechtesten aufgehoben.«

Dr. Bashir bezweifelte, daß er Mutter und Kind retten konnte, indem er sie aus diesem Infektionsherd hinausschaffte, wußte jedoch, daß es ihnen nicht helfen würde, wenn sie blieben. Er begleitete sie persönlich zum Ausgang. An der mit Decken verhangenen Tür zögerte die junge Frau, ergriff dann plötzlich Dr. Bashirs Hand und drückte sie gegen ihr rechtes Ohr. Dann schoß sie durch die Öffnung hinaus.

»Autsch«, sagte Julian und betrachtete den schmalen Kratzer, den die nackten Drähte auf dem fleischigen Teil seiner Handfläche direkt unter dem Daumen zurückgelassen hatten.

»Ah, Dr. Bashir!« Bruder Gis stand vor ihm, das Gesicht vor Vergnügen erhellt. Er war nicht mehr mit der langen Robe und der Kopfbedeckung bekleidet, die er an Bord der Station getragen hatte. Statt dessen war sein Kopf unbedeckt; er trug eine knielange braune Tunika und eine praktische gelbe Schürze darüber. Er ergriff Julians Hand und untersuchte den Kratzer. »Nichts Ernstes. Kommen Sie mit, und wir geben etwas darauf.«

Dr. Bashir folgte dem Mönch den Gang zurück. Am Ende des Gebäudes hing ein Laken über einer Tür, die in einen kleinen Raum führte. Julian mußte sich ducken, um eintreten zu können. Eingerichtet war der Raum mit einem wackligen Tisch, einem Stuhl mit zerbrochener Lehne und einem Durcheinander aus Truhen, Behältern, Schränken und ähnlichen Möbelstükken. Hier war der saubere, würzige Geruch von Medikamenten stärker als der saure der Krankheiten.

»Willkommen in meinem Büro«, sagte Bruder Gis. »Möchten Sie sich nicht setzen?« Er bedeutete Dr. Bashir, er solle den einzigen Stuhl nehmen, doch Julian lehnte höflich ab. »Nein? Dann, mit Ihrer Erlaubnis ...« Der Mönch nahm mit einem deutlich vernehmbaren Seufzen Platz. »Das tut gut. Selbst wenn ich nur so kurz weg bin, häuft die Arbeit sich an. Ich hatte Sie gerade in Ihrem Zelt zurückgelassen und wollte Ihre Freunde zu ihren Unterkünften bringen, als Belem, mein Assistent, mit einem Notfall angelaufen kam, den nur ich bewältigen konnte. Laut Belem, zumindest.« Er warf Julian einen schelmischen Blick zu. »Seitdem hat man mich von einem Notfall zum nächsten weitergereicht. Fähnrich Kahrimanis und Lieutenant Dax wissen noch immer nicht, wo sie diese Nacht schlafen sollen. Das wirft ein schlechtes Licht auf unsere Gastfreundschaft. Ich hoffe, daß zumindest Sie gut untergebracht sind?«

»Alles in Ordnung«, erwiderte Julian. Er stellte sich Dax und Kahrimanis vor, wie sie schwer schufteten, während er in seinem Zelt hockte. Der Funke der Wut auf sich selbst brannte noch heißer. »Falls Sie mir sagen können, wo ich die Behälter finde, die wir von Deep Space Nine mitgebracht haben, würde ich gern die Geräte auspacken und mich daran machen, ein Feldlabor zu errichten.«

»Natürlich, natürlich.« Bruder Gis machte eine beruhigende Geste. »Belem wird Sie sofort dorthin bringen. Ich werde Belem sagen, daß er für die Dauer Ihres Aufenthalts Ihr persönlicher Assistent ist.«

»Fähnrich Kahrimanis ist hier«, setzte Julian an. »Ich brauche wirklich keinen ...«

»Ich flehe Sie an, Doktor, akzeptieren Sie ihn.« Der

Mönch legte demütig die Hände zusammen. »Er ist ein guter Junge, nur etwas zu… wie soll ich es ausdrücken… zu eifrig. Er hilft, wo keine Hilfe gebraucht wird, und man kann ihn nicht aufhalten. Er meint es gut, doch er erzeugt in mir das Gefühl, daß die Hälfte der Notfälle, die er mir meldet, Notfälle sind, die er selbst geschaffen hat.«

»Sie meinen doch sicher nicht, daß er sie verursacht?« Dr. Bashir war auf der Hut. Solch einen Assistenten konnte er nicht gebrauchen.

»Habe ich diesen Eindruck erweckt? Verzeihen Sie mir. Damit tue ich dem Jungen Unrecht. Ich habe gemeint, daß seine Phantasie außergewöhnliche Situationen erschafft, die sich dann zu Notfällen auswachsen. Er ist sehr jung, sehr leicht erregbar und weit weg von zu Hause. Er braucht eine ruhige Führung.«

»Ich nehme Ihnen das Problem ab und versuche mein Bestes«, versprach Dr. Bashir und fragte sich, ob er errötete. Während Bruder Gis den übereifrigen Belem beschrieb, mußte Dr. Bashir kurz daran denken, wie er bezüglich seiner letzten dilettantischen Unternehmungen in Sachen Spionage auf Commander Sisko eingeredet hatte. Glichen die wenigen Gelegenheiten, bei denen er tatsächlich nützliche Informationen besorgt hatte, die vielen anderen aus, bei denen er den Commander grundlos in den Ohren gelegen hatte? »Das ist das mindeste, was ich tun kann.«

»Sie werden es nicht bedauern«, versicherte der Mönch ihm. »Und jetzt zeigen Sie mir diesen Kratzer.«

Gehorsam streckte Dr. Bashir die Hand aus. Bruder Gis betrachtete sie kurz. »Ein winziger Riß, aber ich möchte ihn trotzdem säubern und bandagieren. Hier schwirrt der Erreger durch die Luft, und wir wissen noch nicht, ob die Krankheit auf Bajoraner beschränkt ist. Ich hole meinen Verbandskasten.«

Er hatte sich noch nicht aus dem Stuhl erhoben, als

Dr. Bashir ein dünnes Metallinstrument hervorzog und mit der aufleuchtenden Spitze über den Kratzer fuhr. Er verschwand, ohne auch nur eine Narbe zurückzulassen.

»Bei den Propheten!« rief der Mönch erstaunt. »Wie haben Sie das gemacht?«

Dr. Bashir lächelte charmant. »Ich wollte nicht, daß Sie Ihre Medikamente für eine solche Kleinigkeit verschwenden.«

»Äh, ja.« Bruder Gis sah ihn mißtrauisch an, griff dann nach einer kleinen bronzenen Glocke auf dem Tisch und läutete zweimal. Julian hörte hinter den Laken das Scharren schwerer Schritte und wurde fast von dem schlaksigen jungen Bajoraner umgerannt, der in das behelfsmäßige Büro gestürzt kam.

»Du mußt Belem sein«, sagte Dr. Bashir, als er sein Gleichgewicht zurückerlangt hatte. Der Junge verlagerte unbehaglich sein Gewicht und nickte, ohne dem Arzt in die Augen zu sehen. Er konnte nicht älter als vierzehn sein, und auch an seinem rechten Ohr baumelte ein nackter Draht. »Bruder Gis sagt, du wolltest mir helfen«, beharrte Julian. »Ich muß zu den Geräten, die wir von der Station mitgebracht haben. Weißt du, wo sie sind?«

Erneut das ruckartige Nicken.

»Steh nicht wie ein *Jeskla* da, Belem. Gehorche dem Heiler«, sagte der Mönch streng. An Dr. Bashir gewandt, fügte er hinzu: »Nachdem Belem Ihnen gezeigt hat, wo Sie arbeiten können, und Sie mit dem Aufbau Ihrer Geräte fertig sind, würde ich Ihnen gern das Lager zeigen. Vorausgesetzt natürlich, es treten keine neuen Notfälle auf.« Er betrachtete den Jungen vielsagend, doch Belem studierte eindringlich seine Füße und bemerkte es nicht. »Danach ist es dann schon an der Zeit für unser Abendmahl. Wir essen gemeinsam auf dem Dorfplatz.«

»Dem Dorfplatz?«

»So nennen wir ihn. Früher war es der Übungshof der Zugtiere.«

»Zugtiere? Wie kann ein Bauernhof ohne Maschinen auskommen?«

»Hier gab es Maschinen.« Bruder Gis faltete die Hände zusammen. »Zwei davon funktionieren sogar noch – eine Ackerfräse und eine Düngegerät –, und ich habe einen Mönch damit beauftragt, eine dritte zu reparieren. Aber wir können von Glück reden, daß einige Bajoraner noch sehr altmodisch sind und sich mit der Zucht von *Verdanis* beschäftigt haben.«

Dr. Bashir konnte mit dem Wort nichts anfangen, bis er sich daran erinnerte, daß Major Kira es einmal benutzt hatte, als sie und Quark über Glücksspiele gestritten hatten. Der Ferengi hatte die Bajoraner für töricht gehalten, weil sie bei den *Verdanis*-Rennen nicht auf die Tiere wetteten, und dies auch zum Ausdruck gebracht. Julian schnippte mit den Fingern. »Das sind Tiere, die unseren Pferden ähneln!« rief er.

»Wenn Sie das sagen«, erwiderte der Mönch. »Aber auch ein *Verdanis*, das für die Rennbahn ausgebildet wurde, kann einen Pflug ziehen oder einen Mühlstein drehen. Sie haben uns praktisch gerettet, besonders jetzt, da nur noch so wenige Erwachsene auf den Feldern arbeiten können. Ich wünschte nur, wir könnten ihnen ihre alten Ställe zurückgeben, aber wir brauchen sie dringender.«

»Nun ja«, sagte Julian, »sollten wir uns vorher nicht mehr sehen, treffen wir uns also auf dem Dorfplatz.«

»Jeder kann Ihnen erklären, wo er ist. Bei schlechtem Wetter ziehen wir uns in die Ställe zurück, aber bei klarem Himmel ist es angebracht, so viel Zeit wie möglich unter dem Auge der Propheten zu verbringen.« Er erhob sich mit einem müden Stöhnen von dem Stuhl. »Also bis dann, Dr. Bashir.«

Mit Belem an der Seite verließ Julian das Lazarett. Der junge Bajoraner hatte einen eigentümlichen Gang, ein rollendes Humpeln, das sofort die Aufmerksamkeit des Arztes erregte. Ein Fuß des Jungen war mißgebildet, die Wade stark gebogen.

Armer Bursche, dachte er. *Es scheint sich um ein angeborenes Leiden zu handeln. Aber trotzdem bekäme ich es schnell wieder hin. Soll ich es ihm anbieten? In dieser Hinsicht ist er vielleicht sehr empfindlich – es würde mich wundern, wenn es anders wäre! Und wenn die bajoranische Pubertät sich mit der menschlichen vergleichen läßt, fühlt er sich in diesem Alter in seinem Körper wohl überhaupt nicht zu Hause.* Er entschloß sich zu warten, bis Belem ihn besser kennengelernt hatte, bevor er das Thema zur Sprache brachte.

Belem führte Dr. Bashir zu einer Unterkunft, die aus einer steinernen und drei hölzernen Mauern – eine mit einer richtigen Tür – sowie einem Holzdach bestand. An der Tür war ein Schnappschloß angebracht, daß von einem komplizierten Gerät zusammengehalten wurde, bei dem es sich um ein umgebautes Zifferschloß zu handeln schien. Belem machte sich mit seinen geschickten Fingern ans Werk, und nachdem er ein paarmal schnell daran gedreht und gezogen hatte, sprang es auf. Der Bajoraner konnte ein stolzes Lächeln nicht unterdrücken, als er dem Arzt die Tür öffnete.

Dr. Bashir erwiderte das Lächeln. »Vielen Dank, Belem«, sagte er. »Du mußt mir mal zeigen, wie das funktioniert.«

»Ischt gansch einfach«, murmelte Belem und lief zu einem nahe gelegenen Zelt, um eine Öllampe zu holen. Das Öl war ranzig, doch es war die einzige Lichtquelle, die ihnen zur Verfügung stand. Im Schein des Lampendochts begutachtete Dr. Bashir sein neues Labor.

Die Behälter von der Station befanden sich dort, ordentlich in einer Reihe neben drei Holztischen aufgestellt. Julian kniete neben dem ersten nieder und begann mit dem Auspacken. Belem hielt sich anfangs zurück, doch es dauerte nicht lange, bis seine hilfsbereite Natur zum Vorschein trat und er sich neben dem Arzt an die Arbeit machte. Der Junge hob alle Gegenstände auf, die Julian neben die Truhen legte, und breitete sie auf den Tischen aus.

»Vorsicht«, sagte Julian automatisch, als Belem mehrere Gegenstände aus Glas und einen tragbaren Mikroscanner aufhob.

»Keine Angst, Sir«, sagte der Junge. »Bruder Gis hat uns gesagt, daß wir Ihnen die besten Tische geben sollen. Die hier haben noch ihre eigenen Beine, sind nie kaputt gewesen, nicht ein einziges Mal repariert worden. Sie wackeln nicht, und ihre Oberflächen sind glatt und eben.« Er verkündete dies, als wäre es das größte Wunder, dessen seine Welt sich rühmen konnte.

Was wahrscheinlich auch zutrifft, dachte Julian. Mit Belems Hilfe hatten sie bald ein Labor eingerichtet, mit dem Dr. Bashir etwas anfangen konnte. Sein nächster Schritt bestand darin, dem Jungen zu zeigen, wie man einen Probensammler benutzte. »Ich möchte, daß du damit zum Lazarett gehst und den Fieberpatienten Blutproben entnimmst«, sagte er.

»Dort liegen nur noch Fieberpatienten«, erwiderte Belem. Er betrachtete ehrfürchtig den schlanken, leuchtenden Stab. »Glauben Sie, daß ich das kann? Ich bin kein Heiler. Es wäre arrogant.«

»Du würdest mir damit helfen«, sagte Bashir. Der Junge schaute zweifelnd drein. »Ich brauche die Proben, und den Patienten tut es nicht weh«, fuhr er in dem Versuch fort, Belems Vertrauen zu gewinnen. »Du mußt nur das blau umrandete Ende – das reinigt die Stelle – in die Armbeuge des Patienten drücken, den Stab dann umdrehen und das andere Ende an dieselbe Stelle halten, um das Blut zu entnehmen. Es bleibt nicht mal eine Narbe zurück. Ach ja, und ich gebe dir etwas, womit du kennzeichnen kannst, welche Probe von welchem Patienten stammt. Ich könnte es auch selbst machen, aber Bruder Gis kann meine Fähigkeiten woanders besser gebrauchen. Verstehst du?«

»Ich ... glaube schon.« Belems Unterlippe zitterte. »Aber ich bin so unbeholfen. Was, wenn ich einen Fehler mache?«

»Ich werde dich begleiten und ein paarmal zusehen, wie du dich anstellst. Danach kannst du allein weitermachen. Einverstanden?« Belem nickte ohne große Überzeugung. »Wer sagt eigentlich, daß du unbeholfen bist?«

»Alle.« Diesmal klang der Junge völlig sicher.

»Bruder Gis auch?«

»Nnnnein«, gestand Belem ein. »Aber er ist der einzige, der es nicht sagt. Ich bin deshalb so unbeholfen.« Er streckte den gekrümmten Fuß aus und wandte gleichzeitig den Blick so weit von ihm ab, wie er nur konnte.

Dr. Bashirs Herz machte angesichts der unerwarteten Gelegenheit einen Satz. Es gab keinen günstigeren Augenblick, um Belem zu heilen. Er wußte, es würde nicht lange dauern, und wenn er die Operation noch vor dem Abendessen durchführen konnte ...

... bekommst du deine Absolution, flüsterte die Stimme in ihm. *Bring das Bein des Jungen in Ordnung und beweise damit, daß du der große, romantische Grenzarzt deiner Träume sein kannst. Aber bist du das wirklich? Oder bist du nur der Mann, der vor kurzem noch zitternd in seinem Zelt hockte?*

Es ist nicht wichtig, daß ich mir selbst etwas beweise, dachte Julian wütend. *Wichtig ist nur der Junge.* »Darf ich den Fuß untersuchen?« fragte er Belem.

»Ja, Sir.« Die Antwort des Jungen brachte zum Ausdruck, daß er es nicht wagte, die Bitte des großen Heilers zurückzuweisen. Er setzte sich auf einen der leeren Behälter und schaute weiterhin weg, während Dr. Bashir mit einer Diagnosesonde über seine Haut fuhr.

Die starre, verängstigte Haltung des Jungen bereitete Julian Sorgen. Er versuchte, zur Entspannung des Patienten beizutragen, indem er während der Untersuchung etwas mit ihm plauderte. »Bist du schon lange hier, Belem?«

»Fünf Jahre. Ich war zwölf, als unser Dorf ... umgesiedelt wurde.«

Julian schaute scharf auf. Belem sah nicht aus, als wäre er siebzehn. Die Jahre der cardassianischen Besetzung hatten sein normales Wachstum gehemmt. Und Julian wußte auch, daß *Umsiedlung* oft nur ein anderer Ausdruck für *Vernichtung* war. Er versuchte, so beiläufig wie möglich zu sprechen, als er fortfuhr. »Ich hätte es wissen müssen. Wie ich sehe, hast du das Alter der Einführung schon längst hinter dir.« Er berührte sein rechtes Ohrläppchen, an dem die Bajoraner die leuchtenden Schmuckstücke trugen, die ihren Status kennzeichneten.

Belem berührte instinktiv ebenfalls sein Ohr und errötete, als er die bloßen Drähte spürte. »Ich mußte sie verkaufen«, murmelte er.

»Was?«

»Die Kristalle. Ich war der Älteste, meine Brüder waren sieben und fünf. Ich mußte Nahrung für unsere Reise kaufen.«

»Für eure Reise?« wiederholte Julian.

Belem starrte ihn an, als hätte der Arzt gerade ein Ei gelegt. »Die Reise hierher, Sir. Wir mußten nämlich hierher fliehen. Auf unserem Bauernhof gab es Ärger. Der Untergrund hat Vaters Mähdrescher sabotiert, und die cardassianischen Vertreter kamen, um die Ernte zu holen. Vater schickte all meine Onkel und Tanten und größeren Vetter auf die Felder, damit sie die Ernte mit der Hand einbrachten – sogar mich! Aber wir waren nicht schnell genug. Der Untergrund muß uns beobachtet haben. In der nächsten Nacht kamen sie zurück und brannten die Felder ab.« Als die Vergangenheit unbarmherzig zurückkehrte, erlosch das Leben in seinen Augen. »Das haben sie auch bei allen anderen Höfen in der Nähe unseres Dorfes gemacht. Den Cardassianer war es völlig egal, warum wir unsere Quoten nicht erfüllt hatten. Vater versuchte, vernünftig mit dem Gul zu sprechen, ließ sich aber hinreißen und schrie zurück.« Belem erschauderte. »Als wir sahen, was sie mit Vater machten, liefen wir in die Hügel. Dann sahen wir ein größeres Feuer ...«

»Du mußt nicht weitersprechen«, sagte Dr. Bashir sanft. Belem erwachte aus dem alten Alptraum und blinzelte ihn an.

»Ach, es macht mir nichts aus, darüber zu sprechen«, sagte er. »Ich konnte zwei meiner Brüder retten und den weiten Weg hierher bringen. Das ist doch schon etwas. Jin – das ist der mittlere – Jin ist immer für mich eingetreten, nachdem wir hier angekommen sind. Er hat allen gesagt, die mich nutzlos und feige nannten, sie sollten die Klappe halten. Dann hat er ihnen erzählt, wie ich ihn und Narel – er ist jetzt zehn – den weiten Weg von zu Hause hierhergebracht habe.«

»Ich begreife nicht, wie jemand dich einen Feigling nennen kann, Belem«, sagte Bashir. Er war mit der Untersuchung fertig und stand auf. Wie er bereits vermutet hatte, handelte es sich bei der Mißbildung um einen angeborenen Fehler, der aber korrigierbar war, sogar hier. »Und Bruder Gis würde als erster jedem widersprechen, der dich nutzlos nennt.«

Die Augen des jungen Bajoraners füllten sich mit Tränen. »Aber ich bin nutzlos, Sir«, sagte er.

»Wie kannst du so etwas sagen?«

»Ich habe ihn verloren.« Sein Kopf sackte auf die Brust hinab.

»Deinen Ohrring? Aber du mußtest ihn doch verkaufen, um zu überleben.«

»Nicht den Ohrring.« Er schaute auf, und Julian

machte auf dem jungen Gesicht lediglich Schmerz und Scham aus. »Unseren *Namen*, Sir. Jin und Narel waren jung und hatten fürchterliche Angst, so daß niemand ihnen Vorwürfe machen kann, ihn vergessen zu haben, aber ich … ich hätte ihn behalten müssen. Der Name ist, was wir *waren*. Deshalb sind wir jetzt nur noch Belem und Jin und Narel und nicht die, die wir sein sollten.« Tränen strömten seine Wangen hinab. »Unseren *Namen*, Sir; ich habe unseren Namen verloren.«

6

»Julian, Sie müssen etwas essen.« Dax glitt neben Dr. Bashir auf die Bank und schaute vielsagend auf dessen Teller. Das Essen darauf hatte er nicht angerührt. Ein Stück klumpiges Schwarzbrot und ein Schlag fleischloser Eintopf bedeckten den abgesplitterten Tonteller.

»Ich habe keinen Hunger.« Er sprach so leise, daß sie ihn bitten mußte, die Worte zu wiederholen.

»Ich weiß, es ist nicht so gut wie im Replimat«, sagte sie, »aber mehr können sie uns nicht anbieten.« Sie nahm ein Stück Brot und biß mühsam davon ab. »Gr nscht übl«, sagte sie, während sie darauf herumkaute.

Julian stocherte einmal mit den Eßstäbchen in dem Eintopf und schob den Teller dann zurück.

»Sie können jederzeit Nahrungsmittel von der Station anfordern«, schlug Dax leise vor. »Aber tun Sie es bitte so unauffällig, daß Bruder Gis und die anderen nichts davon mitbekommen. Es würde sie zutiefst verletzen.«

»Ich habe nicht vor, mir Mahlzeiten von der Station kommen zu lassen«, sagte Julian. Seine geballten Fäuste lagen auf der Tischplatte. »Ich habe einfach *keinen Hunger.*«

Der Nachdruck, mit dem er sprach, erschreckte Dax. Es war das erstemal, daß er sie grob angefahren hatte. Unter normalen Umständen versuchte Julian entweder, sie zu beeindrucken oder mit ihr zu flirten, beides ohne großen Erfolg.

Das sind keine normalen Umstände, dachte sie. »Was bekümmert Sie, Julian?« fragte sie.

Statt zu antworten, stand er einfach auf und ging davon.

»Er hat sich noch immer nicht daran gewöhnt«, sagte Fähnrich Kahrimanis.

»An so etwas kann man sich auch nicht gewöhnen«, erwiderte Lieutenant Dax. *Nicht, wenn man ein Herz hat.* Ihr Blick glitt über den Platz, auf dem für die Abendmahlzeit ein Dutzend aus Böcken und Brettern bestehende Tische aufgestellt worden waren. Die Sonne war fast untergegangen und hatte den Himmel zwischen den Gebäuden des Lagers mit bernstein-, pfirsich- und purpurfarbenen Streifen überzogen. Holzfackeln schwelten und flackerten in ihren Halterungen und erhellten den Kindern den Weg, die mit großen Tabletts zur Küchenbude und wieder zurück gingen oder Eimer mit Trinkwasser aus den Vorratsfässern anschleppten.

Die meisten Tische waren leer. An den wenigen, die besetzt waren, drängten sich Kinder aneinander. Dax sah, wie ein kleines Mädchen versuchte, sich neben einem Erwachsenen auf eine Bank zu quetschen. Der Mann lächelte sie müde an, doch der Junge neben ihm schnaubte und warf sich dann auf das Mädchen.

»Calin! Calin!« Der Mann zerrte den Jungen von dem kleinen Mädchen weg und schimpfte ihn aus, während das andere Kind davonschlich und sich an einem anderen Tisch einen Platz suchte. Ein herzzerreißender Ausdruck der Sehnsucht lag in ihren Augen, die keinen Moment lang vom Gesicht des Mannes wichen. »Warum hast du das getan, Calin?«

»Weil du *mein* Vater bist!« rief der Junge. »Sie will dich mir wegnehmen, nur weil ihre Eltern tot sind. Aber das kann sie nicht! Du bist *mein* Vater!« Und er ergriff fest den Arm seines Vaters.

»So ist es oft«, sagte Bruder Gis. Der Mönch und seine zwei Kollegen waren die einzigen, die am Tisch der Besatzungsmitglieder von Deep Space Nine saßen. »Auf jeden Erwachsenen, uns selbst mitgezählt, kommen hier vielleicht ein Dutzend Kinder. Einige davon kamen schon als Waisen zu uns, die meisten davon allerdings in der Obhut älterer Brüder und Schwestern. Das Fieber hat viel verändert. Diejenigen, die mit Eltern zu uns kamen, welche dann am Fieber gestorben sind, sind wie Blüten im Wind, und diejenigen, deren Eltern noch leben, haben schreckliche Angst, sie könnten sie verlieren.«

»Wäre es anders, könnten wir auf Hilfe aus den Bezirksstädten hoffen, auf Unterbringung in Waisenheimen oder Adoption, sogar auf erwachsene Freiwillige, die hierherkommen und mit den Kindern arbeiten«, sagte Mor. Er war der jüngste der drei Mönche, die das Lager führten. »Aber diese Gegend ist sehr abgelegen. Auch in den guten Zeiten kamen nur selten Vergnügungsreisende so tief in das Kaladrys-Tal. Das Dorf Lacroya hatte nie ein Gasthaus, nur eine Taverne. Und die Leute haben heutzutage selbst genug Probleme. Für sie sind unsere Nöte im Vergleich unwichtig. Wenn ich in das Lager bei Jabelon reise, um Öllampen einzutauschen, höre ich Gerüchte, in den Städten gäbe es große Unruhen, die sich schnell ausbreiten. Die Regierung ist instabil, wie ein Straßenpflaster aus zerbrochenen Steinen. Wenn wir ihr eine Bitte um Hilfe schicken, antwortet sie mit Schweigen. Würden wir die Kinder zusammenpacken und in die Hauptstadt reisen, damit sie nicht mehr so tun kann, als würde es uns gar nicht geben, würde sie uns mit Ausflüchten kommen.«

»Außerdem sind die Kinder schon entwurzelt genug«, warf Bruder Gis ein. »Das könnte man nicht von ihnen verlangen. Sie sind nicht stark genug, um die Reise zu überstehen, und nun, da so viele von ihnen krank sind, wäre es völlig unmöglich.«

»Also bleiben wir hier«, sagte Bruder Talissin resigniert, »und warten darauf, daß die Propheten unsere Führer die Lektion der Gnade lehren.«

»Es ist äußerst schwierig für jemanden, der so lange machtlos gewesen ist, plötzlich Macht ausüben zu müssen.« Jadzia sprach aus der Erfahrung mehrerer Leben. »Es braucht Zeit, bis sie gelernt haben, diese Macht nicht nur zum eigenen Vorteil, sondern zu dem der Allgemeinheit zu gebrauchen.«

»Weshalb wir alle Ihnen und Dr. Bashir um so dankbarer sind, daß Sie uns so viel Hilfe zukommen lassen«, sagte Bruder Gis.

»Bitte, wir haben doch gerade erst angefangen. Sobald Dr. Bashir einige Tests an Ihren Patienten vorgenommen hat, werden wir versuchen, das Heilmittel gegen das Lagerfieber zu finden.«

»Dr. Bashir hat schon Wunder gewirkt«, sagte Bruder Gis. Er zeigte zu dem Arzt hinüber, der eine Gruppe älterer Kinder beobachtete. Sie hatten einen Ring um Belem gebildet, der ihnen seinen geheilten Fuß und das Bein zeigte. Die anderen starrten den Fuß an, und einer versuchte, ihn zu berühren. Belem lachte spöttisch und scherzhaft und sprang leichtfüßig davon. Leider achtete er nicht darauf, wohin er lief; er prallte mitten gegen eine Tür.

»Wie ich sehe, hat der Heiler kein Heilmittel gegen Unbeholfenheit«, sagte Bruder Talissin hinterhältig. Er war jünger als Bruder Gis – der auch noch nicht so alt war –, aber bereits von Verbitterung durchdrungen.

»Das wird der Junge bestimmt selbst finden, wenn er erst älter ist«, sagte Dax ruhig. Bruder Talissin schnaubte.

»Wenn es der Wille der Propheten ist, wird man ein Heilmittel gegen das Fieber finden«, sagte Bruder Mor aufrichtig. »Wenn nicht, müssen wir Dr. Bashir trotzdem danken. Indem er Belems Fuß geheilt hat, hat er den Kindern ein Zeichen gesetzt, das sie verstehen können, ein Zeichen, daß es Hoffnung auf Veränderungen gibt.«

»Auf jeden Fall hat er Belems Leben verändert«, sagte Bruder Talissin. »Wenn er wüßte, welche Veränderung er bewirkt hat, wäre er nicht so zufrieden.«

Bruder Mor beugte sich vor und schaute zu Bashir hinüber. Der Arzt sagte etwas zu Belem und ging zum Tisch zurück. »Er sieht gar nicht zufrieden aus.«

»Das ist doch nur geheuchelt«, spottete Bruder Talissin. »Das lange Gesicht soll nur bewirken, daß wir loben, was er bei Belem vollbracht hat. Ist eine einzige Heilung ein Triumph? Der Junge hätte wie zuvor weiterleben, und der Heiler hätte jenen helfen können, die ihn dringender brauchen.« Dr. Bashir kehrte gerade noch rechtzeitig an seinen Platz zurück, um die abschließenden Worte des Mönchs mitzubekommen: »Ich habe genug Kinder großgezogen, um alle Tricks zu kennen, mit denen sie die Aufmerksamkeit auf sich lenken wollen.«

»Warum geben Sie sie ihnen dann nicht?« fragte der Arzt scharf.

»Was ...?« stotterte Bruder Talissin.

»Die Kinder in diesem Lager arbeiten wie Erwachsene«, sagte Julian. Seine Stimme war hart, das Gesicht vor Anspannung verzerrt, so viel hilflosen Zorn zurückhalten zu müssen. »Das müssen sie – ich akzeptiere das. Wenn sie nicht auf den Feldern arbeiten, haben sie nichts zu essen. Aber sie sind so *allein*. Ich sehe es in ihren Augen, das Nichts, die Kälte. Zu viele von ihnen sind isoliert, selbst mitten in einer Gruppe. Sie werden so gut wie möglich ernährt, untergebracht und gekleidet, doch sie brauchen mehr als das. Sie brauchen *Zuwendung*.«

Bruder Gis betrachtete ihn mit betrübten Augen. »Sie glauben, wir kümmern uns nicht um die Kinder, Dr. Bashir?«

»Das wollte ich nicht andeuten«, erwiderte Julian

verlegen. »Bei allem Respekt, Bruder Gis, Sie und Ihre Brüder tun alles für die Kinder, was in Ihrer Macht steht, aber es gibt einen Unterschied zwischen Versorgung und … nun ja, jedem von ihnen zu zeigen, daß er mehr als nur eine austauschbare Einheit ist. Sie kümmern sich um die Kinder insgesamt, während Sie sich eigentlich um jedes einzelne kümmern sollten. Es ist nicht Ihre Schuld, daß die Kinder mehr brauchen, als Sie ihnen allein schon von der Zeit her geben können.«

»Ich verstehe, was Sie meinen, Doktor«, sagte Bruder Gis. Er nickte und rieb sich das Kinn. »Genau, wie Sie uns verstehen. Wir sind zu wenige, um jedem Kind individuelle Betreuung zukommen zu lassen. Mögen die Propheten uns verzeihen.«

»Wir tun unsere Pflicht; dafür müssen die Propheten uns nicht verzeihen.« Bruder Talissin brach ein Stück des harten Brots ab und tunkte es in den fleischlosen Eintopf, um es besser kauen zu können. »Sie sind erst heute hier eingetroffen, Dr. Bashir, und doch scheinen Sie schon alle Antworten gefunden zu haben. Sie müssen wirklich mit den Propheten gewandelt sein. Lassen Sie uns an Ihrer großen Weisheit teilhaben. Klären Sie uns auf. Was würden Sie für unsere Kinder tun, die wir so schändlich vernachlässigt haben?«

»Zuerst einmal würde ich ihnen die Aufmerksamkeit geben, um die sie jetzt kämpfen müssen.«

»Ach ja? Wie großzügig von Ihnen.« Bruder Talissin hob das nun weiche Stück Brot zu den Lippen und kaute langsam darauf. Als er den Mund öffnete, sah Dax, daß viele seiner Zähne verfault waren. »Sie arbeiten allein und haben die Geduld, sich bei jedem der Kinder in Ihrer Obhut jede Beschwerde anzuhören, jeden Streit zu schlichten, jede Leistung zu loben, ganz gleich, wie gering sie ist. Nicht nur das, Sie finden auch noch die Zeit, sie zu ernähren, zu kleiden und zu waschen, und Sie sind darüber hinaus noch imstande, Ihre Arbeit auf den Feldern, in der Küche, beim Wasserholen und Waschen zu erledigen *und* die Kranken zu heilen.«

»Ich habe doch nur gesagt«, begann Julian, »was am besten für …«

»Für die Kinder wäre, ja«, unterbrach Bruder Talissin ihn. »*Wir* denken nie daran. Sie leisten nicht nur mehr als wir und haben größeres Verständnis, Sie sind auch noch wohlwollender als wir!« Bruder Talissin erhob sich von seinem Stuhl. »Sie sind wirklich ein Geschenk der Propheten. Vielen Dank, Dr. Bashir. Dieses Gespräch war sehr erhellend.« Er wandte sich vom Tisch ab und verließ den Platz.

»Ist das nur bei mir der Fall, oder hat sich sonst noch jemand angegriffen gefühlt?« murmelte Fähnrich Kahrimanis.

»Psst«, brachte Dax ihn zum Schweigen. Sie sah, daß Julian vor Wut kochte, und versuchte, die unmittelbar bevorstehende Explosion abzuwenden. »Sie haben natürlich recht«, sagte sie und legte die Hand auf den Unterarm des Arztes. »Ich habe auch bemerkt, wie verhaltensgestört einige dieser Kinder sind. Nicht nur ihr Körper, auch ihr Geist muß geheilt werden. Nachdem wir die Ursache für und das Mittel gegen das Fieber gefunden haben, werde ich persönlich mit Commander Sisko und Major Kira darüber sprechen. Wenn ein Vertreter der Föderation sich mit allem Nachdruck an die bajoranischen Behörden wendet, werden bestimmt Hilfsmaßnahmen eingeleitet, die …«

»Mein Gott, verstehen Sie denn auch nicht?« rief Dr. Bashir. »Die Behörden sehen nicht, was aus diesen Kindern geworden ist, und wollen es auch gar nicht sehen! Sie können die Föderation genauso leicht wie ihre eigenen Leute ignorieren. Sie haben ihre eigene Tagesordnung, und die schließt die Kinder nicht ein. Wenn es um Hilfsmaßnahmen geht, könnte die provisorische Regierung sich auch auf einem der Monde befinden! Aber wir sind hier, und wir sind es ihnen schuldig, alles zu tun, was in unserer Macht steht, um sie zu retten – nicht nur vor dem Fieber, sondern auch vor diesem Leben und dem, was es ihnen antut. Nicht irgendwann – *jetzt*.« Er stürmte in die entgegengesetzte Richtung davon, in die Bruder Talissin gegangen war.

Bruder Mor seufzte und aß einen orangefarbenen Brocken Eintopf. »Hoffentlich irrt Bruder Talissin sich, was Belem betrifft. Ich glaube nicht, daß unser junger Heiler es sonst ertragen würde.«

»Was meinen Sie damit?« fragte Lieutenant Dax.

Bruder Mor fischte einen grün und weiß gefärbten Streifen aus dem Saft. »Wir verlieren hier nicht nur durch die Krankheit Kinder. Der Heiler hat recht: Die Kinder brauchen Aufmerksamkeit so dringend, wie Pflanzen Regen brauchen. Als es hier noch mehr gesunde Erwachsene gab, haben sie die Waisenkinder häufiger gemeinsam mit ihren eigenen unter ihre Fittiche genommen. Damals lebte das gesamte Lager wie eine große Familie zusammen. Selbst die elternlosen Kinder wußten, daß sie *hierher* gehörten. Doch seit den Todesfällen sind wir wie gelähmt. Die Kinder wurden von uns getrennt. Oh, wir sagen ihnen, was sie auf den Feldern tun sollen oder wenn sie Küchendienst haben, aber was sie in ihrer Freizeit machen, ist eine ganz andere Geschichte.«

»Der Heiler hat recht«, pflichtete Bruder Gis ihm bei. »Unsere Kinder brauchen mehr Aufmerksamkeit, als wir ihnen zur Zeit geben können. Die jüngeren versuchen, auf sich aufmerksam zu machen, indem sie allen möglichen Unfug anstellen. Irgendeine Aufmerksamkeit ist besser als gar keine. Es gibt Gelegenheiten, bei denen der Unfug zu Vandalismus und offener Grausamkeit eskaliert.«

»Trotzdem bedrängen uns so viele andere Probleme, daß wir die ihren beiseite schieben«, sagte Bruder Mor. Er hatte gerade ein schlaffes, braunes, sehniges Etwas an die Lippen gehoben. Es baumelte wie ein nasser Schnürsenkel zwischen seinen Eßstäbchen. »Wir haben uns immer wieder gesagt, sie können warten, sie sind noch Kinder, es ist ja nicht so, als wäre ihr Leben in Gefahr, sie haben noch Zeit.« Er seufzte und aß.

»Und so haben wir sie verloren«, brachte Bruder Gis den Gedankengang zum Abschluß.

»Wie?« fragte Dax. Die Mönche sprachen offen vom Tod, und »jemanden verlieren« war bei ihnen ein Bild dafür, doch sie spürte hinter Bruder Gis' Worten eine andere Bedeutung. »Wie haben Sie sie verloren?«

»Als sie alt genug waren, liefen sie davon«, antwortete Bruder Gis. »Sie verschwanden in den Hügeln, um zu kämpfen.«

»Im Widerstand? Aber das ist vorbei.«

»Sicher, sie kämpfen nicht mehr gegen die Cardassianer. Es gibt keinen Untergrund als solchen mehr. Stattdessen versuchen seit der Vertreibung viele Bajoraner, denen unsere derzeitige politische Situation nicht gefällt, auf die einzige Art und Weise, die sie kennen, Veränderungen zu bewirken: durch Gewalt. Der Widerstand hat sich in Dutzende von Splittergruppen geteilt, von denen jede ihre eigene Vorstellung hat, wie Bajor aussehen sollte.«

»Es reicht nicht, daß unsere Minister sich in der Ratskammer gegenseitig bekämpfen.« Bruder Mor klang angewidert. »Als die Cardassianer hier waren, kannten wir unseren Feind wenigstens.«

»Sobald ein Kind alt genug ist, um eine Waffe in die Hand zu nehmen, verschwindet es, egal ob Junge oder Mädchen.« Bruder Gis senkte den Kopf. »Belems jüngerer Bruder hat uns letztes Jahr verlassen, und sein jüngster wird ihm zweifellos bald folgen. Lediglich Belems mißgebildeter Fuß hat ihn so lange zurückgehalten. Ich kann mich gar nicht daran erinnern, wie oft andere in seinem Alter ihn deshalb gehänselt haben. Sie haben ihn einen Feigling geschimpft, weil er hiergeblieben ist, obwohl er gar keine andere Wahl hatte. Die Kämpfer in den Hügeln bewegen sich wie die Schatten und der Wind. Mit dieser Behinderung hätte er solch ein Leben gar nicht führen können. Deshalb habe ich ihn zu meinem Assistenten ernannt... ich habe versucht, ihn damit vor seinen Peinigern zumindest ein wenig zu schützen. Doch nun, da er geheilt worden ist...« Er zuckte mit den Achseln.

Dax schaute zu der Gruppe der Kinder, die sich um Belem geschart hatten. Sie waren noch dort, und nun erlaubte Belem ihnen, den von Dr. Bashir operierten Fuß zu berühren. Sie kauerten vor ihm nieder, stießen sich gegenseitig an und flüsterten aufgeregt miteinander. »Belem wird wahrscheinlich nicht so schnell davonlaufen«, sagte sie. »Im Augenblick ist er eine viel zu große Berühmtheit.«

»Im Augenblick«, pflichtete Bruder Mor ihr bei. »Aber später? Der Junge ist ohne einen Familiennamen zu uns gekommen. Die Greueltaten, die er beobachten mußte, hatten bei ihm solch einen Schock hinterlassen, daß sein Bruder ihn daran erinnern mußte, daß sein Taufname Belem lautet. Nur wenige von unseren Kindern erinnern sich noch an ihre Familien. Und die prahlen vor ihren weniger glücklichen Gefährten damit. Indem diese Kinder sich zu einer Guerillagruppe schlagen, erwerben sie sowohl ein Gemeinschaftsgefühl als auch einen neuen Familiennamen. Sie haben keine Ahnung, wie wichtig das für uns ist, Lieutenant.«

Dax dachte an Major Kira. »O doch«, erwiderte sie.

»Es spielt für die Kinder keine Rolle, zu welcher Gruppe sie sich gesellen«, fügte Bruder Gis hinzu. »Sie wissen nichts von Politik und interessieren sich auch nicht dafür. Ihnen kommt es nur darauf an, daß sie irgendwo hingehören, einen Ersatz für die Eltern finden, die sie verloren haben. Und was die Guerillagruppen betrifft, so fragen deren Anführer die Kinder nicht, ob sie hinter der Sache der Gruppe stehen oder nicht. Wenn sie zielen und schießen können, werden sie aufgenommen.«

»Seit dem Ausbruch des Fiebers haben uns schon mehrere Kinder verlassen«, sagte Bruder Mor. »Wenn sie den Krankheitskeim mitgeschleppt haben, wird die Epidemie sich mit Sicherheit weit über diese Region hinaus ausbreiten.«

»Um so mehr Grund für uns, wieder an die Arbeit zu gehen.« Lieutenant Dax stand auf, und Fähnrich Kahrimanis folgte ihrem Beispiel.

Bruder Mor riß die Hände hoch, um sie aufzuhalten. »Aber Sie haben Ihre Mahlzeit noch nicht beendet!«

»Ich glaube, ich habe auch keinen Hunger mehr«, sagte Fähnrich Kahrimanis.

»Setzen Sie sich, setzen Sie sich.« Mit Worten und Gesten drängte der Mönch sie, wieder Platz zu nehmen. »Als ich hier eintraf, war ich genau wie Sie und der Heiler. Ich wollte alles sofort in Ordnung bringen. In der ersten Woche habe ich mich fast umgebracht, indem ich zuviel gearbeitet und zuwenig geruht habe. Sie müssen meinen Worten vertrauen: Wenn Sie sich zu sehr antreiben, werden Sie uns mehr schaden als nutzen. Dann werden wir nicht nur unsere Patienten, sondern auch Sie im Lazarett pflegen müssen.«

»Essen Sie auf und gehen Sie dann, wenn Sie wollen«, leistete Bruder Gis ihm Unterstützung. »Glauben Sie mir, es ist besser so.«

Fähnrich Kahrimanis griff wieder nach den Eßstäbchen und betrachtete argwöhnisch seinen Teller, doch Dax aß ruhig weiter und folgte dem Beispiel des abwesenden Bruder Talissin, um das steinharte Brot weich zu bekommen.

Sie haben natürlich recht, dachte sie, während sie langsam kaute. *Innerhalb von drei Tagen wird weitere Hilfe hier eintreffen; es ist sinnlos, uns bis zur Erschöpfung anzutreiben. Wenn ich dieses heilige Kind, die* Nekor, *fin-*

den soll, muß ich bei klarem Verstand bleiben. Ich muß fit bleiben; ein müder Geist macht dumme Fehler. Ich sollte auch Julian daran erinnern. Sie trank aus ihrer Tasse warmes, lohfarbenes Wasser. *Falls er mir zuhört.*

Als Dax zwei Tage später das behelfsmäßige Labor betrat, konzentrierte Julian sich auf die Probe unter dem Mikroscanner. Dr. Bashirs Arbeitsbereich war beträchtlich ansehnlicher, nachdem die Station Lampen mit autarker Energieversorgung geschickt hatte, allerdings begleitet von einer langen Tirade O'Briens gegen die »zweimal verdammten Cardie-Sensoren, die nicht mal einen schwarzen Hund auf einer Eisscholle finden würden!«

»Ich habe Neuigkeiten von der Station«, sagte sie.

Er tat so, als hätte er sie nicht gehört, wechselte die Probe, justierte den Scanner und sprach dann in sein Aufzeichnungsgerät: »Mögliche Verwandtschaft mit Retroviren offensichtlich. Mutation eines zuvor harmlosen Organismus, vergleichbar mit Fällen der *Nanadekh*-Pest, die aus dem Klingonischen Imperium gemeldet wurde. Weitere Nachforschungen nötig.« Erst, als er mit der Aufzeichnung fertig war, drehte er sich um und nahm ihre Anwesenheit zur Kenntnis.

»Neuigkeiten?«

Die hellen Deckenlampen, die einen starken Kontrast zu der flackernden Beleuchtung im Lazarett oder dem Zwielicht darstellte, in dem sie die eine gemeinsame Mahlzeit des Tages zu sich nahmen, leuchteten sein Gesicht gnadenlos aus.

Lieutenant Dax war entsetzt. Julians Augen brannten in rotumrandeten Höhlen mit dunklen Schatten darunter. Seine Haut war teigig, und seine normalerweise wohlgeformten Wangenknochen traten so scharf hervor, daß sie scheinbar die Haut zu durchstechen drohten. Dax wußte zwar, daß Julian sich alles abverlangt, aber nicht, daß er sich so schnell in solch einen

Zustand hineinmanövriert hatte. Da er ein Zelt für sich hatte, konnte man über sein Kommen und Gehen unmöglich auf dem laufenden bleiben.

Sie ließ sich ihre Erschütterung nicht anmerken. »Major Kira meldet, daß das klingonische Schiff *Leuchtende Klinge* angedockt hat. Die Klingonen haben mit Bedauern mitgeteilt, daß sie kein Personal zu unserer Unterstützung erübrigen können. Sie sind zu einem wichtigen Treffen im Gamma-Quadranten unterwegs. Doch sie bereiten ein Kontingent an Instrumenten und Medikamenten vor, das sie um dreizehn Uhr zu unseren ursprünglichen Landekoordinaten hinabbeamen werden. Wenn wir Fähnrich Kahrimanis und Belem mitnehmen, könnten wir die Lieferung mit einemmal trans ...«

»Belem ist davongelaufen«, sagte Julian. Er drehte Dax den Rücken zu und bereitete eine neue Probe für den Mikroscanner vor.

Jadzia legte eine Hand auf seine Schulter. »Julian, es tut mir leid.«

»Muß es nicht«, sagte er kurz und bündig, den Blick auf die Probe gerichtet.

»Sind Sie sicher, daß er weg ist? Vielleicht ist er nur der Feldarbeit zugeteilt worden. Das Erntefest steht bevor, und da er nun wieder in Ordnung ist, kann er ja beim Einbringen des Getreides helfen.«

Julian schüttelte ihre Hand ab. »Bruder Talissin hat gesehen, wie er die Straße entlanggelaufen ist.« Er fuhr zu ihr herum. »Es hat Bruder Talissin große Freude bereitet, mir dies zu melden. Der Junge hatte einen zu großen Vorsprung, als daß man ihn hätte verfolgen können. Das behauptet mein Freund, der Mönch, zumindest. Außerdem ... was würde es schon bringen, ihn zurückzuholen? Dann läuft er eben bei der nächsten Gelegenheit davon.«

»Bruder Talissin ist sehr verbittert«, sagte Dax.

»Bruder Talissin ist Realist. Er sieht die Dinge so,

wie sie sind, ohne all dieses sinnlose, romantische Drum und Dran. Warum sollte man Rosen pflanzen, um einen Schweinestall zu verbergen?«

Jadzias Mundwinkel zuckten. »Vielleicht gefallen den Schweinen die Rosen.«

Dr. Bashir gab ein wütendes Geräusch von sich und widmete sich wieder dem Mikroscanner.

»Bruder Talissin ist nur neidisch«, fuhr Jadzia fort. »Er konnte es nicht ertragen, daß Sie Belem geholfen haben. Also mußte er Ihnen die Sache miesmachen.«

»Und was habe ich für den Jungen getan?« wollte Julian wissen. »Als er ein Krüppel war, war er in Sicherheit. Ich habe nur ermöglicht, daß er ums Leben kommt. *Und* das Fieber vielleicht verbreitet, falls er infiziert ist.«

»Würden Sie alle Kinder verkrüppeln, wenn Sie der Ansicht wären, Sie könnten sie dadurch in Sicherheit bringen?« fragte sie leise.

Julian ignorierte ihre letzte Bemerkung. »Ich glaube, ich habe etwas entdeckt«, wechselte er abrupt das Thema. »Sehen Sie selbst.« Er trat zur Seite, damit sie die Probe unter dem Mikroscanner überprüfen konnte. »Sehen Sie?« fragte er, und ein Hauch des alten Eifers kroch in seine Stimme zurück. »Ich habe diesen Organismus aus Blutproben isoliert, die ausschließlich Opfern des Fiebers abgenommen wurden. Es hat eine Weile gedauert, bis ich ihn fand; er ist fast identisch mit einem Bestandteil des Blutplasmas, den man im Blut gesunder Bajoraner findet.«

Dax schaute auf. »Eine Abwandlung?«

»Oder ein sehr cleverer Eindringling.« Er brachte ein Grinsen zustande. »Normalerweise im Erdreich vorkommend, würde ich sagen.«

»Warum ist dann bislang noch niemand darauf gestoßen?«

»Ich bin der Auffassung, daß er durchaus schon aufgetaucht ist, wenn auch in einer anderen Form, die schließlich von örtlichen Ärzten diagnostiziert und geheilt wurde.« Er legte eine andere Probe ein und forderte sie auf, sie sich ebenfalls anzusehen. »Ich muß Ihnen nicht sagen, daß Mikroben zähe Geschöpfe und furchtbar anpassungsfähig sind. Man wirft sie zur Tür hinaus, und sie kommen durchs Fenster wieder hineingekrochen, sogar, wenn sie dieses Fenster dafür selbst bauen müssen. Ich würde sagen, als diese Art hier angeblich ausgerottet wurde, fiel sie in eine Art Winterschlaf und hat vielleicht dann und wann ein kleines Experiment mit einem nicht menschlichen Gastkörper gemacht.«

»Es gibt in dieser Gegend eine gewaltige Population nagetierähnlicher Schädlinge«, gestand Dax ein. »*Hyurin*. Sie sehen aus wie eine Mischung zwischen Ratte und Hamster.«

»Die Bauern haben bestimmt Mittel und Wege gekannt, die Hyurin-Population gering zu halten«, sagte Dr. Bashir. »Nachdem die Cardassianer dann so viele Dörfer vernichtet haben, konnten die Tiere sich ungehindert vermehren.«

»Es gibt Raubtiere, die sie vertilgen, aber das hält die *Hyurin* nicht von bajoranischen Siedlungen fern. Ganz im Gegenteil, die kleinen Tiere werden von Menschen errichtete Gebäude als gute Verstecke vor ihren natürlichen Feinden zu schätzen gelernt und die Mikroben durch ihren Kot verbreitet haben«, fuhr Dax fort. »Von da aus ist es ein kleiner Schritt zurück zu menschlichen Gastkörpern. Verhungernde Flüchtlinge können es sich nicht leisten, genau zu überprüfen, ob ihre Nahrungsmittel verunreinigt sind oder nicht.«

»Genauso war es bei der *Nanadekh*-Pest. Hoffentlich reagiert dieser Erreger auch auf eine ähnliche Behandlung.«

»Ein eigens hergestellter Antikörper.« Sie nickte.

»Wenn man die bemerkenswerte genetische Ähnlichkeit zwischen diesem Organismus und dem völlig harmlosen bedenkt, sind bei der Herstellung und der Erprobung der Antikörper natürlich äußerste Vorsichtsmaßnahmen erforderlich. Wir wollen ja nicht ein autoimmunes Katastrophenszenario in die Wege leiten, indem wir *zu* hastig vorgehen.«

»Ich bin froh, daß Sie das sagen, Julian.« Sie nahm ihn fest am Arm und zog ihn zur Tür.

»He, was soll das?« fragte er.

»Ich bringe Sie in Ihr Zelt zurück und stecke Sie in Ihr Bett«, erklärte sie.

»Das ist ja mal ganz was Neues«, murmelte Julian. »*Sie* versuchen, mich ins Bett zu kriegen.«

Dax ignorierte die spöttische Bemerkung. »Sie sehen schrecklich aus. Da Sie gerade von Katastrophen gesprochen haben... Ihnen steht unmittelbar eine bevor.«

Er befreite seinen Arm aus ihrer Umklammerung. »Mit mir ist alles in Ordnung. Ich muß arbeiten.«

»Trauen Sie sich zu, ohne Schlaf hervorragende Arbeit zu leisten?« widersprach sie. »Das ist genau die richtige Methode, um Fehler zu machen – tödliche Fehler.« Sie befleißigte sich ihres einschmeichelndsten Tonfalls, legte den Arm um ihn und steuerte mit ihm erneut auf die Tür zu. »Die wichtigste Arbeit haben Sie bereits geleistet. Ich glaube, Sie haben die Ursache unseres geheimnisvollen Fiebers gefunden. Geben Sie mir Ihre Unterlagen, und ich mache weiter. Sie wissen, daß Genetik eins meiner Spezialgebiete ist.«

»Ja, aber...« Seinen Protesten begegnete sie, indem sie ihn freundlich, aber energisch aus dem Labor führte.

»Sie sind unser Arzt, aber ich bin unser Wissenschaftsoffizier. Ich habe Sie Ihre Aufgabe erledigen lassen, jetzt lassen Sie mich die meine erledigen. Mit etwas Glück müßte ich noch heute abend einen Nährboden angelegt und eine Kultur der Antikörper getestet und für die Injektion vorbereitet haben... *falls*

Sie mir nicht im Weg stehen. Gehen Sie, ruhen Sie sich aus; wir werden Sie brauchen, wenn wir mit dem Immunisierungsprogramm anfangen.« Ein letzter Schubser, und er war zur Tür hinaus. Jadzia schloß sie hinter ihm mit einem erleichterten Seufzer.

Sie sah sich seine Notizen an und stellte fest, daß Julian trotz seiner offensichtlichen Erschöpfung ins Schwarze getroffen hatte. Alle Anzeichen deuteten darauf hin, daß er die Antwort auf ein Rätsel gefunden hatte, das zahlreiche Bajoraner das Leben kostete. Ganz gleich, was sie von seinen zahllosen Versuchen hielt, mit ihr zu flirten, sie mußte eingestehen, daß er in der Tat ein so ausgezeichneter Arzt war, wie er es immer von sich behauptete.

Jadzia stellte den Mikroscanner ein und machte sich an die Arbeit. Es würde eine Weile dauern, einen Antikörper zu entwerfen, der genau auf die Aufgabe zugeschnitten war, lediglich das Retrovirus, aber nicht den Organismus zu zerstören, den dieses nachahmte, doch der schwierigste Teil der Aufgabe war in der Tat geschafft: Dank Julian kannte sie nun das Antlitz des Feindes.

Er verlangt sich einfach zuviel ab, dachte sie. *Wenn er nicht etwas Mäßigung lernt, wird er sich selbst zerstören. Na ja, es ist mir gelungen, ihn schlafen zu schicken. Jetzt brauche ich mir um ihn keine Sorgen mehr zu machen.*

Sie beugte sich beruhigt über die Blutprobe.

Auf der anderen Seite des Lagers, im Lazarett, schaute Bruder Mor in Dr. Bashirs zaghaft lächelndes Gesicht. »Ich möchte Ihnen bei der Versorgung der Patienten helfen«, erklärte der Arzt.

»Ich dachte, Sie würden in Ihrem Labor arbeiten«, erwiderte der Mönch verblüfft.

»Das habe ich auch, aber ich habe einen Punkt erreicht, an dem man gut aufhören kann. Ich habe herausgefunden, daß man manchmal den Überblick verliert, wenn man zu lange und zu konzentriert an einem Problem arbeitet. Eine andere Tätigkeit läßt mich die Krankheit vielleicht aus einer neuen Perspektive sehen. Ich stehe *sehr* dicht vor einer Antwort.«

Bruder Mor schaute zweifelnd drein. »Sie hören sich gar nicht gut an«, sagte er. »Und Sie sehen müde aus. Vielleicht wären Sie besser beraten, sich in ihrem Zelt hinzulegen und ...«

»Was, meine Stimme?« Dr. Bashir zwang sich zu einem glaubwürdigen Kichern. »Ich war zu lange in diesem Labor eingesperrt, sie ist ein wenig eingerostet, das ist alles. Ach, und lassen Sie sich dadurch nicht in die Irre führen.« Er zeigte auf die dunklen Ringe unter seinen Augen. »Eine Eigenart unserer Familie. Wir sehen die halbe Zeit über wie Waschbären aus.«

»Waschbären?«

»Bruder Mor, können Sie hier noch Hilfe gebrauchen oder nicht?« beschwatzte Julian ihn.

Knirschend gestand der Mönch ein, daß er in der Tat für jede Hilfe dankbar war. Kurz darauf war Julian an der Arbeit und tat, was er konnte, um die Körper jener Opfer des Fiebers zu säubern, die schon zu schwach waren, um die grundlegendsten Erfordernisse der Hygiene noch selbst erfüllen zu können. Es war keine angenehme Aufgabe, aber darauf konzentrierte er sich nicht.

Es ist Arbeit, dachte er. *Zumindest tue ich etwas für diese Kinder, helfe ihnen irgendwie. Und das hält mich davon ab, darüber nachzudenken, wie viele von ihnen vielleicht sterben werden, bevor Dax diesen Antikörper entwickelt hat.*

Und es hält mich davon ab, an Belem zu denken.

Er arbeitete sich verbissen von einem Strohlager zum nächsten und wusch die kleinen, glühenden Körper mit Schwämmen ab, um das Fieber zu lindern. Es war primitiv, aber die beste Methode, die er anbieten konnte, bis Dax fertig war. Das Retrovirus reagierte auf keins der ihm zur Verfügung stehenden Medikamente aus seiner Arzneimittelliste. Im Augenblick konnte er sich nur mit den Symptomen befassen.

Grenzmedizin, dachte er, während er das gerötete Gesicht eines kleinen Mädchens mit einem feuchten Tuch abtupfte. *Das ist es, was ich mir gewünscht habe.*

Das Haar des Mädchens lag in feuchten Strähnen auf der Stirn. Sie sahen wie die schönste arabische Kalligraphie aus. Er betrachtete die Muster, die sie bildeten, und war plötzlich davon überzeugt, die Antwort auf ein großes Rätsel in eben diesem Muster finden zu können, wenn es ihm nur gelang zu verhindern, daß sie so stark wackelten und verschwammen. Die Lettern tanzten auf und ab, wurden scharf und wieder undeutlich, verspotteten ihn, aber er konzentrierte sich auf ihre flüchtige Botschaft und war entschlossen, sich die Antwort nicht entgehen zu lassen.

Das Lazarett drehte sich nun langsam um ihn, doch er wußte, daß es sich dabei nur um einen Trick der geheimnisvollen Buchstaben handelte, mit dem sie sich ihm weiterhin entziehen wollten. Obwohl das Lazarett sich immer schneller drehte, machte er weiter, bis er die Hand ausstrecken und die Bedeutung buchstäblich erfassen konnte. Ja, da war sie, die Antwort! Sie gehörte ihm! Ein weiterer Triumph für Dr. Bashir!

Er öffnete den Mund, um das Wort auszusprechen, das er in den zuckenden Buchstaben las, und stürzte bewußtlos zu Boden.

7

Ein feuchtes, warmes Tuch tätschelte Dr. Bashirs Wange wie die Pfote einer beharrlichen Katze. Er öffnete die Augen und sah, daß zwei bajoranische Kinder über ihm knieten. Noch immer benommen, wunderte Julian sich, wie sauber und gut gekämmt der lange braune Haarzopf des kleinen Mädchen war, ein seltener und bemerkenswerter Anblick an einem Ort, an dem die meisten Kinder ungepflegt herumliefen und nichts um ihr Äußeres gaben. An ihrer hübschen Zerbrechlichkeit und der strahlenden Blässe ihrer Haut kam ihm irgend etwas unheimlich vor. Obwohl ihr Kleid so zerfetzt wie die Bekleidung aller anderen Kinder im Lager war, wirkte es nicht schmutzig oder schäbig. Das größere der beiden Kinder, ein Junge mit kurzgeschorenem Haar und von der Sonne gebräuntem Gesicht, tupfte das Gesicht des Arztes weiterhin mit dem nassen Tuch ab.

»Besser?« fragte er barsch, als er sah, daß Dr. Bashir wach war. Er hockte sich vor ihm nieder und starrte ihn an, als wolle er den Arzt allein mit der Kraft seines Blickes zu einer positiven Antwort zwingen.

»Ich… ich glaube schon.« Julian berührte seine Stirn. »Ich muß ohnmächtig…«

»Sie sind einfach umgefallen«, erklärte der Junge. »*Wumm.* Einfach so. Mitten aufs Gesicht. Sie können von Glück sprechen, daß Sie sich nicht die Nase gebrochen haben.« Er lachte höhnisch. »Vielleicht würde sie dann besser aussehen.«

Julian lächelte benommen. »Ja. Hab mir gedacht,

daß du das sagst.« Er nahm an, daß die Nasen von Menschen für Bajoraner seltsam, wenn nicht geradeheraus unattraktiv aussehen mußten.

»Ich finde seine Nase schön«, flüsterte das kleine Mädchen und versteckte sich dann sofort hinter dem Rücken des Jungen.

Julian versuchte, sich aufzusetzen. In seinem Kopf drehte es sich wieder leicht, doch das Gefühl ließ schnell nach. Es überraschte ihn, daß sein Zusammenbruch nicht sofort Bruder Mor auf den Plan gerufen hatte. Er sah sich um, hielt nach dem Mönch Ausschau, konnte aber nur die Lagerstätten der Patienten ausmachen.

»Er ist im Büro«, sagte das Mädchen und hob hinter dem Jungen den Kopf wie ein helläugiges Eichhörnchen, das aus seinem Bau hervorlugte. »Er holt meine Medizin.«

Ihre Worte genügten um die letzten Spuren der Benommenheit aus Julians Kopf zu vertreiben. »Welche Medizin?« fragte er und lächelte ihr freundlich zu. »Bist du krank?« Er verabscheute den Gedanken, daß auch dieses prachtvolle Kind dem Fieber zum Opfer fallen würde.

Sie ging wieder hinter dem Jungen in Deckung, der die Augen verdrehte und wütend zur Decke sah. »Achten Sie gar nicht auf meine Schwester, Heiler«, sagte er. »Dejana hat sogar vor ihrem eigenen Schatten Angst.«

»Habe ich nicht«, erklang hinter dem Jungen die gedämpfte Antwort, und das Mädchen stieß ihren Bruder so heftig gegen den Rücken, daß er einen Satz nach vorn machte.

»Hör auf damit!« befahl er und richtete seine Aufmerksamkeit wieder auf Dr. Bashir. »Es geht ihr gut, aber sie hatte dieses Fieber, an dem die Leute krank werden. Jetzt, da es ihr wieder besser geht …«

»Besser?« wiederholte Julian. »Du meinst, sie hat sich von allein erholt?«

Der Junge zuckte mit den Achseln. »Das hat Bruder Gis gesagt. Manche werden von allein wieder gesund. Bruder Talissin hat gesagt, das bedeutet, daß« – er wiederholte die Worte des verdrossenen Mönchs mit einem spöttischen, nasalen Singsang – *»die Propheten Dejana besooonders lieben.* Als ob die Propheten irgend etwas um all unsere Freunde geben würden, die das Fieber bekommen haben und gestorben sind.«

»Sei still, Cedra!« zischte Dejana empört. »Man macht über die Propheten keine Witze!«

»Ich habe keinen Witz über die Propheten gemacht, du Dummkopf, sondern über Bruder Talissin«, erwiderte der Junge ruhig. Dann schaute er wieder Dr. Bashir an. »Auf jeden Fall hat Bruder Gis gesagt, sie soll nicht auf den Feldern arbeiten, und sie soll alle sechs Stunden diesen seltsamen Tee trinken. Er würde ihr Kraft geben.« Er beugte sich näher zu Dr. Bashir. »Sie sehen auch aus«, fügte er mit der ernsten Betonung eines Erwachsenen hinzu, »als könnten Sie etwas Kraft gebrauchen. Trinken Sie eine Schüssel von Bruder Gis' Tee und legen Sie sich ein paar Stunden hin. Wenn Sie nicht wieder auf die Nase fallen wollen.«

»*Cedra!* Sprich nicht so mit ihm! Er ist der *Heiler!*« rief das Mädchen und versetzte dem Jungen einen weiteren Klaps auf den Rücken.

Sogar Dr. Bashir sah, daß die Hiebe nicht weh tun sollten. Er hatte schon unzählige Male ein ähnliches Verhalten gesehen: Ein Medizinstudent gratulierte einem anderen mit einem Klaps auf den Arm, der Tennislehrer schlug einem anerkennend auf den Rücken, wenn einem ein besonders schwieriger Volley gelungen war – aufmunternde Gesten, die lediglich eine freundliche Absicht zum Ausdruck brachten. Es überraschte ihn, so etwas hier zu sehen, wo alle Schläge, die die Lagerkinder austeilten, verletzen sollten und es auch taten.

Noch mehr überraschte ihn etwas, das diese beiden

Kinder von fast allen anderen unterschied, die er hier gesehen hatte: ihre Augen. In ihren Augen war Leben.

»Ein Heiler kann medizinische Ratschläge genausogut annehmen wie erteilen«, sagte er zu dem Mädchen. »Manchmal sollte er sie besser *annehmen.*«

Bashirs linke Wange begann zu brennen. Seine tastenden Finger berührten ein paar leichte Prellungen, die ihn zusammenzucken ließen. Er griff nach seinen Instrumenten und behandelte den Kratzer so gut, wie er es ohne die Hilfe eines Spiegels vermochte. Die Kinder sahen fasziniert zu, wie der silberne Stab Dr. Bashirs Haut wiederherstellte.

»Kann ich das auch mal versuchen?« fragte Cedra und griff bereits nach dem Gerät.

»Später«, erwiderte Julian. »Im Augenblick muß niemand wegen eines Kratzers oder Schnittes behandelt werden.«

»Das kriege ich schon hin!« Der Junge sprang auf und lief los, anscheinend entschlossen, dem Arzt ein Unfallopfer zu bringen.

»Komm zurück, Cedra!« rief das kleine Mädchen. »Du darfst dich nicht einfach verletzen, damit der Heiler dich mit seiner Magie spielen läßt.«

»Das ist keine Magie«, spottete Cedra. »Das ist Föderationstechnik. Muß ich dir denn immer alles erklären?« Aber er kam zögernd zurück und ging neben Dr. Bashir wieder in die Hocke.

»Ich verspreche dir, daß du es ausprobieren darfst«, sagte Julian. Der Elan des Jungen amüsierte und beeindruckte ihn. »Aber dafür bekomme ich auch etwas von dir.«

»Was?« Der Junge kniff mißtrauisch die dunklen Augen zusammen.

»Eine Vorstellung.« Dr. Bashir zwang sich, ganz ernsthaft dreinzuschauen. »Von einem Heiler zum anderen.« Er streckte die Hand aus. »Ich bin Dr. Julian Bashir von Starfleet.«

Der Junge ergriff die Hand unsicher, als wäre sie ein Stock; er war mit dieser Geste nicht vertraut. »Ich bin Talis Cedra, und das ist meine Schwester, Talis Dejana.«

Julian überraschte die Tatsache, daß die Kinder sich noch an ihren Familiennamen erinnerten, obwohl sie so jung aussahen. »Besteht irgendeine Verwandtschaft mit Bruder Talissin?« fragte er, ohne nachzudenken, als ihm die Namensähnlichkeit auffiel.

Cedra bedachte ihn mit einem Blick, der ihn unwillkürlich an den Gesichtsausdruck erinnerte, den Selok stets aufgesetzt hatte, wenn der Medizinstudent Bashir einen seiner wenigen Fehler gemacht hatte. »Talissin ist kein *Familien*name«, sagte er. »Außerdem ... wer will schon mit *dem* verwandt sein?«

»Cedra, was sagst du da?« Die kleine Dejana war entsetzt. »Bruder Talissin ist ... ist *heilig*.«

»Er ist auch ein Griesgram«, erwiderte der unbarmherzige Cedra.

Als Julians zustimmendes Gelächter sich gerade in ein Husten verwandelte, kam Bruder Mor aus dem Büro gestürzt. »Hier, für dich, Dejana!« rief der Mönch, der behutsam eine Tonschale mit einer dampfenden Flüssigkeit darin trug. »Trink das, so schnell du kannst, und ... Ah, Dr. Bashir! Wieso sitzen Sie denn auf dem Boden? Ist irgend etwas nicht in Ordnung?«

»Wir haben alles unter Kontrolle, Bruder Mor.« Julian erhob sich langsam. Sein Körper schmerzte an einigen Stellen, aber es ließ sich aushalten. »Ich habe gerade mit meinem jungen Kollegen hier« – er zeigte auf Cedra – »über die Behandlungsmethoden für Starrköpfigkeit gesprochen.«

Der Junge stand auf und nahm von Bruder Mor die Schüssel entgegen. »Er ist umgefallen«, erklärte er. Während Bruder Mor den Arzt schockiert anschaute, hielt Cedra die Schüssel seiner Schwester hin, damit sie von dem heißen Gebräu nippen konnte.

»Ich bekenne mich schuldig im Sinne der Anklage«, gestand Julian und hob die Hände. »Ich werde jetzt einen sehr guten Ratschlag befolgen, den man mir vor kurzem erteilt hat, und mich etwas auf Ohr legen. Ich würde es zu schätzen wissen, wenn irgendeine vertrauensvolle Person mich weckt, wenn um dreizehn Uhr die neuen Geräte und Medikamente heruntergebeamt werden.«

»Ich! Ich! Das mache ich!« rief Cedra mit einer Begeisterung, die der eines jungen Hundes gleichkam. Doch bei all seinem Enthusiasmus blieb die Schüssel, die er seiner Schwester an die Lippen hielt, völlig ruhig. Der Tee hatte sich mittlerweile soweit abgekühlt, daß sie ihm die Schüssel abnehmen konnte, woraufhin er aufsprang. »Und ich werde auch dabei helfen, die Sachen ins Lager zu tragen!« beharrte er. »Bitte, Bruder Mor! Ich verspreche, sofort danach gehe ich wieder auf die Felder!«

Der Mönch schaute von Cedra zu Dr. Bashir. »Was halten Sie davon?« fragte er.

Dr. Bashir lächelte. »Ich glaube, ich habe einen neuen Assistenten«, sagte er.

»Das sind überaus bemerkenswerte Kinder, Jadzia«, sagte Julian begeistert, während er beobachtete, wie Lieutenant Dax die hypodermatischen Spritzen mit ihrer Antikörper-Lösung füllte. »Sie werden es nicht glauben, aber sie sind schon seit zwei Jahren in diesem Lager, und sie sind noch immer so … na ja, eigentlich wollte ich *fröhlich* sagen. Ich weiß, es klingt unglaublich, aber …«

»Es kommt mir wirklich wie ein Wunder vor«, erwiderte Dax, »daß Kinder nach zwei Jahren in einem Flüchtlingslager noch nicht den Mut verloren haben.«

»Cedra war erst zehn, als er seine Schwester Dejana hierherbrachte – sie ist jetzt acht. Bruder Mor hat mir gesagt, daß sie allein hier eintrafen, nicht in Begleitung eines Erwachsenen. Ich kann mir nicht vorstellen, was sie durchgemacht haben müssen, um das Lager überhaupt zu erreichen, und doch sind sie hier!«

»Viele Kinder haben sich allein zum Lager durchgeschlagen«, erwiderte Dax und konzentrierte sich auf ihre Arbeit. Sie war versessen darauf, endlich damit fertig zu werden, damit sie mit ihrer eigentlichen Mission beginnen konnte. Die wenigen Gespräche, die sie bislang mit den Flüchtlingen hatte führen können, waren kurz und unergiebig gewesen. Die Gesichter der Erwachsenen, die sie angesprochen hatten, waren von Leid und Mißtrauen heimgesucht. Sie sprachen nicht gern über die Vergangenheit. Die Kinder konnten sich kaum an die Vergangenheit erinnern. Manchmal begegnete sie Personen, die auf ihre Fragen reagierten, als hätten sie die Antworten, die sie suchten, würden sie aber keiner Außenstehenden anvertrauen. Ihre Suche nach der *Nekor* hatte einen schlechten Anfang genommen.

Mit der Zeit kann ich vielleicht ihr Vertrauen gewinnen, dachte sie, während sie eine weitere Spritze versiegelte und beiseite legte. *Aber ich habe keine Zeit. Die Ernte wird eingebracht, sogar hier. Das Erntefest* Berajin *steht kurz bevor. Wenn die* Nekor *bis dahin nicht gefunden wurde …*

Sie hegte keinen Zweifel daran, daß die *Dessin-ka* bereits von der Einwilligung der Föderation erfahren hatte, sich an der Suche zu beteiligen. Wenn die Föderation das Kind nicht auftreiben konnte, würde die *Dessin-ka* sehr wahrscheinlich ernste Vorwürfe erheben und ihre bisherige Unterstützung aufgeben. Solch eine Richtungsänderung von einer Gruppe, die bisher für die Föderation eingetreten war, würde in der politischen Landschaft Bajors erdbebenähnliche Erschütterungen auslösen. Die sowieso schon instabile provisorische Regierung würde ein Beben dieser Stärke nicht verkraften.

Sie hoffte, daß die Vertreter der *Dessin-ka* im bajoranischen Rat logischen Argumenten gegenüber aufgeschlossen sein würden, doch eine Vielzahl von Erinnerungen aus der Vergangenheit ihres Symbionten, der sich öfter mit solchen Leuten befaßt hatte, verriet ihr, wie trügerisch solche Hoffnungen sein konnten.

Jadzias natürlicher Optimismus meldete sich und gab ihr einen ermutigenden Gedanken ein: *Wenigstens versucht Julian nicht mehr, bis zum Umfallen zu arbeiten. Er hat die Tatsache akzeptiert, daß er hier nicht alles in Ordnung bringen kann, was in Ordnung gebracht werden müßte. Ich würde gern die Kinder kennenlernen, die diesen Sinneswandel in ihm ausgelöst haben. Sie müssen wirklich bemerkenswert sein.*

»Na also«, erklärte sie zufrieden. »Das müßte genügen, um alle Fieberpatienten zu heilen und den Rest der Lagerbevölkerung zu immunisieren.«

»Sind Sie sicher?« fragte Julian und betrachtete die hypodermatischen Spritzen auf dem Tisch.

»So sicher, wie ich sein muß. Aber für alle Fälle habe ich ein genetisches Muster meines Antikörpers in den tragbaren Replikator gespeichert, den der Schiffsarzt der *Leuchtenden Klinge* uns geschickt hat.«

Julian ging in die Hocke und betrachtete den länglichen Metallgegenstand, der unter dem Tisch stand. Er war nicht größer als zwei altmodische Tricorder, die man nebeneinander gelegt hatte, und trotzdem imstande, jedes einmal programmierte Biomuster auf Kohlenstoffbasis zu duplizieren. Wenn Bashir den Kopf schräg hielt, konnte er das leise Summen vernehmen, das von der Einheit ausging. »Auch noch mit autarker Energieversorgung«, murmelte er bewundernd.

»Haben Sie etwas gesagt, Doktor?« fragte Dax.

Julian stand auf und streckte sich. »Ich habe mich gerade gefragt, was mein alter Professor Selok von Vulkan dazu gesagt hätte. Er hatte keine besonders hohe Meinung von klingonischer Medotechnik.«

»Aus einem bestimmten Grund?«

»Vulkanier haben immer einen Grund. Er war in eine ewige Fakultätsfehde mit Rhakh-tem verwickelt, einem ausgezeichneten klingonischen Neurobiologen. Die ganze Sache ging sehr höflich vonstatten – Rhakh-tem hat nie einen Gegenstand geworfen, der größer als ein Reagenzglas war, und Selok konnte ihn stets auffangen, bevor er traf; aber ich schwöre, manchmal habe ich in Seloks Augen einen Funken gesehen, der nicht das geringste mit Logik zu tun hatte.«

»Tja, die Vulkanier sind mit den Romulanern verwandt.« Sie gab Dr. Bashir zwei der vorbereiteten Spritzen. »Kümmern Sie sich um die Patienten im Lazarett; Fähnrich Kahrimanis und ich werden die anderen Lagerinsassen impfen.« *Es gibt keine bessere Möglichkeit für mich,* dachte sie, *um mit jedem Lagerinsassen über mögliche Flüchtlinge aus Bennikar zu sprechen.*

»Bennikar?« wiederholte der Mann, während Dax ihm die Injektion verabreichte. »Nein, ich wüßte nicht, daß ich irgendein Kind aus dieser Gegend kenne. Natürlich stamme ich auch nicht von hier …« Er rollte den Ärmel hinab und bedachte Dax mit einem schelmischen Blick, der sie drängte, ihn zu fragen, woher er denn kam.

»Ach, das kann ich Ihnen nicht sagen«, erwiderte er, als sie ihn tatsächlich fragte, und schüttelte ernst den Kopf. »Die Antwort geht über Ihr hübsches Köpfchen hinaus.«

»Versuchen Sie es mal.«

»Ich hab's doch gerade gesagt, meine Liebe.« Er zeigte in den Himmel. »Daher komme ich. Über Ihrem Kopf. Ich heiße Mullibok und hatte mal eine Farm auf Jeraddo.«

»Dem fünften Mond?« Dax blinzelte, als sie sich an ein Gespräch erinnerte, das sie vor gar nicht langer Zeit mit Major Kira geführt hatte. Dann ging ihr ein

Licht auf. »Ich habe eine Freundin, die sich sicher freuen wird, wenn Sie hört, daß Sie noch leben und wohlauf sind.«

»Lassen Sie mich raten: die Starrköpfige mit den hübschen Augen?« Er kicherte. »Die Dame kann sehr überzeugend sein, wenn sie es sich einmal vorgenommen hat.«

»Aber was machen Sie hier?« fragte Dax.

Der Farmer seufzte. »Als Ihre Freundin mich... überredet hat, meine Heimat zu verlassen, dachte ich, es würde mich umbringen. Das tat es aber nicht. Also lautete mein nächster Gedanke, mir einen Ort zu suchen, an dem man mich als das zu würdigen weiß, was ich bin: das lebendige Beispiel dafür, daß es nicht das Ende der Welt ist, wenn man seine Heimat verliert. Als wandelndes, atmendes Beispiel für Hoffnung.«

Er senkte verschwörerisch die Stimme. »Und ich bin der beste Farmer auf ganz Bajor. Diese Mönche meinen es gut, aber ohne meine Hilfe könnten sie nicht mal in einem Treibhaus Getreide anbauen.«

Dax unterdrückte ein Lächeln. »Das glaube ich Ihnen gern.«

»Ah, wie schön!« Er legte die Hände auf die Knie und erhob sich. »Zurück an die Arbeit. Das Korn ist noch nicht reif zum schneiden, aber Bruder Talissin besteht darauf, daß wir die Felder nach seinem Zeitplan und nicht nach dem der Natur abernten. Danke für alles, was Sie hier getan haben, meine Liebe; es ist schön, seine Arbeit wieder tun zu können, ohne ständig das Gefühl haben zu müssen, daß das Fieber einem im Nacken sitzt. Grüßen Sie Nerys von mir, ja?«

»Gern.«

»Und treten Sie ihr auf die Zehen, wenn sie auch Ihnen stur kommen sollte.« Er blinzelte und schritt pfeifend davon.

»Waren das alle?« fragte Lieutenant Dax den Fähnrich. Die beiden hatten die Impfungen in einer kleinen

Hütte in der Nähe der Felder vorgenommen. Die Einrichtung bestand lediglich aus drei Stühlen – je einer für sie und Kahrimanis und einer für die nacheinander eintretenden Patienten. Es war praktischer, mit den Antikörper-Injektionen zu den Erntearbeitern zu gehen, statt sie zu ihnen kommen zu lassen.

»Ich glaube, wir haben alle.« Fähnrich Kahrimanis drehte langsam den Kopf, um eine Versteifung in seinem Hals zu lockern. »Ich habe den Eindruck, wir wären ewig damit beschäftigt gewesen.« Er warf einen Blick auf die Liste, die Bruder Gis ihm gegeben hatte. Der Mönch hatte sich bemüht, für das Impfprogramm eine zuverlässige Zählung der unter seiner Obhut stehenden Leute vorzunehmen. Da die Ernte auf Hochtouren lief, waren alle gesunden Flüchtlinge auf der Liste der Feldarbeiter verzeichnet, alle kranken auf der des Lazaretts. Wenn auch nur einer von ihnen die lebensrettende Injektion verpaßte, war der Erfolg der gesamten Unternehmung in Frage gestellt.

»Ich wünschte nur, wir könnten noch etwas anderes aufweisen«, murmelte Dax.

»Wie bitte?«

»Schon gut.« Dax war wütend über diesen Versprecher. Kahrimanis wußte nichts von ihrer Suche nach der *Nekor*. Sie bog mehrmals die Schultern nach hinten und wünschte sich einen erfahrenen Masseur, der ihre verkrampfte Muskulatur von den Schmerzen befreien könnte. Sie hatte darauf bestanden, jede einzelne Injektion persönlich zu verabreichen, und Kahrimanis die Aufgabe zugewiesen, die Namen von den Listen abzustreichen. Während er seine Aufzeichnungen machte, hatte Dax sich bei den Patienten nach Hinweisen auf ein Lagerkind aus Bennikar erkundigen können.

Injektionen machen die meisten Leute nervös, überlegte sie. *Nervöse Leute neigen dazu, mehr zu sprechen. Bajoraner sind da keine Ausnahme. Schade, daß niemand mir einen nützlichen Hinweis geben konnte.*

Sie erhob sich und ergriff den Stuhl. »Kehren wir zum Lazarett zurück. Mal sehen, wie es Dr. Bashir geht.«

Sie waren keinen Steinwurf vom Lazarett mehr entfernt, als Bruder Gis durch den Vorhang gestürmt kam, das Gesicht vor Wonne strahlend. »Mögen die Propheten Sie segnen!« rief er und ergriff Dax' Hand. »Sie haben das Wunder vollbracht, um das wir in unseren Gebeten gefleht haben!«

»Bruder Gis, bitte...«, begann Dax und zuckte zusammen. Als Trill, die dazu auserwählt worden war, einen Symbionten zu tragen, hatte man ihr beigebracht, sich nie so zu benehmen, als wäre sie etwas Besseres als ihre nicht so glücklichen Artgenossen. Nur jeder zehnte Trill wurde für diese Ehrung ausgewählt, und es kam schon zu genug Neid und Mißgunst, auch wenn die Glücklichen die anderen nicht herumkommandierten. Bei den Kandidaten für die Vereinigung achteten die Mitglieder des Auswahlgremiums auf eine gesunde Bescheidenheit. Daher konnte Jadzia nur schlecht mit einem so überschwenglichen Lob umgehen. Sie löste die Hand aus Gis' Griff, ließ den Mönch einfach stehen und ging in das Lazarett.

»Dr. Bashir?« rief sie.

»Hier drüben!« Ein Arm im schwarzen Ärmel einer Starfleet-Uniform ragte zwischen den Laken einer abgetrennten Kabine am Ende des Raums hervor. Sie eilte darauf zu. Als sie den Gang entlangschritt, bemerkte sie eine gewaltige Veränderung, das Wunder, das Bruder Gis dermaßen erfreut hatte.

Der Gestank des Fiebers hatte abgenommen. Trotz des Mangels an Fenstern schien eine frische, nicht mehr so bedrückende Atmosphäre Einzug in das Gebäude gehalten zu haben. Die großen und kleinen Patienten warfen sich nicht mehr auf ihren Lagern hin und her, starrten auch nicht mehr mit glasigen Augen zur Decke oder stöhnten vor Schmerz. Hier ging Jadzia an einem Kind vorbei, das wieder ganz normal atmete und friedlich schlief; das Gesicht des Mädchens glühte nicht mehr vor Fieber. Dort sah sie eine Frau, die sich von ihrer Pritsche erhob und mit schwankenden Schritten zu einem Strohlager auf der anderen Seite des Ganges ging, auf dem ein kleiner Junge die Arme ausstreckte und lächelte, während er »Mama? Mama, geht es dir besser?« rief.

Die Frau stolperte, doch Lieutenant Dax war zur Stelle, hielt sie fest und brachte sie zu ihrem Bett zurück. Dann schob sie das Lager des Kindes neben das seiner Mutter. »Sie dürfen sich nicht überanstrengen«, sagte sie zu ihr. »Ich weiß, Sie fühlen sich schon viel besser, aber Sie sind noch schwach. Wenn Sie sich ausruhen, werden Sie sich schneller erholen.«

Die Frau ergriff Jadzias Hand. Obwohl sie nichts sagte, sprach aus ihren Augen Dankbarkeit.

»Reagieren alle so gut auf die Injektion?« fragte Dax, als sie zu Dr. Bashir in den abgetrennten Bereich trat. Der Patient auf der Pritsche schlief ruhig und fest. Sie sprachen leise, um ihn nicht zu stören.

»Erstaunlich, nicht wahr?« sagte Julian. »Eindrucksvolle Anzeichen für eine schnelle Erholung. Bruder Gis singt Ihr Lob in höchsten Tönen.«

Sie glaubte, unter seinen Worten etwas anderes entdeckt zu haben. »Aber …?« sagte sie.

»Nun ja, ich muß Ihnen ja nicht sagen, daß ich mich überzeugen möchte, ob die Wirkung von Dauer ist. Bei einem so anpassungsfähigen Organismus müssen wir ganz sicher gehen, daß wir den Krieg und nicht nur das erste Scharmützel gewonnen haben.«

»Danke, Doktor.« Sie lächelte ihn an. »Es ist eine Erleichterung, eine gute, harte, wissenschaftliche Skepsis zu vernehmen statt all dieses Geschwätzes von einem Wunder.« *Aber ich hätte nichts gegen ein Wunder einzuwenden,* gestand sie sich ein. *Nicht, wenn es mir helfen würde, die* Nekor *zu finden.* »Haben Sie eine Ahnung, wie lange wir warten müssen, bis wir genau wissen, ob wir es geschafft haben?«

Dr. Bashir dachte über die Frage nach. »Sollte die Ähnlichkeit mit der *Nanadekh*-Pest Rückschlüsse zulassen, würde ich sagen, daß die nächsten achtundvierzig Stunden die Entscheidung bringen müßten. Diese Epidemie wurde ebenfalls von einem höchst anpassungsfähigen Retrovirus verursacht, und nachdem es sich in einem humanoiden Gastkörper befand, verschwendete es keine Zeit, sich so zu verändern, daß es Maßnahmen gegen ihn ergreifen konnte. Ich habe unter Seloks Anleitung eine Abschlußarbeit über das Phänomen geschrieben.« Diesmal klang Julian nicht so, als würde er sich seiner vergangenen Leistungen brüsten, sondern führte sie lediglich als Tatsache auf. »Wir könnten von Gis noch mehr erfahren. Er hat gesagt, diese Krankheit würde einem anderen bajoranischen Fieber ähneln. Wenn wir erfahren, wie dessen Symptome aussahen ...«

»... könnten wir eine begründete Hypothese über dieses hier aufstellen«, beendete Dax den Satz für ihn. »Eine ausgezeichnete Idee, Doktor. Ich werde mich sofort darum kümmern.«

»Bitte tun Sie das. Ich mache die Runde und überzeuge mich, ob der Zustand der Patienten sich tatsächlich verbessert. Cedra hilft mir, aber vielleicht übersieht er eine wichtige Einzelheit.«

Dax schnalzte mit der Zunge. »Versuchen Sie noch immer, alles allein zu machen, Julian?«

»Das ist es nicht.« Er sprach mit Überzeugung, schaute aber drein wie ein kleiner Junge, der beim Griff in die Bonbondose überrascht worden war. »Cedra ist im Augenblick nicht ganz bei der Sache. Seine kleine Schwester hat sich ohne unsere Hilfe von dem Fieber erholt – wenn es ihr besser geht, sollten wir ihr eine Blutprobe entnehmen und feststellen, ob ihre Antikörper denen ähneln, die Sie hergestellt haben; aber das Kind ist noch sehr schwach. Talissin sieht ihre Erholung als ein Zeichen der besonderen Gunst der Propheten. Cedra hat mir gesagt, daß unser verdrossener Freund das Mädchen seinem Orden präsentieren will, sobald die Lage hier sich gebessert hat.«

»Was hält Cedra davon, daß seine Schwester ein religiöses Leben führen soll?« fragte Dax.

»Er ist dafür. Alles sei besser als die Lager, sagt er. Was wir hier getan haben, ist nichts. Ständig kommen Nachrichten von anderen Flüchtlingslagern, in denen die Situation viel schlimmer ist. Cedra hält die Ohren offen, wenn die Mönche miteinander sprechen. In einigen Lagern sterben die Kinder auch ohne dieses Fieber; sie haben andere Krankheiten, denen sie bereits zum Opfer fallen, bevor das Fieber sie erreicht: Ruhr, Parasiten, Mangelerscheinungen, die wir schnell beheben könnten, hätten wir nur genug Personal und Medikamente ...«

»Nachdem wir auf die Station zurückgekehrt sind, sollten Sie mit Major Kira darüber sprechen«, sagte Dax. Ihre nüchterne Ruhe stand in starkem Kontrast zu der immer stärker werdenden Erregung in Julians Stimme.

Der Arzt machte den Eindruck, als hätte man ihm einen Eimer Wasser ins Gesicht gekippt. »Ja«, sagte er verdrossen. »Natürlich. Genau das sollte ich tun. Vielleicht hilft es, wenn ich ihr eine Kopie von Cedras Landkarte zeige. Er hat eine Skizze mit den Positionen der anderen Lager angefertigt. Sie beruht auf dem, was er von den Mönchen erfahren hat. Er hat jede Beschwerde eingearbeitet, die sie über das Terrain zwischen diesem Lager und den anderen fallen ließen. Ich kann mich für ihre Genauigkeit nicht verbürgen, aber es ist einfach unglaublich, daß ein Kind so ein Projekt in Angriff genommen hat. Er ist wirklich ein kluger Junge.«

»Und seine Schwester? Ist sie auch so klug?«

»Dejana?« Dr. Bashir runzelte die Stirn. »Sie ist auch nicht gerade dumm, aber sie hat etwas an sich, das ... Ich kann es nicht erklären. Sie sollten sie sich mal ansehen. Auf jeden Fall hat Talissin darauf bestanden, daß sie sich wieder ins Lazarett begibt. Er ist nicht der Ansicht, daß allein Gis' kräftigende Tees für ihre vollständige Erholung sorgen können.« Er verzog das Gesicht. »Ich sage es nicht gern, aber ich muß ihm zustimmen. Und Cedra macht sich Sorgen.«

»Hat jemand von mir gesprochen?« Cedras brauner Kopf lugte um eine Ecke der Decke herum.

»Lauscht du schon wieder?« neckte Dr. Bashir ihn.

Der Junge richtete sich stolz auf. »Ich habe viele nützliche Dinge erfahren, die Sie bestimmt gern wissen würden.«

»Mach dich lieber nützlich, du junger Taugenichts, und suche Bruder Gis. Lieutenant Dax muß mit ihm sprechen.«

Cedra grinste. »Er ist im Büro.«

»Danke, Cedra«, sagte Dax. »Ich finde allein dorthin.« Sie ging zum hinteren Teil des Lazaretts und bekam noch mit, daß Cedra Dr. Bashir fragte, ob er sich bitte Dejana ansehen würde.

Dax war erleichtert, im Büro des Lazaretts einen bei weitem nicht mehr so überschwenglichen Gis vorzufinden. Als sie eintrat, schaute der Mönch auf. »Falls ich Ihnen gerade Unbehagen bereitet haben sollte«, sagte er, »möchte ich mich dafür entschuldigen, Lieutenant Dax.« Er erhob sich von seinem wackligen Stuhl und bot ihn ihr an.

Sie lehnte mit einer Geste und einem höflichen Lächeln ab. »Ich verstehe, wie Sie sich fühlen. Sprechen wir nicht mehr darüber. Es sieht so aus, als hätten wir das eine Ihrer Probleme lösen können. Und was das andere betrifft ...«

»Die *Nekor*.« Er sprach den Namen so leise aus, daß sie ihn kaum verstand.

»Keiner der Feldarbeiter konnte mir irgendwelche Informationen geben. Vielleicht habe ich mehr Glück, wenn die Patienten hier im Lazarett sich erholt haben und ich mit ihnen sprechen kann. Ich hoffe, Sie können mir weiterhelfen... Mir ist klar, daß die Kinder das Dorf Bennikar nicht unbedingt dem Namen nach kennen, aber vielleicht gibt es irgendeine Einzelheit, an die sie sich ganz bestimmt erinnern – ein Wahrzeichen, ein örtliches Fest, irgend etwas, was ein Kind im Gedächtnis behält oder was seine Eltern erwähnt haben, als sie von dem Ort sprachen.«

Bruder Gis dachte darüber nach. »Das Dorf war bekannt dafür, daß dort ziemlich gutes *Kis* gebraut wurde. Aber wie sollen Kinder davon gehört haben?«

»Vielleicht haben sie es zufällig mitbekommen. Es ist erstaunlich, wie viele Gespräche zwischen Erwachsenen Kinder aufschnappen.«

»Besonders dann, wenn wir es nicht möchten.« Gis führte Dax' Gedankengang mit einem liebenswürdigen Lächeln zu Ende. »Ich glaube, Bennikar war auch bekannt dafür, daß dort eine Rasse besonders kräftiger *Verdanis* gezüchtet wurde. Wird Ihnen das bei Ihrer Suche helfen, Lieutenant?«

»Es ist mehr, als wir bislang hatten. Vielen Dank, Gis. Ich werde jetzt durchs Lazarett gehen. Mal sehen, ob jemand schon kräftig genug ist, um ein paar Fragen beantworten zu können.«

Sie verließ das Büro und sah sich im Lazarett um. Dr. Bashir kniete am Eingang des Gebäudes neben einem Strohlager. Er hatte eine Schnur um die Finger beider Hände gelegt und führte zur Unterhaltung eines helläugigen kleinen Mädchens ein kompliziertes Abnehmespiel vor. Der Kopf des Kindes ruhte auf einem Stapel zusammengefalteter Tücher, doch selbst aus dieser Entfernung sah Dax, daß Bashirs junge Patientin auf dem Weg der Besserung war. Ihr Gesicht war lebhaft, und ihre Füße zappelten unter der Decke.

Vielleicht sollte ich hier den Anfang machen, dachte Dax und ging zu den beiden hinüber.

Das kleine Mädchen erwies sich als zu jung, um ihr irgendwie helfen zu können. »Lika wurde vor drei Jahren in diesem Lager geboren«, erklärte Dr. Bashir. »Das ist das einzige Zuhause, das sie kennt. Können Sie sich das vorstellen?« Er legte die Hand auf den Kopf des Kindes. »Ihre Mutter ist erst vor zwei Wochen gestorben, und eine Zeitlang sah es so aus, als würde sie ihr folgen. Ihre Injektion hat ihr das Leben gerettet. Wenn Sie in Ihrem Leben sonst nichts getan haben, worauf Sie stolz sein können, Jadzia ...«

»Sie meinen, *wir* können darauf stolz sein, Doktor«, berichtigte sie ihn.

Er schüttelte den Kopf. »Ich habe nichts getan.« Er ging zum nächsten Patienten weiter.

Dax wurde zu Dr. Bashirs Schatten, folgte ihm, während er die Runde durch das Lazarett machte, um die Wirkung des Impfstoffs zu überprüfen. Während er die Werte der Patienten ablas, verstrickte sie sie in beiläufige Gespräche. Bei den Erwachsenen fragte sie manchmal geradeheraus, ob sie im Lager jemanden kannten, der aus Bennikar stammte. Den Kindern und den zurückhaltenderen Erwachsenen entlockte sie so viele Informationen wie möglich.

»Was soll das heißen: Ich werde in den nächsten Wochen nicht imstande sein, ein Gespann *Verdanis* zu lenken?« fragte ein Bajoraner verärgert. Seine Hände zeigten verräterische Schwielen, die von Zügeln stammten, was Dax sofort als Angriffspunkt erkannt und genutzt hatte. »Ich lenke *Verdanis*, seit ich laufen kann ...«

»Aber das Lager hat ein paar von den wirklich *großen* bekommen«, sagte sie besänftigend. »Ich habe gehört, daß nur Leute aus Bennikar mit dieser Rasse fertig werden.«

Er schnaubte. »Dann haben Sie was Falsches gehört! Remis Jobar kommt aus der Nähe von Bennikar, und er konnte nicht mal die kleinsten *Verdanis* lenken, die wir hatten.« Der Mann runzelte die Stirn. »Lebt Remis Jobar noch?« fragte er Dr. Bashir. Julian schaute auf seine Liste und zeigte zu einem anderen Bajoraner, der ein Stück entfernt auf einem Strohlager ruhte. Der Mann entspannte sich. »Gut. Er kann nicht mit *Verdanis* umgehen, aber er ist ein guter Freund.«

Dax ließ Dr. Bashir zurück und ging zu Remis Jobar weiter. Der Mann war noch benommen. »Kinder aus Bennikar ...«, antwortete er unsicher auf ihre Frage. »Ich selbst bin Junggeselle. Bin seit drei Jahren hier. Habe die Leute nicht danach gefragt, woher sie kommen und ob sie Kinder haben oder nicht. Einige von ihnen hatten welche. Ich wollte nicht neugierig sein. Sie verstehen?«

Dax nickte ruhig, obwohl sie innerlich vor Wut die Fäuste ballte. *Ich brauche keine Diskretion, ich brauche Informationen!* »Sie haben nicht gefragt, aber haben Sie vielleicht zufällig etwas gehört ...?«

Er zuckte mit den Achseln. »Meine Schwester ist mit mir hierhergekommen. Früher hat sie mir den Haushalt geführt und so weiter ... Als wir hierherkamen, hat sie einige der besseren Leute aus dem eigentlichen Bennikar getroffen ... wir haben nämlich ein gutes Stück vom Dorf entfernt gewohnt. Sie kannte sie alle, wußte über sie Bescheid, über ihre Geschäfte, ihre Familien, einfach alles! Sie hat ständig über sie geklatscht!« Er kicherte leise, wurde aber sofort wieder ernst. »Jetzt ist sie tot.«

Dax tätschelte tröstend seine Hand. »Sie hat Ihnen doch bestimmt einiges von diesem Klatsch erzählt, nicht wahr?«

Er nickte. »Das war ihr zweitschönstes Vergnügen ... mir zu erzählen, was sie erfahren hat. Besser gefallen hat ihr nur, die Geheimnisse überhaupt erst herauszubekommen. Sie hat mir gesagt, es wären vielleicht acht oder zehn Kinder aus unserem Dorf hier. Sie war so stolz darauf, als hätte sie selbst sie in Sicherheit gebracht.« Er seufzte. »Sie starb, während sie eins davon pflegte. Ein hübsches kleines Mädchen.«

Dax spitzte die Ohren, als er das Geschlecht des Kindes erwähnte. »Und das kleine Mädchen? Wie hieß es? Was ist aus ihm geworden?«

Ein weiteres Achselzucken. »Keine Ahnung. Ich konnte damals noch auf den Feldern arbeiten. Als Bruder Mor zu mir kam, um mir zu mitzuteilen, daß Cathlys tot ist, hat er gesagt, daß sie ihr Leben für das eines Kindes gegeben hat, aber ich weiß nicht, ob das bedeutet, daß das Mädchen überlebt hat. Vielleicht wollte er nur meinen Schmerz lindern.« Er seufzte erneut und wandte sich von Dax ab.

Dax respektierte seinen Wunsch, in Ruhe gelassen zu werden. *Acht oder zehn Kinder aus Bennikar,* dachte sie, als sie sich von seinem Strohlager erhob. *Das sind nicht viele, aber er war sich bei der Zahl nicht sicher. Vielleicht waren es mehr ... oder weniger. Einige werden das Fieber überlebt haben. Einige haben es wahrscheinlich gar nicht bekommen. Ich muß weitere Erkundigungen einziehen.*

Sie schaute sich nach Dr. Bashir um und sah, daß er mittlerweile einen Jungen untersuchte. Sie wollte in der Hoffnung, weitere Hinweise in Erfahrung zu bringen, zu ihm gehen, als sie spürte, daß schmale, entschlossene Finger sich um ihren Ellbogen legten und daran zerrten.

»Entschuldigung«, sagte Cedra und zog sie von Dr. Bashir davon. »Würden Sie mir vielleicht helfen?«

»Helfen?« echote Dax.

»Meine Schwester, Dejana«, erwiderte er. »Würden Sie sie sich bitte mal ansehen?«

»Ist sie krank? Ich hole Dr. Bashir und ...«

»Nein, tun Sie das nicht!« Die Beunruhigung des Jungen wirkte fast komisch. »Er hat sie schon untersucht. Er macht es nur noch schlimmer.«

Dax runzelte die Stirn. »Dr. Bashir ist völlig qualifiziert…«

Cedra legte einen Finger auf seine Lippen und bedeutete ihr mit der anderen Hand hektisch, still zu sein. »Können Sie ein Geheimnis für sich behalten?« flüsterte er heiser.

»Kommt darauf an.«

»Ich schwöre Ihnen, es ist nichts Schlimmes! Aber wenn Dejana herausfindet, daß ich es Ihnen erzählt habe, wird sie mich umbringen.«

Dax' Neugier wurde angestachelt. »Wenn es sein muß, kann ich Geheimnisse sehr gut für mich behalten.«

Der Junge sprach noch leiser. »Dejana hat sich in ihn verliebt«, zischte er.

»In ihn? Du meinst Dr. Bash…?«

»Psst!« Das Kind war eindeutig verängstigt. »Ich glaube, sie tut nur so, als wäre sie so schwach, damit sie im Lazarett bleiben kann und er sie untersucht. Dejana kann Bruder Talissin um den kleinen Finger wickeln. Er erlaubt ihr alles, weil er der Ansicht ist, die Propheten hätten sie berührt. Sie muß nur einmal die Nase hochziehen, und er fällt in Ohnmacht.«

»Und was soll ich dagegen tun?«

»Na ja, ich hab gehört, Sie sind Wissenschaftsoffizier. Könnten Sie nicht etwas… *Wissenschaftliches* machen, damit sie damit aufhört?«

Dax mußte unwillkürlich lächeln. »Das einzige wissenschaftliche Heilmittel für das Problem deiner Schwester wäre eine Zeitreise.« Cedra runzelte die Stirn und sah sie verwirrt an. »Wir müssen warten, bis sie älter wird«, erklärte sie.

Cedra schüttelte heftig den Kopf. »Sehen Sie sie sich an, dann werden Sie feststellen, wie schwach sie in Wirklichkeit ist. Wenn Sie Bruder Gis melden, daß sie nur so tut, wird er sie wegschicken, ganz gleich, was

Bruder Talissin sagt. Bitte. Sie ... sie bringt mich in Verlegenheit.«

Lieutenant Dax tätschelte die Schulter des Jungen. »Ich werde tun, was ich kann. Wo ist sie?«

»Hier drüben.« Er nahm sie an der Hand und zog sie zu einer abgeteilten Nische an der rechten Seite des Lazaretts hinüber. Drei Strohlager befanden sich auf dem Boden, und eine Kiste, die einen Tonkrug und Tassen enthielt. Nur die beiden Lager auf den Seiten waren belegt, die eine von einem kleinen Mädchen, das mit dem Gesicht zur Wand schlief, die andere von Dejana.

Als sie eintraten, saß Cedras Schwester auf dem Lager. Als sie Dax erblickte, schaute sie keck auf. Der Wissenschaftsoffizier war von der Schärfe ihres Blickes betroffen. Als sie lediglich Jadzia gewesen war, also vor der Vereinigung mit dem Symbionten, hatten die Prüfer sie oft mit einem ähnlich durchdringenden, entnervenden Blick gemustert.

»Hallo, Lieutenant Dax«, sagte sie. »Wollen Sie mich besuchen? Bitte setzen Sie sich.« Sie deutete mit königlicher Anmut auf das unbenutzte Strohlager.

Dax akzeptierte die Einladung und bemühte sich, ihre Reaktionen zu verbergen. *Wie hat Julian diese Kinder genannt?* dachte sie. *Bemerkenswert? Das Mädchen ist es auf jeden Fall.* Sie hockte sich im Schneidersitz hin. Aus dem Augenwinkel bemerkte sie, daß Cedra neben dem Strohlager Platz nahm.

»Wie ist das?« fragte Dejana abrupt.

»Wie ist was?« erwiderte Dax überrascht.

»Eine Trill zu sein. So viele Leben in sich zu haben.«

»Wer hat dir gesagt, daß ich ...?« Dann lachte Dax, erleichtert, daß sie dahintergekommen war. »Du hast mit Dr. Bashir gesprochen.«

Das Mädchen errötete und wandte den Blick ab. Cedra hustete. Der Kopf seiner Schwester fuhr hoch. »Er ist sehr nett«, sagte sie. Nun klang sie eher wie ein

Kind. »Ich mag ihn. Es ist sehr freundlich von ihm, so viel Zeit mit Lika zu verbringen und ihr zu erklären, wie man dieses Fadenspiel macht.«

»Ich wünschte, er würde mir zeigen, wie Sie es spielen«, sagte Cedra mit einem innigen Seufzen. »Wir bilden mit dem Faden andere Formen. Ich bin am besten darin!« Er zog eine lange, schmutzige Kordel aus seiner Tasche und wickelte sie um seine Finger.

»Cedra, du schrecklicher Lügner!« Dejana sprang an Dax vorbei und nahm ihrem Bruder die Kordel ab. Dax ließ das kleine Mädchen nicht aus den Augen, während es den Faden schnell zu einer perfekten Nachahmung der Figur wickelte, die Dr. Bashir für seine kleine Patientin geschaffen hatte. »Ich bin viel besser darin als Cedra«, erklärte das Kind stolz.

»Du bist sehr gut«, erwiderte Dax. »Du bist auch sehr gesund. Ich werde mit Bruder Gis sprechen müssen, um...«

Dejana stieß ein theatralisches Stöhnen aus und sank auf das Lager zurück. »Ich fühle mich gar nicht gut«, sagte sie klagend.

Dax wechselte mit Cedra einen wissenden Blick. »Ich verstehe. In diesem Fall sollte ich vielleicht besser Dr. Bashir holen.« Als sie diesen Vorschlag machte, hörte sie von Cedra ein lautes Stöhnen.

»Halten Sie ihn nicht für zu jung?« fragte Dejana unschuldig.

»Was hast du gesagt?«

»Sie mögen ihn, aber er ist zu jung für Sie. Verglichen mit dem, was Sie *wissen*, was Sie *sind*, meine ich. Aber Sie können sich so lange umsehen, wie Sie wollen, Sie werden nie jemand finden, der alt genug für Sie ist, oder? Und er *ist* nett.«

Lieutenant Dax starrte das Mädchen an. Sie erinnerte sich daran, wie Commander Sisko das unheimliche Gefühl beschrieben hatte, das sich bei ihm eingestellt hatte, als er zum erstenmal der Kai Opaka begegnet war. *Hat es seltsamer sein können als das hier?* fragte Dax sich. Talis Dejana saß mit im Schoß gefalteten Händen da und betrachtete die Trill, als hätte sie nichts Außergewöhnliches gesagt. Dennoch hatte sie ganz genau die Gefühle wiedergegeben, die Dax Dr. Bashir entgegenbrachte.

»Dejana«, sagte sie langsam, »Dejana, woher kommst du?«

»Mein Vater hat die besten *Verdanis* in Bennikar gezüchtet.«

8

»Sind Sie sicher?« Commander Siskos Stimme erklang laut und deutlich aus Lieutenant Dax' Kommunikator.

»Eindeutig, Sir.« Die Trill saß an dem Tisch, der Bruder Gis als Schreibtisch diente. Der Mönch hatte ihr sein Büro zur Verfügung gestellt, damit sie die gute Nachricht an Deep Space Nine weitergeben konnte. »Ich habe mindestens einen erwachsenen Bajoraner aus dem Dorf Bennikar, der es bestätigt. Als ich den Namen des Mädchens erwähnte, fiel es ihm sofort wieder ein, und als ich das Mädchen zu ihm brachte, hatte er nicht den geringsten Zweifel. Er behauptet, Talis Dejana und Talis Cedra seien eindeutig zwei der überlebenden Kinder aus Bennikar, die seine Schwester Cathlys erwähnt habe. Der ältere Bruder des kleinen Mädchens behauptet, Remis Jobars Schwester habe vor ihrem Tod Dejana gesund gepflegt.«

»Hoffentlich wird seine Aussage genügen, um die *Dessin-ka*-Repräsentanten zu überzeugen.« Sisko klang keineswegs besonders zuversichtlich.

»Das ist noch nicht alles, Sir. Es mag nicht gerade wissenschaftlich klingen, aber … das kleine Mädchen hat etwas an sich.«

»Und was genau?«

»Nennen Sie es ein Gefühl, das es in mir auslöst.«

»Eine Ahnung? Das klingt wirklich ganz und gar nicht wissenschaftlich, alter Knabe.«

»Sie werden sich vielleicht erinnern, daß meine Ahnungen sich ein- oder zweimal als richtig erwiesen haben.« Dax grinste. »Und haben Sie mir nicht gesagt, daß Sie bei Ihrer ersten Begegnung mit der Kai Opaka ein ganz ähnliches Gefühl gehabt haben?«

»Da widerspreche ich Ihnen nicht«, sagte Sisko schnell. »Also haben Sie Bruder Gis informiert?«

»Er ist begeistert. Die Dinge hätten sich für ihn nicht besser entwickeln können. Sogar Bruder Talissin hat ein freundlicheres Gesicht aufgesetzt, als er davon erfuhr.«

»Warum wurde Bruder Talissin informiert? Ich dachte, ich hätte deutlich gemacht, daß höchste Geheimhaltung erforderlich ist. Wenn die falschen Leute erfahren, daß wir die *Nekor* gefunden haben ...«

»Wer sind die ›falschen Leute‹, Sir?« fragte Dax.

»Jeder, der einen Vorteil daraus ziehen könnte, der *Dessin-ka* zu schaden. Jeder, der die provisorische Regierung schwächen und zerschlagen will.«

»Bruder Talissin gehört weder zur einen noch zur anderen Kategorie. Noch bevor er erfahren hat, daß das Kind die *Nekor* ist, hat er es als etwas ganz Besonderes angesehen, das unter allen Umständen beschützt werden muß. Er hat darauf bestanden, daß es in einem religiösen Orden am besten aufgehoben ist, und war hocherfreut, als wir bewiesen haben, daß er damit richtig lag.« Sie lächelte schwach, als sie sich an den Gesichtsausdruck des grimmigen Mönchs erinnerte, der selbstgefällig auszudrücken schien: Habe ich es nicht gesagt?

»So stolz vielleicht, daß er mit jedem darüber spricht, der ihm über den Weg läuft?« fragte Sisko.

»Sir, mit wem könnte er hier draußen schon sprechen?«

»Obwohl das Lager fernab vom Schuß liegt, sind die Mönche ständig unterwegs, um Waren und Nachrichten mit anderen Lagern zu tauschen. Das wissen Sie doch selbst, nicht wahr? Die Epidemie hat sie eine Weile in ihrer Siedlung festgehalten, doch nachdem Sie und Dr. Bashir nun das Heilmittel gegen das Fieber entwickelt haben, werden sie versessen darauf sein, die verlorene Zeit aufzuholen. Zwischen den Lagern wird es jetzt verstärkt Austausch von Waren und Nachrichten geben. Ich würde das gern fördern, aber nicht auf Kosten der Sicherheit dieses Projekts. Darüber hinaus besteht die Gefahr, daß diese Nachricht die örtlichen Untergrund-Fraktionen erreicht. Und irgendeine Splittergruppe könnte das Kind als Faustpfand zur Durchsetzung ihrer Ziele mißbrauchen.«

»Machen Sie sich keine Sorgen, Sir«, erwiderte Dax. »Die Möglichkeit, daß irgend etwas schiefgehen könnte, ist vernachlässigbar gering. Sobald Sie uns einen Flitzer zur Verfügung stellen, werden wir Talis Dejana zum Tempel bringen. Aber er sollte in der Nähe des Lagers landen. Ich rate davon ab, den Transporter zu benutzen.«

»Warum?« fragte Sisko verwirrt.

»Das Mädchen erholt sich noch von dem Fieber. Das Erlebnis könnte zu anstrengend sein. Es ist ein sehr zerbrechliches Kind, Commander.«

»Ich dachte, Sie hätten gemeldet, daß Ihr Impfstoff wirkt?«

»Sie hat sich vor unserem Eintreffen von selbst erholt, ohne Einsatz des Medikaments. Dr. Bashir hielt es nicht für klug, jemandem eine Antikörper-Injektion zu verabreichen, dessen natürliche Verteidigungsmechanismen die Krankheit bereits besiegt haben.«

»Keine vollständige Erholung, wenn Ihre Angaben über ihren derzeitigen Gesundheitszustand zutreffen«, hielt Sisko dagegen.

»Sie ziehen ihr Alter und ihre körperliche Verfassung nicht in Betracht. Das robusteste Immunsystem kann in einem unterernährten, überarbeiteten jungen Körper nicht richtig funktionieren. Benjamin, wenn Sie diese Kinder sehen könnten...« Dax hielt kurz inne. »Dr. Bashir arbeitet ununterbrochen mit ihnen. Das

Fieber ist so gut wie ausgelöscht, aber er ist trotzdem rund um die Uhr beschäftigt. Ohne seine Anstrengungen hätten wir nie in einer so kurzen Zeit solche Fortschritte gemacht.«

»Das ist löblich.«

»Kann man jemanden dafür loben, andere zu retten, aber dabei das eigene Leben völlig überflüssigerweise aufs Spiel zu setzen?«

»*Ist* Dr. Bashirs Leben in Gefahr?«

»Seine Gesundheit auf jeden Fall. Ich habe ihn gewarnt, er solle sich nicht solchem Streß aussetzen; er stimmt allem zu, was ich sage, und macht weiter wie zuvor. Ich habe...« Sie zögerte. »Ich habe Angst um ihn, Benjamin.«

»Dann werde ich Sie beide nach Deep Space Nine zurückbeordern, sobald die *Nekor* im Tempel abgeliefert wurde. Ich will, daß die ganze Sache innerhalb von vierundzwanzig Stunden abgewickelt ist.«

»Zu Befehl, Sir.«

»Treffen Sie sofort die Vorbereitungen für Ihren Aufbruch. Sisko Ende.«

Fähnrich Kahrimanis klopfte an die Tür des Labors. Sie wurde einen Spalt brcit geöffnet, und Talis Cedras braunes, schmutziges Gesicht spähte hinaus. »Der Heiler ist beschäftigt«, verkündete er mit seiner seltsam rauhen Stimme.

»Ich habe nicht erwartet, dich hier zu sehen, Cedra«, sagte Kahrimanis freundlich. »Ich dachte, du würdest deiner Schwester beim Packen helfen.«

»Was sollen wir denn packen?« fragte der Junge verwirrt. »Wir besitzen nur die Kleider, die wir am Leib tragen, und einen von Mutters alten Ohrringen. Nur Tonperlen; niemand würde uns unterwegs dafür etwas zu essen geben.«

»Nun ja, das wird sich jetzt alles ändern.« Der Fähnrich lehnte sich gegen den Türpfosten. »Ich habe gehört, wie Bruder Mor mit Lieutenant Dax sprach. Deine Schwester ist ein ganz besonderes Mädchen.«

Cedra musterte ihn argwöhnisch. Wäre das Kind erwachsen gewesen, hätte dieser Blick nichts Gutes verheißen. »Was haben Sie gehört?«

»Nur, daß sie für viele Leute sehr wichtig ist und zum Tempel gebracht wird. He, was soll das?«

Cedra riß die Labortür weit auf, trat hinaus und stieß einen hageren Finger gegen Fähnrich Kahrimanis' Brust. »Halten Sie gefälligst Ihren Mund, was das betrifft, haben Sie verstanden?« fauchte er. »Daß sie etwas Besonderes ist, bedeutet, daß sie endlich in Sicherheit sein wird, sobald sie im Tempel ist, aber bis dahin bedeutet es *Gefahr*, etwas Besonderes zu sein. Niemand wird meiner Schwester etwas tun, nur weil irgendein Narr nicht die Klappe halten konnte.«

Kahrimanis stieß die Hand des Jungen beiseite. »Ich kann ein Geheimnis für mich behalten. Aber du paßt besser auf, wen du einen Narren nennst. Und jetzt geh zur Seite. Ich muß Dr. Bashir sprechen.« Er wartete nicht auf die Zustimmung des Jungen, sondern ging einfach an ihm vorbei.

Dr. Bashir schaute von seinem Mikroscanner auf. »Oh, hallo, Kahrimanis«, sagte er. »Ich habe Sie an der Tür gar nicht gehört. Ich untersuche gerade Trinkwasserproben. In einigen scheint sich ein Bakterium zu befinden, in anderen nicht. Das könnte im Zusammenhang mit den Darmproblemen stehen, die einige der Kinder haben. Seltsam. Ich habe das Wasser aus dem Brunnen untersucht und nichts gefunden, aber das Bakterium tritt nicht in allen Proben des Regenwassers auf. Vielleicht hat es etwas mit den Fässern zu tun, in denen das Regenwasser gesammelt wird...« Er hielt inne und lachte verlegen. »Ich rede wie ein Wasserfall! Und Sie sind bestimmt nicht gekommen, um sich eine Abhandlung über das Trinkwasser anzuhören. Was kann ich für Sie tun?«

»Ich möchte nur schon mal ein paar Dinge einpakken, Sir. Keine Angst, ich werde Ihnen nicht im Weg stehen.« Fähnrich Kahrimanis ging an Dr. Bashir vorbei zu den Gerätetruhen. Er nahm die oberste herab und machte sich an die Arbeit.

Dr. Bashirs Gesicht wurde bleich. »Was tun Sie da? Sagen Sie mir nicht, daß wir schon den Befehl zum Aufbruch bekommen haben!«

Kahrimanis hielt inne und drehte sich zu ihm um. »Nein, Sir, wir wurden nicht zurückbeordert, noch nicht. Aber es ist nur eine Frage der Zeit. Lieutenant Dax hat mir befohlen, mit den Vorbereitungen zu beginnen. Unsere Mission hier ist abgeschlossen.«

»Das darf doch nicht wahr sein!« protestierte Dr. Bashir. »Sicher, wir haben das Fieber ausgemerzt, aber das ist nicht das einzige Problem, mit dem sich diese Leute… diese *Kinder* noch auseinanderzusetzen haben.«

Kahrimanis legte eine Hand auf den Labortisch. »Das stimmt, Sir. Sowohl körperliche als auch geistige Probleme. Ich wollte Ihnen sagen, Sir, daß ich es ganz wunderbar finde, wie Sie den Kindern geholfen haben. Jetzt kümmert sich wenigstens jemand um sie…« Er schaute schuldbewußt zu Cedra hinüber. Der Junge spülte mit verdrossenem Gesicht einige Reagenzgläser. »Äh, Cedra?« rief der Fähnrich. »Tut mir leid, daß ich gerade so ruppig zu dir war.«

Cedra schaute auf und lächelte schwach.

»Das ist unmöglich«, fuhr Dr. Bashir kopfschüttelnd fort. »Wie können wir denn die Langzeitwirkung von Lieutenant Dax' Antikörper-Injektionen beurteilen, wenn wir jetzt aufbrechen? Und wenn das Mittel wirkt, müssen wir in jedem Flüchtlingslager im Kaladrys-Tal Impfungen durchführen. Wir müssen auch die Hügelkämpfer benachrichtigen. Sie sind ein gefährlicher Faktor; sie könnten das Fieber über das Tal hinaus verbreiten, und dann würde es…«

»Sir, beruhigen Sie sich«, drängte Fähnrich Kahrimanis. »Drei Sanitäter vom Föderationsschiff *Keppler* und ein Pfleger von der *Leuchtenden Klinge* werden uns hier ersetzen. Sie werden sich um alles kümmern.«

»Die *Leuchtende Klinge* ... ein klingonischer Pfleger ... na wunderbar«, murmelte Dr. Bashir. »Wenn der die Kinder nicht zu Tode erschreckt, bevor er ihnen die Injektion verpassen kann.« Dr. Bashir klang so ironisch wie Odo in seinen besten Tagen.

»An Ihrer Stelle würde ich mir keine Sorgen darüber machen, wie die Kinder auf einen klingonischen Pfleger reagieren werden, Sir.« Kahrimanis grinste. »Sie haben Schlimmeres gesehen.«

Dr. Bashir beugte sich über seinen Mikroscanner. »Wann brechen wir auf?« fragte er verdrossen, ohne den Fähnrich anzusehen.

»Sobald der Befehl kommt, nehme ich an.« Kahrimanis wartete auf einen Kommentar des Arztes, doch der schwieg. Der Fähnrich hätte genausogut unsichtbar sein können. Er zuckte mit den Achseln und widmete sich wieder dem Packen.

Er hatte erst einige wenige Gegenstände eingeräumt, als scharf und befehlend Dr. Bashirs Stimme erklang. »Warten Sie damit, Fähnrich. Vielleicht brauche ich einige dieser Geräte noch.«

»Aber Sir, ich ...«

Julians Augen leuchteten. »Das ist ein Befehl, Fähnrich.«

Kahrimanis musterte ihn nachdenklich, erwiderte aber »Jawohl, Sir!« und verließ das Labor.

»Danke für deine Hilfe, Cedra«, sagte Dr. Bashir, kaum daß der Fähnrich den Raum verlassen hatte. »Du kannst jetzt gehen. Du mußt sicher noch viele Vorbereitungen für deine Abreise treffen.«

Der Junge bedachte Bashir mit einem Blick, der ihm durch Mark und Bein zu dringen schien. Doch er sagte lediglich: »Na schön.« Er stellte das Reagenzglas und das Tuch ab und ging ohne ein weiteres Wort.

Als Bashir allein im Labor war, stützte er sich müde auf den Tisch. *Wir brechen auf... Wir können noch nicht aufbrechen! Es gibt hier noch so viel zu tun...*

Er dachte an die Kinder, die kranken und die gesunden. Er würde nie die Veränderung vergessen, die er auf ihren Gesichtern gesehen hatte, als diejenigen, die noch kräftig genug waren, um auf den Feldern zu arbeiten, zum Lager zurückkehrten und feststellten, daß ihre am Fieber erkrankten Spielgefährten auf dem Weg der Besserung waren.

Sie haben gedacht, ihre Freunde würden sterben. Sie hatten keinen Grund, auf etwas Besseres zu hoffen. Ihr Leben war völlig hoffnungsleer, und dann habe ich... haben wir ihnen die Hoffnung zurückgegeben. Wir haben ihnen gezeigt, stets besteht die Möglichkeit, daß etwas Gutes geschieht. Sie können jetzt weitermachen. Er drückte seine Faust auf seinen Mund. *Sie können weitermachen, aber was ist mit den anderen? Die Kinder in den Lagern auf Cedras Karte... was ist mit denen? Sind ihre Augen tot? Haben sie noch die Kraft zum Träumen? Ich kann noch nicht zurückkehren. Ich wurde hierhergeschickt, um eine Aufgabe zu erledigen. Ich bin noch nicht fertig. Meine Arbeit ist noch nicht getan. Ich... ich wurde nach Bajor befohlen, um den Kindern zu helfen, aber... aber...* Die Erkenntnis traf ihn mit solcher Wucht, daß er sie laut aussprechen mußte:

»Aber ich habe noch keinen Befehl zur Rückkehr erhalten. Keinen direkten Befehl. Noch nicht.«

Es blieb nur wenig Zeit. Wenn Dax dem Fähnrich befohlen hatte, mit dem Packen anzufangen, mußten die Befehle bald eintreffen. Wie bald? Er durfte keinen Augenblick verlieren. Er stürmte zur Labortür und warf einen Blick hinaus. Von Kahrimanis oder Dax war nichts zu sehen. Wenn er seinen Kollegen auswich, vermied er es, durch sie vom Befehl zur Rückkehr zu erfahren.

Ich will den Befehl nicht hören. Ich darf *den Befehl nicht hören. Sobald ich ihn gehört habe, muß ich ihn befolgen.*

Er schlug die Tür hinter sich zu und lehnte sich mit geschlossenen Augen dagegen, erstellte im Geiste schnell eine Liste des Minimums an Geräten, das er benötigte, um dort, wohin auch immer er ging, seine Arbeit fortsetzen zu können. Es war eine Sache von ein paar Augenblicken, einige hypodermatische Spritzen einzupacken, die alle mit Dax' wunderwirkendem Antikörper-Impfstoff gefüllt waren. Dazu kam eine schlichte Arzttasche, die er mit einer Geschwindigkeit füllte, die seinem alten Professor Selok ein beifälliges Nicken abgerungen hätte. Julian machte bei seinen Vorbereitungen nicht viel Aufhebens, verzichtete auf jedes theatralische Gehabe. Er arbeitete nicht mehr für ein unsichtbares Publikum möglicher Bewunderer, sondern für einen Zweck, für eine Sache, für die er sich mit ganzem Herzen engagierte.

Er brauchte eine Weile, um einen bequemen Weg zu finden, den klingonischen Biomuster-Replikator zu tragen. Er hatte keine Ahnung, wie viele Patienten in den Lagern im Tal geimpft werden mußten; doch er war sich relativ sicher, mit diesem Gerät genug Impfstoff für alle herstellen zu können. Er legte den dicken Tragriemen über eine Schulter und den Kopf. Es fühlte sich etwas unbeholfen an, doch er hatte keine andere Wahl; er mußte das Gerät unbedingt mitnehmen.

Draußen waren die Wege des Lagers fast verlassen. Zu dieser Stunde arbeiteten die Flüchtlinge noch auf den Feldern, hielten die Mönche im Lazarett Visite, und alle anderen waren auf dem Dorfplatz mit den Vorbereitungen fürs Abendessen beschäftigt. Schnell und leise lief Dr. Bashir durch das Lager und schlüpfte in die Zurückgezogenheit seines Zeltes. Er hatte niemanden gesehen, also hatte auch niemand ihn gesehen. Sobald er sich im Zelt befand, wählte er lediglich die wichtigsten persönlichen Gegenstände aus und rollte sie im Bettlaken zusammen.

»Wohin gehen Sie, Heiler?«

Bashir fuhr herum. Talis Cedra stand unter der Zeltklappe. »Was hast du hier zu suchen?« fuhr er den Jungen an.

»Was machen Sie da?« erwiderte Cedra und trat näher, um Julians Vorbereitungen zu mustern. »Werden Sie keinen Ärger wegen Befehlsverweigerung kriegen?«

»Befehlsverweigerung?« Dr. Bashir versuchte, einen Witz daraus zu machen. »Ich habe gewußt, daß dieser Tag kommen würde, Cedra. Du hast gelauscht, aber alles völlig falsch verstanden.«

Der Junge verzog den Mund zu einem skeptischen Grinsen. »Höre ich falsch, oder tun Sie so, als hätten Sie mich nicht gehört?« Die Worte ließen Julian zusammenfahren. Cedras Augen waren nicht tot, aber sie waren älter, als der Junge es war, und ihr stechender Blick schien bis in sein Mark zu dringen. »Sie bringen uns gern die Spiele Ihres Volkes bei. Erklären Sie mir, wie man mit der Wahrheit Verstecken spielt, Heiler.«

»Ich tue nichts dergleichen«, sagte Dr. Bashir, der völlig in die Defensive gedrängt worden war. »Cedra«, fügte er dann wesentlich sanfter hinzu, »weißt du, was es bedeutet, Heiler zu sein?«

»Was meinen Sie?« fragte der Junge vorsichtig. »Ich weiß, daß *ich* ein guter sein würde. Es würde auf Bajor kein Fieber mehr geben, und keine Magenkrämpfe, oder… Wenn Dejana im Tempel wohnt, werde ich Bruder Gis' Orden beitreten und zum besten Heiler auf Bajor werden!«

»Heiler zu sein bedeutet mehr, als nur gut zu sein«, sagte Julian, der in Cedras Worten viel von sich selbst gehört hatte. »Als ich bei Starfleet Medizin studiert habe, hat man uns zuerst beigebracht, daß ein Arzt niemals das Vertrauen enttäuschen darf, das man in ihn setzt. Die Gesundheit, das Leben, die *Zukunft* der Leute können von einem Heiler abhängen, Cedra. Jede Heilung ist ein Teil dieses Vertrauens. Man kann sich nicht von einer Aufgabe abwenden, die erst halb erledigt ist. Ich bin mit dem Befehl hierhergekommen, das Lagerfieber zu heilen. Es gibt kein Fieber mehr, aber nur in *diesem* Lager. Ich kann es nicht einfach dabei belassen und trotzdem dem Vertrauen gerecht werden, das man in mich setzt. Verstehst du das?«

Der Junge nickte. »Sie mißachten keine Befehle, die Sie nicht hören wollen; Sie sorgen einfach dafür, daß Sie zu weit weg sind, um sie zu hören, wenn sie kommen.« Er drehte sich um und ging ohne ein weiteres Wort, ließ Julian verwirrt und beunruhigt zurück.

Was, wenn er sofort zu Lieutenant Dax läuft und es ihr erzählt? Dr. Bashir verschnürte die Bettrolle mit noch größerer Eile. Er mußte weg sein, bevor sie zurückkamen.

Als er aus dem Zelt trat, sah er Cedra, der zu ihm zurückgelaufen kam. Der Arzt wich einen Schritt zurück.

»Hier.« Der Junge drückte ihm ein Päckchen, eine Feldflasche und einen Zettel in die Hand. »Sie haben recht. Nur weil Dejana und ich in Sicherheit gebracht werden, ist Ihre Aufgabe noch lange nicht erledigt. Viel Glück.« Er umarmte Dr. Bashir heftig und unbeholfen und lief davon.

Julian starrte Cedras Geschenk an. Nahrung und Wasser für die Reise, das sah er sofort, aber was war das für ein Zettel? Er entfaltete ihn und sah die Karte der anderen Flüchtlingslager, die Cedras ganzer Stolz war. Mit einem breiten Lächeln steckte er alles ein.

Der Tag neigte sich dem Ende zu, doch es blieben ihm noch ein paar Stunden Tageslicht. Dr. Bashir schaute auf die Karte, stellte fest, wo das nächste Lager sich befand, und wählte dann ein anderes, etwas weiter entfernteres aus. Er machte sich keine Illusionen: Sobald sie bemerkten, daß er verschwunden war, würden sie nach ihm suchen. Vielleicht vermißten sie ihn beim Abendessen noch nicht, doch danach würde seine Abwesenheit nicht mehr lange unbemerkt bleiben. Besser, ein paar harte Nächte in den Hügeln zu verbringen, als auf dem kurzen Marsch zum nächsten Lager eingeholt zu werden. Er traf seine Wahl und eilte aus dem Lager.

»Heiler?«

Als Dr. Bashir auf einer felsigen Anhöhe westlich vom Lager anhielt, ließ ihn ein Flüstern aus den Schatten hinter ihm zusammenfahren. Er drehte sich um und sah Cedra, der ein kleines, stämmiges Geschöpf führte, das wie eine Mischung zwischen einem Pferd und einem Strauß aussah. »Wenn Sie reiten, kommen Sie schneller voran.« Der Junge hielt ihm die Zügel hin. Das *Verdanis* schnaubte und warf den Kopf zurück.

Dr. Bashir nahm die Zügel und betrachtete das Tier nachdenklich. »Das kann ich nicht annehmen, Cedra«, sagte er. »Dann würde ich ein wertvolles Tier stehlen, das hier gebraucht wird.«

»Tossi ist nicht wertvoll.« Cedra sprach, als wüßte er genau Bescheid. »Hier nicht. Er ist zu klein, um Karren zu ziehen, und zu wild, um den Mühlstein oder den Drescher zu drehen. Sie haben ihn nur behalten, damit er groß genug wird, sich eines Tages den Lebensunterhalt verdienen zu können, aber dazu wird es nie kommen. Sie tun ihnen einen Gefallen, wenn Sie ihn mitnehmen und sie das Futter für ein *Verdanis* sparen können, das ihnen nie etwas zurückgeben wird. Tossi hat zu viel Rennblut in den Adern; er taugt nur zum Reiten. Mein Vater hat mir beigebracht, wie man ein gutes *Verdanis* von einem schlechten unterscheidet. Sie können mich also beim Wort nehmen.«

»Kann ich das?« fragte Bashir. Er streichelte die spitze Schnauze des Tiers, und es versuchte, ihn in die Hand zu beißen.

»Sie werden es«, erwiderte Cedra zuversichtlich. »Das wollen Sie doch hören.« Er eilte zum Lager zurück.

Julian betrachtete sein neues Tier. Tossi funkelte ihn wütend an, unternahm aber keinen Versuch mehr, ihn zu beißen. Das *Verdanis* trug keinen Sattel, nur eine zusammengefaltete Decke, die über seinen Rücken geworfen war. Knirschend ließ es sich herab, Julian zu erlauben, seinen Hals zu tätscheln.

»Ich war mal ein ziemlich guter Reiter«, sagte Julian zu dem Tier. »Damals habe ich natürlich Pferde geritten. Na ja, mal sehen.« Der Arzt hielt die Zügel fest, legte die Hände auf den Rücken des Tiers und schwang sich hinauf. Tossi tänzelte etwas zur Seite, bockte aber nicht. Es kam zu einem kritischen Moment, als Dr. Bashirs zahlreiche Lasten ihn aus dem Gleichgewicht zu bringen drohten. Doch er hielt die Zügel mit der einen Hand, und mit der anderen hielt er sich an Tossis Hinterteil fest.

»Uff«, machte er und schob auf seiner Brust den breiten Lederriemen beiseite, an dem der Biomuster-Replikator hing. »Da hätte ich mich fast selbst erwürgt.« Der Riemen geriet unter die Spitze seines Kommunikators und hätte ihm das Gerät fast von der Brust gerissen. »Ich sollte ...«, begann er und schickte sich an, den Replikator ein Stück zur Seite zu schieben. Dann berührte er den Kommunikator und erstarrte.

Befehl zum Aufbruch ...

»Ich habe meine Befehle«, sagte er zum Horizont. Er beließ den Riemen des Replikators, wo er war, und drückte dem *Verdanis* die Fersen in die Seite. Das Tier verfiel in eine Gangart, die einem schnellen Galopp ähnelte. Dr. Bashir übte weiterhin Druck mit den Knien aus und konzentrierte sich darauf, markante Orientierungspunkte zu deuten, an denen sie vorbeikamen. Der Riemen des Replikators arbeitete sich mit jedem weitausholenden Schritt des *Verdanis* tiefer unter seinen Kommunikator.

Ich sollte wirklich etwas dagegen unternehmen, sagte er sich, obwohl er genau wußte, daß er nichts tun würde.

Unfälle kommen nun mal vor; daran trägt niemand Schuld. Ich kann mir jetzt keine Sorgen darüber machen. Ich muß einen Auftrag ausführen.

Er ließ die Felder hinter sich und ritt die felsigen Ausläufer der Hügel hinauf.

Lieutenant Dax ließ den Lichtstrahl ihrer Taschenlampe über die schwachen Fußabdrücke des *Verdanis* gleiten. »Können Sie noch etwas sehen, Sir?« fragte Fähnrich Kahrimanis hinter ihrer Schulter.

»Sie nicht?«

Er schüttelte den Kopf. »Er hat mich abgeschüttelt, als er von dem unbefestigten Weg abbog.«

»Wenn es ein Trost für Sie ist, mich wird er auch bald abschütteln. Vor uns liegt fester Felsboden. Auf diese Weise werden wir ihn nie finden.«

»Was werden Sie jetzt tun?«

»Was ich schon ganz am Anfang hätte tun sollen: ihn zurückbeordern. Commander Sisko hat mir mitgeteilt, daß wir den Flitzer bei Anbruch der Dämmerung erwarten können.« Sie berührte ihren Kommunikator. »Dax an Bashir.«

Es kam keine Antwort.

»Dax an Bashir«, wiederholte sie. »Antworten Sie, Dr. Bashir.« Noch immer nichts. Sie versuchte es ein drittes Mal. »Verdammt, er kennt die Starfleet-Vorschriften genausogut wie ich«, murmelte sie. »Er weiß, was mit ihm passieren wird, wenn er desertiert – *Dax an Bashir!*«

Fähnrich Kahrimanis zerrte an ihrem Arm. »Ich glaube, ich habe etwas gehört. Es kam von den Felsen da oben. Vielleicht hat er einen Unfall gehabt und kann nicht antworten? Die Kinder haben gesagt, es sei verteufelt schwer, diese Renn-*Verdanis* zu reiten. Falls er abgeworfen wurde ...«

»*Melden Sie sich,* Dr. Bashir.« Dax' Stimme klang dringlich. Sie verabscheute die Vorstellung, daß Kahrimanis recht haben könnte. Sie spitzte die Ohren und lauschte. Tatsächlich, aus diesem Wirrwarr von Felsen schien ein schwaches Echo zu kommen. In der Dunkelheit hätte ein schnell laufendes Tier an Dutzenden von Stellen ins Stolpern geraten, stürzen und den Reiter abwerfen können. Sie kletterte über die Steine und ließ den Strahl der Taschenlampe in einem weiten Bogen über den Untergrund gleiten.

Etwas funkelte zwischen den Felsen. Sie lief sofort hinüber. Fähnrich Kahrimanis kam hinter ihr hergekeucht und sah, wie Dr. Bashirs weggeworfener Kommunikator stumm und nutzlos auf Lieutenant Dax' Handfläche lag.

9

Major Kira verließ den Flitzer als erste, sobald er in der Nähe der Ausläufer des Lagers gelandet war. Sie sah, daß Lieutenant Dax in einer Schar gaffender, winkender Kinder und Erwachsener auf sie wartete. Die meisten davon hatten Decken um ihre Körper geschlungen. Sie fragte sich, ob es sich um die Patienten aus dem Lazarett handelte. Falls ja, waren die Berichte über die Heilkräfte von Dax' Antikörpern kaum übertrieben. Sie sprang leichtfüßig zu Boden und lief zu ihrer Freundin, um sie zu begrüßen.

Vedek Torin folgte ihr in einem gemächlicheren Tempo. Der Vedek der *Na-melis* hatte die Nachricht, daß die *Nekor* gefunden worden war, mit Entzücken vernommen, und darauf bestanden dabeizusein, wenn das Kind aus dem Flüchtlingslager geholt wurde. Commander Sisko sah darin keine Gefahr – eigentlich hatte die Idee ihm sogar gefallen. »Schließlich wird Vedek Torin von nun an für das Mädchen verantwortlich sein. Es sollte ihn so schnell wie möglich kennenlernen«, hatte er gesagt.

Die Menge, die Lieutenant Dax umgab, stürmte mit strahlenden Gesichtern auf Major Kira zu. *Was soll das…?* dachte sie, doch die Bajoraner liefen vor ihr zur Seite und strebten ihrem wahren Ziel entgegen, dem Flitzer. Kira erinnerte sich an die Zeit, die sie in einem cardassianischen Internierungslager verbracht hatte. Damals war *jede* Ablenkung, wie gering auch immer, ein großes Ereignis gewesen. Einige Flüchtlinge hielten kurz vor dem Flitzer inne und wählten Vedek Torin als neues Ziel aus. Er war rasch von plappernden, Fragen stellenden Kindern umgeben, von denen einige noch nie zuvor einen Vedek in einer makellos sauberen Robe gesehen hatten. Major Kira hörte, daß ein Junge ihm vorwarf, ein Betrüger zu sein. Sie lächelte und hoffte, daß Vedek Torin sich irgendwie herausreden konnte.

»Irgendeine Spur von ihm?« fragte Kira sofort, als sie Dax erreicht hatte. Die Nachricht von Dr. Bashirs Verschwinden war erst vor ein paar Stunden auf der OPS eingetroffen.

Die Trill schüttelte den Kopf. »Er kann aber nichts dafür. Er hat seinen Kommunikator verloren.«

»Wobei?«

»Als er, laut Talis Cedra, Befehle befolgte.«

»Talis Cedra? Der große Bruder der *Nekor?*« Kira grinste. »Commander Sisko wird begeistert sein, wenn er das hört.« Sie richtete den Blick zu den Hügeln, in denen die ersten Strahlen der Dämmerung die Felshänge golden färbten. »Trotzdem muß man ihn bewundern. Er wollte immer so… *heldenhaft* sein. Zum erstenmal, seit ich ihn kenne, ist es ihm nun gelungen.«

»Ist das die Verteidigung, auf die Sie zurückgreifen wollen, wenn man ihn vor ein Kriegsgericht stellt?« fragte Dax. Soweit sie wußte, hatte Dr. Bashir nicht die geringste Erfahrung damit, sich in der Wildnis durchzuschlagen, und das Gelände des verwüsteten Kaladrys-Tals war nicht unbedingt das gastfreundlichste auf Bajor. Sie machte sich Sorgen um ihn, die sich jedoch als Gereiztheit äußerten.

»Übertreiben Sie nicht«, gab Kira freundlich zurück. »Dazu wird es nicht kommen. Wie unser junger Freund Talis Cedra gesagt hat, befolgt Dr. Bashir Befehle, wie ein guter Starfleet-Offizier es auch tun sollte. Wenn man ihn findet und nach Deep Space Nine zurückbeordert, wird er auch diese Anweisung befolgen. *Falls* man ihn findet«, fügte sie hinzu.

»Was soll das heißen: ›falls‹?«

Major Kira machte eine hilflose Geste. »Als Sie uns informiert haben, daß er verschwunden ist, hat Commander Sisko einen Flitzer mit dem Auftrag losgeschickt, Dr. Bashir mit Hilfe seines Kommunikators zu suchen und ihn mit dem Transporter an Bord zu holen.«

»Aber er hat seinen Kommunikator nicht mehr«, wandte Dax ein.

»Das haben wir auch herausgefunden. Dann hat Commander Sisko befohlen, mit den Sensoren nach dem Muster von Dr. Bashirs Lebenssignalen zu suchen. Das hat auch nicht geklappt, weder aus einer hohen noch aus einer niedrigen Umlaufbahn.«

Dax war beunruhigt. »Könnte er ...«

»... tot sein?« beendete Kira den Satz für sie. »Das bezweifle ich. Ein Starfleet-Offizier, ob nun Arzt oder nicht, sollte eine Nacht hier draußen allein überstehen. Sonst kann die Föderation gleich einpacken und morgen nach Hause gehen. Es hat nicht funktioniert, weil die Sensoren noch immer verrückt spielen. Sie hätten hören müssen, wie Chief O'Brien sich darüber ausgelassen hat.«

Dax runzelte die Stirn. »Ich kann es mir vorstellen.«

»Nein, das können Sie nicht. Im Leben nicht. Das war ganz harter Tobak.« Die beiden Frauen lachten, aber die Spannung blieb. »Also«, sagte Kira schließlich. »Wo ist die *Nekor?*«

»Im Lazarett, bei ihrem Bruder. Sie haben dort geschlafen; es wäre nicht ratsam gewesen, wenn sie in der Morgenkälte hier draußen gewartet hätte.«

Mittlerweile war es Vedek Torin gelungen, die neugierigen Kinder und Erwachsenen zu verscheuchen und sich zu Dax und Major Kira zu gesellen. Gemeinsam führten die drei die Menge zum Lazarett zurück.

Der Körper von Bruder Talissin lag auf der Schwelle, halb innerhalb und halb außerhalb des Lazaretts. Blut strömte aus einem tiefen Riß in seinem Schädel. Im Gebäude waren alle Lichter gelöscht; lediglich das schwache Licht der aufgehenden Sonne warf staubige Strahlen durch die kleinen Fenster. Die Kinder sahen den Körper und liefen schreiend davon. Die wenigen Erwachsenen in der Menge nahmen die kleineren Kinder in die Arme und hielten sie so, daß sie das Blut nicht sehen konnten. Vedek Torin stieß einen ängstlichen Schrei aus.

»Was ist passiert?« rief er und preßte in Panik die Hände zusammen. Dann ergriff er Lieutenant Dax' Arm. »Sie haben gesagt, sie sei hier! Ich sehe niemanden, nur dieses... dieses...« Er stöhnte auf und legte die Hände vor die Augen.

Lieutenant Dax ließ sich neben Bruder Talissin auf ein Knie sinken und fühlte nach einem Puls. Major Kira zog ihren Phaser und suchte das düstere Innere des Lazaretts mit Blicken ab. »Kahrimanis?« flüsterte sie so leise, daß nur Dax sie verstehen konnte.

»Er müßte auch hier sein«, erwiderte Dax. »Ich habe ihn bei den Kindern gelassen.«

»Die Kinder...« Major Kira schaute zu den Flüchtlingskindern hinüber, die noch in der Nähe standen. »Schafft sie hier weg«, befahl sie. Niemand rührte sich. Sie warf einen Blick über die Schulter zurück. »Schafft sie hier weg, habe ich gesagt.« Die wenigen verbliebenen erwachsenen Bajoraner führten die jammernden Kleinen fort und murmelten ihnen tröstende Worte zu.

Dax schaute auf. »Talissin lebt noch.«

Major Kira hatte diese Nachricht nicht mehr mitbekommen. Sie lief an der rechten Wand des Gebäudes entlang. Auf diese Weise konnte sie feststellen, ob jemand sich in den mit Tüchern abgeteilten Kabinen verborgen hatte. Über ihr raschelte etwas. Sie riß den

Kopf hoch, und eine kleine, drahtige Gestalt ließ sich direkt vor ihr von einem Dachbalken fallen. Instinktiv richtete sie den Phaser darauf.

»Nicht schießen!« rief Cedra und riß die Hände vor sein Gesicht.

Kira ließ die Hand mit dem Phaser sinken und ergriff mit der anderen sein Ohr. »Du *Idiot!* Willst du dich umbringen?«

»Au! Lassen Sie mich los!« Eine Reihe von Flüchen, die sogar Chief O'Brien Ehrfurcht eingeflößt hätten, ergoß sich über die Lippen des Jungen. »Sie sind selbst ein Idiot, verdammt! *Er hat Dejana!*«

»Wer hat sie? Wo sind sie? Wo ist Fähnrich Kahrimanis?«

Der Junge ignorierte die Fragen. Mit einer phantastischen Drehung riß er sich aus Kiras Griff los und sprang zurück. »Kommen Sie mit. *Sofort.* Nur Sie.« Er zeigte auf Major Kira. »Sie sind die Kämpferin. Wenn er sieht, daß zu viele ihm folgen, wird er sie umbringen.« Ohne auf Major Kiras Einverständnis zu warten, wirbelte er auf den Fersen herum und lief zur Tür des Lazaretts.

Major Kira folgte ihm; sie hatte keine andere Wahl. Vedek Torin versuchte, sie zurückzuhalten, doch sie wich ihm genauso flink aus, wie zuvor der Junge es getan hatte. »Helfen Sie Lieutenant Dax bei Ihrem Bruder«, keuchte sie und versetzte ihm einen Stoß, der ihn fast auf Talissin stürzen ließ. Der Junge hatte schon einen beträchtlichen Vorsprung. Sie konnte es sich nicht leisten, ihn aus den Augen zu verlieren. Irgend etwas verriet ihr, daß er sich nur so lange auf dem Dachbalken verborgen hatte, bis er die Hilfe gefunden hatte, die er brauchte. Nun würde er keine Zeit mehr damit verschwenden, noch einmal zurückzuschauen.

Der Junge lief durch das Lager, und Kira folgte ihm. Manchmal wich sie Leuten und Gegenständen aus, die ihr im Weg waren, manchmal blieb ihr jedoch keine Zeit dafür. Sie hörte mehr als nur ein »He! Passen Sie doch auf, wohin Sie laufen!« und »Talis Cedra, in was für Schwierigkeiten hast du dich jetzt schon wieder gebracht?«

Und als Antwort rief der Junge: »Ich habe es nicht so gemeint, meine Dame! Ehrlich nicht!« Er bat ununterbrochen um Entschuldigung, bis er und Kira die beengten Wege des Lagers verlassen hatten und sich auf den Feldern befanden. Dort blieb er dann so abrupt stehen, daß Major Kira gegen ihn prallte und ihn zu Boden warf.

»Würdest du mir vielleicht mal verraten, was das zu bedeuten hat?« fragte sie, als sie den Jungen wieder auf die Füße zerrte.

»Ich wollte nicht, daß jemand mit uns kommt«, sagte er schwer atmend. »Wenn die Leute denken, es wäre eine Sache nur zwischen Ihnen und mir, mischen sie sich nicht ein.« Er wischte Schweiß von der Stirn; ein brauner Streifen blieb zurück. »Jetzt müssen wir ganz leise weitergehen.«

»Nicht so schnell.« Kiras Hand schloß sich um seine Schulter. »Ich muß wissen, worauf ich mich da einlasse.«

»Das habe ich Ihnen doch schon gesagt. Er hat meine Schwester entführt.«

»Wer?«

»Remis Jobar.« Der mörderische Blick kehrte in Cedras Augen zurück. »Er hat sie hierhergebracht, in eine der Hütten, in die die Feldarbeiter gehen, wenn es regnet.« Er zeigte über die leeren Felder.

Major Kira schirmte ihre Augen ab und schaute in die Ferne. Sie konnte lediglich ein mitgenommenes Metalldach ausmachen, das sich über den Rand einer flachen Senke hob. »Bist du sicher?«

»Ich habe ihn verfolgt, als er sie wegbrachte. Dann bin ich zum Lazarett zurückgelaufen und habe mich versteckt. Ich hab doch gesagt, ich wollte nicht, daß der ganze Mob mitkommt. Ich wollte nur Sie dabeihaben.«

»Woher weißt du, daß er nicht weitergezogen ist?«

»Das kann er nicht. Er ist nicht kräftig genug. Und ihm ist gerade klar geworden, daß er sie jetzt zwar hat, er aber nicht weiß, wie er für sie den besten Preis herausschlagen kann, wenn er sie verkauft. Er überlegt noch.«

Kira betrachtete den Jungen nachdenklich. »Das klingt ganz so, als wäre deine Schwester nicht das einzige Mitglied eurer Familie, das von den Propheten berührt wurde.«

Cedra bedachte sie mit dem Blick, mit dem Kinder Erwachsene stets bedenken, wenn sie gerade etwas Dümmeres als üblich gesagt haben. »Wenn man aufpaßt und seine Karten richtig ausspielt, kann man jeden glauben machen, man wäre von den Propheten berührt worden.«

Kira tadelte den Jungen wegen seiner Einstellung nicht. Sie wußte aus eigener Erfahrung, wie schnell religiöser Glaube in den Lagern in Zynismus umschlug. »Laß Vedek Torin ja nicht hören«, erwiderte sie lediglich, »daß du dieser Ansicht bist, oder sie lassen dich zurück, wenn sie deine Schwester zum Tempel bringen.«

»Mich doch nicht.« Er zeigte ihr ein tapferes Grinsen. »Dejana geht ohne mich nirgendwohin, und ich gehe ohne Dejana nirgendwohin. Wenn sie ihre *Nekor* haben wollen, müssen sie uns beide nehmen.«

Major Kira überprüfte die Einstellung ihres Phasers. »Sie werden euch beide nehmen; das garantiere ich dir. Was für Waffen hat Remis Jobar dabei?«

»Ein Messer – kein richtiges, sondern eins, das er sich aus irgendeinem Werkzeug gebastelt hat. Es ist plump und hat einen schweren Griff.«

»Sonst noch was?«

»Einen großen Stab – einen Stock, vermute ich. Er hat ihn früher zum Laufen gebraucht, jetzt aber nicht mehr. Er hat damit Bruder Talissin den Kopf eingeschlagen, als der Mönch ihn aufhalten wollte.«

»Nicht schlecht«, murmelte Kira und bereitete sich darauf vor, zu der Hütte zu gehen. »Wenn ich freie Schußbahn habe, kann ich ihn betäuben und …«

»Und einen davon.« Cedra zeigte auf den Phaser.

Kira setzte sich. »Was? Bist du *sicher?*«

»Ich weiß, was ich gesehen habe«, sagte Cedra. »Und ich erinnere mich ganz genau.«

Cedra erinnerte sich daran, Gis gefolgt zu sein, während der Mönch seine Runde machte und die meisten Lampen des Lazaretts löschte. Die Luft stand in dem Raum, und die Stille wurde lediglich ab und zu von Dejanas sporadischem Husten gebrochen.

»Hab keine Angst, mein Sohn«, sagte Bruder Gis freundlich und tätschelte Cedras Kopf. »Sie klingt von Tag zu Tag besser, und du weißt ja, sie wird nur die beste Pflege bekommen, sobald …«

»Das ist *ungeheuerlich.*« Talissins wütendes Gesicht wirkte im Halbdunkel des Lazaretts bleich und unheimlich. Er marschierte auf Gis zur und hob einen knochigen Finger. »Warum ist sie noch hier, unter diesen … diesen *gewöhnlichen* Leuten?«

»Vielleicht, weil eine Krankheit keine Rücksicht auf Personen nimmt, mein Bruder«, erwiderte Gis ruhig. »Und der Schlaf zum Glück für uns alle auch nicht. Sprich leiser, bevor du noch sie und die anderen weckst.«

»Sie sollte nicht hier sein«, beharrte Talissin und schaute zu der mit Vorhängen abgetrennten Kabine hinüber, in der Dejana schlief. »Wir sollten sie hier herausholen, ihr unser Zelt zur Verfügung stellen, damit sie hier nicht liegen muß wie ein … ein …«

»Wie ein krankes Kind?« fragte Gis.

»Sie ist nicht irgendein Kind; sie ist die *Nekor!* Begreifst du nicht, was das bedeutet? Es gibt in der Hauptstadt Leute – *wichtige* Leute –, die uns sehr dankbar sein werden, daß wir ihr Unterkunft geboten und sie gut behandelt haben. Sie werden uns alles zur Verfügung stellen, was dieses Lager so dringend braucht, nur weil wir uns aufmerksam um sie gekümmert haben.«

»Ha! Als ob Sie Dejana besser behandelt hätten, bevor Sie herausgefunden haben, wer sie ist!« platzte Cedra heraus.

Talissins Stirnrunzeln war schrecklich. »Du unverschämter Bengel...«

»Laß den Jungen in Ruhe, mein Bruder«, sagte Gis. »Er spricht die Wahrheit seines Herzens. Die Propheten haben uns gelehrt, die Wahrheit nicht zu fürchten.«

Ein weiteres Husten aus Dejanas Kabine ließ Talissins asketisches Gesicht erbleichen. »Da! Hast du das gehört? Sie *muß* in ein besseres Quartier verlegt werden.«

»Nein, das muß sie nicht«, erwiderte Gis. »Sie muß lediglich eine Nacht ungestört durchschlafen können.«

»Dann werde ich hier bei ihr bleiben und Wache halten.« Talissin schob die Hände in die Ärmel seiner Robe.

»Ich habe heute Nachtdienst«, sagte Gis ruhig. »Und dort ist Fähnrich Kahrimanis, der mir helfen wird.« Er deutete mit dem Kopf zum hinteren Teil des Lazaretts, wo Dr. Bashirs Assistent auf einer überzähligen Pritsche lag und ein kleines Nickerchen hielt.

Talissin hob scharf den Kopf. »Ein Ungläubiger kann sich nicht angemessen um die *Nekor* kümmern. Ich bitte dich um die Gunst, diese Nacht an deiner Stelle im Lazarett bleiben zu dürfen. Es ist mein tiefstes Begehren, so viel Zeit wie möglich im

Dienst des Kindes zu verbringen, solange es noch bei uns ist.«

»Es liegt mir fern, dir deinen Herzenswunsch abzuschlagen.« Gis zuckte mit den Achseln. »Besonders, da ich auf die Nachtschicht keineswegs versessen bin.« Er berührte Cedras Schulter. »Du solltest auch zu Bett gehen, Kind. Dich erwartet morgen viel.«

Cedra nickte und ging zu der Kabine, in der Dejana endlich schlief, ohne von weiteren Hustenanfällen geplagt zu werden. Doch der Junge konnte der Versuchung nicht widerstehen, vor dem selbstgefällig dreinschauenden Talissin zu verharren und zu sagen: »Dejana schläft; sie wird nicht wissen, ob Sie oder Bruder Gis diese Nacht auf sie aufgepaßt haben.«

»Die *Nekor* wird sich an ihren Diener erinnern«, sagte der Bruder salbungsvoll, wenn auch zutiefst verärgert. Cedra mußte in das verhangene Abteil laufen und die Hand vor den Mund halten, um nicht laut loszulachen.

Er bekam in dieser Nacht nur wenig Schlaf. Dejana hustete immer wieder. Cedra machte sich Sorgen und lag wach, tat jedoch so, als würde er schlafen, wann immer Fähnrich Kahrimanis oder Bruder Talissin in die Kabine schauten.

Der neue Tag wurde nicht vom Licht der Dämmerung angekündigt, sondern von einem immer lauter werdenden, aufgeregten Gemurmel im Lager. Die Nachricht vom Eintreffen des Flitzers erreichte das Lazarett, lange bevor das Sonnenlicht in das düstere Gebäude eindrang. Es herrschte heillose Aufregung, während die Patienten, denen es gut genug ging, ihre Betten verließen, um das Wunder zu begrüßen, das in der Nähe des Lagers erwartet wurde.

Cedra blieb liegen; er wollte nicht von Dejanas Seite weichen. Durch halb geschlossene Augen beobachtete der Junge, wie Talissin der hinausströmenden Menge bis zur Tür des Lazaretts folgte. Fähnrich Kahrimanis blieb im Gebäude und kümmerte sich um ein Kind, das noch zu schwach war, um sich von seinem Lager zu erheben. »Toller Diener«, murmelte Cedra verächtlich in die Richtung des Mönchs.

Und dann, schneller, als der Junge reagieren konnte, griff ein abgearbeitetes Händepaar nach Dejana und zerrte das Mädchen aus dem Bett. Ihr Schrei der Überraschung und Beunruhigung wurde von einem weiteren Hustenanfall erstickt.

Alles schien gleichzeitig zu geschehen, und doch spielte es sich in Cedras Erinnerung wie in Zeitlupe ab: Fähnrich Kahrimanis' Schrei, das Aufblitzen von Remis Jobars Messer an Dejanas Kehle, der barsche Befehl des Bajoraners, Kahrimanis solle den Phaser fallen lassen oder mitansehen, wie das Mädchen starb – all diese Erinnerungen drehten sich in seinem Kopf wie ein böser Traum.

Cedra lag wie erstarrt da, war zu verängstigt, um sich zu bewegen. Dejana war für ihr Alter ziemlich klein. Es stellte kein Problem für Remis Jobar dar, sie mit derselben Hand festzuhalten, mit der er auch das Messer hielt, während er mit der anderen nach Kahrimanis' fallengelassenem Phaser griff und ihn unter seinen Gürtel steckte. Sein Stock, der an einer Wand der Kabine lehnte, fiel zu Boden, aber er hob ihn sofort wieder auf.

»Na los«, befahl er und bedeutete Kahrimanis mit dem Stock, er solle vorausgehen. Der Fähnrich gehorchte – er hatte keine Wahl. Das Messer wich um keinen Zentimeter von Dejanas Hals. Das Mädchen stöhnte vor Entsetzen auf.

Cedra sah ihnen nach, hörte Talissins kurzen Protest, der von einem so scharfen Knall beendet wurde, daß der Junge zusammenzuckte und ein Gebet murmelte, die Hingabe des verdrossenen Mönches an Dejana möge nicht zu dessen Tod geführt haben.

»... und dann hast du sie bis hierher verfolgt?« fragte Major Kira. Cedra nickte. »Kluger Junge. Also hat er zwei Geiseln und einen Phaser.« Sie schätzte die Situation ab. »Einen Phaser, von dem er vielleicht nicht weiß, wie man ihn benutzt.« Sie zog in Betracht, wie riskant es sein mochte, auf diese Annahme zu vertrauen. Schließlich erhob sie sich. »Es ist wohl besser, zuerst mit Remis Jobar zu sprechen.«

»Sie wollen ihn nicht erschießen?« Cedra klang enttäuscht.

»Vielleicht später.« Ihre Mundwinkel zuckten, als sie ihm einen Klaps auf den Rücken gab. »Jetzt sei brav und warte hier.«

Major Kira steckte ihren Phaser ein und näherte sich vorsichtig der Hütte. Da sie Verhandlungen einem direkten Angriff vorgezogen hatte, wollte sie deutlich zu sehen sein, wenn sie Remis Jobar ansprach. Es wäre gefährlich, ihn zu erschrecken. Man konnte unmöglich sagen, wie er reagieren würde. Auch wenn er mit dem Phaser nicht umgehen konnte, war er mit dem Messer und dem Stock geschickt genug, um seinen Geiseln beträchtlichen Schaden zuzufügen. Sie ging den Hang hinab, bis sie die Hütte sah. Es war ein vorn offener Schuppen, der in den Hügel hineingebaut war, allerdings so tief, daß die Leute darin mit der Dunkelheit verschmolzen.

Kira legte die Hände um den Mund. »Remis Jobar!«

Zuerst blieb in der Hütte alles ruhig. Doch dann: »Wer ist da?«

»Ich bin Major Kira Nerys. Ich will Talis Dejana und Fähnrich Kahrimanis holen. Lassen Sie sie frei.«

Die Antwort auf ihre Forderung bestand in einem wilden, gackernden Gelächter. »Einfach so, was? Ich lasse sie laufen, damit man mich dem Tempel übergeben kann, weil ich einen Mönch getötet habe. Ja, natürlich! Sofort!«

»Talissin lebt«, rief Kira. »Sie haben niemanden

getötet.« *Noch nicht,* dachte sie. »Sie haben vom Tempel nichts zu befürchten!«

»Kommt nicht in Frage!« kam die trotzige Antwort. Die Schatten in der Hütte verlagerten ihre Positionen. »Sollen sie zur Abwechslung doch mal Angst vor mir haben! Ich habe ihr Wunderkind hier. Wenn sie das Mädchen zurückhaben wollen, können sie ja kommen und mit mir darüber sprechen.«

Kira atmete tief ein. Sie wußte genau, welcher Schritt jetzt folgen mußte. »Was verlangen Sie, Remis Jobar?«

»Ich will hier weg, das verlange ich! Ich will wieder meine eigene Farm haben, Land, das mir gehört! Hier oder woanders, das ist mir egal. Ich will, daß diese fetten alten Vögel in der Hauptstadt aufhören, Däumchen zu drehen. Sie sollen wissen, daß ich hier bin. Verdammt, hätten sie rechtzeitig etwas für uns getan, würde es diese verfluchten Lager gar nicht geben. Aber sie haben ein bequemes Leben geführt und nicht gern an Leute wie mich und Cathlys gedacht. Sie haben uns abgeschoben wie alte Hunde, damit sie ›vergessen‹ konnten, daß es uns gibt!« Der enteignete Farmer trat einen Schritt ins Sonnenlicht hinaus und schüttelte die Faust. »Jetzt werde *ich* sie daran erinnern!«

»Ich bin Ihrer Meinung«, rief Kira. »Sie haben recht, man hat sich um Sie und die anderen zu lange nicht gekümmert. Aber warum muß das Kind deshalb leiden? Hat es nicht genug durchgemacht? Lassen Sie es frei!«

»Den Teufel werd ich tun!« Er machte einen weiteren Schritt ins Licht. »Das ganze Getue um das Mädchen ist doch völliger Blödsinn. *Blödsinn,* haben Sie verstanden? Der alte Griesgram Talissin erzählt ganz verzückt, die Propheten hätten gewollt, daß sie das Fieber überlebt – pah! Sie lebt nur noch, weil meine Schwester sie gepflegt hat und dabei selbst *gestorben* ist. Jetzt wird das

Mädchen weggebracht und kann irgendwo im Luxus leben, und Cathlys liegt in einem kalten Grab, und nicht mal ein Grabstein erinnert daran, daß sie je gelebt hat. Das lasse ich nicht zu! Wenn sie ihre kostbare *Nekor* zurückhaben wollen, müssen sie dafür bezahlen, und zwar, indem sie Cathlys ehren, weil sie ihr Leben gegeben hat, um dieses Balg zu retten. Entweder das, oder sie können ihre *Nekor* in demselben Grab betrauern, in dem meine Schwester liegt.«

Major Kira hörte ihm zu, doch nicht mit voller Aufmerksamkeit. Während Remis Jobar seine Trauer zum Ausdruck brachte und seine Forderungen stellte, dachte sie hektisch nach. *Er muß sie in der Hütte gefesselt haben,* überlegte sie, *oder er würde ihnen nicht den Rücken zuwenden. Außer …*

»Hören Sie mir zu, Remis!« rief sie. »Ich repräsentiere weder den Tempel noch die provisorische Regierung, also kann ich auch nicht für sie sprechen. Ich bin der bajoranische Verbindungsoffizier auf Deep Space Nine, und Sie haben eins unserer Besatzungsmitglieder entführt. Die Föderation kann Sie in dieser Angelegenheit unterstützen, aber nicht, wenn Sie Fähnrich Kahrimanis etwas angetan haben.«

»Ich habe niemandem etwas angetan«, fauchte Remis Jobar, »weder ihm noch dem Mädchen. *Aber das kann sich ändern!*«

»Beweisen Sie es! Lassen Sie mich hören, daß die beiden unverletzt sind.«

»Ha! Das Mädchen kann ich aus der Hütte tragen, damit Sie es sehen können, aber den anderen? Erwarten Sie von mir, daß ich einen so großen Mann hinausschleife?«

»Kann er denn nicht selbst gehen?«

»Er ist schon weit genug gegangen. Ich binde ihn auf keinen Fall los, nur damit Sie beruhigt sind. Dann begeht er noch eine Dummheit, und ich muß ihn töten… *und* sie.«

»Das würden Sie nicht tun«, sagte Kira. Sie schrie nicht mehr. »Sie sind kein Kindermörder, Remis.«

»Ich will niemanden töten! Wenn ich es tue … wenn ich tue, was ich tun muß … dann, weil Sie und die anderen mich dazu getrieben haben. Ich warne Sie, lassen Sie es nicht darauf ankommen!«

»Lassen Sie mich mit ihnen sprechen«, beharrte Kira noch immer ruhig. »Sie müssen Fähnrich Kahrimanis nicht aus der Hütte bringen. Sehen Sie dieses Ding, das ich trage?« Sie zeigte auf ihren Kommunikator. »An seiner Uniform ist auch so eins befestigt. Sie aktivieren es mit einer Berührung. Wenn Sie ihm die Hände gefesselt haben, müssen Sie es für ihn einschalten. Sie werden hören, daß meine Stimme aus dem Gerät kommt; ich werde seinen Namen nennen. Dann müssen Sie es einschalten. Verstanden?«

»Alles klar.« Der Bajoraner kehrte in den Schutz der Hütte zurück, bedachte Major Kira vorher jedoch mit einem Blick, der mehr als nur mißtrauisch war.

Kira berührte ihren Kommunikator. »Kira an Kahrimanis.«

Es folgte eine Pause, die sich unangenehm in die Länge zog, bis der Fähnrich schließlich antwortete. »Hier Kahrimanis. Er hat mich und das Mädchen gefesselt, Major, aber wir sind in Ordnung.«

»Mehr wollte ich nicht wissen. Kira Ende.« Sie unterbrach die Verbindung und fragte sich, ob Remis Jobar dasselbe getan hatte. »Remis!« rief sie.

Der Bauer steckte den grauen Kopf aus der Hütte. »Reicht Ihnen das?« schnaubte er. »Dann gehen Sie jetzt zurück und sagen ihnen, was ich verlange. Und bringen Sie Ihre Leute dazu, mir eins ihrer Fluggeräte zur Verfügung zu stellen, das mich zu meinem neuen Land bringen wird. Sobald ich den Boden unter meinen Füßen habe, gebe ich Ihnen die beiden zurück – aber keinen Augenblick früher.«

»Seien Sie doch vernünftig, Remis«, sagte Major

Kira. »Je länger Sie die Sache hinauszögern, desto schlimmer wird es für Sie. Lassen Sie sie jetzt frei, und ich werde Ihren Fall persönlich vortragen. Ich weiß, wie es ist, nichts und niemanden zu haben.«

»Ich will mein Land«, sagte der Bauer starrköpfig. »Sie wollen ihre *Nekor*. Ein fairer Tausch. Sagen Sie das den Leuten in der Hauptstadt. Es ist doch nicht schwer, diese Nachricht im Kopf zu behalten, oder?«

»Und was, wenn sie sich weigern? Ich glaube nicht, daß Sie einem Kind etwas tun würden, Remis Jobar.«

»Glauben Sie, was Sie wollen. Was habe ich zu verlieren?«

»Angenommen, man gibt Ihnen eine Farm«, beharrte Kira. »Glauben Sie, man würde Ihnen erlauben, sie in Ruhe zu bewirtschaften?«

»Das ist mir egal!« Remis Jobars Stimme wurde immer lauter und hysterischer. »Ich will nur zurückhaben, was ich verloren habe! Ich will zurück, was man mir genommen hat!«

»Die Cardassianer haben Ihnen Ihr Land genommen, nicht der Tempel oder die Regierung.«

»Die Cardassianer sind weg. Dann können sie mir mein Land doch wieder zurückgeben.« Er kam aus der Hütte, auf seinen Stock gestützt, eine gebeugte und humpelnde Gestalt vor dem Hintergrund der leeren Felder. »Verdammt, nicht mal die Cardassianer haben uns wie Gefangene gehalten, an ein Land gefesselt, das uns kaum ernähren kann. Unsere eigenen Leute haben uns hier zurückgelassen, aus den Augen, aus dem Sinn. Sie haben uns in die Dunkelheit abgeschoben, als wäre sie unser Grab. Schauen Sie mich doch an! Sehen Sie mich?« Er riß die Arme hoch und winkte.

»Ich sehe Sie«, erwiderte Major Kira ruhig.

»Dann sind Sie der einzige Bajoraner außerhalb dieses Tals, der uns sehen kann. Wir sind unsichtbar. Es gibt uns nicht. Aber solange ich dieses Mädchen habe, *müssen* sie mich sehen. Sie können nicht mehr so tun, als wären wir ...«

Ein Phaserstrahl surrte durch die Luft und riß Remis Jobar von den Füßen. Der Strahl traf ihn mitten in den Rücken, schleuderte ihn vorwärts und bäuchlings zu Boden. Major Kira zog ihren Phaser und ging in die Hocke. Der Schuß war aus der Richtung des Hügels gekommen, auf dem sie Cedra zurückgelassen hatte.

»Nicht schießen, Major Kira.« Ein großer, stämmiger Bajoraner, der mit einer dunklen Robe bekleidet war, kam näher und bot auf dem Hügel über der Hütte ein klares Ziel. Er hob die Hände, um zu zeigen, daß er keine Waffe in ihnen trug, doch Major Kira sah den Phaser, der in seiner Schärpe steckte. »Ich bin Kejan Ulli. Ich repräsentiere die *Dessin-ka*.«

»Als was? Als angeheuerter Attentäter?«

»Ich versichere Ihnen, ich bin nichts dergleichen. Man hat mich über die Situation hier informiert, und ich bin gekommen, um zu sehen, ob ich Ihnen Beistand leisten kann.«

»Wie informiert? Von wem?«

Er überging die Fragen. »Unser ehrgeiziger Freund hier ist nur betäubt. Wenn er wieder zu sich kommt, wird er einsehen, daß er einen falschen Weg eingeschlagen hat. Es steht geschrieben, daß die *Nekor* ein Schwert bringt, aber meiner Interpretation zufolge soll damit nur zum Ausdruck gebracht werden, daß sie letztlich den Sieg über jene davonträgt, die ihre Macht bezweifeln. Mir kam es überflüssig vor, ihr mit unnötigem Blutvergießen zu dienen.«

Major Kira blieb auf der Hut. Kejan Ulli war zu glatt, zu glaubhaft, seine Erklärungen kamen zu schnell und beantworteten eigentlich nichts. Ihn im Auge behaltend, ging sie schnell zu dem ausgestreckt daliegenden Remis Jobar und suchte nach Lebenszeichen. Ihre Finger fanden einen Puls, und sein Atem wärmte ihre Hand.

»Sehen Sie?« Kejan Ulli klang so stolz, als hätte er den wahnsinnigen Farmer vor dem sicheren Tod gerettet. »Und jetzt lassen Sie uns die *Nekor* befreien und …«

Eine kleine, geschmeidige Gestalt glitt unter den verblüfften Blicken Kejan Ullis den Hang hinab und verschwand in der Hütte. Einen Atemzug später tauchte Fähnrich Kahrimanis auf, rieb sich die Handgelenke und blinzelte in die Sonne. Ihm folgte Talis Cedra, der eine weinende Dejana auf dem Rücken trug. Als der Fähnrich versuchte, dem Jungen mit seiner Last zu helfen, wich Cedra knurrend zurück. Er wollte niemanden in die Nähe seiner Schwester lassen.

Major Kira hob Kahrimanis' Phaser auf, der neben Remis Jobar auf dem Boden lag, und warf ihn dem Fähnrich zu. Dann schaute sie den Hügel hinauf. Kejan Ulli war auf die Knie gesunken und betrachtete Dejana verzückt.

Will er sie anbeten oder auffressen? Major Kira berührte ihren Kommunikator und rief den Flitzer. »Kira an Munson. Es hat sich etwas geändert. Gehen Sie augenblicklich in einen niedrigen Orbit und beamen Sie drei Personen von diesen Koordinaten hinauf, mich selbst und zwei Kinder.«

»Aye, Sir.« Munson war ein zu guter Pilot, um Fragen angesichts eines Befehls zu stellen.

»Rufen Sie die Station. Informieren Sie Commander Sisko, daß ich die *Nekor* und ihren Bruder an Bord bringe. Ich werde nach unserer Ankunft alles erklären. Sie müssen danach zurückkehren und Fähnrich Kahrimanis abholen; er kümmert sich im Augenblick um einen Verletzten.«

»Ich bin schon unterwegs«, erwiderte Munson scharf.

»Gut. Kira Ende.« Sie sah, daß Kejan Ulli sich erhoben hatte und auf sie zukam, doch sie wußte, sie konnte sich darauf verlassen, daß Munson schnell handelte. Ihr Vertrauen wurde nicht enttäuscht.

Ein Protestschrei kam über Kejan Ullis Lippen, als Major Kira, Talis Cedra und Talis Dejana vor seiner Nase inmitten eines energetischen Flimmerns verschwanden.

10

Lieutenant Dax betrat Commander Siskos Büro als letzte. Kira, Odo und O'Brien waren bereits anwesend. »Bitte verzeihen Sie die Verspätung, Sir. Ich komme gerade von der Krankenstation.«

»Wie geht es dem Mädchen?« fragte Sisko.

»Es hat eine leichte Erkältung. Die Kleine ist eher aufgeregt als krank.«

»Können Sie ihr das verdenken?« warf O'Brien ein. »Nach allem, was sie durchgemacht hat? Das arme Ding.«

»Es gibt ein Problem«, fuhr Dax fort.

»Ja?« Sisko erweckte nicht den Eindruck, in der Stimmung für irgendwelche neuen Probleme zu sein.

»Ihr Bruder Cedra. Er weicht nicht von ihrer Seite.«

»Ich werde nach dieser Konferenz sehen, was ich tun kann«, sagte der Commander und faltete die Hände auf der Schreibtischplatte. »Ich habe Sie hierhergebeten, um Sie mit einer Situation vertraut zu machen, die ein gewisses Feingefühl erfordert. Sie alle wissen mittlerweile zweifellos, daß Major Kira in Begleitung von zwei bajoranischen Kindern zu uns zurückgekehrt ist. Obwohl ich Vedek Torin anfangs völlige Geheimhaltung versprochen habe, haben die Umstände sich geändert. – Wenn wir unsere Mission erfolgreich abschließen wollen, müssen Sie wissen, wer diese Kinder sind und was sie für die Stabilität Bajors bedeuten.«

»Und worin besteht unsere Mission?« fragte Odo steif.

»Sie zu schützen und dafür zu sorgen, daß sie so schnell wie möglich zum Tempel auf Bajor gebracht werden.«

»Bei allem Respekt, Sir«, sagte der Gestaltwandler, »wenn das alles ist, könnten wir sie doch einfach wieder in den Flitzer stecken und dorthin bringen.«

»Aus zwei Gründen ist das nicht möglich. Zum einen ist das Mädchen krank. Ich weiß, daß es sich nur um eine leichte Erkältung handelt, doch angesichts dessen, was das Mädchen erwartet, wäre es mir lieber, es würde sein neues Leben bei ausgezeichneter Gesundheit beginnen. Zweitens hat es bereits einen Entführungsversuch gegeben. Solange das Mädchen unter unserem Schutz steht, ist ein weiterer unwahrscheinlich.« Sein Tonfall fügte hinzu: *Ich möchte davon ausgehen können, daß so etwas unmöglich ist.*

»Entführung!« rief O'Brien. »Wer ist dieses Kind?«

»Der *Dessin-ka* zufolge handelt es sich bei ihr um die *Nekor*«, sagte Major Kira und erklärte die Zusammenhänge. »Und der Orden erwartet, sie zum Erntefest *Berajin* im Tempel präsentieren zu können«, schloß sie.

»Zum *Berajin* ...« O'Brien kratzte sich am Kopf.

»Bis dahin bleiben noch anderthalb Wochen«, sagte Dax. »Als ich nach ihr gesucht habe, dachte ich, die Zeit wäre äußerst knapp. Jetzt kommt sie mir enorm lang vor.«

»Machen Sie sich keine Sorgen, Lieutenant«, sagte Odo. »Ich werde persönlich für die Sicherheit des Kindes sorgen. Und zu den Zeiten, da ich ... indisponiert bin, werde ich meine besten Leute damit beauftragen.« Das war eine nette Umschreibung dafür, daß der Gestaltwandler einen Teil eines jeden Tages in seinem natürlichen, formlosen Zustand verbringen mußte. *Indisponiert* klang besser als *in einem Kübel*.

»Ich habe nicht den geringsten Zweifel, daß Talis Dejana bei Ihnen in guten Händen ist, Constable«, sagte Sisko. »Doch während wir dafür sorgen müssen, daß unsere Sicherheitsvorkehrungen wasserdicht sind, dürfen wir nicht vergessen, daß sie erst acht Jahre alt ist. Sie hat ihr gesamtes Leben auf Bajor verbracht, und den größten Teil davon in einem Flüchtlingslager. Vielleicht macht ihre neue Umgebung ihr angst.«

»Sir?« meldete O'Brien sich.

»Ja, Chief?«

»Vielleicht kann Keiko sie in der Krankenstation besuchen und Molly mitbringen... Und nachdem sie über ihre Erkältung hinweggekommen ist, könnte sie in die Schule gehen und die andereen Kinder kennenlernen.«

Sisko wandte sich an Odo. »Wäre das ein Sicherheitsrisiko, Constable?«

»Keins, mit dem ich nicht fertig werden würde«, erwiderte der Gestaltwandler. »Ich glaube, kleine Kinder sind in der Gesellschaft von Gleichaltrigen am glücklichsten. Mit einem glücklichen Kind kann man besser umgehen, und ich kann meine Aufgabe am besten erfüllen, wenn die Person, die ich schützen soll, mit mir zusammenarbeitet.«

»Einen Augenblick lang hatte ich schon Angst gehabt, Odo wäre weich geworden«, flüsterte O'Brien Kira zu.

»Sir, wo soll die Kleine bleiben, nachdem sie sich besser fühlt?« fragte Dax. »In der Krankenstation können wir sie nicht unterbringen. Und wie Sie schon sagten, sie ist nur ein Kind. Sie muß wissen, wohin sie gehört.«

»Sie könnte bei mir unterschlüpfen, Sir«, bot Kira sich an.

»Vielleicht fühlt sie sich wohler, wenn sie bei uns wohnt«, sagte O'Brien. »Keiko hätte nichts dagegen.«

Sisko sah wieder Odo an, doch bevor er etwas sagen konnte, kam der Sicherheitsoffizier ihm zuvor: »Ja, Sir, auch diese Situation kann ich handhaben.« Er warf einen Blick auf O'Brien. »Vorausgesetzt«, fügte er hinzu, »Ihre Frau hat nichts gegen die Anwesenheit bewaffneter Wächter in der Wohnung einzuwenden.«

»*In* der Wohnung?« fragte O'Brien.

»Sie sollten diese Schutzmaßnahme begrüßen. Angesichts dessen, was Major Kira uns gesagt hat, steht dieses Kind im Focus des Interesses mehrerer bajoranischer Gruppierungen mit unterschiedlichen Ideologien. Indem Sie es bei sich aufnehmen, machen Sie Ihre Familie ebenfalls zur Zielscheibe dieser Leute. Meiner Erfahrung zufolge sind solche Leute nicht allzu wählerisch in ihren Methoden, wenn sie Hindernisse aus dem Weg räumen wollen.«

O'Brien war bedrückt. »Dann muß ich mein Angebot zurückziehen. Es tut mir leid, aber ich kann Keiko und Molly nicht in Gefahr bringen. Ich wollte dem Kind helfen ...«

»Wir können später beschließen, wo Talis Dejana untergebracht wird«, sagte Sisko. »Vierundzwanzig Stunden auf der Krankenstation werden ihr nicht schaden, besonders nicht, wenn Ihre Frau und Tochter sie tatsächlich besuchen würden.«

»Gern, Sir.« O'Brien nickte glücklich. »Zumindest das können wir für sie tun.«

»Und was ihren Bruder betrifft«, fuhr Sisko fort, »so kann er in meinem Quartier bleiben, bis wir bezüglich seiner Schwester eine Entscheidung getroffen haben. Jake hat bestimmt nichts dagegen, sein Zimmer mit ihm zu teilen. Das wäre also geregelt. Nun kommen wir zu Dr. Bashir ...« Er schaute noch immer O'Brien an, doch sein Gesichtsausdruck wurde ernst.

»Wir haben noch immer kein Glück mit den Fernsensoren, Sir.« O'Brien sprach, als wäre der Zustand der Geräte ein direkter Angriff auf seine Ehre. Für ihn war es das auch. »Wir vermuten, daß das Problem bei den Schaltkreisen der Station liegt, die mehrmals notdürftig geflickt wurden. Die Cardies haben sich nicht mehr darum gekümmert, bevor sie die Station verließen. Sie haben geglaubt, das System sei in Ordnung. Aber das ist es nicht.« O'Brien hatte das Gefühl, daß die Cardassianer das System absichtlich so schlecht geflickt hatten, wollte seinen Verdacht aber für sich behalten, bis er ihn beweisen konnte. »Das Kopplungsfeedback führt bei den Sensoren des Flitzers zum gleichen Problem, wenn auch in kleinerem Maßstab.«

»Können wir die Sensoren des Flitzers benutzen, um Dr. Bashir zu lokalisieren?«

»Ich würde nicht mein Leben darauf wetten. Das System der Station ist viel ausgeklügelter – im Vergleich zu den Flitzern, heißt das, auch wenn es ein Haufen Cardie-Schei...«

»Wie lange wird es dauern, bis Sie die schwache Stelle in den Schaltkreisen gefunden haben?« unterbrach Sisko ihn.

»Das kann ich nicht sagen. Der Diagnose zufolge liegt das Problem nicht in den eigentlichen Sensor-Schaltkreisen. Vielleicht müssen wir jeden Zentimeter der Systems mit der Hand testen...«

»Wie lange wird das dauern?«

»Wir arbeiten daran, wann immer es uns möglich ist...«

»Arbeiten Sie von nun an ununterbrochen daran, Chief«, forderte Sisko ihn auf. »Wir können es uns nicht leisten, unseren Chefarzt in den Wüsten Bajors verschüttgehen zu lassen. Setzen Sie so viele Leute darauf an, wie Sie erübrigen können; ich will, daß die Fernsensoren wieder arbeiten und wir mit ihnen Dr. Bashir auf der Planetenoberfläche finden können.«

»Jawohl, Sir.« Er fügte leise hinzu: »Es kann warten, es kann nicht warten... manche Leute wissen eben nie, was sie wollen.«

Sisko hatte das entweder nicht gehört, oder er wußte, wann er die Bemerkungen seines Leiters der technischen Abteilung überhören mußte. »Lieutenant Dax, ich möchte, daß Sie Talis Cedra zum Replimat begleiten. Ich will dort mit ihm sprechen. Diese Umgebung wird ihm nicht so bedrohlich vorkommen, und wir können uns dort ein wenig beschnuppern. Jake wird nach der Schule ebenfalls dorthin kommen. Die Jungs sollten sich kennenlernen, wenn sie schon zusammen wohnen werden.« Er lehnte sich zurück. »Das wäre alles. Sie dürfen wegtreten. Ach, mit Ihnen möchte ich noch kurz sprechen, Major Kira.«

Als die anderen das Büro verließen, drehte Sisko sich mit seinem Sessel zu seinem bajoranischen Verbindungsoffizier um. »Major Kira, ich brauche bei der Suche nach Dr. Bashir Ihre Hilfe. Ich möchte, daß Sie mit den entsprechenden Behörden auf Bajor Kontakt aufnehmen. Sie sollen eine Beschreibung von Dr. Bashir verbreiten, und die Aufforderung, ihn festzuhalten und uns dann augenblicklich zu informieren.«

»Bei allem Respekt, Sir, Sie sprechen von ihm wie von einem Verbrecher«, erwiderte Kira. »Ist es fair, ihn zu behandeln, als wäre er auf der Flucht vor dem Gesetz? Meines Erachtens müßte man ihm eine Belobigung aussprechen. Die Föderation ist nach Bajor gekommen und hat davon gesprochen, die Dinge dort zu verbessern, aber ich sehe nur, daß sie politische Spielchen mit der provisorischen Regierung treibt. Dr. Bashir ist unterwegs, um den *Leuten* zu helfen, nicht den Politikern. Er beschäftigt sich direkt mit einem konkreten Problem, und Sie wollen ihn zurückrufen. Sie sollten lieber seinem Beispiel folgen, statt ihn aufzuhalten.«

»Dr. Bashir handelt auf eigene Faust. Die einzige Berechtigung für sein Vorgehen ist eine absichtliche Fehlinterpretation von Befehlen und die blinde Überzeugung, das Richtige zu tun«, erwiderte Sisko.

»Sind Sie denn nicht der Ansicht, daß er das Richtige tut?« fragte sie herausfordernd.

»Wäre Dr. Bashir nur für sich selbst verantwortlich, wäre ich sein größter Bewunderer«, gestand Sisko ein. »Aber als Chefarzt der Station trägt er auch die Verantwortung für die Gesundheit und das Wohlergehen jeder einzelnen Person an Bord von Deep Space Nine. Als er diesen Posten akzeptiert hat, hat er den Luxus aufgegeben, seine Träume zu verwirklichen, wie edel sie auch sein mögen.«

»Was ist so schlimm daran, daß er für eine gute Sache eintritt?«

»Muß ich Sie daran erinnern, Major, daß Ihre Welt politisch so zerrissen ist, weil eine ganze Reihe von Bajoranern davon überzeugt sind, sie allein würden das ›Richtige‹ für Bajor tun?«

Kira kniff den Mund zu. Eine Weile starrte sie Sisko schweigend an. »Was auch immer Sie von seinem Vorgehen halten«, sagte sie schließlich, »Dr. Bashir ist davon überzeugt, daß es richtig ist. Werden Sie ihn überreden können, nachdem wir ihn gefunden haben, die von ihm getroffene Wahl aufzugeben?«

»Ich hoffe es«, erwiderte Sisko und lehnte sich in seinem Sessel zurück. »Er ist ein zu guter Mann, als daß wir ihn verlieren könnten, sogar an einen Traum.«

Jake Sisko und sein bester Freund, Quarks Neffe Nog, gingen über die Promenade zum Replimat. »Warum müssen wir unsere Zeit mit diesem Bajoraner verschwenden?« fragte Nog und tänzelte um den Sohn des Commanders herum, während sie an den hell erleuchteten Läden und Kiosken vorbeigingen. »Ich bin nicht wie du, Menn-sch! Ich muß keine Zeit totschlagen. Mein Vater erwartet mich in einer Stunde in Quarks Bar, damit ich ihm helfe, die Holokammern zu putzen. Ich will nicht Kindermädchen für einen kleinen Niemand spielen.«

»Ich habe es dir doch erklärt, Nog«, sagte Jake in einem Tonfall, der verriet, daß er die ganze Sache seines Erachtens schon einmal zu oft durchgekaut hatte. »Wir tun meinem Dad einen Gefallen. Cedra braucht Kinder in seinem Alter. Er ist ein Flüchtling ...«

»Ich weiß, ich weiß! Du wärest überrascht, was ich alles weiß. Glaubst du etwa, ich hätte dich nicht *gehört?*« Die sarkastische Grimasse des Ferengi zeigte eine Doppelreihe kleiner scharfer Zähne. Es war unvorstellbar, daß Nogs Gehör irgend etwas entging; männliche Ferengi waren fast buchstäblich ganz Ohr. »Um so besser kann man hören, wenn eine Gelegenheit anklopft«, pflegte Nogs Onkel Quark zu sagen, der besonders stolz auf seine Ohren war. »Flüchtling, pah! Das heiß, daß er noch ärmer als wir ist.« Er schwieg verdrossen. Dann legte sich ein Funken Hoffnung auf sein faltiges Gesicht. »Ich nehme nicht an, daß dein Vater ihm ein wenig Taschengeld gegeben hat? Als Teil dieses *Gefallens?*«

»Keine Ahnung; vielleicht.«

»Ganz bestimmt sogar. Und der arme … wie heißt er noch gleich?«

»Cedra.«

»Genau. Der arme Cedra hat wahrscheinlich noch nie in seinem Leben so viel Geld gesehen. Er wird nicht wissen, was er damit anfangen soll. Er wird leichte Beute für jeden Betrüger und Schwindler an Bord von Deep Space Nine sein. Jake!« Nog baute sich vor dem jungen Sisko auf und legte die Hände auf dessen Schultern. »Ist dir klar, was das bedeutet? Wir müssen dem Jungen *helfen!* Ohne unseren klugen Rat läuft er in Gefahr, das großzügige Geschenk deines Vaters zu verlieren. Wir wollen doch nicht, daß es dazu kommt, oder?«

»Nein?« sagte Jake und bemühte sich, nicht zu kichern. Er kannte seinen Freund zu gut.

Nog setzte einen dramatischen, schockierten Ausdruck auf, auf den sein Onkel stolz gewesen wäre. »Du überrascht mich. Natürlich wollen wir das nicht. Wir *dürfen* nicht zulassen, daß man Cedra ausnutzt. Das wäre eine Verletzung der Gastfreundschaft. Wir Ferengi sind im ganzen Universum dafür bekannt, perfekte Gastgeber zu sein.«

»Ach was?«

»Aber sicher.« Nogs Lächeln zerriß fast sein Gesicht. »Besonders, wenn unsere Gäste die Rechnung übernehmen können. Komm schon, ich will unseren neuen Freund kennenlernen.« Er ergriff Jakes Handgelenk und zog ihn schnell über die Promenade.

Kurz darauf hatte Nog allen Grund, seine Pläne mit Talis Cedra und den Geldmitteln, über die der junge Bajoraner eventuell verfügte, gründlich zu überdenken. Er lag bäuchlings auf der Promenade, und Cedra saß auf ihm und drückte ihn zu Boden.

»Nicht die Ohren! Nicht die Ohren!« jammerte Nog und wand sich im verzweifelten Versuch, die wertvollsten und empfindlichsten Teile seiner Anatomie zu schützen. »Jake, hilf mir doch! Er soll mich loslassen!«

Jake spreizte die Hände und schaute bedauernd drein. »Das kann ich nicht, Nog. Es ist eine Sache zwischen euch beiden. Du hast mir gesagt, ich soll mich da raushalten.«

»Das war, bevor dieser verrückte Narr mich wegen einer harmlosen kleinen Bemerkung zu Boden geworfen hat…« Er hielt inne und warf einen nervösen Blick zu Cedra hinauf. »Das war nicht persönlich gemeint«, sagte er.

»Nimm zurück, was du über meine Schwester gesagt hast, und ich lasse dich aufstehen«, knurrte Cedra. »Vorher nicht. Wenn du es nicht zurücknimmst, gestalte ich dein Gesicht so um, daß du mit deiner winzigen, elenden kleinen *Nase* hören mußt.«

»Es tut mir leid. Es tut mir leid, daß ich Zweifel an deiner Schwester geäußert habe, es tut mir leid, daß ich deine Schwester Betrügerin genannt habe, es tut mir leid, daß ich von deiner Schwester überhaupt *gehört* habe! Reicht das?« winselte der Ferengi.

Cedra saß auf Nogs Rücken und drückte mit den

Knien noch immer Nogs Arme auf den Boden. »Gib uns etwas Leckeres aus, und ich lasse es dich wissen.«

Nogs Augen wuchsen zur doppelten Größe. »Etwas *ausgeben?*«

Cedra beugte sich vor und zog heftig an einem von Nogs Ohren. »Genau.«

Eine Weile später saßen die drei Jungen unter einem hochbeinigen Tisch in einer der Holokammern von Quarks Kasino. Vor ihnen lagen die Reste diverser Köstlichkeiten, die Nog aus den Lagerräumen des Etablissements geholt hatte. Cedra wischte sich klebrigen Sirup vom Mund und seufzte zufrieden. »Das war köstlich, Nog. Hast du noch mehr davon?«

»Nein.« Der Ferengi war verdrossen und gereizt. »Und wenn mein Onkel herauskriegt, daß ich so viele davon genommen habe, setzt es was.«

»Wenn du nur ›so viele‹ genommen hast, heißt das, daß es doch mehr davon gibt«, überlegte Cedra. »Geh zurück und hol sie.«

»Kommt nicht in Frage«, beharrte Nog. »Das sind Delikatessen – Steuerprüfers Freunde sind nicht gerade billig. Ich stecke meinen Hals nicht noch weiter in die Schlinge.«

»Aber, Nog …« Der Bajoraner warf einen Arm um die Schultern des Ferengi. »Ich dachte, wir wären *Freunde.*« Er zog den Arm zu einem Würgegriff zusammen.

»Das reicht, Cedra.« Jake zerrte den Bajoraner von Nog zurück. »Es war eine Sache, als ihr beide euch auf der Promenade geprügelt habt – und ihr konntet von Glück reden, daß Constable Odo euch nicht geschnappt hat. Aber da hatte Nog es verdient.«

»Was habe ich getan?« fragte der Ferengi mit unschuldiger Miene. »Warum gibt man immer mir die Schuld?«

»Ich glaube, es lag daran, daß du gesagt hast, Cedras Schwester sei die beste Schwindlerin, von der du je gehört hast«, sagte Jake boshaft.

»Dummer Menn-sch! Das ist ein *Kompliment!*« rief Nog. »Hört mal, meine Familie lebt seit Jahren auf Deep Space Nine, schon seit der Zeit, als die Cardassianer noch hier waren, klar?« Jake nickte; Cedras Gesicht blieb undeutbar. »Wir wissen, wie es da unten auf der Oberfläche ist. Wir haben genug darüber gehört. Es ist doch nicht gelogen, wenn ich sage, daß es da unten Hunderte von Kindern wie dich und deine Schwester gibt, oder?« wandte er sich an Cedra.

»Das ist wahr«, sagte der Bajoraner.

»Das kannst du laut sagen! *Hunderte*, und interessiert das irgend jemand? Erwähnt euch irgend jemand überhaupt mal?«

»Du mußt eingestehen, Nog«, warf Jake ein, »daß die Leute, die Quarks Bar besuchen, nicht unbedingt über Kriegswaisen sprechen.«

»Nicht nur *die*.« Nog schaute Jake böse an. »Alle. Die Ladenbesitzer, die Techniker, nicht mal die bajoranischen Mönche im Schrein, *keiner* von denen spricht über die Kinder.«

»Vielleicht nur dort nicht, wo du davon erfährst.«

»Nicht nur ich, sondern auch Onkel Quark?« Nogs triumphierendes Gelächter klang wie ein Bellen. »Wenn er es nicht gehört hat, wurde es nie gesagt.«

»Ist schon in Ordnung«, sagte Cedra ruhig. »Wir sind daran gewöhnt, ignoriert zu werden.«

»Dann gewöhnt es euch schnell wieder ab, Bajoraner!« erwiderte Nog. »Ich wußte sofort, daß etwas los war, als du mit deiner Schwester an Bord gekommen bist. Zwei Waisen von Hunderten – warum ihr? Was macht euch zu etwas Besonderem? Dann habe ich gehört, daß sie gar nicht wegen *dir* so ein Theater machen, sondern wegen deiner Schwester.«

»Was genau hast du über meine Schwester gehört?« In Cedras Stimme lag ein drohender Unterton. Jake sah, daß der Junge die Hände zu Fäusten geballt hatte.

»Nichts.« Nog steckte den Rest eines angegessenen

›Steuerprüfers Freund‹ in den Mund und kaute geräuschvoll. »Nur, daß sie etwas *so* Besonderes ist, daß niemand weiß, *warum* sie etwas Besonderes ist. Mein Onkel hat mich mit einem Obstkorb für sie zur Krankenstation geschickt – nur eine nette Willkommensgeste. Constable Odo hat mich halb bis zu Quarks Spielkasino zurückgejagt. Es kommt mir einfach komisch vor. Wie ein großes, tolles Paket, das mit buntem Geschenkpapier und Schleifen eingepackt wurde – aber wer kann schon sagen, ob nicht nur Luft darin ist?«

»Du magst deine Ohren wirklich nicht, oder?« knurrte Cedra.

Nog schaute unbesorgt drein, brachte aber etwas Distanz zwischen sich und den Bajoraner. »Habe *ich* etwa behauptet, daß deine Schwester nur Luft ist? Du nimmst alles persönlich, das ist dein Problem. Zu Hause kennen wir eine Geschichte von zwei Brüdern. Eines Tages kommt der jüngere mit einer Flasche und erzählt seinem älteren Bruder, er habe einen *Gragol* gefangengenommen ...«

»Einen was?« fragte Jake.

»Einen Wunsch-Geist. Ich habe nicht behauptet, daß es eine *wahre* Geschichte ist. Halt die Klappe und laß mich zu Ende erzählen. Der ältere Bruder will Beweise sehen. Er sagt dem jüngeren Bruder, er solle die Flasche öffnen und den *Gragol* zwingen, ihm einen Wunsch zu erfüllen, doch der jüngere Bruder sagt, der *Gragol* sei sehr klein und könne nur einen einzigen Wunsch erfüllen. Und sobald man die Flasche öffnet, muß man den letzten Wunsch ganz schnell aussprechen, oder der *Gragol* verschwindet, und man hat gar nichts. Also überzeugt er seinen älteren Bruder, ihm die Flasche abzukaufen ...«

»... und es stellt sich heraus, daß es nur eine leere Flasche ist«, beendete Cedra die Geschichte für ihn. »Willst du das damit sagen? Daß meine Schwester eine genauso große Betrügerin ist wie der jüngere Bruder in dieser Geschichte?« Er duckte sich, drauf und dran, sich wieder auf Nog zu werfen.

Der Ferengi gab ein gutturales Geräusch des Abscheus von sich. »Du kannst einfach nicht zuhören. Nein, das ist *nicht* passiert. Es war wirklich ein *Gragol* in der Flasche, aber als der ältere Bruder sie öffnete, um seinen Wunsch auszusprechen, vergaß er eins: Wann immer er aufgeregt war, stotterte er! Der *Gragol* flog weg, während der Bruder noch sagte: ›Ich w-w-wünschte, ich h-h-hätte eine M-M-Milliarde B-B-Barren in G-G-Gold g-g-gepreßtes L-L-Latinum!‹ Also nahm er die leere Flasche und schlug sie seinem Bruder über den Kopf, bekam sein Geld zurück und erzählte allen, sein jüngerer Bruder sei ein Betrüger – ein *unfähiger* Betrüger.« Das war offensichtlich die schlimmste Beleidigung unter den Ferengi.

Cedra setzte sich wieder und schaute total verwirrt drein. »Das kapier ich nicht.«

»Das ist eine typische Ferengi-Geschichte«, flüsterte Jake ihm zu. »Ich glaube, er will damit sagen, daß er deine Schwester nicht beleidigen wird, solange er sich nicht ganz sicher sein kann. Iß einfach deinen Kuchen und vergiß die Sache.«

Die drei Jungen vertilgten, was von den gestohlenen Köstlichkeiten noch übrig war. »Mein Vater glaubt, daß ich hier drinnen arbeite und ihr beide mir helft«, sagte Nog, als lediglich noch Krümel und leere Behälter von ihrem Raubzug kündeten. »Wenn wir schnell machen, werde ich euch was Komisches zeigen.«

»Was Komisches?« Cedras Interesse war bereits geweckt.

Nogs winzige Augen funkelten. »Hast du schon mal eine Holokammer gesehen, Bajoraner?«

»Komm schon, Nog«, protestierte Jake. »Wenn wir die Kammer einschalten, kriegen wir eine Abreibung von deinem Onkel *und* eine von meinem Vater.«

»Ich will doch nicht *so ein* Programm abrufen«, schnaubte der Ferengi.

»Was für ein Programm?« Jetzt war Cedra wirklich interessiert. Jake beugte sich zu ihm und erzählte ihm flüsternd alles, was er über die möglichen Freuden der Holokammer wußte. Cedras Augen wurden immer größer, je länger Jake sprach. »Nackt?« keuchte er. »Sieben? In einer Wanne mit *was*?«

»Mit allem, was du willst.« Nog verschränkte stolz die Arme vor der Brust. »Mein Onkel Quark hat bei diesem System keine Kosten gescheut. Es ist ganz leicht zu programmieren, und es gibt keine Grenzen. Kommt, ich zeige es euch.« Er lief zu einem Kontrollpanel neben der Tür und öffnete es. Ein paar Bewegungen mit den Fingerspitzen, ein paar laut gesprochene Befehle, und ein großer, prächtig gebauter, juwelenbehangener und fast nackter bajoranischer Rotschopf stand neben ihm und legte in einer liebevollen Umarmung die Hände um ihn. Die Bajoranerin hatte eine mehr als nur oberflächliche Ähnlichkeit mit Major Kira.

»Willst du auch eine?« fragte Nog und zeigte all seine Zähne.

Cedras Gesicht lief dunkelrot an, und er wandte sich ab.

»Beende das Programm lieber, Nog«, warnte Jake. »Wir sollen doch nicht mit den Holokammer-Kontrollen herumspielen.«

»Feigling.« Der Ferengi schnaubte höhnisch, ließ die Rothaarige jedoch verschwinden. »Würde Onkel Quark uns erwischen, würde ich ihm sagen, ich hätte deinem neuen Freund nur gezeigt, wie man einen Hologramm-Projektor benutzt. Er *darf* die Holosysteme doch benutzen, oder?«

»Die Holosysteme?« Cedras Gesichtsfarbe hatte sich normalisiert, und er war wieder sehr aufmerksam.

»Wie in dieser Kammer, nur mit anderen Programmoptionen als die, die Quark hat«, erklärte Jake. »Es gibt Hologrammsystem-Schnittstellen in unseren Klassenzimmern und einigen der Läden, und Dad sagt, Chief O'Brien habe auch eine kleine auf der OPS installiert, aber die lassen sich wirklich nicht mit der hier vergleichen.«

»Sonst würden die Kunden uns auch nicht so viel bezahlen, um hier hereinzukommen«, prahlte Nog.

Cedra betrachtete das Kontrollpanel an der Wand. »Erzählt mir mehr...« Jake und Nog kamen dem Wunsch gern nach. Die beiden Freunde wetteiferten geradezu miteinander, dem Bajoraner so viele Informationen wie möglich zu geben. Etwas an Cedras Gesichtsausdruck versprach ihnen eine reiche Belohnung für ihre Investition. Besonders Jake glaubte, diesen Ausdruck deuten zu können: Es war der ausgelassene Blick der boshaften Vorfreude, den er im Spiegel sah, wann immer er bei einem von Nogs Streichen mitmachte.

Ist doch logisch, dachte er. *Hier wird es manchmal ziemlich langweilig. Es ist sogar besser, sich in Schwierigkeiten zu bringen, als immer nur im gleichen Trott weiterzumachen, und schließlich besteht ja stets die Möglichkeit, daß man uns* nicht *erwischt. Außerdem ist es bestimmt das erstemal in Cedras Leben, daß er sich einfach entspannen und etwas* Spaß *haben kann. Sieh ihn dir doch an! Er heckt im Augenblick etwas Hervorragendes aus; darauf gehe ich jede Wette ein!*

Dann meldete Cedra sich zu Wort, und während Jake zuhörte, wurde ihm klar, daß er seine Wette wahrscheinlich glanzvoller gewinnen würde, als er es sich je hätte träumen lassen.

»Miles! Gott sei Dank bist du da!« rief Keiko, packte den Arm ihres Mannes und zerrte ihn ins Klassenzimmer.

»Ich bin so schnell gekommen, wie ich konnte«,

keuchte er. »Ich war mitten in einem Versorgungsschacht an der Arbeit, als …« Die Worte erstarrten ihm auf der Zunge.

Mitten in dem Klassenzimmer voller unschuldiger Kinder stand ein bewaffneter cardassianischer Soldat in gepanzerter Uniform. Er schritt zwischen den Pulten hin und her und musterte die Kinder dahinter düster. Das geisterhafte Gesicht mit den deutlich hervortretenden Knochen und Muskelsträngen kam ihm bekannt vor.

»Gul Dukat«, nannte O'Brien den ehemaligen Kommandanten von Deep Space Nine beim Namen. »Verdammt noch mal, was hat der hier zu suchen?« Er griff nach seinem Kommunikator, um Hilfe zu rufen.

Keikos Hand schloß sich um die seine und verhinderte, daß er den Kommunikator berührte. »Er ist unsere Astronomie-Lektion«, sagte sie. Sie klang nicht erheitert.

»Er ist was?« Bevor Miles eine Antwort bekam, blieb der cardassianische Offizier vor einem Schreibtisch stehen, an dem ein sehr junges bajoranisches Mädchen saß. Er erhob sich vor ihr wie eine Flutwelle, die sie jeden Augenblick überrollen würde. Die Augen und der Mund des Mädchens waren drei perfekte ehrfürchtige Kreise, während sie beobachtete, wie er eine Faust hoch über seinen Kopf hob …

… und auf der Stelle eine zierliche Pirouette drehte, während ein rosa Rüschentutu aus seinen Hüften sproß. Auf Zehenspitzen hin und her laufend, sang Gul Dukat ein Lied, in dem er erklärte, nur ein kleines *Kata*-Häschen im Sonnenschein zu sein. Die Schüler brüllten und tobten vor Lachen.

»Er soll eigentlich eine holographische Projektion des Wurmlochs sein«, sagte Keiko grimmig.

»Äh?« O'Brien bekam kein Wort heraus.

»Miles, das ist *ernst*.« Sie schüttelte ihn. »Ich kann weder das Bild löschen noch das Programm beenden.

Die Kinder spielen verrückt. Ich will, daß das aufhört. Und ich will wissen, wer dafür verantwortlich ist.«

»Oh.« Miles starrte noch immer den sich drehenden Cardassianer an. »Äh... ich bringe das sofort in Ordnung.« Er stürmte aus dem Klassenzimmer, bevor auch er vor Lachen explodierte.

Sicherheitsoffizier Odo schritt langsam vor den drei Jungen auf und ab, die in seinem Büro ihr Schicksal erwarteten. »Ein bajoranisches Pärchen, das für eine besondere Gelegenheit eine der Holokammern *deines* Onkels gemietet hat, sitzt plötzlich mitten in einer klingonischen Oper«, erklärte er und funkelte Nog an.

Jake schaute zu Boden. Nog wand sich. Cedra stand aufrecht da und erwiderte ruhig Odos Blick, wann immer der Gestaltwandler in seine Richtung schaute.

»Ein schwer arbeitender Geschäftsmann will in seinem Quartier auf seinem persönlichen Hologerät ein Sportereignis sehen und bekommt statt dessen eine Predigt von einem winzigen Mönch vorgesetzt, der alle Versuche vereitelt, sein Programm zu beenden«, fuhr Odo fort. »Die Holo-Schnittstelle in der Schule funktioniert noch immer nicht. Die Beschwerden aus einigen anderen Holokammern in Quarks Kasino kann ich hier nicht wiedergeben. Wann immer Garak in seinem Geschäft einem Kunden ein Hologramm mit den neuesten Moderichtungen vorführen will, tanzen *Hyurin* auf seiner Theke...« Er blieb stehen und sah die Jungen an. »Was habt ihr dazu zu sagen?«

»*Er* war es!« rief Nog ohne das geringste Zögern und zeigte auf Cedra.

»Ach ja?« Odos Stimme verriet nicht das geringste. Er musterte Cedra. Der Bajoraner blieb reglos stehen, wenngleich seine Mundwinkel fast unmerklich zitterten und seine Nasenflügel vor unterdrücktem Gelächter wackelten.

»Ein schöner Versuch, Nog«, knirschte der Gestaltwandler. »Talis Cedra ist neu hier. Erwartest du, ich würde glauben, daß er eine Holosystem-Kontrolle erkennt, ganz zu schweigen davon, daß er auch weiß, wie man sie benutzt? Und zwar so gut benutzt, daß alle Versuche von Chief O'Brien, das Problem in den Griff zu kriegen, von einer Reihe narrensicherer Befehle durchkreuzt werden, die verhindern, daß man in das System eindringen kann?« fügte Odo hinzu und schüttelte den Kopf. »Da mußt du dir etwas Besseres einfallen lassen.«

»Ich schwöre, ich sage die Wahrheit!« rief der Ferengi. »Wenn Sie mir nicht glauben, fragen Sie doch meinen Vater! Fragen Sie meinen Onkel!«

»Ein Ferengi verbürgt sich für einen anderen«, sagte Odo. »Natürlich. Warum bin ich nicht darauf gekommen?«

»Wahrscheinlich, weil Sie sich sowieso schon Ihre Meinung gebildet haben«, sagte Cedra.

»Was hast du gesagt?« Der Constable bedachte ihn mit einem scharfen Blick.

»Was Sie gehört haben«, erwiderte Cedra ruhig. »Außer, es war etwas, das Sie nicht hören wollten.«

»Willst du damit andeuten, ich sei kein zuverlässiger Zeuge?« Odos primitiv geformtes Gesicht verdunkelte sich.

Cedra blieb gelassen. »Wenn Sie andeuten, ich sei zu dumm, um zu lernen, wie man das Holosystem benutzt. Sie manipulieren niemals Beweise, Constable; das liegt nicht in ihrer Natur. Aber manchmal – wenn die Dinge nicht ganz so sind, wie sie Ihrem Gerechtigkeitsempfinden nach eigentlich sein sollten –, verspüren Sie eine gewisse Versuchung, nicht wahr?«

Odo zog die Schultern hoch. »Also warst du es doch.«

»Ich hab es doch gesagt!« rief Nog beleidigt. »Ich habe doch gesagt, daß er es war!«

»Er hat gesagt, er habe *gelernt*, das System zu benutzen. Bleibt die Frage: Wer war sein Lehrmeister?« Odo musterte eindringlich alle drei Jungen. »Außer, du erwartest, daß ich glaube, du hättest in diesem Flüchtlingslager Zugang zu Hologramm-Projektoren gehabt.« Die letzte Bemerkung war allein an Cedra gerichtet.

»Vielleicht sollten Sie mal so ein Lager besuchen und sich selbst davon überzeugen, was uns dort zur Verfügung steht«, erwiderte Cedra. »Dann lernen Sie vielleicht, daß es zwar schlimm ist, nicht zu wissen, woher man kommt, aber noch schlimmer zu wissen, daß man nirgendwo hingehen kann.«

Diesmal kam kein scharfer Kommentar über Odos Lippen. Er starrte den kleinen, dürren Bajoraner an, als hätten die beiden plötzlich ihre Rollen gewechselt. *Nicht zu wissen, woher man kommt – woher kann er das wissen?* Die Befremdlichkeit des Augenblicks legte sich wieder. *Gerüchte. Auf dieser Station wimmelt es davon. Wenn er sich mit Quarks Neffen herumtreibt, hat er mittlerweile bestimmt schon jeden Fetzen Klatsch auf dieser Station aufgeschnappt, einschließlich aller Informationen, die über mich im Umlauf sind.*

»Falls du Spielchen treiben willst, wird Commander Sisko dir bestimmt noch ein paar beibringen können, wenn er gleich kommt.«

»Sie haben nach meinem Vater geschickt?« fragte Jake beunruhigt.

»Ich hielt das für angemessen«, entgegnete Odo trocken. »Er wird euch zwei oder drei Worte darüber zu sagen haben, wie sehr er sich freut, daß ihr Chief O'Brien neue Probleme schafft, obwohl er gerade ein paar lebenswichtige Reparaturen durchführen muß.«

»Sie werden uns doch nicht ins Gefängnis stecken, oder?« Zum erstenmal sah Odo Besorgnis auf Cedras Gesicht.

»Ich hatte es nicht vor. Commander Sisko könnte anweisen, daß du dein Quartier nicht verlassen darfst, aber ...«

»Das darf er nicht! Dejana braucht mich! Sie ist krank!« rief Cedra.

»Deine Schwester bekommt die beste Pflege. Sie müßte die Krankenstation morgen verlassen können.«

»Man darf mich nicht von ihr trennen. Das lasse ich nicht zu!« Cedras Wangen erbleichten. »Constable, wenn ich Ihnen mein Wort gebe, daß ich das Hologramm-System nicht mehr anfassen werden und Chief O'Brien helfe, es wieder hinzubekommen... werden Sie Commander Sisko dann sagen, daß ich mit Ihnen kooperiert habe?«

»Ich werde sehen, was sich machen läßt.« Sogar der normalerweise teilnahmslose Odo zeigte sich von der Erschütterung des bajoranischen Kindes betroffen. »Aber ich versichere dir, deine Schwester wird gut geschützt...«

»Nicht ohne *mich*«, beharrte Cedra. »Sie weiß nicht, was man von ihr will. Was nutzt es ihr denn, aus dem Lager zu kommen, wenn man sie hier in Stücke reißt?«

Nog stieß Jake an. »Wer will sie in Stücke reißen?«

Jake zuckte mit den Achseln. »Ich habe gehört, wie Dad mit Lieutenant Dax und Fähnrich Kahrimanis über Talis Dejana sprach, aber...«

»Später«, zischte der Ferengi. »Ich will das hören.«

»Beruhige dich«, sagte Odo zu Cedra. »Deine Schwester ist in Sicherheit.«

Cedra schüttelte den Kopf. »Erst, wenn sie im Tempel vorgeführt wurde. Vielleicht nicht mal dann, aber sobald die *Dessin-ka* sie gesehen haben, werden sie sie wenigstens beschützen. *Bitte,* Constable, ich darf nicht lange von ihr getrennt werden. Ich habe immer auf sie aufgepaßt...«

»Dann ist es an der Zeit, daß du einem anderen erlaubst, diese Aufgabe zu übernehmen. Du bist jung. Ich schlage vor, du versuchst, deine Jugend zu genießen, ohne die gesamte Station auf den Kopf zu stellen.«

Cedra bedachte Odo mit einem Blick, der den Jungen um Jahre älter wirken ließ. »Es ist immer einfacher, ein Spielchen zu treiben, nicht wahr?« fragte er. »Dem Publikum ein paar Tricks vorzuführen und Applaus einzuheimsen... das ist doch sauberer, als sich mit Dieben und Mördern zu befassen und zu versuchen, der Gerechtigkeit zum Sieg zu verhelfen. Und doch haben wir uns für unsere jeweilige Arbeit entschieden, ganz gleich, wie schwer sie ist, weil sie unserem Selbstbild entspricht.«

Odo runzelte nachdenklich die Stirn – oder hätte es getan, falls er eine echte gehabt hätte. Er hatte das beunruhigende Gefühl, daß der Junge gerade einen Spiegel zwischen ihnen hochgehalten und ihn hatte wieder verschwinden lassen, alles in einem einzigen Augenblick. »Was hast du da gesagt?«

Ein argloses Lächeln ersetzte Cedras ernsten Gesichtsausdruck. »Ich habe gesagt, ich verspreche, brav zu sein. *Bitte* lassen Sie mich zu meiner Schwester.«

»Bitte, Constable«, fiel Jake ein. »Es war nicht allein seine Schuld. Mir ist das rosa Tutu für Gul Dukat eingefallen, und Nog hat die klingonischen Opernsänger vorgeschlagen.«

»He! Das habe ich nicht getan!« wandte Nog ein. »Das kannst du nicht beweisen!«

Odo riß die Kontrolle wieder an sich. »Nun gut. Commander Sisko hat Besseres zu tun, als sich mit euch zu beschäftigen. Ich werde euch auf euer Ehrenwort freilassen – sogar dich, Nog –, aber wenn ich euch noch einmal erwische, daß ihr wieder mit dem Holosystem herumspielt...«

Seine Drohung wurde von einem Chor überschwenglicher Versprechen unterbrochen, mit dem die Jungen ihm versicherten, sie würden eher sterben, sich verstümmeln oder die Ohrläppchen abschneiden lassen, bevor sie auch nur auf den *Gedanken* kämen, noch einmal einen Projektor anzurühren. Odo glaubte ihren

Versprechungen keinen Augenblick lang, gab sich aber vorerst damit zufrieden. »Na schön. Cedra, du meldest dich bei Chief O'Brien. Die beiden anderen können tun und lassen, was sie wollen.«

Im Gang vor Odos Büro winkte Cedra seinen neuen Freunden zum Abschied zu und lief schnell davon, um Chief O'Brien zu suchen. Jake schaute grinsend Nog an.

»Siehst du? Ich habe dir doch gesagt, daß ihm nichts passiert.«

Der Ferengi schnaubte. »Er hätte uns fast in den Knast gebracht, und du willst es dabei bewenden lassen? Worin liegt denn da der Profit?«

»Na ja, wir sind schließlich nicht verhaftet worden. Wir mußten noch nicht mal vor meinen Vater treten. Er hat es Odo ausgeredet.«

»Reden kann er wirklich sehr gut«, gestand Nog ein. »Was hat dein Vater über Cedras Schwester gesagt?« fragte er dann nachdenklich.

Jake versuchte sich daran zu erinnern. »Er hat sie mit irgendeinem Begriff belegt ... mit einem bajoranischen Wort, das ich noch nie gehört habe ... aber was es auch war, er hat Lieutenant Dax und Fähnrich Kahrimanis klargemacht, daß sie es nicht wiederholen dürfen. Fähnrich Kahrimanis hat gesagt, er solle sich keine Sorgen machen, er wisse aus eigener Erfahrung, wie gefährlich es werden könne, wenn die Leute wüßten, wer Talis Dejana ist. Also ist es wohl in Ordnung, daß ich vergessen habe, wie Dad sie genannt hat.« Er grinste, aber Nog blieb ernst. Jake gab ihm einen freundschaftlichen Klaps auf die Schulter. »He! Denk nicht mehr dran. Gehen wir auf die Promenade und kaufen uns ein Glop am Stiel oder so. Ich will noch nicht meine Hausaufgaben machen.«

»Such doch deinen bajoranischen Freund, wenn du unbedingt willst«, fauchte Nog. »Ich muß mich um wichtige Geschäfte kümmern.« Er ging davon und ließ einen verwirrten Jake zurück.

»Bist du schon mit Chief O'Brien fertig?« Jake war überrascht, daß Cedra bereits auf ihn wartete, als er in sein Quartier zurückkehrte.

»Sie wollten mich nicht in die Krankenstation lassen. Was ist los?« Cedra lag vollständig bekleidet auf Jakes Bett und starrte die Decke an. »Gehöre ich auch nicht hierher?«

»Nein, du bist hier willkommen, aber ich dachte, nachdem du geholfen hast, das Holosystem zu reparieren, würdest du dir noch irgendwie die Zeit vertreiben ...«

»Dieser *Zeitvertreib* hat mich fast von meiner Schwester getrennt.«

»Na ja, es war deine Idee«, murmelte Jake.

»Wunderbar«, erwiderte Cedra. »Nog ist anstekkend.«

»Was?«

»Hast du von ihm nur gelernt, deine Verantwortung zu leugnen?« fragte Cedra. »Oder haben dich alle Symptome erwischt?« Er drehte sich auf den Bauch. »Ich glaube, ich habe eine neue Krankheit entdeckt ... galoppierende *Ferengitis*. Ich komme mir fast wie Dr. Bashir vor.«

Jake hockte sich auf die Bettkante. »Ob sie ihn wohl je finden werden?«

»Wen?«

»Dr. Bashir.«

»Ja.« Cedra nagte an seinem Daumennagel. »Nein.« Er stützte das Knie auf die ineinander verschränkten Finger. »Vielleicht. Keine Ahnung.«

»Tja, damit wäre alles abgedeckt.« Jake klang enttäuscht.

»Laß mich in Ruhe. Ich bin es leid, ständig alle Antworten zu kennen.« Cedra drehte sich wieder auf den Rücken und gähnte. »Ich bin furchtbar müde. Laß mich schlafen.«

»Na schön.« Jake stand auf, holte einen Pyjama und

ließ ihn auf Cedras Kopf fallen. »Der müßte dir passen.«

Der Bajoraner setzte sich auf und betrachtete den Schlafanzug interessiert. »Was ist das?«

»Ein Pyjama. Wenn du willst, kann ich dir auch ein Nachthemd besorgen. Worin hast du denn auf Bajor geschlafen?«

»In dem, was ich gerade anhatte«, antwortete Cedra. »Oder nackt, wenn es warm war.«

»Das kannst du hier auch, wenn du willst. Zieh dir einfach einen Bademantel an, wenn du aufstehst. Dad ist ziemlich konservativ.«

»Nein, nein.« Cedra hielt den Schlafanzug hoch und strich anerkennend über das weiche Material. »Der ist toll.«

Jake grinste. »Probier ihn an.«

Cedra erbleichte. »Was?«

»Probiere ihn an. Überzeuge dich, daß er auch paßt.«

»Sofort?« Cedra drückte den Pyjama an seine Brust.

»Du hast doch gesagt, du willst schlafen. Du mußt dich vergewissern, daß er auch paßt. Wenn nicht, werde ich dir einen größeren replizieren.« Jake setzte sich neben Cedra und ergriff das Pyjama-Oberteil. »Probiere zuerst die Hosen an. Wenn sie zu eng sind ...« Er verzog gequält das Gesicht. »Du weißt doch, wie unangenehm das ist.«

Cedra sprang auf. »Später. Ich bin plötzlich gar nicht mehr müde. Wie wäre es, wenn wir Nog suchen und ihn überreden, uns noch so ein paar ›Steuerprüfers Freunde‹ zu besorgen?«

Jake war völlig verwirrt. »Ich dachte, du hättest gesagt, du wärest müde?«

»Auf einmal habe ich *Hunger*.« Er warf die Schlafanzughosen Jake ins Gesicht und stürmte aus dem Raum. »Wer als zweiter ankommt, ist ein *Kata*-Häschen!«

»Ein bajoranisches Wort?« wiederholte Quark gereizt die Neuigkeit, die sein Neffe ihm überbracht hatte. »Ein bajoranisches Wort, das du nicht mal *kennst?* Wie im Namen aller Erwerbsregeln soll ich *das* denn in einen Profit verwandeln?«

»Aber denk doch mal nach, Onkel Quark!« beharrte Nog. »Sie wollen die ganze Sache geheimhalten! Und man macht sich nur die Mühe, etwas zu verbergen, wenn es sehr wertvoll ist.«

Langsam breitete sich ein schiefzahniges Grinsen auf Quarks Gesicht aus. »Ach ja? All diese Geheimnistuerei … hm.« Er gab Nog einen Klaps auf den Rücken und kicherte. »Du hast recht, Junge! Ich bin stolz auf dich. Mit so einem Verstand müßtest du schon bald imstande sein, deinen eigenen Vater mit Gewinn zu verkaufen.«

»Ich würde lieber dich verkaufen, Onkel.« Nog meinte es völlig ernst. »Du bist mehr wert als mein Vater.«

»Das bin ich, das bin ich in der Tat«, sagte der erwachsene Ferengi nachdenklich. »Halt dich ruhig an mich, Nog. Und jetzt sag mir alles, was du weißt. Gemeinsam werden wir die Antwort auf dieses Rätsel *und* eine Möglichkeit finden, einen Gewinn daraus zu schlagen.«

»Den wir uns teilen«, schlug Nog vor.

»Na schön, wir teilen uns den Gewinn«, stimmte Quark zu. Kaum wahrnehmbar fügte er jedoch hinzu: »Einen Anteil von fünf Prozent für dich und von fünfundneunzig Prozent für mich.«

11

Als er in den kleinen Hain ritt, nahm Dr. Bashir mit den Zügeln die Geschwindigkeit seines *Verdanis* vom Galopp zum Schritt zurück. Er schaute nach rechts und links und untersuchte die Geschichte, die die Baumstümpfe und abgebrochenen Äste erzählten. Dies mochte früher mal ein Wald gewesen sein, der sich am Fuß der Hügel und vielleicht sogar noch ein Stück hinauf erstreckt hatte, bis in die Berge, die das Kaladrys-Tal flankierten. Jetzt war nur noch ein elender Überrest davon vorhanden, und der würde auch bald verschwunden sein.

Sie waren in diesem Lager so stolz auf sich, überlegte Julian, wobei seine Gedanken dem Ort galten, den er und Tossi gerade verlassen hatten. *Sie hatten es immer warm, haben sie mir erzählt, hatten jede Menge Feuerholz und zahlreiche neue Holzgebäude, sie mußten die alten Bauwerke nicht ausschlachten …* Er legte die Hand auf eine frische Narbe, wo kurz zuvor noch ein Ast gewachsen war. *Sie haben gar nicht versucht, den Wald wieder aufzuforsten … sie haben die Bäume gefällt, als gäbe es kein Morgen.*

Er seufzte. Er wußte, daß diese Einstellung nicht ausschließlich ihr Fehler war. Es fiel schon normalen Leuten schwer genug, an das Morgen zu denken, aber für Flüchtlinge kam es meist nur auf die Gegenwart an. Vielleicht sollte er umkehren und mit den verantwortlichen Mönchen sprechen, ihnen dabei helfen, den Leuten beizubringen, daß die Annehmlichkeit der Gegenwart nur die Not der Zukunft war …

»Das kann ich nicht«, sagte er laut. »Ich habe sowieso schon zuviel Zeit dort verbracht, aber dort gab es so viele Fieberfälle ...!« Er schlüpfte elegant vom Rücken des *Verdanis* und band das Tier an einem Ast fest, der den Abholzungsbemühungen des Dorfes bislang entgangen war. »Braver Tossi«, sagte er und tätschelte den langen, biegsamen Hals des Tieres.

Er schnallte seinen Rucksack ab, gab dem *Verdanis* seinen Futterbeutel und schlug das Lager auf. Er hatte kein Zelt, doch die Bewohner des zweiten Lagers, das er besucht hatte, hatten ihre Dankbarkeit zum Ausdruck gebracht, indem sie ihm eine ausgezeichnete, wasserdichte Persenning geschenkt hatten. Mit einigen Tauen und der Hilfe einiger günstig gewachsener Äste ergab sie eine anständige Unterkunft. Wenn er sich in Gegenden wiederfand, in denen es keine Bäume gab, benutzte er sie als Decke oder wickelte sich einfach gegen die Kälte der Nacht darin ein.

Dr. Bashir hatte die Persenning schon bald so angebracht, wie es ihm vorschwebte. Jetzt brauchte er nur noch ein Lagerfeuer, um sein Abendessen zu kochen. Er wollte abgestorbene Äste sammeln, zögerte dann jedoch, als er an die Leute dachte, die er im letzten Lager zurückgelassen hatte. *Sie brauchen das Holz dringender als ich.* Die Ration schmeckte kalt zwar nicht besonders, aber schließlich schlang er sie doch herunter, ohne sie vorher erhitzt zu haben.

Wer Grenzmedizin praktizieren will, muß eben auch an der Grenze leben, dachte er und hatte mehr Spaß an diesem kleinen Scherz als an seiner kärglichen Mahlzeit.

Als er gegessen hatte, war es bereits dunkel. Die Monde Bajors warfen einen hellen silbernen Glanz durch die Äste des verwüsteten Waldgebiets. Julian lehnte sich gegen einen Baum und schaute zu den Sternen hoch, die er durch ein Netzwerk von Zweigen ausmachen konnte. Seine Gedanken schweiften in der Stille der Nacht ab, bis ihm klar wurde, daß es sich bei einer der funkelnden Zusammenballungen von Lichtern in der Schwärze überhaupt nicht um einen Stern handelte. Er legte den Kopf müde auf die angezogenen Knie und versuchte, nicht an Deep Space Nine zu denken. Schließlich hüllte er sich in eine Decke und legte sich schlafen.

»Sie! Stehen Sie auf!« Ein von einem Stiefel umhüllter Fuß trat leicht, aber beharrlich gegen sein Bein. Julians erster Gedanke war, daß Commander Sisko einen Suchtrupp losgeschickt hatte und er von ihm entdeckt worden war.

Sie können mich zwingen, auf die Station zurückzukehren, aber nicht, dort zu bleiben, dachte er. *Ich werde schon eine Möglichkeit finden, sie zu überzeugen, daß meine Arbeit hier wichtiger ist, Starfleet notfalls verlassen, falls es nötig sein sollte, um ...*

Der stiefelbewehrte Fuß trat ihn erneut, diesmal härter, und er erwachte vollends. Ihm wurde klar, daß ein Suchtrupp von der Station ihn nie so grob geweckt oder mehrere Phaser auf ihn gerichtet hätte.

»Sie haben mich gehört. Stehen Sie auf!« Ein großer, breitschultriger Bajoraner trat ihn noch einmal, um seine Worte zu unterstreichen. Diesmal tat es weh. Dr. Bashir kam dem Befehl nach. Es waren zu viele; Widerstand wäre kaum sinnvoll gewesen. Er zählte insgesamt sieben Bajoraner, alles stämmige Männer mit harten Gesichtern. Ihre Kleidung bestand nur noch aus Fetzen, aber ihre Phaser glänzten. Einer von ihnen bückte sich schnell, hob Julians Waffe auf und gab sie sofort dem Anführer.

»Ist er es?« fragte ein anderer einen Gefährten.

»Du Idiot«, erklang die Antwort. »Wie viele Starfleet-Uniformen hast du in letzter Zeit hier gesehen?«

»Ha! Du hast doch nicht mal gewußt, wie eine Starfleet-Uniform aussieht, bevor der Junge sie dir beschrieben hat.«

»Haltet die Klappe, ihr beiden!« bellte der größte Bajoraner und richtete seine Aufmerksamkeit dann wieder auf Julian. »Sind Sie der Heiler?«

»Ich bin Dr. Julian Bashir von Starfleet«, erwiderte er. *Und ihr seht aus wie eine Gruppe der Hügelkämpfer, von denen ich gehört habe,* dachte er. In dem Lager, das er gerade verlassen hatte, hatte man einige höchst unangenehme Dinge über sie erzählt. Unter anderem hatten sie zahlreiche Vorräte gestohlen und Zugtiere ›geborgt‹, zur Unterstützung einer Sache, über die die Räuber sich den Lagerinsassen gegenüber niemals näher geäußert hatten. *Wenigstens lassen sie die Kinder in Ruhe.* Das letzte Lager hatte arg unter dem Fieber gelitten, aber die Infektion hatte noch keine Zeit gehabt, allzu viele Opfer zu fordern. Die Kinder dort wurden von Erwachsenen versorgt und betreut, so daß ihnen das Weglaufen nicht als besonders attraktive Alternative erschien.

»Ich bin Borilak Selinn«, stellte der Bajoraner sich vor. »Wir haben von Ihnen gehört. Kommen Sie mit.« Er winkte mit seiner Waffe.

Julian drehte sich zu seiner Lagerstätte um, nur um von Borilak Selinn am Arm ergriffen und hart herumgerissen zu werden. »Wohin wollen Sie?« fragte der Bajoraner barsch.

Julian schüttelte seinen Griff ab. »Ich muß meine Sachen zusammenpacken.«

»Die werden wir schon mitnehmen.«

»Hören Sie, Sie wissen, ich bin Heiler. Wenn Sie meine Dienste brauchen, lassen Sie mich meine Sachen lieber selbst zusammenpacken. Wenn Sie oder Ihre Männer meine Geräte beschädigen, bin ich Ihnen keine große Hilfe mehr.«

Der Bajoraner zeigte seine Zähne, die schadhaft und braun waren. »Dann hoffen Sie lieber, daß meine Leute vorsichtig sind, denn wenn Sie ohne Ihre Spielzeuge für uns als Heiler wertlos sind, Sind Sie für uns gar nicht von Wert.«

Dr. Bashir blieb keine andere Wahl, als die Bajoraner zu begleiten. Zwei von Borilaks Männern folgten ihm; die anderen vier blieben zurück, um das Lager zu sichern. Julian bedauerte es zutiefst, den Biomuster-Replikator zurücklassen zu müssen, und betete inbrünstig, daß das Gerät die Behandlung durch die Räuber überstand. Er hörte Tossi wiehern und schnauben und ahnte, daß er sein unermüdliches Reittier wahrscheinlich nie wiedersehen würde.

Borilak Selinn ging in die Hügel voraus. Sie benutzten schmale Pfade, die felsig und von Dornenbüschen überwuchert waren. Es ging hinab in enge Rinnen und vorbei an wild wachsenden Bäumen, die von den notleidenden Lagerbewohnern noch nicht angerührt worden waren.

Dr. Bashir versuchte, die Orientierung nicht zu verlieren und sich die wichtigsten Landmarken von Talis Cedras Karte einzuprägen. Seine Bemühungen wurden allerdings durch den Umstand erschwert, daß es noch Nacht war und am Horizont nur eine schmale, graue Linie vor dem Schwarz auszumachen war. Einmal verließen die Marschierenden den Wald und gelangten auf ein Hochplateau, das einen atemberaubenden Blick auf das Kaladrys-Tal bot. Das spärliche Licht des frühen Morgens leuchtete auf dem gewundenen Fluß und erhellte Straßen, die Ruinen von Städten und in der Ferne einen aufgegebenen cardassianischen Vorposten. Dann bog der Weg in eine andere Richtung, und sie befanden sich wieder im Wald.

Der Pfad wurde steiler, die Bäume standen immer dichter. Trotz seines ausgezeichneten körperlichen Zustands protestierten Dr. Bashirs Beine allmählich gegen die ständige Belastung. Sein Atem ging immer schwerer, und er war schon drauf und dran, Borilak Selinn um eine Ruhepause zu bitten, als sie zwischen den Bäumen hervortraten und sich auf einer kleinen Lichtung an der Flanke des Berges wiederfanden.

»In die Höhle.« Borilak Selinn ergriff Julian am Arm und führte ihn über das offene Gelände zu einem niedrigen Steinbogen. Während Julian weiterstolperte, bemerkte er überall die unmißverständlichen Anzeichen einer Ansiedlung. Hier war ordentlich Holz aufgestapelt, dort lagen die Scherben eines zerbrochenen Tonkrugs, deren Ränder noch naß waren und glänzten. Ein Durcheinander von Stöcken und Lederschnüren mochte ein Gestell sein, auf das Fleisch zum Trocknen gelegt oder nasse Wäsche gehängt wurde. Er stolperte über etwas, bei dem es sich um einen Haufen alter Lappen zu handeln schien. Er schob einen Fetzen mit der Stiefelspitze beiseite, und das mit Holzkohle verschmierte Gesicht einer Puppe lächelte ihn an.

Dann verschluckte ihn die Dunkelheit der Höhle.

»Commander?«

Ein Schatten fiel über Benjamin Siskos Tisch im Replimat. Er schaute auf und sah einen stämmigen, einfach gekleideten Bajoraner, der ihn so strahlend musterte, als wäre er ein alter Freund, den er nach einer Ewigkeit wiedergefunden hatte.

»Kenne ich Sie?« fragte Sisko verwirrt.

»Darf ich?« Der Bajoraner zeigte auf den leeren Stuhl neben dem Siskos. Benjamin nickte, auch wenn er noch immer nicht wußte, mit wem er es zu tun hatte. Der Bajoraner setzte sich und lächelte weiterhin. »Verzeihen Sie die Störung, aber ich habe Sie aufgrund Ihrer Beschreibung erkannt, und als ich Sie hier sitzen sah, dachte ich, es wäre vielleicht besser, die Angelegenheit inoffiziell zu besprechen, statt Sie in Ihrem Büro aufzusuchen. Sie müssen sich bestimmt um viele andere offizielle Angelegenheiten kümmern, und was wir klären müssen, ist in Wirklichkeit so einfach, daß…«

»*Haben* wir irgend etwas miteinander zu klären?« Sisko war nicht mehr verwirrt, sondern verärgert.

Der Bajoraner schnappte erschrocken nach Luft und

schnippte mit den Fingern, als wäre ihm gerade etwas eingefallen, worüber er lachen mußte. »Ich bitte Sie um Verzeihung, Commander! Wie töricht von mir. Ich nahm an, weil ich Sie kenne, müßten Sie mich auch kennen!« Er schüttelte angesichts seines dummen Fehlers ungehalten den Kopf. »Ich bin Kejan Ulli, ein Repräsentant der *Dessin-ka*. Und falls wir Ihre Major Kira noch nicht belobigt haben sollten, weil sie unser geliebtes Kind so hervorragend beschützt hat, möchte ich dies hiermit nachholen.«

»Kejan Ulli ...« Der Name kam ihm bekannt vor. Sisko erinnerte sich aus Major Kiras Bericht daran. Trotz der Heiterkeit, die der Mann im Augenblick ausstrahlte, konnte er skrupellos sein. »Worüber wollen Sie mit mir sprechen?«

»Nun ja, über das Kind natürlich.« Kejan Ulli tat überrascht. »Die *Nekor*.«

»Talis Dejana wird, wie wir es besprochen haben, zum *Berajin*-Fest Ihrem Volk im Tempel gezeigt werden.«

Kejan Ullis Lächeln wurde härter. »*Berajin* steht kurz bevor, und das Kind ist noch immer hier. Warum die Verzögerung? Ich werde sie persönlich zum Tempel bringen.«

»Es tut mir leid, aber das kann ich nicht zulassen.« Sisko blieb standhaft. »Die Nachricht der Kai besagt nicht, daß das Kind ausschließlich den *Dessin-ka* zur Verfügung gestellt werden soll. Wenn ich es Ihnen übergebe, werden die anderen Fraktionen in der provisorischen Regierung uns Parteilichkeit vorwerfen. Doch wenn sie von Starfleet-Repräsentanten zum Tempel gebracht wird, kann niemand solche Vorwürfe erheben.«

Nun lächelte Kejan Ulli nicht mehr. »Sie vertrauen der *Dessin-ka* nicht?«

»Das ist keine Frage des Vertrauens. Ich bin für das Kind verantwortlich.«

»Dann werden Sie mir wahrscheinlich sogar die

Bitte abschlagen, die *Nekor* sehen zu dürfen.« Kejan Ulli verstummte verdrossen.

»Das habe ich nicht gesagt. Sie dürfen sie gern besuchen. Wäre es Ihnen jetzt recht?«

»Sehr.« Das Wort war eher ein Schnauben.

Sisko erhob sich und bedeutete dem Bajoraner, ihn zu begleiten. Als Kejan Ulli die Krankenstation sah, blieb er abrupt stehen.

»Was hat das zu bedeuten?« fragte er. »Warum wurde die *Nekor* hier untergebracht?«

»Talis Dejana hat den Großteil ihres Lebens in einem Flüchtlingslager verbracht. In der Krankenstation kann sie wieder zu Kräften kommen, und hier können wir die Symptome der Unterernährung am besten korrigieren«, erklärte Sisko ihm. »Sie bekommt die beste Pflege.«

Der Bajoraner runzelte die Stirn. »Das werden wir ja sehen.« Er ließ Sisko einfach stehen und wandte sich an den nächsten Pfleger, den er sah. »Wo ist die *Nekor?*« Der Mann starrte ihn einfach nur an. Ulli ergriff den Mann an den Armen, schüttelte ihn und wiederholte seine Frage: *»Wo ist die* Nekor*?«*

Sisko zog den Bajoraner zurück. »Sie werden meine Leute nicht auf diese Art und Weise behandeln«, sagte er mit vor Zorn polternder Stimme. Dann zog er Kejan Ulli zur Seite. »Abgesehen von meinen vertrauenswürdigsten Mannschaftsmitgliedern weiß hier kaum jemand, daß Talis Dejana die *Nekor* ist, wie Sie sie nennen. Aus Sicherheitsgründen. Verstehen Sie?«

Kejan Ulli tat die Sache mit einem Schulterzucken ab. »Es ist doch nichts passiert. Wie Sie schon sagten, das *Berajin*-Fest steht kurz bevor. Die *Nekor* wird bald von Leuten umgeben sein, die imstande sind, ihre heilige Person zu schützen, ohne auf solche Spielchen zurückgreifen zu müssen. Und jetzt bringen Sie mich zu ihr.« Er zeigte kurz seine Zähne. »Bitte.«

Kochend vor Wut führte Sisko den Beauftragten der

Dessin-ka zu Talis Dejanas Bett. Da Dr. Bashir abwesend war, hatte Lieutenant Dax sich persönlich um das Kind gekümmert und in dem normalerweise offenen Raum eine Kabine errichten lassen. Innerhalb der beweglichen Wände saß Talis Cedra neben dem Bett seiner Schwester und hielt aufmerksam die Anzeigetafel mit ihren Lebenszeichen im Auge, während er sich mit dem Mädchen unterhielt. Commander Sisko runzelte die Stirn, als das ausgelassene Kichern des Mädchens von einem Hustenanfall erstickt wurde, der dann jedoch schnell wieder vorbeiging.

»Oh!« Cedra wurde sofort mißtrauisch, als er Kejan Ulli an Commander Siskos Seite erblickte. »Was wollen *Sie* denn hier?«

Kejan Ulli hatte wieder sein falsches Lächeln aufgesetzt. Er nahm Cedras Anwesenheit kaum wahr. Seine Augen leuchteten, als er Dejana mit wölfischer Gier betrachtete. Er trat mit ausgestreckten Händen mehrere Schritte auf sie zu, als wollte er sie aus dem Bett zerren. Das kleine Mädchen duckte sich und griff nach Cedras Hand. Sisko sah, daß Cedras braune Finger die seiner Schwester beruhigend drückten. Diese eine Geste wirkte Wunder: Das Mädchen setzte sich auf und begegnete Kejan Ullis übereifriger Annäherung mit einem Blick, der den erwachsenen Bajoraner zögern und zurückschrecken ließ, bevor er es dann wagte, das Kind zu berühren.

»Commander Sisko, warum ist dieser Mann hier?« fragte Dejana. Ihr harter Blick wich keine Sekunde lang von Kejan Ulli.

Sisko stellte den Bajoraner vor. »Er ist ein Repräsentant der *Dessin-ka*«, erklärte er dann, »und hat meine Erlaubnis, dich zu besuchen.«

»Aber er hat *meine* Erlaubnis nicht«, sagte das Mädchen.

Kejan Ulli fiel neben dem Bett auf ein Knie. »Heilige, habe ich deine Erlaubnis?« fragte er.

Dejana schaute ihren Bruder an. »Meinetwegen«, sagte Cedra, obwohl das Mädchen nichts gesagt hatte. Er trat schnell vom Bett zurück und stellte sich neben Commander Sisko. Dejana winkte Kejan Ulli zu sich heran, und der brauchte keine zweite Einladung. Er eilte zu der Stelle, die Cedra gerade verlassen hatte.

»Sie sind kein geduldiger Mann, Kejan Ulli«, sagte Dejana mit ähnlicher bemerkenswerter Selbstbeherrschung, wie Sisko sie bei seinen Gesprächen mit der Kai Opaka gesehen hatte. Da es sich um ein so junges Mädchen handelte, kam ihm ihre Souveränität noch erstaunlicher vor.

Ist das dasselbe Kind, das ich noch vor einer Minute gesehen habe und das solche Angst vor Kejan Ulli hatte? fragte er sich. Die Verwandlung war kaum zu glauben.

Nun war es am Beauftragten der *Dessin-ka,* sich zu winden und zurückzuzucken. »Heilige, das liegt nur daran, weil ich so begierig darauf bin, dir zu dienen.«

»Sie würden mir besser dienen, wenn Sie Ihren Brüdern mehr Respekt erweisen würden. Sie haben auf Remis Jobar geschossen, obwohl überhaupt kein Grund dafür bestand.«

»Ich habe ihn nur betäubt«, sagte der Bajoraner, und etwas von der katzbuckelnden Ehrfurcht wich aus seinem Gesicht.

»Das hatten Sie am Anfang aber nicht vor«, erwiderte das Mädchen. Die Worte hatten eine deutlich wahrnehmbare Wirkung. Kejan Ulli wich zurück und versuchte, sich seinen Schock nicht anmerken zu lassen.

»Ich habe nie ...«

»Doch.« Dejanas Stimme war ganz ruhig. »Aber aufgrund eines glücklichen Zufalls haben Sie sich ... wurden Sie von Ihrem Vorhaben abgebracht. Danken Sie den Propheten dafür. Ich würde unter meinen auserwählten Helfern niemals einen Mörder dulden.«

»Unter deinen auserwählten ...« Als Kejan Ulli Dejanas Worte vernahm, wich aller Argwohn aus seinem

Gesicht. »Du warst nicht mal in der Nähe, als ich die Eingebung der Propheten spürte, die mir sagte, ich solle jenem, der dich geraubt hatte, Gnade erweisen. Woher kannst du das wissen, außer, du bist wirklich die…? Oh, das ist noch viel besser, als ich gehofft habe!«

»Regen Sie sich nicht so auf«, sagte Cedra gedehnt. »*Ich* habe Ihnen gesagt, Sie sollten Ihren Phaser lieber auf Betäubung umschalten.«

Kejan Ulli funkelte den Jungen böse an, doch Dejana sagte: »*Er* weiß, daß du es ihm gesagt hast, du Dummerchen! Er weiß auch, daß die Propheten *durch dich* gesprochen haben.«

Cedra schnaubte.

Dejana wandte sich wieder an Kejan Ulli. »Mein Bruder ist nun mal so. Achten Sie einfach nicht auf ihn. Ich glaube, er ist eifersüchtig.«

Sisko glaubte zu sehen, wie das Mädchen ihrem Bruder die Zunge herausstreckte, wie ein normales Kind in ihrem Alter es getan hätte. Plötzlich wurde ihr Körper von einem weiteren Hustenanfall erschüttert. Unter den entsetzten Blicken des Beauftragten der *Dessin-ka* sank sie auf ihr Kissen zurück.

»Was hat sie?« fragte der Bajoraner Sisko.

»Meinem Wissenschaftsoffizier zufolge ist es eine Erkältung, eine, die sich lediglich etwas länger als normal hält. Deshalb haben wir sie hierbehalten. Hier bekommt sie die beste Pflege.«

»Ach ja? Warum kümmert sich dann nicht ständig ein Heiler um sie?«

»Es ist nur eine *Erkältung*«, betonte Sisko. »Sie wird sich rechtzeitig zum *Berajin*-Fest vollständig erholt haben.«

»Dafür werde ich sorgen«, erklärte Kejan Ulli. »Ich werde in meinem Bericht empfehlen, daß unverzüglich drei Heiler abgestellt werden, die sich ausschließlich um die *Nekor* kümmern.«

»Heiler der *Dessin-ka,* nehme ich an?« fragte Sisko. Kejan Ullis Grinsen ließ keinen Zweifel daran. Es besagte: *Was denn sonst?*

»Unmöglich«, fuhr Sisko fort. »Talis Dejana ist nicht Eigentum der *Dessin-ka*. Der Brief der Kai ...«

»Wir kennen den Brief der Kai sehr gut. Viele Mitglieder der provisorischen Regierung versuchen bereits, die Aufmerksamkeit und Gunst der Heiligen zu erringen, auch wenn sie abstreiten, daß sie die *Nekor* ist, die Gesegnete der Prophezeiung. Wir von der *Dessin-ka* werden uns nicht auf deren Niveau hinabbegeben. Doch wir werden auch nicht ruhig abwarten und zulassen, daß die Heilige unnötig leidet, nur weil Starfleet und die Föderation nicht imstande sind, ihr die Pflege zukommen zu lassen, die sie braucht.« Mit einem herablassenden Blick spreizte er die Hände und wandte sich direkt an Commander Sisko. »Ein Kind ist krank, und wir bieten Hilfe an; können Sie so unbarmherzig sein, dies zu verweigern?«

»Wenn das Ihr einziges Motiv ist, kann ich es nicht verbieten«, sagte Sisko. Doch während sich auf Kejan Ullis Lippen noch ein triumphierendes Lächeln bildete, fuhr er fort: »Ich werde die provisorische Regierung informieren, daß die *Dessin-ka* großzügigerweise angeboten haben, drei Heiler abzustellen, die sich um die kranken Kindern kümmern werden, die noch in den Flüchtlingslagern auf Bajor leben.«

Kejan Ullis Widerspruch wurde von Dejana unterbrochen, die sich von ihrem Hustenanfall soweit erholt hatte, daß sie in die Hände klatschen und heiser sagen konnte: »Dafür werden Sie gesegnet werden.« Dann überkam der Husten sie erneut. Cedra stürmte hinaus und kehrte kurz darauf mit einer Pflegerin zurück, die dem Mädchen eine Injektion verabreichte, die den Husten zum Stillstand brachte.

»Sie muß jetzt schlafen, Sir«, informierte die Pflegerin Sisko.

Der Commander und der Beauftragte der *Dessin-ka* verließen die Kabine, während Cedra und die Schwester sich bemühten, es Dejana bequemer zu machen. Sisko dachte über die Berichte nach, die er über den Jungen erhalten hatte. Es hatte den Anschein, als würden die beiden Talins sich eine Haut teilen. Das Personal der Krankenstation hatte Sisko informiert, daß Cedra genau beobachtete, wie andere Patienten behandelt wurden, wenn er sich nicht gerade an der Seite seiner Schwester befand.

»Er ist so still, daß wir ihn kaum bemerken«, hatte ein Pfleger gesagt. »Allerdings gibt er manchmal Kommentare ab, wie wir diesen oder jenen Fall behandeln müßten. Ich habe mir ein paarmal von ihm helfen lassen. Ich habe gehört, daß er ein Unruhestifter sein soll, aber hier benimmt er sich wirklich ganz ausgezeichnet.«

Ja, ein Unruhestifter. Sisko bedauerte die Eskapaden des Jungen mit dem Holosystem der Station. Es war schon schlimm genug, daß sein Sohn Jake sich mit Nog herumtrieb, aber nachdem auch Talis Cedra sich ihnen angeschlossen hatte, hatte der Unfug, den die drei nun anrichteten, geradezu kreative Züge angenommen. *Und doch …*

»Sehr geschickt, Commander.« Kejan Ulli riß Sisko scharf in die Wirklichkeit zurück. »Natürlich werden wir die Wünsche der *Nekor* bezüglich der Heiler befolgen, aber das bedeutet nicht, daß wir zulassen werden, daß die Heilige länger in der Mitte von Ungläubigen ausharren muß, als unbedingt nötig ist.«

Sisko brachte seine gesamte Geduld auf. »Kejan Ulli, ganz gleich, was Sie denken, wir halten die *Nekor* hier nicht fest, um sie von Ihnen oder irgendwem sonst fernzuhalten«, sagte er. »Die Entscheidung, sie auf Deep Space Nine zu behalten, wurde allein aus Rücksicht auf das Kind und seine Gesundheit getroffen.«

»Und das soll ich Ihnen glauben?«

»Das möchte ich doch hoffen.«

»Als ob ich eine Wahl hätte.« Kejan Ulli bedachte ihn mit einem giftigen Blick. »Natürlich fällt die Entscheidung, wo die Heilige sich bis zu ihrer Präsentation im Tempel aufhält, in Ihren Entscheidungsbereich. Aber ich habe auch eine gewisse Autorität.« Er griff in den Ausschnitt seiner Robe und zog ein zusammengefaltetes Dokument hervor, das er Sisko zur Begutachtung reichte. »Aufgrund dieser Autorität, die der Ältestenrat der *Dessin-ka* mir verliehen hat, bitte ich darum, daß das Kind, das als Talis Dejana bekannt ist, am Abend des *Nis Thamar*, also heute in vier Tagen, in den Tempel gebracht wird.«

»Die Vereinbarung lautet, daß sie zum *Berajin*-Fest in den Tempel gebracht wird«, protestierte Sisko wütend. »Mir ist völlig gleichgültig, wer Sie beauftragt hat, solche unangemessenen Forderungen zu stellen. Ich werde lediglich die Absprachen befolgen, die mit der provisorischen Regierung getroffen wurden – Absprachen, die mit dem vollen Wissen und der Zustimmung der *Dessin-ka* zustande kamen.«

»Sie sind ein Mann von Ehre, Commander.« Aus Kejan Ullis Mund klang das nicht wie ein Kompliment. »Aber es mangelt Ihnen an Wissen. Dem Glauben meines Volkes gemäß beginnt das *Berajin*-Fest am Abend des *Nis Thamar*.« Er steckte das Dokument wieder ein. »Meine Forderung, die *Nekor* zu diesem Zeitpunkt zu präsentieren, befindet sich also im Einklang mit der mit Ihnen geschlossenen Absprache.«

»Und Sie werden darauf bestehen, auch wenn das Kind sich noch nicht völlig erholt haben sollte?«

»Also wirklich, Commander«, sagte Kejan Ulli höhnisch. »Sie haben *mein* Angebot des medizinischen Beistands so geschickt abgelehnt, daß ich glaubte, die Föderation könne Wunder wirken. Wir erwarten, daß die *Nekor* am Abend des *Nis Thamar* im Tempel eintrifft, und zwar bei guter Gesundheit, oder die Föderation muß die Konsequenzen tragen.« Mit einem Rauschen seiner dunklen Robe drehte er sich um und ging.

»Und jetzt raus, Vung«, sagte Quark und knallte ein Glas auf den Tresen. »Das ist dein letzter. Du hättest nicht mal den gekriegt, hätte heute nicht ein bajoranischer Barkeeper Dienst. Er kennt dich nicht ... aber ich kenne dich. Trink aus und verschwinde.«

»Warum? Was habe ich getan?« Der andere Ferengi versuchte, Quark mit einem Blick verletzter Unschuld zu begegnen, den Quark selbst immer dann aufsetzte, wenn er es mit Odo oder Major Kira zu tun hatte. Aber irgend etwas am Gesicht dieses Ferengi machte solch einen Ausdruck unmöglich.

»Nachrichten verbreiten sich schnell«, erwiderte Quark. »Als mein Bruder Rom mir erzählte, er habe dich auf Deep Space Nine gesehen, hoffte ich, es sei nur ein böser Traum. Dann bist du hier aufgekreuzt.«

»Ich bin geschäftlich hier ... nur auf der Durchreise«, sagte Vung, stützte die Ellbogen auf dem Tresen ab und legte die dicken Fingerspitzen aneinander. In der fadenscheinigen, schäbigen Kleidung, die er trug, sah er nicht wie ein typischer, erfolgreicher Ferengi-Geschäftsmann aus. »Ich bin unterwegs zum Wurmloch. Ich bin in den Besitz eines hübschen kleinen Geräts gekommen, mit dem sich große Umsätze erzielen lassen. Noch wurde für den Gamma-Quadranten keine Herstellungslizenz erteilt. Vielleicht kann ich dich beteiligen. Bist du interessiert?« Sein breites Lächeln verriet, daß ihm mehr als nur ein paar Zähne fehlten.

»Ich will an deinen Geschäften nicht beteiligt sein«, erwiderte Quark.

»Ach, jetzt hör aber auf. Du vergißt die achte Erwerbsregel: Nur ein Narr läßt sich die Gelegenheit zu einem Geschäft entgehen.«

»Dann sollte man eine Regel mit der Nummer achteinhalb erfinden: Nur ein Idiot geht auf ein Geschäft ein, daß *du* anbietest.«

Vung zuckte mit den Achseln. »Wie du willst. Mein Schiff startet innerhalb der nächsten vierundzwanzig Stunden. Ich werde dich nicht noch mal belästigen. Aber ich werde das hier austrinken.« Er hob spöttisch sein Glas, als wolle er auf Quarks Gesundheit trinken, und nippte langsam daran; *sehr* langsam.

Quark zeigte frustriert die Zähne und entfernte sich gerade weit genug von Vung, um ihn im Auge behalten zu können, ohne den Anschein zu erwecken, irgend etwas mit ihm zu tun zu haben. Der andere Ferengi bemerkte es, begriff, nippte noch langsamer und genoß Quarks Unbehagen.

Während Quark Vung beobachtete und zum vierundzwanzigsten Mal dasselbe Glas putzte, spürte er eine Berührung an seinem Ellbogen. »Onkel Quark?« Es war Nog.

»Was willst du?« fragte Quark, ohne Vung aus den Augen zu lassen.

»Ich wollte nur... wer ist das?« Nun folgte Nogs Blick dem feindseligen Starren seines Onkels.

»Niemand, mit dem ein anständiger Ferengi sich jemals freiwillig einlassen würde«, fauchte Quark. »Aber das geht dich nichts an.«

Diese Antwort schien Nog nur um so mehr zu faszinieren. »Warum? Was hat er getan?« Nacktes Entsetzen schien in seiner Stimme zu liegen, als er fragte: »Hat er jemandem eine Erstattung geleistet?«

Quark packte seinen Neffen beim Genick und schob ihn davon. »Wenn du es unbedingt wissen willst, *das* ist Vung. Vergiß den Namen ja nicht; es gibt gewisse Kreise, in denen er als Schimpfwort gilt. Dieser... diese *Person* war einmal ein Händler, dem nur der Große Nagus gleichkam! Was für ein Händchen hatte er! Die Geschäfte fielen ihm nur so in den Schoß, und er sammelte massenhaft Barren aus in Gold gepreßtem Latinum und Frauen aller Spezies, die ...«

»Und *deshalb* soll ich nichts mit ihm zu tun haben?« fragte Nog verwirrt.

Quark hielt kurz inne und wischte sich die Mundwinkel ab. »Sei nicht so töricht wie dein Vater, Junge!« sagte er im strengsten Tonfall zu Nog. »Hätte Vung das alles durch sein Geschick zusammengetragen, würde ich dich *und* Rom an ihn verkaufen, nur um von ihm eine Unterrichtsstunde über Geschäftsgebaren zu bekommen. Aber es war kein Geschick, sondern *Glück*. Der ohrläppchenlose Wunderknabe behauptet, er habe einen Glücksbringer, einen Talisman, den er von einem wandernden andorianischen Händler gekauft hat. Und er hat den *vollen* Preis dafür bezahlt!«

Nog verzog das Gesicht, entrüstet, so eine Obszönität hören zu müssen. »Und das hat ihm der Talisman eingebracht?« Er warf einen Blick auf Vung, der noch immer sein Glas vor sich stehen hatte. Der ausgestoßene Ferengi grinste den Jungen an, und Nog wandte den Blick schnell ab. »Irgendein lausiges falsches Schmuckstück?«

»Ein falsches?« wiederholte Quark. »Wenn ich dieses ›falsche Schmuckstück‹ doch nur in die Hände bekommen würde! Nein, nein, es hat *funktioniert*. Das hat Vung zumindest behauptet, und alle haben die Beweise gesehen. Bis sich eines Tages ein cygnetanisches Tanzmädchen an ihn herangemacht hat. Es wollte ihm den Talisman, der an seinem Hals baumelte, stehlen, während er schlief.«

»Und? Hat er dem Mädchen die Kehle durchgeschnitten, Onkel Quark?« Nog zeigte ein fröhliches, blutrünstiges Grinsen.

»Ach was. Er ist nicht aufgewacht. Sie hat ihm den Talisman gestohlen und ist entkommen. Aber sie hat die Kette, an dem er hing, nicht mitgenommen, und *das* war Vungs Untergang.« Quark seufzte. »Das gesamte Schmuckstück brachte ihm dieses Glück, die Kette und der Talisman gemeinsam. Das eine ist ohne das andere wertlos… sogar mehr als wertlos! Es ist viel schlimmer!«

»Schlimmer als wertlos? Wieso? Warum?«

»Zuerst hat er sein Vermögen verloren. Als er dann versuchte, sich ein neues anzueignen, hatte er die längste Pechsträhne, die es je gab. Ihm fielen noch immer gute Geschäfte in den Schoß, aber irgendwie gingen sie ihm alle wieder durch die Lappen. Manchmal scheinen sie anfangs sogar zu klappen. Das Glück lächelt ihm immer wieder zu, und dann spuckt es ihm einfach in die Augen. Manchmal greift das Pech auf andere Leute über, die ihm zu nahe kommen.« Quark erschauderte. »Er weiß, daß die anhängerlose Kette ihm das antut, aber verkauft er sie irgendeinem arglosen Kunden? Nein! Er behält sie, weil er hofft, eines Tages das Glücksamulett wiederzufinden. Bis dahin ist er ein wandelnder Pechbringer – er ist mit dem Fluch gestraft, das schlimmste Pech im Universum zu haben!« Quarks Blick huschte von Nog zu Vung und wieder zurück. »Also sag, was du zu sagen hast, und mach es kurz. Ich will ihn hier raus haben, bevor er sich entschließt, sein ›Glück‹ an den Dabo-Tischen zu probieren.«

»Onkel Quark, ich habe herausgefunden, wie das Wort lautet!« sagte Nog aufgeregt. »Das Wort, das erklärt, wieso Talis Dejana etwas so Besonderes ist: *Nekor*.«

»*Nekor…*« Quark wiederholte das Wort geradezu genüßlich. »Und was bedeutet es?« fragte er dann.

Nog strahlte. »Profit.«

Quark bedeutete dem Jungen, leiser zu sprechen. »Wie hast du das herausgefunden? Mit Hilfe des Bruders des Mädchens?«

Nog verzog das Gesicht. »Der? Hah! Da kriegt man

mehr von einem Vulkanier in einer Holokammer heraus. Du weißt doch, du hast mich mit diesem Obstkorb zur Krankenstation geschickt. Nun ja, ich bin noch mal mit einem weiteren Obstkorb dorthin gegangen.«

»Und Odo hat dich nicht wieder davongejagt?«

Bellendes Gelächter schüttelte Nogs kleinen Körper. »Er ist damit beschäftigt, die Reparatur des Holosystems zu beaufsichtigen. Wir sind Cedra wirklich zu Dank verpflichtet. Nein, statt dessen hatte einer von Constable Odos Lieutenants Dienst. Ich habe ihm gesagt, ich sei ein guter Freund des Bruders des Mädchens und hätte ein Geschenk für sie.«

»Und er hat dich hereingelassen?«

»Nein«, gestand Nog ein. »Er hat den Obstkorb hineingebracht.«

»Noch einen Obstkorb? Den ziehe ich dir von deinem Anteil ab«, sagte Quark und drohte Nog mit dem Zeigefinger.

»Obwohl dieser Obstkorb uns zu der Information verholfen hat? Als der Sicherheitswächter in die Krankenstation ging, kam ein Bajoraner herausgestürmt und jammerte lauthals darüber, wie sie es *wagen* könnten, die Schwelle der *Nekor* nicht zu bewachen, und was für unfähige Leute die Föderation dazu abgestellt hätte, für das Wohlergehen der Heiligen zu sorgen.«

»Der Heiligen...« Quarks Augen funkelten nachdenklich. »Gut, gut. Diese Bajoraner nehmen ihre Religion sehr ernst. Die Leute bezahlen stets mehr für etwas, das sie ernst nehmen. Und hast du herausgefunden, was *Nekor* bedeutet?«

Nog schaute beleidigt drein. »Ich habe den Schulcomputer benutzt!«

»Schön, schön. Wer hat denn gesagt, daß eine gute Ausbildung sich nicht auszahlt?« sagte Quark nachdenklich.

»Das hast du doch selbst gesagt.«

Quark gab seinem Neffen einen Klaps. »Das weiß ich! Ich habe dich nur auf die Probe gestellt. Und was bedeutet das Wort nun?«

Nog öffnete den Mund, um es seinem Onkel zu verraten, stieß dann jedoch einen Schrei des Abscheus aus. »Onkel Quark! Er haut ab, ohne zu bezahlen!« Der Junge zeigte auf Vung, der schnell dem Ausgang der Bar zustrebte.

»Ach, soll er doch. Den wären wir los! Einen Drink ist mir das allemal wert. Aber«, fügte er dann nachdenklich hinzu, »ich werde mich erkundigen, auf welchem Schiff er eine Passage gebucht hat, und mich dann von dem Captain entschädigen lassen. Soll er es Vung doch auf die Rechnung setzen. Also, was wolltest du mir über diese *Nekor* erzählen...?«

Commander Sisko wurde vom Schrillen seines Türmelders aus einem unruhigen Schlaf gerissen. Ihm blieb kaum die Zeit, aus dem Bett zu springen und sich einen Bademantel überzuwerfen, als auch schon Major Kira, Sicherheitsoffizier Odo, ein Mönch aus dem Schrein der Station und ein wild gestikulierender, schreiender Kejan Ulli in seinem Quartier standen.

»Verzeihung, Commander, aber...«, setzte Odo an.

»... verschwunden!« rief Kejan Ulli. »Es gibt keine Spur...«

»Kejan Ulli, bitte«, sagte Major Kira und versuchte erfolglos, ihn zu beruhigen. »Seit Schwester Guerette zum letzten Mal nach ihr sah, hat kein Schiff die Station verlassen. Zu den Flitzern hatte auch niemand Zutritt. Sie *muß* hier sein.«

»Wer...?« fragte Commander Sisko und versuchte, etwas Ordnung ins Chaos zu bringen.

Jake und Cedra kamen verschlafen in den sowieso schon überfüllten Wohnraum gestolpert, als Kejan Ulli gerade ausrief: »Die *Nekor*, mögen die Propheten ihre Entführer niederschlagen! Sie haben die *Nekor* geraubt!«

Cedra starrte ihn entsetzt dann, brach dann in ein wildes Schluchzen aus und stürmte zurück in Jakes Zimmer.

12

»Das war das letzte Schiff«, meldete Major Kira, und ihre Stimme verbarg kaum die Frustration, die sie empfand, als sie Commander Sisko das Ergebnis der Durchsuchung mitteilte. »Sie befindet sich in keinem der Raumschiffe im Andockring.«

Sisko sagte nichts, doch sein Zorn zeigte sich auf seinem Gesicht. Er ging von einer Station der OPS zur anderen, lauschte ergebnislosen Berichten von anderem Personal und kämpfte gleichzeitig gegen den Drang an, mit der Faust gegen die Wand zu schlagen. »Was ist mit den Sondierungen auf Lebenszeichen?« Er berührte seinen Kommunikator. »Chief O'Brien, *melden* Sie sich.«

Miles O'Briens Stimme füllte die OPS aus. »Wir führen gerade eine vollständige Sondierung der Station durch, Sir. Nichts.«

»Sind Sie sicher, daß Sie die richtigen Kodes für Talis Dejana haben?«

»Absolut, Sir. Um ganz sicher zu gehen, nehmen wir sogar Sondierungen auf abweichende Werte vor, die wir aus den Unterlagen der Krankenstation übernommen haben. Manchmal scheinen wir eine Ortung zu bekommen, doch bevor wir sie festnageln können, verschwindet sie wieder.«

»Die Sensoren funktionieren?«

»Aye, Sir. Bei einer Messung auf diese Distanz haben wir nie Schwierigkeiten mit ihnen gehabt. Die traten nur bei den Fernsensoren auf, und die scheint Fähnrich McCormick in den Griff bekommen zu haben.

Noch ein oder zwei Tests, und wir können mit der Suche nach Dr. Bashir beginnen.«

»Verschieben Sie das. Wir *müssen* das Kind finden.«

»Aye, Sir«, wiederholte O'Brien. »Ich werde Sie sofort über alle neuen Entwicklungen informieren. O'Brien Ende.«

»Nichts, Commander?« Kejan Ulli trat vor.

»Wie sind Sie hier hereingekommen?« fragte Sisko. »Sie haben keinen Zutritt zur OPS.«

Major Kira räusperte sich. »Ich habe ihm die Erlaubnis erteilt, Sir«, murmelte sie. »Er hat gedroht, nach Bajor zurückzukehren«, fügte sie hinzu, bevor Sisko etwas sagen konnte, »und der *Dessin-ka* zu melden, daß die *Nekor* nur eine Lüge war, die einige miteinander konkurrierende Fraktionen der provisorischen Regierung ersonnen haben. Die *Dessin-ka* ist bekannt dafür, daß sie Lügen nicht toleriert.«

»Aber es ist keine Lüge«, wandte Sisko ein.

»Sie würden einen augenblicklichen Beweis dafür fordern. Können wir ihnen den geben?« fragte Major Kira. »Es ist besser, Kejan Ulli zu beschwichtigen und sich der Unterstützung der *Dessin-ka* zu vergewissern.«

»Ein getürktes Spiel.« Sisko rieb sich das Kinn. »Ich kann nicht behaupten, daß mir das gefällt.«

»Ich übernehme die volle Verantwortung, Sir«, sagte Kira. »Ich kann mir Ihre Moralvorstellungen nicht leisten. Wenn es eine Möglichkeit gibt, auf Bajor den Frieden zu bewahren, muß ich sie ergreifen.«

»Sorgen Sie nur dafür, daß er uns nicht im Weg steht.«

Es war eine müßige Hoffnung. Kejan Ulli klebte augenblicklich an Siskos Fersen und bombardierte ihn mit einem Sperrfeuer von Fragen: »Welche Maßnahmen haben Sie ergriffen, um die *Nekor* zu finden? Wie viele Mannschaftsmitglieder haben Sie abgestellt, damit sie sich um diesen Notfall kümmern? Wo sind

Ihre Sicherheitskräfte? Warum haben sie nichts unternommen, um diese Katastrophe zu verhindern?«

»Fähnrich Tolland liegt mit einer Gehirnerschütterung auf der Krankenstation, die er sich zuzog, während er Talis Dejana bewachte«, fauchte Sisko. »Er wurde von hinten niedergeschlagen.«

»Bei so wachsamem Personal wundert es mich, daß die *Nekor* nicht schon viel früher entführt wurde«, sagte Kejan Ulli höhnisch.

Sisko biß die Zähne zusammen. »Officer Tolland ist einer von Odos besten Leuten. Er behauptet, den Angreifer nicht gesehen zu haben.«

»Eine sehr wahrscheinlich klingende Geschichte.« Der Beauftragte der *Dessin-ka* verschränkte die Arme vor der Brust. »Sie glauben ihm natürlich.«

»*Ich* glaube ihm«, rief Odo sich in Erinnerung zurück. Er hatte die OPS gerade betreten. »Ich verlange von meinen Offizieren vor allem absolute Ehrlichkeit.«

»Die Sie zweifellos immer erhalten.« Kejan Ulli verzog den Mund.

Odo betrachtete ihn leidenschaftslos. »Was für ein Glück für uns alle, daß Ihre Zweifel keine Auswirkungen auf die Wahrheit haben.«

»Was haben Sie herausgefunden, Odo?« Major Kiras geschickt eingeworfene Frage verhinderte, daß die Auseinandersetzung zwischen dem Gestaltwandler und dem Beauftragten der *Dessin-ka* eskalieren konnte.

»Als Unterstützung für Chief O'Briens Sensorsuche kämmen wir die Station Ebene um Ebene durch. Ich werde gleich einen Hauptverdächtigen in dieser Angelegenheit persönlich verhören.«

»Wer? Wer ist verdächtig?« fragte Kejan Ulli. »Bringen Sie mich zu ihm. Ich werde die Wahrheit schnell herausbekommen.«

»Ja, ich habe von Ihren Methoden gehört.« Odo ließ sich nicht beeinflussen. »Das ist eine Angelegenheit der Sicherheitsabteilung. Ich werde Sie gegebenenfalls auf dem laufenden halten.« Er drehte sich auf dem Absatz um und ging.

»Sie können ja dreimal raten, wer Odos Hauptverdächtiger ist«, flüsterte Kira so leise, daß nur Sisko sie verstehen konnte.

»Das Kind hat für die unterschiedlichsten Leute einen großen Wert«, erwiderte Sisko. »Und ich kenne niemanden, der begieriger darauf wäre, sich eine Scheibe davon abzuschneiden.«

»Sie schon wieder? Fällt Ihnen nichts Besseres ein, als einen ehrlichen Geschäftsmann zu belästigen?« jammerte Quark. »Schikanieren Sie doch Garak, wenn Sie den Eindruck erwecken wollen, beschäftigt zu sein. Der Cardassianer weiß mehr, als er verlauten läßt.«

»Garak wurde bereits verhört, genau wie alle anderen Ladenbesitzer auf der Promenade«, sagte Odo und lehnte sich über den Tresen, bis seine schlecht ausgeformte Nase keine drei Zentimeter mehr von Quarks runzliger entfernt war. »Keiner von ihnen hat sich beschwert. Alle haben bereitwillig mit mir zusammengearbeitet.«

»Ach, und weil ich der einzige bin, dessen Ohrläppchen groß genug sind, daß ich für meine Rechte eintrete und nicht vor der allmächtigen Sicherheitsabteilung kusche, bin ich automatisch verdächtig?«

»Verzeihung, Quark. Ich habe Ihrem Gewinsel und Gejammer über ein paar einfache Fragen so andächtig gelauscht, daß ich gar nicht mitbekommen habe, wie Sie für Ihre Rechte eingetreten sind.« Quark wollte sich abwenden, doch Odos Arm schoß vorwärts, ergriff den Ferengi und zog ihn heran, bis seine Nase sich wieder unmittelbar vor der des Constable befand. »Und jetzt hören Sie mir zu. Ich teile Ihnen das nur mit, weil wir so gute Freunde sind«, sagte Odo mit einer Stimme, aus der alles andere als Freundschaft sprach. »Es ist eine Warnung.«

»Eine W-W-Warnung?« erwiderte Quark mit zitternder Stimme.

»Mein bester Mann wurde schwer verletzt, während er Talis Dejana bewachte. Irgendwie ist es jemandem gelungen, sich unbemerkt von hinten an ihn heranzuschleichen und ihm einen so harten Schlag zu versetzen, daß er eine schwere Gehirnerschütterung davongetragen hat. Das ist allgemein bekannt. Doch als ich ihn auf der Krankenstation besucht habe, hat er mir gesagt, daß er unmittelbar, bevor er niedergeschlagen wurde, etwas Seltsames gesehen hat.«

»Etwas Seltsames?« Quarks Stimme war ein Piepsen.

»Einen Schatten.«

»Einen Schatten? Wessen?«

»Wessen«, wiederholte Odo. »Genau das ist die Frage. Es war niemand da, der ihn hätte werfen können. Den Schatten eines Schattens, so hat Fähnrich Tolland es ausgedrückt. Er war sehr schwach, obwohl die Beleuchtung auf der Krankenstation sehr gut ist, aber Tolland hat ihn immerhin so deutlich erkannt, daß er mir sagen könnte, wer den Schatten hätte werfen *können.*« Odo lehnte sich auf seinem Barhocker zurück. »Hat Ihnen schon mal jemand gesagt, daß ihr Ferengi sehr eigentümliche Umrisse habt?«

Quark schlug auf die Bar. »Das ist kein Beweis!«

»Ich habe nicht behauptet, irgendwelche Beweise zu haben. Andererseits ziehe ich niemals voreilige Schlüsse. Mir hat Officer Tolland als erstem von dem Schatten erzählt. Ich vermute, daß er auch noch anderen davon erzählen wird.« Er ließ die Bedeutung dieser Worte einsickern.

Quark wurde nervös. »Aber ich habe doch nicht … ich hätte doch niemals …«

»So weit würde ich nicht gehen«, warf Odo ein.

»Sie meinen, zu behaupten, jemand wird Tollands aus der Luft gegriffene Geschichte hören und *mir* die Schuld geben?«

»Andererseits sind Sie nun mal der bekannteste Ferengi auf Deep Space Nine«, sagte Odo. »Und Sie haben eine gewisse Reputation.«

»Meinen guten Ruf können Sie vergessen!« rief Quark. »Es muß doch nur ein einziger fanatischer Bajoraner zum Schluß kommen, ich hätte ihre verfluchte *Nekor* entführt. Und wenn ich sie dann nicht herausrücken kann… wer weiß, wozu diese Propheten ihn dann ›anstiften‹ werden! Die mischen sich doch sowieso in alles ein!«

»Wie haben Sie das verschwundene Kind genannt?« fragte Odo fast zu beiläufig.

Quarks Gesichtsausdruck besagte eindeutig: *Verdammt!* Doch er versuchte sofort, gute Miene zum bösen Spiel zu machen. »Nichts, nichts. Irgendein Name… mein Neffe hat gesagt, der Bruder des Mädchens würde es so nennen. Sie wissen doch, wie diese Kinder sind. Hä, hä.«

»Ich verstehe.« Odo erhob sich. »Wie auch immer das Mädchen heißt, wir müssen es finden, und zwar schnell. An Ihrer Stelle, mein lieber Freund Quark, würde ich alles tun, was in Ihrer Macht steht, um die Suche zu unterstützen und nicht zu behindern. Bevor Fähnrich Tolland mit allzu vielen anderen über diesen Schatten spricht.«

Major Kira aß gerade eine Kleinigkeit, als Vedek Torin sich vor ihr aufbaute. Er räusperte sich bescheiden. »Der Frieden der Propheten möge mit Ihnen sein«, sagte er.

»Und mit Ihnen«, erwiderte sie automatisch. Sein Gesicht war überaus besorgt. »Was ist los?« fragte sie; ihren Hunger hatte sie schon vergessen.

»Es ist… eine heikle Angelegenheit. Ich weiß nicht,

ob ich Commander Sisko darauf aufmerksam machen soll.«

»Worauf?«

»Als ich im Schrein... meditierte, dachte ich, ich hätte in der Nähe ein seltsames Geräusch gehört, wie das Wimmern eines verängstigten Kindes.«

»Dejana«, sagte Major Kira sofort. »Aber wir haben den Schrein doch durchsucht.«

Der Vedek nickte. »Und doch klang es so *echt*. Ich sprang sofort auf und wollte herausfinden, aus welcher Richtung das Geräusch gekommen war, habe jedoch nichts mehr gehört. Ich habe mir eingeredet, es sei nur meine Phantasie gewesen, doch als ich wieder Platz nahm, fand ich das hier.« Er gab ihr einen kleinen Zettel.

Major Kira las ihn, und ihr Gesichtsausdruck wurde hart. »Ich habe mich gefragt, wann es dazu kommen würde. Das ist eine Lösegeldforderung.«

»Bei allem Respekt, Major, das ist es nicht.« Der Vedek schüttelte ganz leicht den Kopf. »Lesen Sie es noch einmal.«

Major Kira tat wie geheißen, diesmal aber laut: »Falls Sie an dem Mädchen interessiert sind, sind Sie damit nicht allein. Sprechen wir darüber, was es Ihnen wert ist. Hinterlegen Sie Ihre Antwort dort, wo Sie diese Nachricht gefunden haben. Sie haben vier Stunden.« Sie sah Vedek Torin an. »Der Ausdruck eines Privatcomputers. Man kann ihn nicht zurückverfolgen. Falls das keine Lösegeldforderung ist, was denn?«

»Es ist eine Einladung, für das Kind zu bieten.«

Ganz gleich, wie gewichtig Major Kiras Zweifel waren, sie wurden bald zerstreut. Als sie Commander Sisko die neue Entwicklung meldete, konnte sie damit keinen Hund mehr hinter dem Ofen hervorlocken.

»Es gibt an Bord von Deep Space Nine Repräsentanten von über einem Dutzend politischer und religiöser bajoranischer Splittergruppen«, sagte Sisko. »Unser geheimnisvoller Kidnapper hat mit jeder einzelnen davon auf ähnliche Art und Weise Kontakt aufgenommen: ein abgelegener Teil der Station, eine einzelne Person entdeckt eine Mitteilung, die plötzlich dort liegt, und der Text ist in allen Fällen identisch. Kejan Ulli behauptet als einziger, er habe eine solche Nachricht nicht erhalten.«

»Das kaufe ich ihm keinen Augenblick lang ab«, sagte Major Kira.

»Ich auch nicht. Vielleicht hofft er darauf, ein Vorkaufsrecht zu bekommen und die *Nekor* auf diese Weise für die *Dessin-ka* sichern zu können.«

»Es sieht so aus, als wolle der Entführer eine Versteigerung für das Mädchen abhalten.« Ihr Blick versprach allerhöchstens *ge*steigerten Ärger. »Wenn er bereit ist, das Mädchen an die Partei zu verkaufen, die ihm das beste Angebot macht... was hindert die Cardassianer daran, einfach mitzubieten? Wenn das Kind in ihre Hände fällt...«

»Zur Zeit gibt es auf Deep Space Nine keine Cardassianer«, sagte Sisko. »Außer Garak.«

»Ah, Commander Sisko! Wie nett, daß Sie mal vorbeischauen.« Garak stürmte ihnen entgegen, um seine Besucher zu begrüßen. »Und die schöne Major Kira. Das *ist* eine Ehre.« Er streckte den Arm aus, um ihr die Hand zu geben. Sie zog die ihre zurück. »Ja, eine Ehre«, wiederholte er unbeeindruckt. »Und eine unerwartete Annehmlichkeit. Ich wollte gerade meinen Laden schließen und zu Ihnen kommen.«

»Zu mir?« fragte Sisko verblüfft.

»Ja. Mir ist etwas sehr Seltsames passiert.« Garak nahm eine nachdenkliche Pose ein. »Ich habe gerade ein paar Stoffproben begutachtet, als ich in dem Ordner... Sie werden nie darauf kommen... einen *Brief* finde. Eigentlich eher eine Nachricht, und Sie war nicht mal an mich gerichtet. Ich weiß nicht, warum...«

»Zeigen Sie her«, schnappte Major Kira, und ihre Hand schoß genauso schnell vor, wie sie gerade eben noch zurückgezogen worden war.

»Ich könnte Ihnen nie etwas abschlagen«, erwiderte der höfliche Schneider und zog einen Zettel hervor, bei dem es sich praktisch um ein Duplikat dessen handelte, den Vedek Torin gefunden hatte. »Sie sehen ja selbst, dort steht, ich solle Commander Sisko sofort darüber in Kenntnis setzen«, sagte Garak und spähte über Siskos und Kiras Schultern, während er versuchte, sich zwischen ihnen hindurchzuwinden.

»Als Repräsentant der Föderation«, berichtigte Sisko ihn und knüllte den Zettel zusammen. »So eine Frechheit.«

»Ferengi sind darin sehr beschlagen«, warf Garak beiläufig ein. Sisko und Kira musterten ihn; er hob sofort abwehrend die Hände. »Nur ein Gerücht, nur ein Gerücht. Ich kann mich nicht dafür verbürgen. Das ist eine sehr bedauerliche Angelegenheit. Das arme Kind.« Er schnalzte mit der Zunge.

»Sie würden es uns doch sofort mitteilen, falls Sie von dem Kidnapper eine zweite Nachricht bekommen haben?« sagte Kira.

»Eine zweite …?«

»Dem Entführer ist es völlig gleichgültig, mit wem er das Geschäft abschließt. Commander Sisko repräsentiert die Föderation. Wen repräsentieren Sie, Garak?«

»Lediglich mich selbst, meine Liebe, und einige der besten Modeschöpfer diesseits des Wurmlochs. Politik ist schlecht für das Geschäft.« Er drohte ihr mit dem Zeigefinger. »Passen Sie lieber auf, Major. Allmählich hören Sie sich an wie mein guter Freund Dr. Bashir. Haben Sie übrigens« – als fähiger Schneider veränderte Garak seinen Gesichtsausdruck von mutwilligboshaft zu aufrichtig betroffen – »schon etwas von ihm gehört?«

»Sie werden es als siebenunddreißigster erfahren«, knirschte Major Kira.

»Vier Stunden.« Commander Sisko breitete die Handvoll kleiner Zettel wie ein Blatt Karten auf Odos Schreibtisch aus. »Darin stimmen sie alle überein.«

Odo nahm einen der Ausdrucke und untersuchte ihn. »Auf allen steht, die Empfänger sollen ihr Gebot an demselben Ort plazieren, an dem sie diese Mitteilung gefunden haben. Ich kann diese Stellen von meinen Leuten überwachen lassen. Sind das alle?«

»Keine Ahnung. Ich vermute, nicht jeder, der so eine Nachricht bekommen hat, wird sich gemeldet haben. Wahrscheinlich würden mehr als nur ein paar potentielle Käufer lieber das Kind ersteigern, um dann damit Druck ausüben zu können, als der Gerechtigkeit zum Sieg zu verhelfen.«

»Damit begehen sie einen Fehler«, sagte Odo grimmig. »Wenn wir nicht alle Übergabepunkte kennen, können wir keine wirksame Überwachung vornehmen.«

Sisko pflichtete ihm bei. »Der Entführer weiß, daß er das Mädchen nicht ewig verstecken kann. Wenn er ein gutes Angebot bekommt, wird er die Sache unter Dach und Fach bringen und das Weite suchen. Und ich kann die Station nicht auf ewig abriegeln. Wenn der Captain eines der Schiffe, die zur Zeit hier angedockt haben, sich entschließt, ohne Starterlaubnis aufzubrechen, können wir sein Schiff mit unseren Traktorstrahlen abfangen. Wenn sie alle die Geduld verlieren, können wir kaum etwas ausrichten.«

»Ist das wahrscheinlich?«

»Ich habe gerade eben mit mindestens fünf Raumschiffkommandanten gesprochen. Sie wollen wissen, was hier vorgeht. Sie müssen ihre Fahrpläne und Termine einhalten. Ich habe sie hingehalten, so gut ich konnte, ohne ihnen etwas von der *Nekor* zu erzählen.

Was uns jetzt noch fehlt, sind weitere potentielle Käufer.«

»Die beste Möglichkeit, das zu verhindern«, sagte Odo, »wäre, den Verkäufer zu ergreifen.«

Kurz darauf beugten er und Commander Sisko sich über eine Sammlung funkelnder Privatcomputer, während deren Besitzer, ein prominenter Ferengi, nervös von einem Fuß auf den anderen hüpfte und versuchte, einen Blick auf seine Geräte zu erhaschen.

»He, seien Sie gefälligst vorsichtig!« protestierte Quark. »Die Dinger sind nicht gerade billig. Nur die besten Modelle kommen in Quarks Bar und Kasino zum Einsatz. Wenn Sie eins kaputtmachen ...«

»Wenn Sie nicht die Klappe halten, breche ich Ihnen vorher den Hals«, knurrte Odo.

»Warum wollen Sie überhaupt all meine Privatcomputer sehen?« Argwohn schlich sich auf die Gesichtszüge des Ferengi. »Hat das etwas mit dieser Entführung zu tun?«

»Sollten Sie das nicht uns sagen?« fragte Odo.

Quark warf den Kopf zurück; dann fiel sein Blick auf den Stapel Zettel auf Odos Schreibtisch. Mit wieselhafter Flinkheit und Geschmeidigkeit ergriff er sie, bevor der Gestaltwandler ihn daran hindern konnte. »Was ist das?« rief er, hielt einen hoch und las. »Sieh an! Jetzt wird mir klar, worauf Sie hinauswollen.« Er warf die Zettel verächtlich über seine Schulter. »Sie verschwenden Ihre Zeit. Diese Nachrichten wurden mit keinem meiner Privatcomputer gedruckt. Sie entstanden auf einer so alten, so billigen Maschine, daß kein Ferengi, der auch nur noch ein Gramm Selbstachtung besitzt, sie ... benutzen ... würde.« Als ihm ein Licht aufging, schlug er sich mit der Hand auf die Stirn. »Verdammt, dieser geschäftsuntüchtige ... unfähige ... Vung!«

»Ja?« sagte Vung, schaute im Replimat von seiner Mahlzeit auf und sah sich von ernsten Gesichtern umgeben. Sisko, Odo, Quark und Kira schauten drohend zu ihm hinab. »Kann ich Ihnen helfen, meine lieben Freunde?«

Quark packte Vung am Kragen seiner Jacke und zerrte ihn auf die Füße. »Noch ein paar letzte Worte, bevor ich dich in eine Luftschleuse stoße?«

Vung schlug und trat um sich, doch Quark ließ ihn nicht los. Der größere Ferengi zuckte, würgte und spuckte. »Wenn ... du mich umbringst, wirst du sie nie finden!« keuchte er.

Sisko griff ein, löste Quarks Griff und legte die Hand selbst um Vungs Hals. »Wo ist sie?« fragte er.

»Das ... kommt darauf an.« Vung beruhigte sich und wischte die Hand des Commanders weg, als wäre sie Staub. Nachdem er wieder atmen konnte, kehrte sein Selbstvertrauen schnell zurück. »Fragen Sie als ernsthafter Käufer, oder wollen Sie sich nur unverbindlich umhören?«

»Na warte, du ...!« Quark warf sich wieder auf Vung. Der schäbig gekleidete Ferengi sprang schnell aus seiner Reichweite und versteckte sich hinter Sisko.

»Ts, ts, ts«, sagte er tadelnd. »Auf diese Weise kommen Sie nicht weiter. Endlich werden mal alle Lose mit meinen Zahlen darauf gezogen. Auf *diese* Gelegenheit werde ich nicht verzichten.«

»Und wie gefällt es dir, *darauf* zu verzichten?« Quark griff blitzschnell zu und schloß die Finger um die Kette um Vungs Hals. Ein schwaches Glied brach, und Quark hielt die Kette in der Hand. Vung schrie gequält auf und versuchte, sich die Kette zurückzuholen, doch Quark hielt sie außerhalb seiner Reichweite. »Wirst du jetzt auspacken?«

»Wenn du mir die Kette nicht zurückgibst, werde ich dir nie sagen, wo das Mädchen ist!« rief Vung. »Sie kann sich nicht bewegen, sie kann nicht sprechen, und wenn ich mich nicht um sie kümmere, kann sie auch nicht essen oder trinken. Ohne mich findest du sie erst, wenn du zufällig über sie stolperst.« Er schaute so selbstgefällig drein, daß die anderen ihm sofort Glauben schenkten.

»Geben Sie ihm die Kette zurück, Quark«, befahl Sisko.

»Aber …«

»Sofort.«

Zögernd gehorchte Quark. Vung steckte die zerbrochene Kette mit einem herablassenden Naserümpfen ein. »Na schön, Vung«, fuhr Sisko fort. »Geben Sie uns das Kind zurück, bevor ihm etwas zustößt, und ich gebe Ihnen mein Ehrenwort, daß Ihnen vor einem Föderationsgericht der Prozeß gemacht wird.«

»Soll das ein Anreiz sein, auf ein Vermögen zu verzichten?« fragte Vung.

»Du Idiot«, murmelte Quark. »Die Alternative ist ein Prozeß auf Bajor. Was glaubst du wohl, wie das Urteil für den Narren lauten wird, der ihre *Nekor* entführt hat?«

»Nicht ganz so hoch wie das für den Deppen, der mir erst erzählt hat, was an einer *Nekor* so wertvoll ist.« Vung grinste Quark an. »Nicht wahr, *Partner?*«

»Wie kannst du es wagen! Ich habe nichts damit zu tun!«

»Wie willst du das beweisen?«

»Das Mädchen weiß, wer es entführt hat.«

»Das Mädchen ist nicht hier.« Vungs Lächeln wurde breiter. »Könnte ich dich vielleicht für einen schönen Handel auf Gegenseitigkeit interessieren, alter Freund? Eine *fette* Belohnung und sicheres Geleit in den Gamma-Quadranten für mich und eine Entlastungszeugin für dich. Sobald mein Schiff in sicherer Entfernung von der Station ist, schicke ich sofort ausführliche Anweisungen, wie ihr das Mädchen finden könnt. Nun?«

»Er ist *nicht* interessiert«, sagte Odo.

»Aber, aber, nicht so voreilig, Constable«, versuchte Quark Zeit zu gewinnen. »An was für eine *angemessene* Belohnung hast du denn gedacht?« fragte er Vung.

»Fünfhundert Barren in Gold gepreßtes Latinum«, erwiderte Vung, ohne mit der Wimper zu zucken.

Quark griff sich an die Brust und taumelte zurück, direkt in die Arme seines Neffen Nog. Der junge Ferengi befand sich in Begleitung von Jake und Cedra. »Onkel Quark, was geht hier vor?« fragte er.

»Dieser ... dieser ...«, schnaufte Quark und streckte die Hände schwach nach Vung aus. »Dieser romulanische Blutschwamm verlangt fünfhundert Barren in Gold gepreßtes Latinum von mir, oder er wird nicht verraten, wo er dieses verdammte Mädchen versteckt hat!«

Kira und Odo traten neben den widerspenstigen Vung. »Sie haben Ihren Spaß mit Quark gehabt«, sagte Odo. »Jetzt bringen Sie uns zu Talis Dejana.«

Vung verschränkte die Arme vor der Brust und sagte nichts.

»Verdammt, wenn Sie mit Ihrer Geldgier Bajor zerstören, werde ich ...« Major Kiras Hand hob sich, aber eine kleinere schloß sich um ihr Gelenk, bevor sie den verschlossenen Ferengi schlagen konnte.

»Das ist überflüssig«, sagte Cedra ruhig. Er drehte sich zu Vung um, hielt den verblüfften Ferengi an den Schultern fest und brachte sein Gesicht so nah an das Vungs, daß die Wangen sich fast berührten. Er atmete tief ein und ließ den Entführer dann los. »Das habe ich mir gedacht«, informierte er die verblüfften Zuschauer. »Bitte kommen Sie mit.«

Commander Sisko trottete verblüfft hinter dem jungen Bajoraner her, Major Kira und Jake folgten ihm. Quark erholte sich noch von dem Schock, Nog kümmerte sich um ihn, und Odo führte Vung ab. Die vier vollzogen einen seltsamen Tanz durch die Gänge und Ebenen von Deep Space Nine und blieben schließlich in einer dunklen Ecke eines unbenutzten Reparaturhangars stehen.

»Aber wir haben hier gesucht!« protestierte Major Kira. »Wir haben überall gesucht.«

Cedra ignorierte ihren Einwand. Er kniete in der Ecke und flüsterte Worte des Trostes. Die Dunkelheit veränderte sich, leuchtete auf und wich zurück, während der gefesselte Körper von Talis Dejana auftauchte.

»Hier, halten Sie das«, befahl Cedra und drückte Sisko einen unbekannten Gegenstand in die Hand, der nicht größer als ein Kommunikator war. »Deshalb konnten Sie sie nicht sehen, als Sie hier gesucht haben.« Er entfernte den Knebel des Mädchens, umarmte Dejanna und befreite dann ihre Hände und Füße.

»Aber die Sensoren …«, sagte Major Kira.

Commander Sisko drehte den Gegenstand immer wieder in seinen Händen. »Eine Tarnvorrichtung?« fragte er sich laut. »So klein, und doch so …«

»Wie hast du sie gefunden?« fragte Kira den Bajoraner.

Der Junge schaute auf. »Der Geruch meiner Schwester haftete dem Ferengi an, aber er hatte sich mit dem dieses Ortes vermischt. Jake hat mich überall in der Station herumgeführt, und so erkannte ich den Geruch. Sobald wir erst mal hier waren, habe ich sie problemlos gefunden.«

»Aber das ist kein …«, setzte Kira an.

Sie bekam keine Gelegenheit, ihren Gedankengang zu beenden. Das Gerät in Commander Siskos Hand begann zu summen. Das Summen schwoll zu einem lauten, bedrohlichen Jaulen an. Cedra unterbrach seine Bemühungen, Dejana von ihren Fesseln zu befreien, und setzte sich auf. »Schaffen Sie das Ding weg!« rief er. »Ich kenne den Freigabekode nicht. Werfen Sie es weg! Schnell!«

Major Kira riß das Gerät aus Siskos Händen und warf es in einen Behälter mit dicken Wänden, in dem ansonsten instabile Materialien aufbewahrt wurden. Sisko ergriff die noch immer gefesselte Dejana und lief los; die anderen folgten ihm. Sie hatten den Reparaturhangar kaum verlassen, als eine heftige Explosion die Sektion erschütterte.

»Warum kann ich die Heilige nicht sehen, wenn sie doch gefunden wurde?« fragte Kejan Ulli.

»Das Kind hat eine schwere Prüfung hinter sich«, sagte Vedek Torin, der neben Commander Sisko im neutralen Territorium des Schreins stand. »Es braucht Ruhe.«

»Eine schwere Prüfung, zu der es nie gekommen wäre, wären die Vertreter der Föderation ihrer Aufgabe gewachsen«, sagte der Vertreter der *Dessin-ka* vorwurfsvoll und richtete einen Finger auf Sisko.

»Sie können Officer Tolland nicht vorwerfen, daß er die *Nekor* nicht gegen einen Feind verteidigen konnte, den er nicht sehen konnte«, erwiderte Sisko. »Der Entführer ist irgendwie in den Besitz einer Miniatur-Tarnvorrichtung gelangt. Sie hat den Träger vor jeder Entdeckung abgeschirmt, sogar vor einer durch die Sensoren. Nachdem der Entführer das Kind hatte, hat er es unter Beruhigungsmittel gesetzt und das Gerät an ihr befestigt. Er hat das Mädchen einfach aus der Krankenstation getragen, und niemand hat etwas gesehen. Dann brachte er das Kind von einem abgelegenen Versteck zum nächsten. Als er seine Forderungen stellte, ist er das Risiko eingegangen, das Kind ungetarnt in einem Versteck liegen zu lassen, während er die Vorrichtung selbst benutzte. Deshalb war Chief O'Briens Sensorsuche so unergiebig. Nachdem er alle Mitteilungen verteilt hatte, brachte er sie mit dem Gerät in ein anderes Versteck.«

Kejan Ulli ließ sich nicht besänftigen. »Und Sie weigern Sie noch immer, die Identität des Verbrechers bekanntzugeben?«

»Er befindet sich an Bord eines Raumschiffs in Gewahrsam, das ihn zum nächsten Vorposten der Föderation bringen wird, wo ihm der Prozeß gemacht wird. Die *Nekor* ist in Sicherheit. Das sollte Ihnen genügen.«

»Und woher hat er diese Tarnvorrichtung?«

»Das wissen wir nicht. Er hat sich geweigert, es uns zu verraten.« *Kein Ferengi wird eine wertvolle und leicht verkäufliche Information einfach so preisgeben,* dachte Sisko. *Chief O'Brien hätte fast eine Trauerbinde angelegt, als er herausfand, daß wir eine uns noch unbekannte Technologie buchstäblich in den Händen hielten und wieder verloren haben. Die Überreste haben ihm nicht viel verraten, einmal davon abgesehen, daß einige der Bestandteile romulanischer Herkunft waren.* »Es hat sich selbst zerstört, als Talis Dejanas Bruder es ihr abnahm.«

»Wie praktisch.«

Sisko runzelte die Stirn. »Was wollen Sie damit andeuten?«

»Es würde Ihre Mission hier sehr vereinfachen, wenn die *Nekor* in der Obhut und unter dem Einfluß der Föderation bliebe«, sagte Kejan Ulli glatt. »Dann wäre sie Ihre Marionette, wenn nicht sogar Ihre Geisel. Wenn Sie die Unterstützung der Bajoraner erzwingen könnten, müßten Sie nicht mehr um sie buhlen.«

»Die Föderation nimmt keine Geiseln«, sagte Sisko durch zusammengebissene Zähne. »Und wir versuchen nicht, andere Welten mit Hilfe von Marionettenführern zu beherrschen.«

»Warum sollte ich Ihnen oder Ihrer Föderation vertrauen?«

»Wir haben Ihnen unser Wort gegeben: Sie werden das Kind zum vereinbarten Zeitpunkt sehen – in drei Tagen, oder am Abend des *Nis Thamar*. Kann die *Dessin-ka* nicht mal so lange warten?«

»Wir können warten«, erwiderte Kejan Ulli. »Außer,

eine andere Fraktion überzeugt die allmächtige Föderation davon, daß die Heilige ausschließlich in ihre Obhut übergeben werden sollte!«

»Ich versichere Ihnen, die Föderation versucht nicht, sich irgendwie Einfluß zu verschaffen«, erklärte Sisko, doch noch bevor er den Satz beendet hatte, sah er den Zweifel in Kejan Ullis Augen.

»Darf ich auch etwas sagen?« warf Vedek Torin ein. Er wandte sich an Kejan Ulli. »Wenn Sie das Kind nicht besuchen können, darf das auch kein anderer Vertreter irgendeiner bajoranischen Sekte. Ich biete Ihnen dieses Versprechen als eine Geste des guten Willens an. Ich bin für das Erteilen von Passierscheinen an alle Mitglieder jener Orden verantwortlich, die dem Tempel Rechenschaft ablegen. Die Hüter des Schreins müssen natürlich hier verbleiben, aber ich werde ihnen strengste Anweisung erteilen, sich von dem Mädchen fernzuhalten. Wenn es dann im Tempel präsentiert wird, kommt es frei von jedem Einfluß zu Ihnen.«

»Von jedem bajoranischen Einfluß.« Kejan Ulli betrachtete bedeutungsvoll Commander Sisko. »Nun gut... das ist besser als nichts. Einverstanden.«

»Wir werden sofort aufbrechen«, sagte Vedek Torin, glücklich darüber, den Frieden bewahrt zu haben.

Auf dem Rückweg von der Flitzer-Landefläche schlenderte Commander Sisko über die Promenade. Er fühlte sich zum erstenmal seit geraumer Weile zufrieden. Dazu hatte viel beigetragen, daß er soeben Kejan Ulli verabschiedet hatte.

Er betrachtete gerade ein Schaufenster, in dem bajoranische Handarbeiten ausgestellt wurden, als er hinter sich heftiges Keuchen und das Geräusch schneller Schritte hörte. Als er sich umdrehte, ergriff Talis Cedra gerade seinen Arm. Tränen rannen die Wangen des Jungen hinab.

»Commander, kommen Sie! Kommen Sie schnell!« keuchte er und zerrte an Siskos Arm.

»Was ist los, Cedra?« fragte er. Unwillkürlich blitzten durch seinen Verstand Visionen von einem schiefgelaufenen Streich, von Schwierigkeiten, in die Jake sich wegen des übermütigen bajoranischen Jungen gebracht hatte.

»Nein, nein!« sagte der Junge und schüttelte heftig den Kopf. »Es ist meine Schwester! Es ist Dejana! Sie stirbt!«

13

»Belem?« Dr. Bashir beugte sich über den fiebrigen Jungen. »Belem, hörst du mich?«

Belems Lider flatterten, doch er schien nicht mitzubekommen, was um ihn herum vorging. Er stöhnte, warf den Kopf von einer Seite zur anderen und stieß ein unverständliches Kauderwelsch hervor, das in immer lauter werdenden Schreien endete. Er trat und schlug wild um sich. Dr. Bashir versuchte, ihn festzuhalten, bevor seine wilden Bewegungen noch die Höhle zum Einsturz brachten. Genug Kratzer an den Händen und Armen des Jungen bewiesen, daß diese Anfälle nicht erst seit kurzem auftraten.

Als Borilak Selinn Dr. Bashir in die Höhle der Hügelkämpfer gebracht hatte, hatte Belems Haut noch wesentlich mehr Abschürfungen aufgewiesen. In der Felskammer, in der die Kranken und Verletzten untergebracht wurden, war Belems Lager von denen der anderen abgesondert worden. Der Arzt war schockiert gewesen, den Jungen hier zu finden, doch noch viel mehr machte dessen Zustand ihm zu schaffen. Dr. Bashir mußte öfter als nur zweimal hinschauen, um seinen ehemaligen Assistenten überhaupt zu erkennen.

Die alte Frau, der man die Aufgabe übertragen hatte, die Kranken zu pflegen, sah Dr. Bashir schuldbewußt an, als er sich bückte, um Belem zu untersuchen. Julian wäre jede Wette eingegangen, daß das alte Weib die Pflege des Jungen auf ein Minimum beschränkt hatte. Er konnte ihr aber keine Vorwürfe machen; Angst vor Ansteckung war ein Phänomen, das im gesamten Universum auftrat und einen rücksichtslos machte.

Borilak Selinn hatte lediglich gesagt: »Er hat Ihren Namen gerufen!« und Dr. Bashir dann seiner Arbeit überlassen. Seitdem waren mehrere Tage verstrichen, und die einzige Veränderung, die Julian feststellte, bestand darin, daß in Belems Nähe weitere Strohlager errichtet worden waren; das Fieber breitete sich aus. Er hatte sich mit jedem neu auftretenden Fall befaßt, sobald er akut wurde, und bei diesen Patienten konnte man eine beträchtliche Besserung feststellen. Lediglich auf Belem sprach die Behandlung nicht an, und sein Zustand wurde immer schlechter.

Belems Krämpfe ließen nach, verschwanden aber nicht. Dr. Bashir nutzte diese Beruhigung, um die neuen Kratzer zu versorgen. Das leise Zischen des Antiseptikums und des Wundfilms war zwar fast unhörbar, aber doch laut genug, daß der Junge abrupt die Augen aufriß. »Schlangen!« rief er. »Mit gelben Ringen! Sie kriechen überall auf mir! Ich spüre ihre Zungen!« Er schlug um sich, und Dr. Bashirs Instrumente flogen in hohem Bogen durch die Höhle.

Julian versuchte, den Jungen festzuhalten, und bekam als Lohn für seine Bemühungen einen Schlag auf das Auge versetzt. Belems Haut war feuchtkalt; Schweiß strömte aus jeder Pore, und ein schwacher, ranziger Geruch erhob sich von seinem durchnäßten Bettzeug. Bei keinem Fall des Lagerfiebers, den Dr. Bashir behandelt hatte, waren ihm so starke Symptome untergekommen. Die Krankheit wirkte auf jeden Befallenen anders; bei Belem war das Fieber unbarmherzig, und Dr. Bashir wußte nicht, warum.

Eine Hand, die eine feuchte Kompresse hielt, erschien zwischen Dr. Bashir und dem Jungen. Eine braunäugige junge Bajoranerin wischte die Stirn des Jungen mit dem Tuch ab. Bei der kühlen Berührung wurden Belems heftige Bewegungen schwächer. Seine hohle Brust hob sich rasend schnell. Nach und nach konnte Julian seinen Griff lockern. Er lehnte sich zurück und betastete mit einer Hand sein verletztes Auge. Dann schaute er über den Jungen zu der Frau hinüber.

»Noch keine Veränderung, Heiler?« fragte sie.

Dr. Bashir legte die Hände auf die Oberschenkel und schüttelte den Kopf. »Nichts. Ich habe ihm den Impfstoff gegeben, aber er scheint nicht darauf anzusprechen.«

Die Frau nickte. »Ich habe von Ihren Wundern gehört, Heiler. In den Lagern nennt man Sie den Gesegneten. Auch hier wirkt Ihre Medizin Wunder. Die anderen, denen Sie sie gegeben haben, haben sich schnell erholt.«

»Ich tue nur meine Arbeit«, sagte Dr. Bashir. Auch er schaute Belem an, der in einen unruhigen Schlaf gefallen war. »Und offensichtlich gelingt mir nicht mal das.« Er schlug mit der Faust auf eine Handfläche. »Warum funktioniert es bei ihm nicht? Selbst wenn sie den Bioreplikator beschädigt haben sollten ... in meinen Spritzen ist noch frischer Impfstoff. Ich habe sie extra aufgefüllt, bevor ich das letzte Lager verließ. Ich habe die anderen mit Injektionen aus derselben Herstellung geheilt, die ich auch bei Belem benutzt habe. Warum geht es ihm nicht besser?«

Die Frau legte eine weiche Hand auf Dr. Bashirs Arm. »Die Propheten haben Ihnen Wissen und Mitgefühl gegeben, aber sie haben Sie nicht zu mehr gemacht, als Sie sind. Versuchen Sie nicht, die Grenzen zu überschreiten, die Ihnen gesetzt sind. Kommen Sie.« Sie stand auf und reichte ihm ihre Hand. »Er schläft jetzt. Wenn Sie schon Gelegenheit dazu haben, sollten Sie etwas essen und sich dann um Ihr Auge kümmern.«

Bashir warf noch einen Blick auf Belem. Der Junge

atmete jetzt regelmäßig, wenn auch mit einem beunruhigenden Pfeifen, schien im Augenblick aber nicht im Delirium zu liegen. »Das ist eine gute Idee«, gestand Julian ein. Das Lächeln, mit dem sie ihm antwortete, erhellte die Dunkelheit der Höhle, als er aufstand und ihre Hand ergriff.

Wenngleich er sich wünschte, es wäre genau umgekehrt, war es eher eine Geste der Notwendigkeit als eine der Freundschaft. Wann immer er diese Krankenstube verließ, nahm jemand ihn bei der Hand und führte ihn durch das unterirdische Labyrinth, das Borilak Selinns Reich war. Die gewundenen Gänge mit ihren zahlreichen Abzweigungen hatten eine exotische Schönheit, die Dr. Bashir faszinierte. Leuchtende Steinsäulen und erstarrte Wasserfälle aus zeitlosem Fels, den das ewige Tropfen des Sickerwassers geglättet hatte, ließen ihn an Geschichten von verwunschenen Märchenländern denken, die er als Kind gelesen hatte.

Ein Märchenland… dachte er und betrachtete den gebeugten Kopf seiner schönen Begleiterin. *Und eine Märchenprinzessin führt mich.*

Dann erinnerte er sich, was sonst noch in diesen Geschichten geschehen war: Der Sterbliche, der in dieses verzauberte unterirdische Reich gestolpert war, sah das Tageslicht nie wieder oder kehrte nur an die Oberfläche zurück, um zu sterben.

Würde ich versuchen, den Weg hier heraus allein zu finden, würde ich sterben, dachte Dr. Bashir. *Borilak Selinn hat mich auf dem Hinweg extra immer wieder nach oben und im Kreis geführt, und ich darf mich hier nie allein umsehen. Ich schlafe in einer Felsnische über ihrer Krankenstube, und die alte Schachtel bringt mir alles, was ich brauche.* Er lächelte, als eine Krümmung des Tunnels sie an einer brennenden Öllampe vorbeiführte, die das zarte Gesicht der jungen Frau erhellte. *Fast alles.*

Dr. Bashirs Führerin brachte ihn zu einer Grotte, die

er erst einmal aufgesucht hatte. Sie hielt unterwegs inne, um ihm aus einer Speisekammer im Fels, in der natürliche Kälte herrschte, eine Mahlzeit zu holen. Das Essen der Hügelkämpfer war derb und knapp, doch er hatte erleichtert festgestellt, daß sie ihr Wasser aus einer unterirdischen Quelle von bemerkenswerter Klarheit bezogen. Er und die Frau nahmen unter einem Bogen aus leuchtend gelbem Gestein neben dem gurgelnden Teich Platz. Seine Zähne fochten mit den Streifen getrockneten Fleisches, die sie ihm gab, einen Kampf aus, der von vornherein zum Scheitern verurteilt war, und das Brot war noch härter als das, das er im ersten Flüchtlingslager bekommen hatte. Als er versuchte, einen mundgerechten Brocken abzubeißen, kicherte sie hinter vorgehaltener Hand.

»Sie müssen hungrig sein«, sagte sie. »Sie warten nicht mal auf die Brühe.« Sie eilte davon und kehrte kurz darauf mit zwei dampfenden Schüsseln zurück. Gekonnt zerriß sie sein getrocknetes Fleisch und warf es in die Schüssel mit der heißen Brühe; dann brach sie sein Brot, ließ es ebenfalls hineinfallen und gab alles einem verdutzten Julian zurück.

»Tja... ich *bin* hungrig«, gestand er ein. Er aß; es schmeckte gut. Er erinnerte sich an die Zeit, als sein Vater vor seinen Diplomatenkollegen geprahlt hatte, daß der junge Julian nur die beste Cuisine goutierte. Die Worte, die über die Lippen seines Vaters kamen, verwandelten ein mäkeliges Eßverhalten in eine Tugend, doch schließlich war es die Aufgabe eines Diplomaten, die richtigen Worte zu benutzen. Julian fragte sich, was sein Vater nun sagen würde, könnte er sehen, wie er begierig über eine Räubermahlzeit herfiel.

Wenigstens kann er mir nicht vorwerfen, mich in schlechter Gesellschaft zu befinden, dachte er und schaute die Bajoranerin an. Sie griff herzhaft zu, hatte aber Manieren. *Wenn man sie in ein schickes Kleid steckt, wäre sie die Zierde eines jeden Botschafterbanketts.*

»Ich möchte Ihnen danken, daß Sie mir bei Belem geholfen haben«, sagte er leise. »Ich hätte selbst auf den Gedanken kommen können, sein Gesicht zu kühlen, aber ...«

»Sie wollen an alles denken«, erwiderte sie; ihre Worte beinhalteten jedoch keine Kritik. »Das ist das Feuer in Ihrem *Pagh.* Wie alle Feuer verwandelt es mattes Holz in ein Geschenk des Lichts, der Wärme und Schönheit, aber es kann auch verzehren.« Sie beugte den Kopf über die Schüssel in ihrem Schoß. Ein Netzwerk unzähliger schwarzer Haarflechten umgab ihren Kopf wie eine leuchtende Krone. »Behalten Sie das Licht, Heiler. Wenden Sie sich von der verzehrenden Flamme ab.«

Er wagte es, die Fingerspitzen unter ihr Kinn zu legen und ihren Kopf hochzuschieben, bis sie ihm in die Augen sah. »Ich heiße Julian«, sagte er zu ihr.

Sie lächelte und schreckte vor seiner Berührung nicht zurück. »Sie sind klug, Julian. Wenn man Sie nur Heiler nennt, werden Sie glauben, mehr müßten Sie nicht sein.« Sanft stieß sie seine Hand zurück. »Ich bin Borilak Jalika.«

»Der König der Unterwelt hat eine wunderschöne Tochter«, murmelte Julian leise. Als sie ihn fragend anschaute, fuhr er fort: »Nichts. Ich habe gerade an eine alte Geschichte gedacht.«

Verlegen darüber, bei einer seiner schrulligen Phantasien erwischt worden zu sein, wechselte er das Thema. »Sind Sie Borilak Selinns Tochter oder ...?« *Nicht seine Frau!* betete er.

»Ja, ich bin seine Tochter.« Sie griff in ihre Tasche und zog ein sauberes, zusammengefaltetes Tuch hervor. »Und jetzt wollen wir sehen, ob mein Einfallsreichtum auch Ihrem Auge helfen kann.«

»Es tut mir leid, daß wir uns nicht schon früher begegnet sind«, sagte er, als sie das Tuch auf sein Gesicht legte. »Sie haben eine natürliche Begabung für das Heilen.«

Sie lachte. »Sie wollen mir schmeicheln, aber Ihre Worte sind wahrer, als Sie glauben. Ich habe mehr als nur eine Begabung: Ich wurde im Tempel ausgebildet. Ich sollte einem Heilorden beitreten, aber mein Vater hat nach mir geschickt und mir mitgeteilt, daß er mich dringender braucht.« Sie nahm die Kompresse von seinem Gesicht und schaute sehnsüchtig drein. »Sonst wäre ich jetzt schon die Vedek Jalika.«

»Haben Sie mir nicht gerade gesagt, daß unsere Berufung uns zu Gefangenen machen kann?« fragte Julian. Er wünschte, sie irgendwie wieder dazu bringen zu können, das Tuch erneut auf sein Gesicht zu legen. Die Berührung ihrer Finger erfüllten ihn mit Verlangen.

»Sie sind klug.« Ihre Brauen waren dicht und dunkel, und ihre hellen Augen schlugen ihn in den Bann, auch wenn sie ihn nur kurz von der Seite ansah. »Vater hat mich vor klugen Männern gewarnt.«

Julian hob eine Hand, als wolle er einen Eid ablegen. »Ich schwöre, wenn Sie es möchten, sage ich kein einziges Wort mehr.«

»Sie haben uns die Heilkunst gebracht«, erwiderte sie. »Wie könnte ich Sie da nicht mögen?«

Julians Gesicht verriet deutliche Enttäuschung. Er hatte auf eine andere Antwort gehofft. »Mir blieb in dieser Angelegenheit keine große Wahl«, sagte er. »Ihr Vater und seine Leute haben mich hierhergebracht. Ich müßte eigentlich unterwegs sein und den Fieberimpfstoff zu anderen Lagern bringen.«

»Sie sind hier, weil Belem nach Ihnen gefragt hat«, erklärte Jalika ihm. »Als es ihm noch gutging, hat er mir bei der Versorgung unserer Kranken geholfen. Er hat oft von Ihnen gesprochen und mir erzählt, wie Sie sein Bein gerichtet haben. Er hat meine Fähigkeiten als Heilerin respektiert, aber keinen Zweifel daran gelassen, daß ich bei weitem nicht so talentiert bin wie Sie.«

»Wenn es ihm besser geht, muß ich ihm ein paar Takte über Höflichkeit beibringen«, scherzte Julian. *Falls es ihm besser geht.* Er gestand es sich nicht gern ein, aber er hatte seine Zweifel.

»Er hat gesagt, Sie würden ein Heilmittel für das Fieber suchen, das seine alte Heimat heimsucht. Er war davon überzeugt, daß Sie es finden werden; ihm zufolge ist Ihnen nichts unmöglich. Kurz nachdem Belem zu uns kam, erfuhren wir von einem Mann – einem Mann, der eine Starfleet-Uniform trägt –, der von einem Lager zum nächsten reist, die Kranken heilt, das Fieber besiegt, Hilfe bringt und dann wieder verschwindet. Belem hat die Beschreibung gehört und sofort gesagt, daß Sie es sein müssen. Mein Vater war beeindruckt.«

»So beeindruckt, daß er mich entführen ließ«, versetzte Julian.

Die Edelsteine, die Jalikas Ohrring schmückten, funkelten, als sie den Kopf schüttelte. »Das hätte er nie nur aus diesem Grund getan. Die Lager benötigten Ihre Hilfe dringender; ich konnte für die Gesundheit unserer Leute sorgen. Dann wurde Belem krank. Zuerst schwor er, es sei nicht das Lagerfieber. Er habe es bereits gehabt, sagte er, und sich allein davon erholt. Ist das möglich?«

»Ja; auf meinen Reisen habe ich mehrere solcher Fälle gesehen. Es scheint bei diesen Fällen der spontanen Erholung keinen gemeinsamen Faktor zu geben – weder das Alter noch das Geschlecht, nicht einmal der bisherige körperliche Zustand spielt eine Rolle. Der erste Fall, der mir untergekommen ist, war ein kleines Mädchen von vielleicht acht Jahren, im ersten Lager, das ich besucht habe.«

»Vielleicht wird Belem auch diesmal die Krankheit von allein besiegen.« Jalika versuchte, hoffnungsvoll zu klingen. »Mögen die Propheten es wollen.« Sie seufzte. »Mein Vater nahm sofort an, daß es das Lagerfieber war. Er hat gehört, wie fürchterlich die Krankheit sein konnte, und wollte sie so schnell wie möglich ausmerzen. Er hat sich daran erinnert, daß Belem Sie in den höchsten Tönen gelobt hat, und hatte von Ihren Erfolgen in den Lagern erfahren. Wundert es Sie da, daß er Sie suchen und hierherbringen ließ?«

»Ich frage mich, was er jetzt von meinen Erfolgen hält«, sagte Dr. Bashir ernst. Er nahm seine leere Schüssel und stand auf. »Ich gehe lieber zu Belem zurück.«

Jalika erhob sich ebenfalls, nahm ihm die Schüssel ab und stellte sie auf die ihre. »Ich bringe Sie hin. Allein würden Sie nie zurückfinden.«

»Sie haben meine Frage noch nicht beantwortet«, sagte Julian, als sie durch die gewundenen Tunnels der Höhle gingen. »Warum habe ich Sie nicht früher gesehen? Warum sind Sie jetzt nicht im Lazarett, wenn Sie als Heilerin gearbeitet haben?«

»Vater«, lautete die kurze und bündige Antwort. »Er fürchtet um meine Gesundheit. Er behauptet, die alte Merab Jis käme ohne mich in der Krankenstube klar.« Ein schwaches Lächeln legte sich auf ihre Lippen. »Er hat mir zwar verboten, dort zu *arbeiten*, aber nicht, die Krankenstube zu *besuchen*. Und heute ist er fort.«

»Wo ist er?« fragte Julian.

»Hinab ins Tal. Wir brauchen neue Vorräte.« Ihre Stimme klang gezwungen. Julian konnte über die Methoden, mit denen Borilak Selinn und seine Gefolgsleute sich neue Vorräte besorgten, nur Vermutungen anstellen, erriet jedoch, daß das Wissen um diese Methode die hübsche Tochter des Mannes zutiefst beschämte.

»Richten Sie ihm bitte etwas von mir aus, wenn er zurückkommt«, sagte Dr. Bashir. »Die Injektionen, die die Opfer des Lagerfiebers heilen, können auch davor schützen, daß man die Krankheit überhaupt bekommt. Wenn er mir einen Raum zuweist, in dem ich meine Geräte aufstellen kann, werde ich genug Impfstoff herstellen, um euch alle zu immunisieren. Das habe ich auch in den Lagern getan.«

»Wenn keine Ansteckungsgefahr mehr besteht, wird Vater mich an meine Arbeit zurückkehren lassen müssen. Oh, würden Sie das wirklich tun?« Jalika klatschte begeistert in die Hände.

»Warum sollte ich es nicht tun? Sobald hier alle geimpft sind, kann ich Ihren Vater vielleicht überzeugen, daß er mich nicht mehr braucht.«

»Aber ... Belem ...«

Julians Hände schlossen sich um die Jalikas. »Ich verspreche Ihnen, ich lasse ihn nicht im Stich.«

»Sie werden ihn heilen, Julian.« Jalikas Augen leuchteten. »Ich weiß, daß Sie ihn heilen werden.«

»Ich begreife nicht, wie er dazu imstande war«, sagte Major Kira in der OPS zu Lieutenant Dax und legte die Hände auf die Lehne des Sessels der Trill. »Mir ist einfach unbegreiflich, wie Cedra seine Schwester finden konnte, während sie von dieser Mini-Tarnvorrichtung verborgen wurde.«

»Ich dachte, er hätte es erklärt«, erwiderte Dax. »Der Geruch ...«

Kira schnaubte. »Hätte es jemals einen Bajoraner gegeben, der einem so schwachen und alten Geruch über eine so beträchtliche Entfernung folgen könnte, hätten wir niemals *Tokkas* züchten müssen, um flüchtige Verbrecher aufzuspüren.«

»Ich habe schon seltsamere Dinge gesehen«, sagte Dax.

»Das glaube ich Ihnen gern.«

»Sie sind also der Ansicht, es war wieder einer von Cedras Streichen?«

Major Kira atmete tief ein. »Wie kann ich die Sache

für einen Streich halten, wenn er das Leben seiner Schwester gerettet hat – und noch so vieles mehr? Warum interessiert es mich überhaupt, ob der Junge uns belogen hat? Er hat Dejana gefunden, nur darauf kommt es an. Aber ich habe trotzdem ein ganz komisches Gefühl …« Sie verzog den Mund. »Warum komme ich mir schuldig vor, weil ich Cedra eines Betrugs verdächtige?«

»Wahrscheinlich, weil der Junge im Augenblick so besorgt ist. Er und seine Schwester stehen sich so nah wie sonst nur Zwillinge.«

»Wenn man so viel mit einer anderen Person durchgemacht hat, kommt man ihr näher, auch wenn man gar nicht mit ihr verwandt ist. Manchmal führt das so weit, daß man nicht weiß, wie man weiterleben soll, falls seiner … seiner anderen Hälfte etwas zustoßen sollte.« Major Kira klang, als würde sie aus Erfahrung sprechen und nicht eine Theorie äußern – und als sei diese Erfahrung schmerzlich gewesen. Dann schüttelte sie die Geister der Vergangenheit wieder ab. »Geht es dem Mädchen mittlerweile besser?« fragte sie Dax.

»Nein. So traurig es auch ist – es geht ihr eher schlechter. Ich habe ihr Bioproben entnommen und Tests durchgeführt, bin aber zu keinem Ergebnis gelangt.«

»*Sie* wissen nicht weiter?« Kira war erstaunt. »Sie meinen, keine einzige Information aus all Ihren Leben hilft Ihnen hier weiter?«

»Mich hat die Wissenschaft schon immer angezogen, aber das heißt nicht, daß ich mich auf die Medizin konzentriert habe. Andernfalls wäre ich Dr. Dax. Ich wollte meine Studien nicht begrenzen, indem ich mich spezialisiere.« Sie lächelte Kira reuig an. »Trotz all meiner wissenschaftlichen Kenntnisse … das Heilmittel gegen das Lagerfieber hat Dr. Bashir gefunden.«

»Wäre Dr. Bashir doch nur hier«, murmelte Kira.

»Ich dachte, Sie wären so stolz darauf gewesen, daß er seine Medizin zu den Bajoranern bringt.«

»Aber hier wird er auch gebraucht. Sollte der *Nekor* etwas zustoßen ...« Sie wollte an diese Möglichkeit gar nicht denken. »Ich dachte, das Kind hätte nur eine Erkältung gehabt. Was ist passiert?«

»Ich habe das ebenfalls gedacht; alles wies darauf hin. Soweit ich es sagen kann, ahmen die Symptome der Krankheit, die sie sich zugezogen hat, im Anfangsstadium die einer normalen Erkältung nach. Da Dejanas Widerstandsfähigkeit nach allem, was sie bei der Entführung durch Vung mitgemacht hat, stark geschwächt war, konnte die Krankheit voll zum Ausbruch kommen.«

»Die Krankheit?« wiederholte Kira. »Hat sie keinen Namen?«

»Hätte sie einen Namen, anhand dessen ich sie identifizieren könnte, hätte ich auch eine Behandlung parat. Die Symptome, die sie jetzt zeigt, könnten zu Dutzenden verschiedener Krankheiten gehören, aber der Mikroorganismus in ihrem Blut entspricht keiner davon. Ich habe angeordnet, ihr ein Breitband-Antibiotikum und ein Virostatikum zu verabreichen, aber das ist nur ein Notbehelf.« Dax sah ihre bajoranische Freundin an. »Ich fürchte, sie wird sterben.«

»Sie *darf* nicht sterben.« Hätte Dejana durch Leidenschaft geheilt werden können, wäre sie in diesem Augenblick gesund geworden.

»Ganz meine Meinung; aber *wir* können sie nicht retten, nicht ohne Hilfe. Es muß auf Bajor doch medizinisches Personal geben, das ...«

Kira riß die Hände hoch. »Unmöglich; Vedek Torin erfüllt das Versprechen, das er Kejan Ulli gegeben hat. Bis zum Abend des *Nis Thamar* findet zwischen Deep Space Nine und Bajor kein Verkehr statt. Da das Fest keine zwei Tage mehr entfernt ist, hat dagegen niemand Einwände erhoben.« Sie erschauderte. »Keine zwei Tage mehr«, wiederholte sie dann.

Dax erhob sich. »Wir brauchen Dr. Bashir.«

»Wie haben Sie das geschafft, Jalika?« Dr. Bashir stand auf der vorgeschobenen Felsenspitze, die einen Ausblick auf das Kaladrys-Tal bot, und ließ sich den kühlen Abendwind ins Gesicht wehen. Es tat sehr gut, Luft zu atmen, die nicht nach Feuchtigkeit und Gestein roch. »Wie haben Sie Ihren Vater überzeugen können, mich hinauszulassen?«

Die Bajoranerin schaute von dem Gebüsch auf, neben dem sie mit einem kleinen Korb in der Hand kniete, und lächelte. »Ganz einfach, Julian. Ich habe ihm gesagt, wenn die Föderationsmedizin allein Belem nicht heilen kann, schafft sie es vielleicht gemeinsam mit ein paar Kräutern, von deren Wirksamkeit ich im Tempel erfahren habe. Er hat mir erlaubt, Ihnen die Heilkraft unserer bajoranischen Pflanzen zu erläutern.«

Er konnte dem Drang nicht widerstehen, dieses bezaubernde Lächeln zu erwidern. »Allein?«

»Überrascht Sie das?«

»Keine Wächter«, erklärte er.

»Wofür brauchen wir denn Wächter?« erwiderte sie mit einem beiläufigen Kopfschütteln. »Die Männer meines Vaters interessieren sich nicht für Kräuter- oder Heilkunde, und sie haben woanders genug zu tun. Außerdem brauche ich kein Kindermädchen.«

Julian ging in die Hocke. »Hat Ihr Vater keine Angst, daß ich einen Fluchtversuch unternehme?«

Jalika trat ein paar Schritte zur Seite und wandte Julian den Rücken zu. »Zu Fuß? Ohne Ihre Ausrüstung, Vorräte, sogar ohne Landkarte? Er hätte Sie schnell wieder eingefangen.«

Julian wurde klar, daß sie die Wahrheit gesagt hatte. Er hatte es von dem Augenblick an gewußt, da sie mit dem Angebot zu ihm gekommen war, mit ihr die Höhlen zu verlassen. Er überlegte, wie er seine Leistungen als medizinisches Wunderkind von Starfleet in das Gespräch einfließen lassen konnte. Da ihm in dieser Hinsicht nichts einfiel, mußte er sie unbedingt auf andere Art und Weise beeindrucken.

»Ich würde ...«, sagte er, erhob sich dann und ging auf sie zu. »Ich würde den Weg schon finden. Ich kenne das Hügelland mittlerweile, und jedes Kind weiß, daß man ein Tal erreicht, indem man einen Berg *hinab*geht. Wenn ich erst mal dort unten bin, kenne ich mich wieder aus. Ich würde mich zu einem Lager durchschlagen. Die Leute dort wissen, daß ich ihr Verbündeter bin.«

»Verbündeter«, wiederholte die Frau mit einem leisen Lachen. »Ihre Legende, meinen Sie.«

»Sie würden mir alles geben, was ich brauche – wenn sie es haben«, sagte er. Er redete dummes Zeug und wußte es auch. Trotz der Zuversicht, mit der er seinen großen Fluchtplan erläuterte, war ihm klar, daß es nicht damit getan war, wie ein Felsrutsch die Hänge hinabzustürmen, um den Weg aus diesen Bergen zu finden. Dennoch mußte er sie glauben machen, daß er seiner eigenen Legende gerecht wurde. »Sie würden mir sogar ein neues *Verdanis* geben. Ich reite einfach davon, und Sie sehen nur noch eine Staubwolke von mir.«

»Haben Sie keine Angst, daß ich das alles meinem Vater erzähle?« erwiderte Jalika, ohne sich zu ihm umzudrehen. Sie grub mit den Händen im felsigen Boden, entwurzelte einen kleinen grünen Strauch und legte ihn in ihren Korb. »Dann werden Sie die Höhlen nie wieder verlassen dürfen.«

Julian schlich geräuschlos näher zu ihr. Nicht einmal ein einziges Steinchen löste sich, als er der anscheinend gedankenverlorenen jungen Frau immer näher kam. »Dann sollte ich vielleicht gar nicht mehr in die

Höhlen zurückkehren«, murmelte er und legte die Hand auf den Stamm eines vom Wind gebeutelten Baums. »Und wenn ich fliehe, sollte ich vielleicht dafür sorgen, daß Ihr Vater mich nicht verfolgt ...«

Der Energiestrahl sang durch die Luft und durchtrennte ein paar Zentimeter vor seinen Fingerspitzen einen staubigen grünen Zweig. »Heben Sie den bitte auf, Heiler?« bat Jalika leise und steckte den Phaser in ihren Gürtel zurück. »Wenn man die Nadeln gemeinsam mit der *Hasva*-Wurzel aufbrüht, wird der Sud Belems Fiebervisionen beenden.«

»Aha.« Julian nahm den Zweig, ohne Jalika aus den Augen zu lassen. »Auf jeden Fall kann man damit meine Illusionen beenden.« Er brachte ihr den Zweig und bewahrte den Rest der Zeit über, die sie auf dem Berg Pflanzen sammelten, eisiges Schweigen.

Es war fast schon dunkel, als sie ihn schließlich in die Höhle zurückführte. Die Wachen und die anderen Mitglieder der Bande betrachteten die beiden aufmerksam, sagten aber nichts. Ihm fiel auf, daß sie ihn diesmal auf direktem Weg zur Krankenstation brachte, so daß er von nun an allein hinausfinden würde.

Die alte Frau, Merab Jis, eilte herbei und begrüßte sie mit ihrem breiten, fast zahnlosen Lächeln. »Die Propheten preisen Ihren Namen, Heiler«, sagte sie begeistert. Ihre knotigen Hände zitterten. »Kaum ein Bett ist noch belegt, und es kommen keine neuen Kranken herein.«

»Das wird auch so bleiben«, sagte Julian. »Zumindest, was die Fälle von Lagerfieber betrifft.« Er tätschelte die Schulter der Alten. »Sie waren mir eine sehr große Hilfe, als Sie sich als erste vor allen anderen impfen ließen.«

Merab wurde so verlegen wie ein junges Mädchen. »Ach, Heiler, ich habe doch gar nichts getan!«

»Sie waren sehr tapfer«, beharrte Julian. »Bei einer Impfung besteht die größte Schwierigkeit darin, die

Patienten dazu zu bewegen, sie über sich ergehen zu lassen.«

»Bei einigen dieser Männer bestimmt«, sagte Merab naserümpfend. »Alle erzählen immer, wie tapfer sie sind, aber keiner wollte sich die Injektion geben lassen, bis sie dann gesehen haben, daß ich die Behandlung ohne Schaden überstanden habe.«

»Genau das sage ich ja.« Seit er Jalika kennengelernt hatte, verstand Julian sich mit der alten Frau wesentlich besser. Er wußte nicht genau, ob Merab hoffte, die Tochter ihres Anführers zu beeindrucken, indem sie freundschaftlich mit ihm umging, oder ob *er* den Spieß umgedreht hatte und dies versuchte. Er warf einen verstohlenen Blick auf Jalika, die die fast leere Krankenstube inspizierte und ihnen beiden keine Beachtung schenkte.

»Borilak Selinn war persönlich hier, um sich von unseren Bemühungen zu überzeugen«, fuhr Merab fort, »und er war zufrieden. Das heißt...« Sie warf einen unbehaglichen Blick auf Belems Lager.

»Bald wird mein Vater keinen Grund zur Unzufriedenheit mehr haben, Merab«, versicherte Jalika der alten Schachtel und zeigte ihr den Inhalt des Korbs. »Bringe mir frisches Wasser – aber hole es direkt aus der Quelle, hörst du! –, und wir werden sehen, was wir damit bewirken können.«

Die alte Frau nickte und eilte davon. Jalika ging zu der kleinen Nebenhöhle voran, in der Julian seine Geräte aufgebaut hatte. Hier ergriff sie einen Mörser und entfernte die Nadeln von dem Zweig, den sie unter so dramatischen Umständen abgeschnitten hatte. »Sie dürfen die Nadeln nur ganz vorsichtig zerdrücken«, erklärte sie, während sie arbeitete. »Gerade nur so viel, daß Sie die aromatischen Öle freisetzen. Wenn Sie sie zu stark zerquetschen, geht zuviel von der Essenz verloren. Hier.« Sie gab Julian den Mörser und Stößel. »Ich muß die *Hasva*-Wurzel vorbereiten.«

Er beobachtete, wie sie das dünne, schmale Wurzelende des Sprößlings säuberte und zerlegte, das sie aus der Erde des Bergs gegraben hatte. Sie arbeitete mit einer gelassenen, gekonnten Geschicklichkeit, die sogar bei Selok von Vulkan ein anerkennendes Nicken hervorgerufen hätte. Bei dem Gedanken, wie sein alter Lehrer diese wunderschöne Bajoranerin beurteilt hätte, verzog Julians Mund sich zu einem eigentümlichen Grinsen der Skepsis und Erheiterung.

Jalika bemerkte, daß er sie auf diese Weise musterte. »Was ist los, Heiler?« fragte sie. »Mache ich etwas falsch?«

»Das kann ich nicht sagen«, erwiderte er. »Schließlich haben Sie jetzt die Leitung übernommen.«

»Warum haben Sie dann aufgehört zu arbeiten?« Sie zeigte auf den Stößel in seiner Hand.

»Ach so… ich habe gerade an jemanden gedacht, den ich einmal gekannt habe.«

»Jemand, der Ihnen… viel bedeutet hat?«

»Das könnte man sagen.«

»Ach.« Sie senkte den Blick und hieb heftiger auf die Wurzel ein.

»Ich habe gerade gedacht, daß er Sie mögen würde… soweit es für einen Vulkanier überhaupt möglich ist, jemanden zu mögen.«

»Er?« wiederholte sie, hob den Kopf plötzlich und schaute schnell weg, bevor Julian den Ausdruck in ihren Augen deuten konnte. »Ich dachte… als Sie gesagt haben, die Person würde Ihnen viel bedeuten, habe ich gedacht…« Sie beendete den Satz nicht.

Er begriff. »Nein.« Er arbeitete vorsichtig mit dem Stößel und zerstampfte die Nadeln gerade so stark, daß ein sauberer, zu Kopf steigender Geruch die kleine Höhle ausfüllte. »In dieser Hinsicht gibt es niemanden, der mir viel bedeutet.«

Sie gab ein bestätigendes Geräusch von sich.

»Und bei Ihnen?« fragte er.

»Auch nicht.« Sie zerschnitt die Splitter und Fäden des *Hasva*-Wurzel fast zu Staub. »Wenn wir den Tempel betreten, um in der Heilkunst ausgebildet zu werden, leisten wir einen Eid: Bis wir diese Kunst mit den Händen, dem Herzen und dem *Pagh* beherrschen, dürfen wir alle anderen nur als Wesen sehen, die geheilt werden müssen, oder als Quellen, von denen wir lernen können. Für etwas anderes ist in unserem Leben kein Platz.«

»Großer Gott, das ist ja wie auf der medizinischen Fakultät von Starfleet!« platzte Julian heraus. »Meine Ausbildung war auch so«, fügte er dann hinzu. »Zuerst jedenfalls. Keine Zeit für ein Privatleben, nur das Studium, Studium, Studium – obwohl ich sehr gut darin war«, sagte er schnell, als er seine Chance erkannte. »Habe ich Ihnen schon gesagt, daß ich als zweitbester meines Jahrgangs abgeschlossen habe? Hätte ich mich nicht geirrt, als ich dieses postganglionische ...«

»Warum sollte das hier eine Rolle spielen?« fragte Jalika ruhig.

Julian stand mit offenem Mund da. Ihre leisen Worte brannten wie eine Ohrfeige. Er schloß den Mund wieder. »Ich nehme an, es spielt nicht die geringste Rolle«, sagte er barsch. »Ich mache mich lediglich zum Narren. Allerdings gibt es tatsächlich eine Funktion des postganglionischen Nervs, die wir noch nicht erkannt haben.«

Mit peinlicher Sorgfalt schüttete sie die zu Pulver zermahlene Wurzel in eine kleine Holzschüssel und stellte sie ab, bevor sie ihm den Mörser aus den Händen nahm. »Sie sind kein Narr, Heiler.«

»Nett von Ihnen, daß Sie das sagen«, erwiderte er steif. »Wenn auch nur, um meine Gefühle nicht zu verletzen. Aber die Mühe können Sie sich sparen; mir haben schon andere wunderschöne Frauen den Kopf gewaschen.«

»Wunderschöne?« Ihr Lippen bewegten sich kaum, als sie das Wort aussprach.

»Hier ist das Wasser!« Merab Jis kam mit einem dampfenden Topf herein und stellte ihn auf dem Tisch zwischen den beiden ab. »Was soll ich jetzt machen?«

»Vielen Dank, das wäre erst mal alles«, erwiderte Jalika.

»Na ja, wenn man mich nicht mehr braucht, werde ich ein kleines Nickerchen halten. Aber Sie werden mich doch rufen, wenn Sie mich brauchen, nicht wahr, Heiler?« Sie lächelte Julian einfältig an.

Er zauberte ebenfalls ein Lächeln auf seine Lippen. »Das wissen Sie doch.« Als sie den Raum verlassen hatte, wandte er sich wieder an Jalika. »Hören Sie, es tut mir leid, sollte ich Sie in Verlegenheit gebracht haben. Als wir draußen die Pflanzen gesammelt haben, war die Botschaft klipp und klar.«

»Welche Botschaft?«

Er zeigte auf ihren Gürtel, unter dem der Phaser zum Teil sichtbar war. »Ich erkenne ein *Nein*, wenn man es mir zur Antwort gibt. Man muß vielleicht ein paarmal meinen Kopf gegen die Wand knallen, aber dann komme ich dahinter. Fragen Sie Lieutenant Dax, falls Sie sie jemals kennenlernen.«

»Wer ist Lieutenant Dax? Ist sie ebenfalls ... wunderschön?«

»Lieutenant Dax ist ... einzigartig.«

»Sie mögen sie.« Jalikas Gesicht war nicht zu deuten.

»Wir sind Freunde. Mehr nicht, das betont sie ausdrücklich.« Er mußte unwillkürlich kichern. »Ich nehme an, daß ich schöne Frauen mag, ist mein größter Fehler, falls man in dieser Hinsicht überhaupt von einem Fehler sprechen kann.«

»Das meine ich aber doch.« Ihre Heftigkeit überraschte ihn. »Bei allem Respekt, Heiler, wenn Sie lediglich von ihrer Schönheit angezogen werden, handelt es sich um einen Fehler.«

Julians gute Stimmung war wie weggeblasen. »Hat man Ihnen das ebenfalls im Tempel beigebracht? Wie man andere Leute beurteilt?«

Borilak Selinns Tochter nahm einen genau abgemessenen Teil der zerstampften *Hasva*-Wurzel und fügte ihn den zerdrückten Nadeln hinzu. »Man lehrt uns dort, uns selbst und andere nach dem Maßstab der Propheten einzuschätzen. Für sie gibt es kein Äußeres, nur geschehene Taten und ihre Ursachen. Man muß beides sehen, Heiler. Die Tat ohne die Ursache abzuwägen, hieße, die Augen vor der Wahrheit zu verschließen.«

»Vielleicht sollten Sie auch die Augen öffnen und begreifen, wie ich Sie wirklich sehe. Sie *sind* wunderschön, Jalika – ich kann es nicht abstreiten, und ich kann nicht gegen die Gefühle an, die dieser Umstand in mir auslöst. Aber ich sehe mehr als nur Schönheit, wenn ich Sie betrachte. Wenn ich arbeite, ist es ähnlich wie bei Ihren Studien im Tempel: Es gibt keine wunderschönen Frauen, keine Ablenkungen, nur die Patienten, die mich brauchen. Als Sie kamen, um mir bei Belem und den anderen zu helfen, habe ich lediglich Dankbarkeit und Bewunderung für Ihre Geschicklichkeit und Freundlichkeit empfunden. Da ich mich nun – schon wieder – wie ein Narr benommen habe, habe ich Sie wahrscheinlich leider vertrieben. Bitte gehen Sie nicht. Ich brauche Sie hier. Werden Sie bleiben, wenn ich Ihnen verspreche, Sie nicht mehr zu belästigen?«

Sie wandte dem Blick scharf von ihm ab; ihr Gesicht wurde von einem Gewirr winziger Locken verborgen, die sich unter den Sicherheitsnadeln gelöst hatten.

»Was habe ich jetzt schon wieder falsch gemacht?« fragte Julian.

»Ich bin diejenige, die etwas falsch gemacht hat«, erwiderte sie mit belegter Stimme. »Sie haben recht: Ich hätte meine Vorlesungen beachten sollen. Ich habe Sie nicht nach dem eingeschätzt, was Sie wirklich sind, sondern nach meinem Maßstab.« Mit der einen Hand umklammerte sie die Holzschüssel, mit der anderen ließ sie kochendes Wasser über die Kräutermischung tropfen.

Jalika beobachtete, wie der wohlriechende Dampf aufstieg. »Als ich hörte, daß Vater Sie hierhergebracht hatte, wollte ich Sie sofort beobachten, sehen, wie Sie Ihre Wunder wirken, herausfinden, ob ich ein Geheimnis in Erfahrung bringen könnte, das ich meinem Wissen hinzufügen kann. Wenn Vater anderswo beschäftigt war, habe ich mich auf eine Galerie geschlichen, die einen Blick auf die Krankenstube bot. Ich habe Sie bei der Arbeit beobachtet, und zuerst habe ich nur die Arbeit gesehen. Ich bin oft dorthin zurückgekehrt.«

»Jalika, sehen Sie mich an«, drängte er sie. Zuerst wollte sie nicht, doch dann kam sie seiner Bitte nach. »Sie haben gesagt, *zuerst* hätten Sie nur die Arbeit gesehen. Hat sich ... hat sich das geändert?«

»Ich ...«, begann sie.

Er legte einen Finger auf ihre Lippen. »Die Wahrheit. Bitte.«

»Zuerst bin ich gekommen, weil ich neugierig war. All die Geschichten, die ich über Sie gehört habe, Ihre Freundlichkeit, Ihre Hingabe ... ich dachte, das sei nicht wahr. Ich bin zurückgekehrt, *weil* die Geschichten wahr waren, und ... und ...« Das schwache Licht in der Höhle und die aufsteigenden Dampfschwaden konnten nicht verbergen, daß ihre Wangen sich röteten.

»Danke.« Julian ergriff ihre Hand, die die Schüssel hielt, und führte sie an seine Wangen. »Sie müssen nichts mehr sagen.«

»Ich schäme mich so«, sagte sie und schüttelte den Kopf. »Ich bin zurückgekehrt, weil es mein Herz anrührte, Sie zu sehen. Auf dem Berg wollte ich etwas tun – etwas *anderes* –, damit sie mich nicht mehr als nur diejenige sehen, die Ihnen hier hilft. Sie sollten wissen, daß ich stark bin, daß ich so … so *einzigartig* wie Ihr Lieutenant Dax sein kann.« Sie senkte den Kopf. »Und Sie sollten wissen, daß für mich auch Sie … wunderschön sind.«

Er zog sie näher zu sich. »Und du bist für mich mehr als nur wunderschön«, flüsterte er. »Mehr, als ich gehofft habe, mehr, als eine Frau je für mich sein konnte … ach, *viel* mehr.« Seine Finger zogen die sanfte Krümmung ihrer Wange nach, und er küßte sie.

Jalika löste sich schließlich aus der Umarmung. Sie schaute in die Holzschüssel, als wolle sie in deren wirbelnden Tiefen die Zukunft lesen. »Das ist ein Traum. Die Propheten führen dich, wenn du heilst, Julian. Mit ihrer Hilfe wirst du Belem heilen. Und dann … wirst du uns verlassen.«

»Sollte ich wirklich gehen, wird mir das so schwerfallen wie noch nie zuvor etwas in meinem Leben. Aber soll ich auch bleiben, wenn dies bedeutet, daß Belem nie gesund wird?«

»Du könntest auch bleiben, nachdem Belem gesund geworden ist.« Sie kehrte in seine Arme zurück. »Ich könnte meinen Vater bitten, dich nicht gehen zu lassen.«

Seine Arme glitten um ihre schlanke Taille. »Du weißt, es wäre falsch, mich hier zu halten. Ich muß gehen. Es gibt andere Lager, andere Orte, an denen die Kinder meine Hilfe brauchen.«

»Ich weiß.« Sie seufzte gequält. Er drückte seine Wange gegen ihr Haar und atmete dessen süßen, würzigen Geruch ein.

»Ich kann zurückkommen«, flüsterte er. »Ich kann zurückkommen, und ich werde es auch.«

In seinem Büro lauschte Benjamin Sisko Lieutenant Dax' ausdrücklicher persönlicher Empfehlung, einen

Suchtrupp auf die Oberfläche von Bajor zu schicken. Major Kira stand schweigend daneben.

»Ich bin Ihnen einen Schritt voraus, Dax«, erwiderte er. »Sobald die Fernsensoren wieder funktionieren, ist eine Suche überflüssig. Chief O'Brien kann den Doktor aufgrund seines individuellen Bio-Musters ausfindig machen. Noch heute werden wir ihn wieder an Bord haben, und dann kann er sich um Talis Dejana kümmern. Ich habe sogar schon einen Flitzer starten lassen, der ihn holen soll. Chief O'Brien nimmt von der OPS aus die Ortung vor, und ich wollte ihn dort treffen. Warum kommen Sie nicht mit?«

Kira und Dax nahmen die Einladung begeistert an. Die drei kamen auf dem Weg zur OPS gerade an der Schule vorbei, als sie ein donnerndes Krachen hörten.

»Was zum ...« Sisko stürmte in den Klassenraum und fand Talis Cedra und Jake inmitten zertrümmerter Einrichtungsgegenstände vor. Die anderen Kinder drängten sich um Keiko. Jake hatte die Arme um Cedra gelegt und versuchte, den Bajoraner zu bändigen. Das war keine leichte Aufgabe. Cedra trat aus, wand sich, leistete heftigen Widerstand und fluchte lauthals. Ein anderer bajoranischer Junge lag inmitten des Schlachtfelds auf dem Rücken; seine Nase blutete, sein Gesicht war geschwollen, und der Ansatz eines blauen Auges wurde bereits sichtbar.

Commander Sisko hielt Cedras Arm fest, und Jake konnte den Jungen loslassen. »Was hat das zu bedeuten?«

»Gott sei Dank sind Sie vorbeigekommen, Commander«, sagte Keiko O'Brien und trat vor. »Seit seine Schwester krank geworden ist, kommt man nur noch schwer mit Cedra aus, doch ich habe versucht, die Situation zu berücksichtigen. Dann brachte ein Tropfen das Faß zum Überlaufen.«

»Was ist hier passiert?«

»Ein Streit um nichts. Rys Kalbens Computer hat

nicht funktioniert, und da hat er Cedra gebeten, den seinen benutzen zu dürfen. Er hat nach dem Computer gegriffen, ohne die Antwort abzuwarten. Daraufhin spielte Cedra verrückt.«

»Das ist *mein* Computer!« rief der junge Bajoraner und versuchte, sich aus Siskos Griff zu winden. »Man hat mir alles weggenommen, was mir je gehört hat, und das bin ich jetzt leid! Und keinen kümmert es. *Keinen!* Nicht mal jetzt, wo man mir auch meine Schwester wegnehmen will!« Er schlug nach Sisko, der sich zur Seite beugte und dem Schlag problemlos auswich. Cedra begann zu weinen.

Sisko legte die Arme um das schluchzende Kind. »Es kümmert uns, Cedra«, sagte er. »Wir werden deiner Schwester helfen. Wir haben die Möglichkeit, Dr. Bashir zurückzuholen. Er wird sie heilen, du wirst es sehen.«

Cedra wischte sich die Nase mit dem Handrücken ab. »Ich will mitgehen«, erklärte er.

Sisko sah keine Gefahr darin. Angesichts der Prügelei kam Keiko zum Schluß, es sei keine schlechte Idee, den Unterricht vorzeitig zu beenden, und so konnte auch Jake seinen Vater zur OPS begleiten.

»Haben Sie ihn erfaßt, Chief?« fragte Sisko, als sie den Raum betraten.

»Allerdings«, erwiderte O'Brien und winkte seinen Commander heran, damit er sich selbst davon überzeugen konnte. »Auf Ihren Befehl gebe ich die Daten an McCormick an Bord der *Rio* weiter.«

Sisko betrachtete die Sensormessungen. Sein Lächeln verblich. »Was sind das für Fluktuationen?«

»Die haben keine große Bedeutung, Sir. Aus irgendeinem Grund scheint Dr. Bashir sich tief unter der Oberfläche des Planeten aufzuhalten. Jedenfalls befindet sich über ihm eine dicke Gesteinsschicht. Fragen Sie mich nicht, warum.«

»Das hat doch keine Auswirkungen auf den Transportvorgang?« fragte Sisko.

O'Brien schüttelte nachdrücklich den Kopf. »Nicht die geringsten, Sir, aber deshalb verlassen wir uns lieber auf die Sensoren an Bord der Station statt auf die im Flitzer. Sie sind moderner und arbeiten genauer.«

»Nun gut; dann fangen Sie an.«

O'Brien rief die *Rio*. »McCormick, erfassen Sie die Koordinaten von Dr. Bashirs Lebenszeichen.«

»Ich habe ihn, Sir«, erklang McCormicks Stimme.

»Energie.«

Es folgte eine Pause, die sich unangenehm in die Länge zog. Dann erklang wieder McCormicks Stimme. »Es ist sinnlos, Sir. Ich kann ihn nicht zurückholen.«

»Warum nicht, verdammt?« bellte O'Brien. »Liegt es am Transporter oder an den Sensoren?«

»Weder noch, Sir. Die Sensoren funktionieren einwandfrei, und der Transporter ebenfalls. Das Problem tritt nur auf, wenn wir versuchen, beide gleichzeitig zu benutzen. Ich erfasse Dr. Bashirs Lebenszeichen, aber wenn ich den Transporter dann aktiviere, entgleitet das Signal mir wieder. Vielleicht haben wir das System beschädigt, als wir die Sensoren repariert haben?«

O'Brien schlug mit der Hand auf das Kontrollpult. »Verdammte Cardie-Technik!« sagte er. »Und ich bin ein verdammter Idiot! Warum habe ich nicht daran gedacht, es zu überprüfen?« Er drehte sich zu Commander Sisko um.

»Können Sie Dr. Bashir lokalisieren, die Sensoren ausschalten und ihn von seinen letzten bekannten Koordinaten hinaufbeamen?«

»Dieses Risiko würde ich lieber nicht eingehen, Sir«, sagte O'Brien. »Es könnte klappen, ist aber ziemlich unsicher. Wenn er schläft oder ruhig dasteht, besteht keine Gefahr. Aber was, wenn er sich zwischen der Lokalisierung und dem Transport bewegt?«

Cedra stieß Jake an. »Was würde dann passieren?«

»Entweder verfehlen wir ihn ganz, oder es wird nur der Teil von ihm transportiert, der sich noch an den alten Koordinaten befindet«, flüsterte Jake. »Wenn er also einen Schritt tut, aber ein Fuß ist noch …«

»Autsch.«

»Wenn das Problem bei dem verzögerten Sensorsignal liegt, soll McCormick das Sensorsystem seines Flitzers benutzen«, befahl Sisko.

O'Brien beratschlagte sich kurz mit seinem Mann an Bord der *Rio*. »Das klappt auch nicht, Sir. Das System des Flitzers würde genügen, befände Dr. Bashir sich auf der Oberfläche des Planeten, doch da er sich so tief eingegraben hat …« Er schnaubte. »Ich würde gern wissen, was in ihn gefahren ist.«

»Wie lange wird es dauern, das Problem zu beseitigen?« fragte Sisko.

O'Brien schaute unglücklich drein. »Zu lange, Sir.« Er kannte Talis Dejanas Zustand, und das Mädchen tat ihm zutiefst leid.

»Es gibt gar kein Problem«, flötete Cedra plötzlich. »Machen Sie sich keine Sorgen. Dr. Bashir kommt zurück.«

Vier verwirrte Gesichter starrten ihn an. Cedra lächelte nur.

In einer kalten Höhle auf Bajor atmete Belem ein und wieder aus und starb.

14

Jalika trat über die Steine, die eine Art Brücke durch einen unterirdischen Bach bildeten. Sie fand Julian, wie sie es geahnt hatte, unter einem Felsen von der Gestalt und Farbe einer Weide mit herabhängenden Zweigen.

»Er sucht nach dir«, sagte sie.

Julian hob den Kopf. Seine Augen waren gerötet, und man sah seinem Gesicht an, daß er geweint hatte. »Warum hast du ihn nicht mitgebracht?«

Sie hockte sich neben ihn auf einen kalten Ausläufer des Steins. »Das ist mein Ort. Ich entscheide, wer sich hier aufhält.« Sie nahm seine Hand. »Hast du dich vorbereitet?«

»Ich habe nichts zu verbergen, nichts, dessen ich mich schämen müßte. Weshalb muß ich mich vorbereiten?«

»Er wird schreckliche Anklagen gegen dich erheben.«

Ein humorloses Lächeln legte sich auf Dr. Bashirs Lippen. »Ist das nötig? Kann er nicht einfach meine Hinrichtung befehlen?«

»Hier muß eine Entscheidung über Leben und Tod gemeinsam von uns allen getroffen werden. Das haben die Propheten uns gelehrt. Wir haben Vater zu unserem Anführer gewählt. Er wird es nie leid, mir zu sagen, daß seine Überzeugungskraft ihm zu seiner Position verholfen hat und er ohne sie wieder abgewählt würde. Es stimmt; ich habe es selbst miterlebt. Unsere Gruppe hat ihm noch nie etwas verweigert.« Ihre Finger gruben sich in Dr. Bashirs Haut. »Julian, ich habe Angst um dich.«

Er küßte sie leicht auf die Wange. »Mach dir keine Sorgen.« Er stand auf und streckte sich, bis seine Hände die feuchte, leuchtende Krümmung des hellgrünen Steins über ihm berührten. »Gehen wir.«

Jalika führte Dr. Bashir in einen Teil der Höhle, den er noch nie zuvor gesehen hatte. Hier befanden sich höhere, breitere, offenere Flächen im Fels, gewaltige Kammern, die die Natur geschaffen hatte. Öllampen in Metallhaltern spendeten Licht, aber an einigen Stellen gab der Stein selbst ein unheimliches und derart helles Leuchten ab, daß zusätzliches Licht unnötig war. Dr. Bashir hätte die Schönheit des Anblicks ewig genießen können.

»Hier hinauf«, sagte Jalika und bog vor der großen Halle ab. Sie führte ihn einen gewundenen Gang hinauf, dessen steile Oberfläche trotz der Erde, die man dort ausgekippt hatte, um besseren Halt zu bekommen, sehr schlüpfrig war. Wo Wasser floß, verwandelte die Erde sich schnell in Schlamm und machte den Weg sogar noch trügerischer. Mit einer Axt hatte man Griffe aus den Wänden geschlagen, und Dr. Bashir war froh, daß er sich festhalten konnte. Vor ihm schien Jalikas grazile Gestalt den schmalen Weg hinaufzutanzen, und ihre winzigen Füße waren so trittsicher, als laufe sie auf Teppichboden statt auf glitschigem Stein.

Sie gelangten auf eine Plattform, die hoch über dem Boden der riesigen Höhle lag. Sie bildete einen natürlichen Balkon, wenngleich kein Geländer einen unvorsichtigen Besucher davor schützte, einen Fehltritt zu tun und von dem Vorsprung auf den Stein tief unter ihm zu stürzen. Dr. Bashir litt nicht unter Höhenangst, doch auch er fühlte sich besser, als er mit dem Rücken zur Wand stand, so weit wie möglich entfernt von dem Abgrund.

Borilak Selinn schien solche Sicherheitsvorkehrungen für überflüssig zu halten. Der Anführer der Hügelkämpfer stand einen Schritt vom Abgrund entfernt zwischen zwei seiner stämmigsten Krieger. Jalikas Vater trug nicht mehr das praktische Hemd und die Hosen, die er und alle Höhlenbewohner bevorzugten; nun war er mit einer Robe bekleidet, die zwar alt und verblichen war, aber trotzdem eine grimmige Formalität ausstrahlte. Auch seine Begleiter trugen zeremonielle Kleidung und waren nicht nur mit Phasern, sondern auch mit Schwertern bewaffnet. Solche Waffen waren in der Enge der Höhlentunnels nutzlos; sie dienten hauptsächlich dazu, Eindruck zu schinden. Als Dr. Bashir die drei Männer betrachtete, die ihn erwarteten, wurde er sich allmählich des Ernsts seiner Lage bewußt.

Ein leises Poltern kam aus der Kammer unter dem steinernen Balkon. Dr. Bashir machte ein paar zögernde Schritte zum Rand und sah, daß die Halle sich mit Leuten füllte. Als der Strom nachließ, drehte Borilak Selinn sich zu der Menge um und hob beide Hände, um Ruhe zu gebieten.

Dr. Bashir verstand von der ersten Ansprache des Anführers der Hügelkämpfer kein einziges Wort. Zum erstenmal bedauerte er, daß er seinen Kommunikator mit dem eingebauten Übersetzungsprogramm nicht mehr trug.

»Das ist die alte Sprache«, sagte Jalika leise. »Bevor die Cardassianer seine Familie umgebracht haben, war Vater Gelehrter in der Hauptstadt. Er hätte auch in den Dienst des Tempels treten sollen. Statt dessen ging er zum Widerstand.«

»Hätte er sich nicht wieder seinen Studien widmen können, nachdem die Cardassianer vertrieben worden waren?« fragte Bashir und lauschte dann wieder Borilak Selinns Ansprache. Er war fast sicher, jetzt einige der antiquierten Worte verstehen zu können. Das Wort

Verrat klang in der alten Sprache ähnlich wie in der neuen.

»Das wollte er auch«, sagte Jalika. »Aber als die provisorische Regierung eingesetzt wurde, kam er sich verraten vor. Einige der jetzt im Rat vertretenen Parteien haben sich früher freiwillig mit den Cardassianern eingelassen. Er will, daß die Regierung gesäubert wird, aus Respekt vor all denen, die während der cardassianischen Besatzung gestorben sind.«

»Dein Vater hat seine Ideale«, sagte Julian. »Jemand müßte ihm mal sagen, daß seiner Sache besser gedient wäre, wenn er sich ein wenig mehr an den Gegebenheiten orientierte. Wenn er die provisorische Regierung völlig ablehnt, verzichtet er auf die Gelegenheit, sie zu ändern. Er hat nicht genug Gefolgsleute, um sie direkt zu stürzen, und das weiß er auch, oder er hätte nicht in den Hügeln Zuflucht gesucht. Wenn sein Wissen und seine Überzeugungskraft nur halb so groß sind, wie du behauptest, sollte er sich in die Hauptstadt begeben und sie dort zum Einsatz bringen, wo sie viel Gutes tun könnten.«

Jalika seufzte. »Er ist nicht der Meinung, daß er auf indirekte Art und Weise irgend etwas verändern kann.«

»Ach.« Julian verspürte leichte Bedenken, deren Natur ihm unklar blieb. Bevor er darüber nachdenken konnte, hatte Borilak Selinn seine formelle Eröffnungsansprache beendet und befleißigte sich wieder der normalen Sprache.

»Der Heiler Bashir wird angeklagt, den Tod unseres Bruders Borilak Belem verursacht zu haben«, sagte er. Die Worte schlugen wie ein Donnerhall über Bashirs Kopf zusammen.

»Borilak…?« flüsterte er Jalika zu. »Aber Belem hatte keinen Familiennamen…«

»Das hat Vater gewußt. Als der Junge zu ihm kam, hat er ihm den seinen gegeben.« Ihre Hand glitt in die seine. »Er hat keinen Sohn, Julian.«

Ihr Vater sah, daß sie die Hand des Arztes ergriffen hatte. Sein Stirnrunzeln war schrecklich, und sein Tonfall wurde noch wütender. »Wer von uns kennt nicht die Pflichten eines Heilers und weiß, daß man ihm absolutes Vertrauen entgegenbringen können muß?« fragte er seine Gefolgsleute. »Er muß seine Fertigkeit ohne Vorurteile oder Einschätzungen allen zur Verfügung stellen, die ihn um Hilfe bitten. Ihr alle habt die Erfolge der Anstrengungen dieses Mannes gesehen. Das Fieber, von dem wir gehört haben, das Fieber, von dem wir befürchtet haben, es würde uns trotz unserer Abgeschiedenheit überkommen ... In vielen von euch hat dieses Fieber gebrannt, viele von euch wären daran gestorben.« Er wirbelte herum und zeigte mit dem Finger auf Dr. Bashir. »Ihr kennt diesen Mann! Ihr habt ihn schon gekannt, lange bevor er zu uns gekommen ist. Die Geschichten, die aus den Lagern zu uns kamen, in denen unsere Brüder leiden – die Geschichten von dem verheerenden Fieber, gegen das es keine Heilung gibt –, diese Geschichten haben sich schließlich wegen dieses Mannes von Geschichten der Verzweiflung in Geschichten der Hoffnung verwandelt!«

»Ist dein Vater der Ankläger oder der Verteidiger?« flüsterte Julian Jalika zu. »Es hört sich so an, als stünde er auf meiner Seite.«

»Warte ab«, sagte Jalika traurig.

»Wie hat Commander Sisko sich nur dazu überreden lassen können?« murmelte Odo, als er und Major Kira den Berghang hinaufstiegen und sich bemühten, mit Cedra Schritt zu halten. »Das ist kein Ort für ein Kind.«

»Cedra war anderer Meinung«, erwiderte der Verbindungsoffizier. »Wenn er will, kann er sehr überzeugend sein. Commander Sisko war dagegen, daß der Junge uns begleitet; dann hat er seine Zustimmung gegeben, bevor wir es so richtig mitbekamen. Es blieb ihm nichts anderes übrig; Cedras Plan, Dr. Bashir zurückzuholen, funktioniert ohne Cedra nicht.«

Odo schnaubte. »Warum brauchen wir überhaupt einen Plan? Sobald wir den Doktor gefunden haben, teilen Sie ihm mit, daß Commander Sisko seine Rückkehr befiehlt. Oder glauben Sie etwa, er würde einen direkten Befehl verweigern?«

»Dafür ist er ein zu guter Starfleet-Offizier.« Kira schob sich durch das Unterholz. »Und ein zu guter Arzt. Wenn er hört, daß wir ihn auf der Station brauchen, um Talis Dejanas Leben zu retten, wird er sofort kommen; das ist nicht das Problem. Wir müssen nur dafür sorgen, daß er bleibt, nachdem er sie geheilt hat.«

»Sie rechnen nicht damit?«

»Nein, um ehrlich zu sein. Sie haben noch nie ein Flüchtlingslager gesehen, Odo. Sie haben nie die Kinder gesehen, die dort leben müssen. Dr. Bashir bislang auch noch nicht. Lieutenant Dax hat mir erzählt, wie schockiert er war, und wie er sich in die Arbeit gestürzt hat; er hat versucht, die größte Ungerechtigkeit wiedergutzumachen, die er je gesehen hat. Was würden Sie tun, wären Sie an seiner Stelle? Könnten Sie sich einfach von einer Aufgabe abwenden, die nicht mal zur Hälfte erledigt ist?«

»Und doch sagen Sie, er würde einen direkten Befehl niemals verweigern«, erinnerte Odo sie.

»Ist Ihnen das noch nicht aufgefallen, Odo? Es gibt keinen derart genauen Befehl, daß eine entschlossene Person ihn nicht so interpretieren könnte, daß er ihren Zwecken dient.« Sie bedachte ihn mit einem bedeutungsvollen Blick.

Odo wurde unbehaglich zumute. »Das war... es war unbedingt nötig, wollte ich den Fall aufklären. Außerdem handelt es sich um einen einzigen Vorfall, der sich schon vor langer Zeit zugetragen hat. Ich habe keinen Befehl verweigert...«

»Natürlich nicht.« Kira lächelte und wurde sofort wieder ernst. »Aber jetzt verstehen Sie, wie ich das mit Dr. Bashir gemeint habe.« Odo murmelte etwas Unverständliches und setzte den Aufstieg fort.

»Außerdem«, sagte Kira, »hat es nicht den Anschein, als könnten wir einfach zu unserem lieben Onkel Doktor marschieren, ihm seine Befehle geben und wieder hinausspazieren. Es gibt Berichte über politische Splittergruppen in dieser Gegend – ehemalige Widerstandskämpfer, die die provisorische Regierung nicht unterstützen. Niemand weiß genau, wem sie sich zugehörig fühlen. Der Rat sieht sie als potentielle Subversive.«

»Nachdem sie wissen, daß man sie so freundlich willkommen heißen wird, überrascht es mich nicht, daß sie nicht in Scharen aus den Hügeln geströmt kommen«, lautete Odos bissiger Kommentar. »Und wie stehen sie zu der Frage, ob Bajor der Föderation beitreten soll?«

»Keine Ahnung.«

»Na wunderbar.«

»Beeilen Sie sich«, zischte Cedra von oben. »Wieso brauchen Sie so lange?« Der Junge hielt sich an einem kleinen Baum fest, der in einem spitzen Winkel aus dem Berg wuchs. »Wir haben nicht viel Zeit.«

Major Kira ergriff einen der tieferen Äste des Baums, zog sich hoch und lehnte sich gegen den Stamm, um wieder zu Atem zu kommen. Dann drehte sie sich um und wollte Odo helfen, doch der Gestaltwandler war nirgendwo zu sehen. Er hatte sich entschlossen, sich auf seine Weise mit dem unfreundlichen Terrain zu befassen. Ein behender *Hyurin* huschte an Major Kira und Cedra vorbei und eilte ihnen voraus auf eine kleine Lichtung, die ein Stück höher auf dem Berg lag. Dort blieb er stehen und nahm wieder Odos vertraute Gestalt an.

»Keine Ahnung, warum ich nicht eher darauf gekommen bin«, sagte er und fragte dann Major Kira: »Sind wir bald da?«

»Ja, sind wir«, erwiderte Cedra. Keiner der Erwachsenen schenkte ihm Beachtung.

Kira untersuchte das vor ihr liegende Gelände mit dem Tricorder. »Etwa hundert Meter vor uns befindet sich ein Eingang zu einer Reihe von Höhlen. Kein Wunder, daß Chief O'Brien gesagt hat, es sehe so aus, als befände er sich unter mehreren Gesteinsschichten. Wir müssen Dr. Bashir lediglich in den Höhlen ausfindig machen, einen Kommunikator an ihm befestigen und dem Flitzer dann den Befehl geben. Der Transporter an Bord der *Ganges* ist darauf programmiert, die Kommunikatorsignale zu erfassen, ohne zuvor die betreffenden Objekte mit den Fernsensoren ausfindig zu machen.«

»Ganz einfach. Um zu Dr. Bashir zu gelangen, müssen wir den Bewohnern der Höhle nur erklären, daß wir ihnen nichts Böses wollen und lediglich einen Freund suchen.«

»Odo, Sie wissen doch, daß an dieser Stelle Cedras Plan einsetzt. Manchmal klingt Ihr Zynismus ein wenig alt.«

»*Ich* würde auch gern alt werden«, erwiderte der Gestaltwandler.

Cedra gab ein ungeduldiges Geräusch von sich. Der junge Bajoraner war auf einen Baum geklettert, saß auf einem Ast und ließ seine Beine baumeln. »Es wird nichts Schlimmes passieren. Haben Sie nicht *zugehört*, als ich Commander Sisko alles erklärt habe?«

»Ich war zu sehr damit beschäftigt, mich zu fragen, was ihn dazu getrieben hat, diesem lächerlichen Plan seine Zustimmung zu geben«, sagte Odo. »Es hat wohl nichts geschadet, daß sein Sohn deine Partei ergriff«, fügte er knirschend hinzu.

»Der Plan ist gut, und er hätte ihn mit oder ohne Jake gebilligt«, fauchte Cedra und ließ sich anmutig von dem Baum fallen. »Commander Sisko hätte keinen Plan gebilligt – ganz gleich, wer ihn sich ausgedacht hätte –, wäre er nicht der Ansicht gewesen, daß er funktionieren wird. Nicht, wenn etwas so Wichtiges davon abhängt. Sie wissen doch, daß er stets alles durchdenkt.«

Ich weiß das, dachte Kira. *Aber was ist mit dir? Du kennst ihn doch erst seit knapp einer Woche.* Bei ihr stellte sich wieder das eigenartige Gefühl ein, das sie verspürt hatte, als Talis Cedra erklärt hatte, er habe seine Schwester einzig und allein mit Hilfe seines Geruchssinns gefunden.

»Da sieht man wieder die Früchte der unschätzbaren Starfleet-Ausbildung«, knurrte Odo.

»Ich mag Starfleet«, bemerkte Cedra beiläufig. »Commander Sisko hat gesagt, ich würde einen guten Rekruten abgeben. Vielleicht mache ich das... Vielleicht trete ich Starfleet bei, gehe auf die Akademie« – er bedachte Odo mit einem schelmischen Blick – »und kehre dann als Ihr neuer Commander nach Deep Space Nine zurück.«

»Ich kann es kaum erwarten«, sagte Odo durch zusammengebissene Zähne.

»Bis dahin erfüllen Sie Ihre Aufgabe, und ich zeige Ihnen, wie gut ich die meine erfülle.«

»Na schön. Setz dich dort drüben hin. Dort haben wir besseres Licht.« Während Cedra gehorsam auf einem großen Findling Platz nahm und Major Kira Wache hielt, öffnete Odo einen kleinen Kasten, der an seinem Gürtel hing.

»Das muß ja etwas ganz Neues für Sie sein«, sagte Kira und schaute Odo über die Schulter, während der Gestaltwandler vor sich die Fläschchen, Tuben und Stifte eines Schminkkästchens ausbreitete. »Hoffentlich sind Sie genauso gut darin, das Aussehen einer anderen Person zu verändern, wie es Ihnen bei sich selbst immer gelingt«, scherzte sie.

»Während meiner Amtszeit an Bord der Station gab es *zahlreiche* Gelegenheiten, bei denen mehr als nur ein Mitglied der Sicherheitsabteilung verdeckt arbeiten mußte«, erwiderte Odo gereizt. Er verlieh Cedras Gesicht eine ungesunde Hautfarbe, zog dann dunkle Kreise um die Augen des Jungen und schminkte ihm eingefallene Wangen. »Er muß lediglich krank aussehen. Das ist eine ganz einfache Verwandlung.« Er betrachtete Cedra kritisch. »Ich habe mein Bestes gegeben. Versuche nur, so krank zu spielen, wie du aussiehst.«

Cedra grinste. »Machen Sie sich um mein Schauspieltalent keine Sorgen, Constable.«

»Er sieht *schrecklich* aus«, sagte Kira beeindruckt.

»Danke«, sagte Odo und steckte einen Kommunikator zwischen die Schichten der absichtlich zerrissenen und verschmutzten Kleidung, die Cedra trug. »Das ist deiner. Du weißt, was du damit tun mußt?«

Cedra zog ein Gesicht, als wolle er sagen, er würde sich noch immer daran erinnern, wenn Odo es schon längst vergessen hätte. »Wenn ich ihn verliere, bleibe ich zurück. Ich bin bereit.«

Major Kira schaute auf ihren Tricorder. »Sie haben vier Wachen postiert, zwei in Sichtweite der Höhlenöffnung, zwei auf Patrouille.« Für den Fall, daß die patrouillierenden Wachen durch irgendeinen Zufall über sie stolperten, bevor die Sensoren sie vor der Annäherung der Hügelkämpfer warnten, schalteten sie und Odo ihre Phaser auf Betäubung. »Dann wollen wir mal. Komisch ... Die meisten Lebenszeichen kommen aus einer großen, zentral gelegenen Höhle. Dr. Bashir befindet sich ebenfalls dort.« Sie zuckte mit den Achseln. »Das kommt uns sehr gelegen. Hast du den Kommunikator für Dr. Bashir, Cedra?«

Der Junge nickte und zeigte ihr das funkelnde Starfleet-Gerät, bevor er es unter seinen Lumpen versteckte. »Einen für ihn, einen für mich.«

»Dann viel Glück.« Sie bückte sich und drückte dem Kind einen Kuß auf die Stirn.

»Verschmieren Sie das Make-up nicht«, sagte Odo.

Dr. Bashir kam sich vor, als würden seine Beine jeden Augenblick unter ihm nachgeben. Jalika hatte recht – ihr Vater war ein ausgezeichneter Redner. Nach einer Eröffnung, die Dr. Bashirs medizinische Triumphe unter den Hügelkämpfern in höchsten Tönen zu loben schien, formte er diese Worte dann überaus geschickt zu einem Schwert, das genau auf Julians Herz gerichtet war.

»Er hat so viele gerettet!« rief Borilak Selinn. »Warum konnte er dann nicht diesen einen retten? Einen Jungen... kaum mehr als ein Kind... ein Kind, das an demselben Fieber erkrankt war, das er so oft geheilt hat!«

»Es war *nicht* dasselbe Fieber«, stieß Julian hervor. »Sonst hätte es auf den Impfstoff reagiert.«

»Meine Freunde...« Der Tonfall des Bajoraners wandelte sich von einem harten Tadel zu einem sanften Schnurren. »Ich weiß, was ihr jetzt fragen werdet. Ihr fragt, *warum* er so etwas tun würde. Ein Kind zu töten...! Alles, was wir bislang von diesem Heiler der Föderation gehört haben, kündet von seiner Selbstlosigkeit, seinem Mitgefühl, den unzähligen Kindern, die ihm ihr Leben verdanken. Warum mußte Borilak Belem sterben?«

Nachdenkliches Gemurmel erhob sich vom Höhlenboden, als Borilak Selinns Anhänger die Frage zu beantworten versuchten. Ihr Anführer fuhr erst fort, als es sich gelegt hatte.

»Ihr könntet euch genausogut fragen, warum ihr hier seid, in Höhlen haust und all diese Entbehrungen auf euch nehmt, selbst auf die bescheidensten Annehmlichkeiten verzichtet. Warum habt ihr diese Wahl getroffen? Weil ihr ehrenvolle Leute seid. Weil ihr nicht gekämpft habt – und eure Freunde und Verwandten nicht unter den Händen der Cardassianer gestorben sind –, damit nun alles, was euch lieb und teuer ist, von den treulosen und verräterischen Beauftragten der sogenannten provisorischen Regierung zerstört wird!« Diesmal erhob sich aus der Menge unter ihnen ein zustimmendes Tosen.

»Wer ist dieser Mann, dieser *Heiler?*« fragte Borilak Selinn. »Wer ist er wirklich? Er trägt die Uniform von Starfleet – von der Organisation, die die Machthaber, die Bajor in den Untergang führen, umwirbt und verhätschelt. Was kümmern diese Leute von Starfleet schon die Bajoraner? Sie wollen nur ungehinderten Zugang zum Wurmloch haben und werden mit jedem paktieren, der ihnen den garantieren kann. Die Gerechtigkeit, die Rechtschaffenheit, kann ruhig untergehen, es interessiert sie nicht.«

»Mein Gott«, sagte Julian, und seine Kiefermuskulatur verkrampfte sich, »was für ein Haufen von Lügen.« Er wollte vorwärts treten, doch Jalika hielt ihn zurück.

»Du darfst noch nicht sprechen. Wenn du es versuchst, werden Vaters Helfer dich daran hindern. Solltest du auch nur die geringste Gegenwehr leisten, werden sie es ausnutzen und dafür sorgen, daß du zu Tode stürzt. Für die anderen wird es wie ein Unfall aussehen.« Sie hakte sich bei ihm unter. »Gib ihm nicht, was er haben will, Julian. Du wirst die Gelegenheit zu einer Erwiderung bekommen.«

Dr. Bashir biß sich auf die Lippen und schwieg.

»Woher kommt dieser Heiler?« fuhr Borilak Selinn fort. »Aus demselben Lager wie Borilak Belem! Ihr alle wißt, daß dies stimmt; der Junge hat ausführlich von seiner Vergangenheit erzählt. *Er* hatte nichts zu verbergen. Vielleicht hat dieser Mann genau das gefürchtet – daß Belems ehrliche Natur ihn dazu treiben würde, den wahren Grund dafür zu enthüllen, wieso der Heiler Bashir sich bei uns befindet.«

»Das reicht mir jetzt! Verdammt, *Sie* haben mich entführt und gewaltsam hierhergebracht!« explodierte Dr. Bashir trotz Jalikas Versuch, ihn zum Schweigen zu bringen. »Sie erzählen Ihren Gefolgsleuten Märchen, und der einzige, der gegen Sie aussagen kann, ist tot!«

Einer von Borilak Selinns Männern trat vor und schlug Julian mit dem Handrücken so hart ins Gesicht, daß der Arzt gefährlich nah an den Rand des Abgrunds taumelte. Mit einem berechnenden Lächeln hob der Mann die Hand zu einem zweiten Schlag, mit dem er die Sache beenden wollte.

»Nein!« rief Jalika und sprang zwischen Bashir und den Henker ihres Vaters. Sie nahm Julian in die Arme, führte ihn vom Abgrund weg und hielt seinen Angreifer mit einem wütenden Blick in Schach.

»Dann sorge dafür, daß er den Mund hält«, sagte der Mann und trat an Borilak Selinns Seite zurück.

»Ich habe dich gewarnt«, flüsterte Jalika Julian zu, während er den Kopf schüttelte, um die Sterne vor seinen Augen zu vertreiben, und dann behutsam sein pochendes Kinn betastete.

Borilak Selinn lächelte, als hätte Bashir ihm gerade einen Gefallen getan. »Seht ihr, meine Freunde?« sagte er zu seinen Leuten. »Ein Mann, der die Worte ehrlicher Männer fürchtet... *das* ist dieser Heiler! Wer weiß, was der arme Belem über die wahre Absicht dieses Mannes erfahren hat? Unter dem Vorwand guter Taten kann viel Böses geschehen. Vielleicht hat der Junge nichts gewußt – vielleicht mußte er nur sterben, weil der Heiler *glaubte*, er wisse etwas? Vielleicht hat er alles gewußt, sich aber geweigert, es zu glauben, weil er meinte, in der Schuld des Heilers zu stehen. Seine Treue hat ihn nicht gerettet. Borilak Belem hat diesem Heiler Bashir vertraut. Ihm zu vertrauen heißt, Starfleet zu vertrauen; Starfleet zu vertrauen, heißt, der provisorischen Regierung zu vertrauen; der provisorischen Regierung zu vertrauen, heißt, sterben zu müssen.« Er drehte der Menge den Rücken zu, um anzudeuten, daß er für den Augenblick alles gesagt hatte, was er sagen wollte. Der Mob unter ihm jubelte wild.

Jalika stieß Julian an. »Jetzt bist du dran.«

Noch immer leicht benommen, trat Julian zum Rand des steinernen Vorsprungs und schaute hinab. In jedem zu ihm hochschauenden Gesicht sah er Haß und Argwohn. Ihm wurde klar: *Ganz gleich, was ich sage, sie werden mir nicht glauben. Borilak Selinn hat es so hingebogen, daß sie mir nicht glauben* können. *Meine Rede wird lediglich mein Leben um ein paar Minuten verlängern.* Er schaute zu Jalika zurück. Sie schimmerte im Licht der Höhle wie ein Traum. *Ich muß es versuchen.*

»Ich habe Belem nicht getötet«, sagte er. Die einfache Erklärung rief auf dem Boden der Höhle spöttisches Gejohle hervor. »Hätte ich ihn töten wollen, hätte ich es viel geschickter anfangen können. Ich hätte ihn heilen und schon längst wieder unterwegs sein können, und dann wäre er an irgendeinem ...« – er zuckte mit den Achseln – »keine Ahnung, an irgendeinem Gift gestorben, das ich in seinem Blut zurückgelassen habe und das mit Verzögerung wirkt.«

»Woher sollen wir wissen, daß du das nicht ebenfalls getan hast?« rief jemand von unten.

»Ja, die Injektionen, die er uns gegeben hat!« pflichtete ein anderer dem ersten Zwischenrufer bei. »Woher sollen wir wissen, was sie uns mit dem Lauf der Zeit wirklich antun werden?«

Ein schlechter Zug, Julian, dachte Dr. Bashir. *Ein dummer Zug. Vielleicht sollte ich einfach einen kleinen Schritt vortreten und der Sache ein Ende bereiten, bevor ich mich noch um Kopf und Kragen rede.* Der Gedanke, vom Rand zu springen, war alles andere als ernst gemeint, aber einige Zwischenrufe aus Borilak Selinns Gefolgschaft ließen den Schluß zu, daß ein kleiner Schritt ihm wohl einen viel schmerzhafteren Tod ersparen könnte.

»Laßt ihn sprechen!«

Jalikas Stimme, die normalerweise so leise und sanft war, gellte durch die Höhle und brachte den Mob zum Schweigen. »Ehrt ihr *so* unsere Gesetze? Er hat das Recht, gehört zu werden.« Ein paar Unbelehrbare riefen weiterhin dazwischen, doch die meisten sagten kein einziges Wort mehr.

Jalika musterte ihren Vater. »Ich bitte um das Recht der Zeugenaussage«, sagte sie. Ihr Tonfall verdeutlichte, daß sie eine abschlägige Entscheidung nicht akzeptieren würde. Ihr Vater winkte verdrossen seine Zustimmung.

Sie schritt stolz zum Rand des Abgrunds und ergriff Julians Hand, so daß alle es sehen konnten. »Ich bin eure Heilerin gewesen. Ich bin im heiligen Tempel als Heilerin ausgebildet worden. Dort hat man mich gelehrt, daß die Propheten Visionen und Enthüllungen bieten, wir aber in ihnen und in uns selbst die Antworten suchen müssen. Gibt es eine Gewißheit außer der, daß es keine gibt? Wir sind nicht die Propheten. Unsere Antworten weisen manchmal Schwächen auf.«

Sie drückte Julians Hand. »Als ich eure einzige Heilerin war, sind meine Patienten oft gestorben. Warum hat niemand von *meinen* dunklen Motiven gesprochen? Als Borilak Belem erkrankte, konnte ich ihn auch nicht heilen. Warum beschuldigt man mich nicht des gleichen Verbrechens wie Dr. Bashir – des Mordes an Belem? Er und ich, wir sind beide Heiler. Warum könnt ihr nicht die einfache Tatsache akzeptieren, daß kein Arzt alle Krankheiten heilen kann, die wir ertragen müssen?«

»Wie kannst du dich mit ihm vergleichen?« meldete sich eine kräftige Stimme zu Wort. Endlich hatte einer von Dr. Bashirs Widersachern seinen Mut zusammengenommen und Jalika unterbrochen. »Du bist eine von uns! Er ist ein Außenstehender, er gehört Starfleet an, er ist der …«

»Heiler!« Der Ruf erklang an der Öffnung einer jener Tunnels, die in die riesige Halle führten. Ein Mann kam schwerfällig herbeigelaufen. Er trug den schlaffen Körper eines Kindes auf den Armen. »Heiler, dieser Junge kam aus dem Wald getaumelt und ist zu unseren Füßen zusammengebrochen. Er sieht aus, als stamme er aus einem der Lager. Er stöhnt vor Schmerzen und hatte auf dem Weg hierher mindestens drei Krämpfe.«

»Bringe ihn hoch«, befahl Borilak Selinn. »Meine Tochter wird ihn heilen.«

Während der Mann den gewundenen Tunnel hinauflief, der zu dem Felsvorsprung führte, sagte Jalika so laut, daß alle es hören konnten: »Bist du sicher, daß ich es versuchen soll, Vater? Was, wenn er das Lagerfieber hat? Du hast mir verboten, mich um Belem zu kümmern, als du befürchtetest, er könne diese Krankheit haben. Du hattest Angst, ich könne sie auch bekommen.«

»Jetzt *kannst* du sie nicht mehr bekommen«, fauchte Borilak Selinn. »Der Heiler Bashir hat dich…« Er hielt inne, aber es war zu spät.

»… hat mich geimpft«, beendete Jalika den Satz triumphierend. »Also vertraust du seiner Heilkunst so sehr, daß ich ein Fieberopfer berühren darf?« Die Menge unten hatte ihre Worte gehört, und als der Wächter auf dem Felsvorsprung erschien, begann das Murmeln von neuem. Der Mann legte das Kind vor Jalika auf den Boden.

»Nein«, sagte sie. »Ich vertraue Dr. Bashir ebenfalls.« Sie trat zur Seite und wandte sich an die Menge: »Mögen die Propheten uns die Unschuld dieses Mannes zeigen, indem sie dieses Kind leben oder sterben lassen.«

Julian näherte sich vorsichtig dem Körper und griff nach seinem Diagnoseinstrument, während er niederkniete, um die Untersuchung zu beginnen. Das Kind hatte einen Arm über das Gesicht gelegt. Dr. Bashir schob ihn zurück und hob den silbernen Stab, um seine Arbeit zu tun.

»Buh!« rief Cedra, sprang auf und drückte den Kommunikator auf Julians Brust. Er hing zwar schief, blieb jedoch an dem Gewebe haften. Grinsend berührte Cedra seinen eigenen verborgenen Kommunikator. »Jetzt!«

Borilak Selinns Männer wären fast über den Rand des Felsvorsprungs gestürzt, als sie vorwärts stürmten, um die beiden inmitten der Transporterenergie verschwindenden Phantome festzuhalten.

15

»Herzlichen Glückwunsch, Cedra«, sagte Commander Sisko. »Sogar Odo hat eingestanden, daß dein Plan makellos funktioniert hat. Du kannst stolz auf dich sein; du bist ein ausgezeichneter Schauspieler.«

»Danke, aber wenn ich groß bin, will ich nicht diesen Beruf ergreifen«, erwiderte Cedra lächelnd.

»Dir bleibt noch genug Zeit, diese Entscheidung zu treffen. Weißt du, es war kein Scherz, als ich dir vorschlug, du solltest dir überlegen, ob du nicht zu Starfleet gehen sollst.«

Plötzlich war der Junge ganz ernst. »Ich gehöre nach Bajor.«

»Du gehörst dorthin, wo du glücklich bist.« Sisko gab dem Jungen einen Klaps auf den Rücken. Er schaute besorgt drein. »Ich wünschte, ich wüßte, ob Dr. Bashir noch der Ansicht ist, er gehöre hierher.«

»Gehört er denn hierhin?«

»Das hängt von ihm ab. Ich konnte es nicht über mich bringen, ihm für seine Eskapaden auf Bajor mehr als einen leichten Klaps auf die Hand zu geben. Ich kann nicht abstreiten, daß er in den Lagern auf Bajor viel Gutes getan hat, aber ich befürchte, nachdem er deine Schwester geheilt hat, werden wir ihn wieder an diese Lager verlieren.«

»Sie müssen mich nicht anlügen, Commander«, sagte Cedra, und dabei wirkte sein Gesicht fast wie das eines Erwachsenen. »Ich erkenne Lügen. Sie wollten sagen, *falls* er Dejana heilt.«

»Nein, Cedra. Ich glaube daran, *daß* er sie heilen wird.«

Der Junge hielt den Kopf schräg und musterte Sisko prüfend. »Sie glauben wirklich daran.« Er schien über diese Enthüllung nachzudenken. »Sie glauben wirklich, daß Dr. Bashir es schaffen wird. Es heißt, die Propheten würden einen festen Glauben belohnen.«

»Ich respektiere deinen Glauben, Cedra, ob ich ihn nun teile oder nicht.«

»Dann sagen Sie mir mehr darüber, was *Sie* von Dr. Bashir glauben.«

Die Bitte war seltsam, doch Commander Sisko kam ihr nach. »Ich glaube, es wäre ein Verlust für Deep Space Nine *und* Bajor, wenn Dr. Bashir eine Ausrede fände, um zu den Lagern zurückzukehren. Eine Ausrede? Er würde keine brauchen; er müßte nur sein Starfleet-Patent zurückgeben und könnte gehen. Aber wenn er auf diese Weise arbeitet, kann er immer nur einen einzelnen Patienten behandeln. Wenn er hier arbeitet und an Erfahrung, Reputation und Wissen gewinnt, könnte er zu einer einflußreichen Stimme werden, die die provisorische Regierung vielleicht endlich dazu bringen kann, mit ernsthaften Hilfsmaßnahmen zu beginnen und die Lager endgültig überflüssig zu machen.«

»Ist das alles?« Cedra meinte diese Frage völlig ernst.

»Nun ja ... ich würde ihn auch als Mannschaftsmitglied nicht gern verlieren. Ich respektiere ihn als Arzt, und ich mag ihn. Ich gestehe ein, daß er einen schon auf die Palme bringen kann, doch er *ist* brillant, und seit er von Bajor zurückgekommen ist, habe ich eine gewisse Veränderung bei ihm bemerkt.« Sisko fuhr sich mit dem Daumen über das Kinn. »Ich glaube, er ist erwachsen geworden.«

Cedra steckte den Kopf durch die offene Tür und beobachtete Dr. Bashir, der mit einem Mikroscanner arbeitete. »Haben Sie es schon gefunden?« fragte er.

Der Kopf des Arztes ruckte hoch. »Oh, hallo, Cedra. Komm rein.« Er lehnte sich auf seinem Stuhl zurück. »Ich habe gerade erst damit begonnen, die Proben zu untersuchen, die Lieutenant Dax deiner Schwester seit ihrer Ankunft hier auf Deep Space Nine entnommen hat. Komisch... ich habe damit gerechnet, einen erhöhten Anteil weißer Blutkörperchen zu sehen, die gegen die Infektion ankämpfen, doch statt dessen sieht es so aus, als hätten ihre *roten* Blutkörperchen sich vermehrt. Wäre ich nur nicht so müde...«

Cedra kam herein und setzte sich auf einen zweiten Stuhl an der Laborbank. Er trommelte mit den Füßen gegen die Stuhlbeine. »Ich wünschte, ich wäre Sie«, sagte er.

»Ach was?« Dr. Bashirs Gesicht war zu abgespannt und müde, um große Erheiterung zu zeigen. »Und warum das?«

»Wenn ich mich hier in Schwierigkeiten bringe, schreien alle mich an, besonders Odo. Deshalb.«

»Odo schreit nie; er läßt einen gefrieren. Das aber sehr laut.«

»Wie auch immer.« Der Junge zuckte mit den Achseln. »Aber wäre ich Sie, könnte ich allen möglichen Blödsinn anstellen, und niemand würde etwas sagen.«

»Mit was für einem ›Blödsinn‹ bin ich deines Erachtens denn durchgekommen?« Nun versuchte Dr. Bashir nicht mal zu lächeln.

»Sie sind davongelaufen.«

»Ich bin *nicht* davongelaufen. Als wir auf Bajor waren, habe ich dir gesagt, was ich tun würde, und warum. Wie ich mich entsinne, hast du meine Absicht nicht nur gebilligt, sondern mich auch noch unterstützt.« Bashir wandte sich von dem Jungen ab und wieder dem Mikroscanner zu. »Ich hätte nie gedacht, mich mal vor einem Kind rechtfertigen zu müssen«, sagte er verbittert und beugte sich über das Gerät.

Plötzlich wurde die Probe unter dem Scanner schwarz. Bashir schaute auf und sah, daß Cedra mit einem Finger die Energieversorgung unterbrochen hatte. »Wäre es dann nicht an der Zeit, mit sich selbst ins Reine zu kommen?« Er faltete die Hände auf dem Tisch. »Wie können Sie sehen, was mit meiner Schwester nicht stimmt, wenn all die Geister der Vergangenheit Ihnen im Weg stehen?«

»Was für ein Unsinn ist ...«

»Kein Unsinn. Jeder hat sie – Geister. Jedesmal wenn wir etwas ändern, schaffen wir mehr davon. Fühlen Sie nicht, wie sie Sie zurückhalten, Sie nicht klar denken lassen? Sie müssen sich doch müde fühlen, wenn Sie so ein Gewicht mit sich herumschleppen.«

»Ich weiß nur, wenn du nicht aufhörst, mich bei meiner Arbeit zu stören, wird deine Schwester dafür büßen müssen. Cedra, wir haben keine *Zeit* mehr. Ich kann ihre Krankheit nicht identifizieren; Lieutenant Dax konnte es auch nicht. In den Lagern habe ich so etwas noch nie gesehen.«

»Doch, das haben Sie.« Cedra sprach mit einer Autorität, die Selok angemessen gewesen wäre. »Aber er ist gestorben.«

Geister ... Dr. Bashir schloß die Augen, und Belems Gesicht erschien; lächelnd und glücklich zeigte er den anderen Kindern seinen geheilten Fuß. Bashir hörte die Stimme des Jungen, die vor Freude zitterte, als er ihm für das Wunder dankte. Die Dankesworte verwandelten sich in das Rasseln von Belems letztem Atemzug in der kalten Höhle.

»Erinnern Sie sich an die Höhlen, Dr. Bashir?« fragte Cedra. »Ich habe sie gesehen, als die Wache mich hindurchgetragen hat. So viele Gänge, so viele Wahlmöglichkeiten. Biegen Sie nach rechts ab, stoßen sie auf eine tiefe Grube, biegen Sie nach links ab, erhebt sich vor Ihnen eine Wand aus festem Stein, gehen Sie geradeaus, liegt ein ebener Weg vor Ihnen – bis der Boden erzittert und neue Gruben sich öffnen und neue Wände sich erheben.«

»Ich verstehe nicht...« Julian schüttelte hilflos den Kopf.

»Sehen Sie es denn nicht ein?« Er sprang vor und ergriff Julians Gesicht; seine Fingerspitzen schlossen sich fest um die Ohren des Arztes. »Sie können Belems Tod nicht auf Ihre Schultern laden – Sie sind nicht schuld daran. Teilen Sie die Last mit den Cardassianern, die seine Heimat zerstört haben, den Bajoranern, die darauf beharrten, er wäre kein ganzer Mensch mehr, weil er seinen Familiennamen vergessen hatte. Teilen Sie sie mit Borilak Selinn und dessen Gefolgschaft, die sich an die Dunkelheit klammern, weil sie zu starrköpfig sind, um zu erkennen, wie ihre Visionen sich in einem neuen Licht verändern könnten.«

Julian zuckte zusammen, als Cedra schmerzhaft an seinen Ohren zog. »Wenden Sie sich nicht auch von dem Licht ab, Heiler«, sagte Cedra, und in seiner Stimme lag eine ruhige Stärke. »Wir können es uns nicht leisten, Sie zu verlieren.«

Als Dr. Bashir Cedra in die Augen sah, überkam ihn ein schwindelerregendes Gefühl. Die Wände, die ihn umgaben, schmolzen wie Nebel beim Sonnenaufgang. Er kam sich vor, als fiele er durch den Abgrund des Weltraums selbst, nur um abrupt zum Halt zu kommen, als seine Fersen Gestein berührten. Plötzlich befand er sich erneut in Borilak Selinns Reich, kauerte auf dem steinernen Vorsprung hoch über dem Höhlenboden. Jalika war in seinen Armen, und ihre Wärme schirmte ihn ab, der Duft ihrer Haut und ihres Haars hüllte ihn ein wie Schwingen.

Dann schrie sie leise auf und glitt aus seinen Armen. Ihre Füße scharrten auf dem Rand des Abgrunds und glitten dann hinab. Sie stürzte aus seiner Umarmung, und ihre Schreie hallten von der gewölbten Decke wider. Er griff nach ihrer Hand, bekam sie zu fassen, merkte jedoch, wie er mit ihr hinabgezogen wurde. Er kam auf dem steinernen Vorsprung flach auf dem Bauch zu liegen; der eine Arm wurde ihm von Jalikas Gewicht halb aus dem Gelenk gerissen, der andere griff nach irgendeinem Halt, der es ihm ermöglichen würde, sich festzuhalten und sie zurück in Sicherheit zu ziehen. Er fand aber keinen.

Dann hörte er die anderen Schreie. Er schaute nach rechts und links und stellte fest, daß der Vorsprung sich zu einer Art Galerie ausgedehnt hatte, die sich rings um die große Höhle zog. Hunderte, Tausende von bajoranischen Kindern klammerten sich an den schlüpfrigen Fels, schluchzten und riefen um Hilfe. Magensäure füllte seinen Mund; er konnte auf keinen Fall sie alle retten. Er wußte nicht einmal, ob er die Frau retten konnte, die er liebte.

Julian ...

Die Luft vor ihm flimmerte. Lieutenant Dax war da, schwebte über dem Abgrund. Commander Sisko stand neben ihr, sowie Major Kira, Chief O'Brien und sogar der verdrossene Odo. Sie hatten die Fingerspitzen aneinander gelegt, und ein weißes Leuchten drang durch ihre Hände. Gleichzeitig öffneten sie sie und gaben das Licht frei. Fünf leuchtende Kugeln erhoben sich wie fünf Sterne und vereinigten sich über ihren Köpfen. Die gesamte Höhle wurde von hundert betörend grellen Blitzen erhellt. Das Licht wurde schwächer und verhärtete sich zu einem sich langsam drehenden Abbild von Deep Space Nine.

Aber das Bild war unvollständig. Ein gewaltiger Teil der Station war weggerissen worden, hinterließ ein klaffendes Loch, das die Station von einem anmutigen Kind des Weltraums in eine verletzte Monstrosität verwandelte.

Sieh doch, Julian.

Dr. Bashir spürte, daß Wärme seine leere Hand ausfüllte. Ein weißes Licht tanzte auf der Handfläche. Die Hand, die Jalika vor ihrem Todessturz bewahrte, leuchtete ebenfalls. Ohne den Grund dafür zu kennen, wurde Julian plötzlich klar, daß die Kinder sterben würden, wenn die Lichter in seiner Obhut nicht zusammengebracht werden würden und er sie nicht ausschickte, damit sie das verkrüppelte Abbild der Station heilten.

Aber wenn er die Hände zusammenlegte, würde Jalika stürzen.

Hilf uns, Julian.

Die Münder der Kinder bildeten die Worte, doch der Ton kam von Kira, Odo, O'Brien und Dax. Die Stimmen der Kinder von Bajor, die um Rettung baten, kamen über die Lippen seiner Mannschaftskameraden auf Deep Space Nine.

Hilf uns ...

Er sah Jalika ein letztes Mal an, war mit dem Herzen bei ihr. Ihr Lächeln vergab ihm. *Für die Kinder, Julian ...* Noch bevor er sie losließ, fühlte er, wie ihre Finger den Griff um seine Hand lösten. Sie stürzte in die Dunkelheit.

Während ihm Tränen in die Augen schossen, brachte er seine leuchtenden Hände zusammen. Ein Stern sprang hoch, als die Lichter sich vereinigten, und raste durch das All auf die Station zu. Eine strahlende Lichtexplosion hieß ihn zu Hause willkommen. Als sie verblich, waren Dax und die anderen verschwunden, und die Station war wieder unversehrt.

Und dann sah Dr. Bashir unzählige silberne Fäden, die sich von der rotierenden Station erstreckten. Sie peitschten durch die Dunkelheit, überbrückten den Raum, und jeder einzelne berührte ein bajoranisches Kind. Sie waren dünner als Spinnfäden, aber stärker als Stahltaue. Sie rollten sich unter den Füßen der Kinder zusammen und hoben sie hoch, fort von dem Vorsprung, in Sicherheit vor dem Abgrund. Als die silbernen Fäden sie immer höher und weiter forttrugen, erkannte Julian die Gesichter, die er in den Lagern gesehen hatte, Gesichter, die ihn einmal mit toten Augen betrachtet hatten. Das alles hatte sich verändert: Die Kinder wimmerten nicht mehr vor Furcht, und ihre Gesichter strahlten freudig. Julian wurde froh ums Herz. Er streckte die Hände nach den Kindern aus, trat auf sie zu, schritt über Luft …

… und wachte erschrocken auf, als sein Kopf gegen die Kante der Laborbank prallte. Er war allein.

»Ich hätte schwören können …« Er schüttelte verblüfft den Kopf und machte sich wieder an die Arbeit.

»Gut, daß Sie da sind! Ich glaube, ich habe es gefunden«, sagte Dr. Bashir zu Lieutenant Dax, als sie die Krankenstation betrat.

»Sie klingen nicht sehr überzeugt«, sagte sie.

Er fuhr sich mit den Fingern durchs Haar. »Ich war so müde, daß ich nicht mal mehr sicher war, wie ich heiße. Ich bin sogar eingenickt, habe ein paar Stunden geschlafen und einen ganz seltsamen Traum gehabt … Aber das ist unwichtig, jetzt geht es mir wieder gut. Hier, sehen Sie sich das an.« Er trat zur Seite, damit sie den Mikroscanner benutzen konnte.

»Blut von Talis Dejana. Was ist so besonders daran?« fragte sie, während sie die Probe betrachtete.

»Können Sie mir sagen, wann Sie ihr diese Probe entnommen haben?«

»Natürlich nicht. Alle Proben, die ich ihr entnommen habe, sahen identisch aus.«

»Wenn Sie sie auf diese Weise betrachten, ja.« Er berührte die Kontrollschalter des Mikroscanners. »Versuchen Sie es jetzt mal.«

Dax trat unwillkürlich zurück, als eine plötzliche enorme Vergrößerung den Eindruck hervorrief, eines von Dejanas roten Blutkörperchen wolle ihr mitten ins Gesicht springen.

»Was sehen Sie?« fragte Dr. Bashir.

»Ein rotes Blutkörperchen.«

»Nein, das *erwarten* Sie zu sehen. Schauen Sie es sich genau an; sehen Sie wirklich hin. Lassen Sie Ihre vorgefaßte Meinung mal außer acht.«

»Na schön, na schön«, sagte Dax gutmütig und justierte die Kontrolle. »He!«

»Na also«, sagte Julian zufrieden.

»Dieses Gebilde in der Zelle sieht aus wie ... aber das kann doch nicht sein ... nicht in einem roten Blutkörperchen.«

»Warum kann es nicht sein, wenn es doch so ist?« Er trat dicht neben sie und sprach mit der konzentrierten Freude eines wahren Wissenschaftlers, der an der Schwelle einer Entdeckung steht: »Was ist das, Jadzia? Sagen Sie mir, wie es für Sie aussieht.«

Sie setzte sich auf und sah ihn an. »Wie ein Mitochondrium.«

»Genau!« rief er, ergriff ihre Hände, zog sie vom Stuhl und führte mit ihr einen ausgelassenen Tanz auf. »Ja, ja, *ja!*«

»Aber ...«, sagte sie, doch Julians Freudentanz nahm ihr den Atem. Sie löste sich von ihm, damit sie fortfahren konnte, während er sich noch immer mitten im Raum drehte. »Aber rote Blutkörperchen weisen keine Mitochondrien auf; weder die von Menschen noch die von Bajoranern. Sie brauchen sie nicht. Sie entstehen im Knochenmark. Mitochondrien findet man nur in Zellen, die sich reproduzieren.«

Er hielt in seinem wilden Tanz inne und legte die Hände auf ihre Schultern. »Genau! Wenn die roten Blutkörperchen von Bajoranern also keine Mitochondrien haben, dieses rote Blutkörperchen einer Bajoranerin aber ein Mitochondrium zu haben scheint ... Was müssen wir dann daraus schließen, meine liebe Lieutenant Dax?«

»Daß ... daß ...« Ein erstauntes und erfreutes Lächeln erhellte ihr Gesicht. »Daß wir den geschicktesten, mikroskopisch kleinen Imitator im gesamten Universum entdeckt haben.«

»Mindestens.« Julian schaute wieder in den Mikroscanner. »Ich wünschte, ich hätte eine Probe von Belems Blut, um es zu bestätigen, aber ich bin mir fast sicher, was hier vorgeht. Einige Opfer des Lagerfiebers schienen sich spontan von der Krankheit zu erholen. In Wirklichkeit hat der Mikroorganismus im Wirtskörper jedoch eine ungastliche Umgebung vorgefunden und einen strategischen Rückzug angetreten. Die Krankheit fiel in eine Art Winterschlaf... wir werden wahrscheinlich feststellen, daß die Länge der Ruhephasen von Subjekt zu Subjekt unterschiedlich ist. Diese Phase der Untätigkeit hat sie benutzt, um zu mutieren, sich anzupassen und in eine bessere, stärkere, effektivere Form zu verwandeln. Erst danach machte sich ihre Anwesenheit im Wirtskörper wieder bemerkbar.« Er lachte. »Ich glaube, das wird mir einen Aufsatz in einer Fachzeitschrift einbringen.«

»Also haben Sie vor, so lange bei uns zu bleiben, bis Sie Ihre Forschungen über den Fall veröffentlicht haben?« Es war eine ernste Frage, die sie als Scherz verkleidet hatte.

»Bei uns zu bleiben? Wohin sollte ich denn...« Dann ging ihm ein Licht auf. »Oh. Nein, Jadzia. Ich bedauere keinen einzigen Augenblick, den ich in den Lagern verbracht habe, aber ich glaube, jetzt kann ich den Kindern besser durch meine Arbeit hier auf der Station dienen. Vielleicht sollte Major Kira dafür sorgen, daß ich mich mal mit ein paar Ratsmitgliedern unterhalten kann. Ich will ihnen erklären, was ich gesehen und erfahren habe, und die provisorische Regierung überzeugen, daß sie alles daransetzen muß, die Lager aufzulösen und die Kinder in ihre jeweilige Heimat umzusiedeln.« Seine Mundwinkel verzogen sich zu einem schwachen Lächeln. »Natürlich werde ich es so darstellen, als läge das Projekt in ihrem eigenen Interesse.«

»Sie – ein Politiker?« zog Dax ihn auf.

»Warum nicht? Ich bin im diplomatischen Korps aufgewachsen. Und es wird auch nicht schaden, daß ich die Forschungsergebnisse über diesen Mikroimitator veröffentliche. Man wird über so eine Theorie sprechen, und auch über mich. Ich würde es wirklich vorziehen, wenn das erste Ratsmitglied, an das ich mich wende, nicht meinen Namen hört, das Gesicht verzieht und ›Dr. *wer?*‹ fragt.« Er schaute übertrieben ernst drein und fügte hinzu: »Sie wären überrascht, wie viele Leute gar nicht wissen, daß ich an der medizinischen Fakultät von Starfleet die zweitbesten Noten bekam.«

»Nein so was.« Dax schüttelte den Kopf. »Wissen Sie, Julian, Sie hängen eine ziemlich große Theorie an Proben von einem einzigen Objekt auf. Sollten Sie nicht …?«

»Sie haben recht; natürlich haben Sie recht. Wo ist Major Kira? Suchen Sie sie. Sie muß nach Bajor fliegen, in die Lager. Sie muß Proben von anderen Opfern des Fiebers besorgen, die sich ohne Behandlung erholt haben.«

»Julian, haben wir Zeit dafür?«

»Nein, haben wir nicht, aber wir müssen es zumindest *versuchen*. Wenn sie rechtzeitig mit den Proben zurückkehrt, um so besser, aber Sie und ich werden hier nicht Däumchen drehen und untätig auf ihre Rückkehr warten. Ich bin mir fast sicher, daß dies die neue Maske unseres Feindes ist. Wir haben sie ihm heruntergerissen; jetzt können wir wieder einen offenen Kampf führen. Jadzia, ich werde empfehlen, Dejana mit einem analogen Antikörper zu behandeln …«

»… und Sie möchten, daß ich auch dieses Mal den Antikörper entwickle?« beendete sie den Satz für ihn. »Das will ich gern tun, aber … woher wollen Sie wissen, daß diese Version des Virus auf die gleiche Art der Behandlung reagiert, die ihn in seiner ursprünglichen Form gestoppt hat?«

»Das kann ich nicht wissen, Jadzia«, sagte Dr. Bashir. »Aber es ist unsere einzige Chance. Wir haben nur Zeit für einen Versuch.«

»Cedra, laß mich los!« rief Major Kira und löste ihren Arm aus dem beharrlichen Griff des jungen Bajoraners. »Ich bin im Auftrag von Dr. Bashir unterwegs. Um ein Heilmittel für deine Schwester zu finden, braucht er bestimmte Daten.«

»Mir sagt niemand etwas«, klagte Cedra. »Ich darf nicht mal mehr die Krankenstation betreten! Ich dachte, sobald Dr. Bashir sich besser fühlt, könnte er sie sofort heilen! Ich weiß nicht, was vor sich geht, und niemanden interessiert das!«

Kira wollte Cedra ein zweites Mal anschreien, er solle sie loslassen; dann bemerkte sie den verletzten Blick des Jungen. Die harten Worte blieben ihr in der Kehle stecken. Statt ihn zurückzustoßen, zog sie den Jungen an sich und strich ihm über das Haar. »Hab keine Angst, *Cheli*«, murmelte sie. »Dr. Bashir wird die Antwort finden.«

»Aber *wann?*« stöhnte Cedra. »Sie ist so krank!«

»Bald, *Cheli*, bald!« sagte Kira tröstend. Ihre Gedanken waren nicht so ruhig. *Das will ich jedenfalls hoffen. Morgen bei Sonnenuntergang beginnt der Abend des* Nis Thamar. *Die* Dessin-ka *hofft nur auf eine Entschuldigung, aus der provisorischen Regierung austreten zu können. Es ist eine militärische Sekte – viele ihrer Führer hoffen darauf, genug Unterstützung zu bekommen, um die Macht ergreifen zu können, wenn die Regierung zusammenbricht. Nur ihr ausgeprägtes Ehrgefühl hält sie von einem offenen Staatsstreich ab.*

»Du mußt dich beruhigen«, sagte sie laut. »Ich bringe dich zum Schrein. Dorthin gehe ich immer, wenn die Dinge mir über den Kopf zu wachsen scheinen.«

Cedra protestierte nicht, als Major Kira ihn in die wohlriechende Zurückgezogenheit des bajoranischen Schreins brachte. Sie fand für ihn eine kleine Nische mit einem Kissen auf dem Boden und einem Vorhang aus klingelnden Perlenschnüren vor dem Eingang. Eine Kerze flackerte vor dem abstrakten Bild eines goldgesprenkelten, blauen Steins. »Du wirst sehen, alles wird gut«, flüsterte sie ihm ins Ohr, bevor sie sich leise davonstahl.

Cedra nahm im Schneidersitz auf dem Kissen Platz und versuchte, sich auf das steinerne Objekt zu konzentrieren. Die Ruhe war nur schwer faßbar. Beunruhigende Gedanken an Dejana mischten sich ein und nahmen mit jeder Minute, die verstrich, alptraumhaftere Ausmaße an. Cedra ballte die Hände zu Fäusten und öffnete sie wieder, und sein Atem ging immer schneller.

»Ist die Straße, die du begehen willst, so unwegsam, mein Kind?« Als Cedra diese Worte hörte, öffnete er die Augen und erblickte einen weißbärtigen Mönch, der vor dem Stein stand.

»Wie sind Sie ...« Cedra blickte über eine Schulter zurück. Der Perlenvorhang, der bei der geringsten Bewegung ein melodisches Klingeln von sich gab, bewegte sich nicht.

»Muß *ich dir* erklären, daß die unsichtbare Tür zu größeren Möglichkeiten führt als die, die man sehen kann?« fragte der Mönch. »Berichte mir von deinem Schmerz, Kind. Die Qual deiner Seele klirrt lauter als tausend Glasperlenvorhänge.«

»Ich weiß nicht, was ich hier überhaupt soll«, sagte Cedra. »Ich will in der Krankenstation bei meiner Schwester sein, aber man läßt mich nicht zu ihr.«

»Aha.« Der Mönch nickte weise. Seine Augen hatten das klare, frostige Blau eines Winterhimmels.

»Wenn ich im Weg bin, kann ich ja gehen.« Cedra wollte aufstehen, aber die Hand des Mönchs drückte ihn sanft auf das Kissen zurück. Mit einem Rascheln seiner Robe gesellte der Mönch sich zu dem Kind auf den Boden.

»Du mußt zwei Dinge lernen, mein Kind: Erstens ... wenn wir den uns verfügten Weg mit Ehrlichkeit beschreiten, können wir nie ein Stolperstein auf dem Weg anderer sein.« Er verstummte.

Cedra wartete höflich auf die andere Enthüllung des Mönchs. Sie kam nicht. Er begann zu zappeln, und schließlich sagte er: »Und was ist das zweite, das ich lernen muß?«

Der Mönch lächelte. »Geduld.«

Cedra versuchte, dem Mönch einen bitterbösen Blick zuzuwerfen, aber plötzlich standen zu viele Tränen in seinen Augen. Er sprang auf und lief zur Tür. Mit einer unmöglich schnellen Bewegung war der Mönch vor ihm dort und versperrte ihm den Weg.

»Ich entschuldige mich. Daß ich gern Scherze mache, war schon immer eine Schwäche von mir. Doch so viele Leute weigern sich einzusehen, daß die Propheten uns auch durch Gelächter unterweisen können.« Er seufzte. »Jetzt sprich mit mir, Kind. Deine Schwester liegt auf der Krankenstation – wie krank ist sie?«

Cedra schaute zu Boden. »Sie könnte sterben.«

Die Hand des Mönchs schwebte über Cedras dunklem Haar. »Meine Brüder im Tempel würden dir jetzt vielleicht sagen, daß wir alle eines Tages sterben müssen. Sie würden zu Ruhe raten und deinen Geist ins Gleichgewicht bringen, damit dein *Pagh* nicht übermäßig unterbrochen wird, sollte es zum Schlimmsten kommen.« Er schüttelte den Kopf. »Ich gebe solch einen Rat nicht. Ich sehe einen Kämpfer vor mir. Ein Kämpfer öffnet jede Tür, und wenn sich trotzdem keine Fluchtmöglichkeit zeigt, nimmt er eine Axt und schlägt sich einen Ausgang frei.«

Cedra schaute dem Mönch in die Augen. »Sie mögen Ihre Brüder nicht sehr, oder?«

»Was wir mögen und nicht mögen… wir sollten darüberstehen. Das war ein weiterer Scherz! Doch ganz gleich, was ich von meinen Brüdern im Tempel halte, ich muß eingestehen, daß sie gewisse Fertigkeiten haben, die ich beneide. Unser Weg ist nicht nur einer der Worte, mein Kind, sondern auch einer der Taten. Ich habe nur die Fähigkeit, die Seele zu heilen, aber im Tempel gibt es Mönche, die das Heilen des Körpers mit dem Heilen des *Pagh* verschmolzen haben. Das, wozu sie imstande sind, überschreitet die Wirkung der medizinischen Technologie bei weitem, sogar die der Technologie der Föderation. Sie wirken Wunder, mein Kind, *Wunder!*«

»Meine Schwester braucht ein Wunder«, sagte Cedra. »Können Sie mir helfen? Sagen Sie mir, wer der beste Heiler im Tempel ist, und ich werde Commander Sisko bitten, ihn zu holen…«

Der Mönch schüttelte erneut und diesmal noch nachdrücklicher den Kopf. »Er wird nach niemandem schicken, und niemand wird kommen. Es wurde eine Übereinkunft getroffen: Niemand von Bajor, der sich für das Kind interessiert, das einige die *Nekor* nennen, darf hierherkommen, bis sie im Tempel vorgestellt wurde.«

»Aber wie kann man sie dorthin bringen, wenn sie so krank ist? Ein Tempelheiler könnte alles in Ordnung bringen. Es ist eine *dumme* Übereinkunft.«

»Diejenigen, die gefordert haben, daß man solch eine Vereinbarung trifft, interessieren sich mehr für das, was deine Schwester darstellt, als dafür, was sie wirklich ist. Sie werden ihren Wert als Symbol schützen, nicht das Kind selbst. Wenn sie überlebt, werden sie versuchen, sie für ihre eigenen Zwecke zu benutzen. Wenn sie stirbt, wird sie ihnen trotzdem geben, was sie haben wollen.«

»*Könnte* einer der Tempelheiler Dejana retten?« beharrte der Junge.

»Wie kann man das wissen? Hierherzureisen entgegen der ausdrücklichen Anweisung eines Vorgesetzten, würde das Ende eines einfachen und sicheren Lebens im Tempel bedeuten.«

»Wenn sie Dejana sterben lassen, wird nichts mehr einfach *und* sicher sein. Das könnte den ganzen Planeten in den Krieg stürzen.«

Der Mönch machte eine Geste, als wolle er alle Schuld abtun. »Einige sehen nur so weit, wie persönliche Behaglichkeiten und Begierden reichen, und nicht weiter.«

Cedra stand nicht mehr den Tränen nah. Er zitterte vor Zorn. »Ein Heiler, der nicht kommen wird, weil er um sich selbst Angst hat? Dr. Bashir war niemals so. Jemand, der seine Fertigkeiten nicht zum Einsatz bringt, weil er nicht will, daß sein behagliches Leben gestört wird? Das ist *selbstsüchtig!*«

»Und wenn er einen anderen Heiler an seiner statt hierherschicken würde?« fragte der Mönch beiläufig. »Keinen erfahrenen Heiler, sondern einen, der nur dem Namen nach einer ist? Würde das genügen?«

»Nein!« Cedra stampfte mit dem Fuß auf. »Das würde es noch schlimmer machen! Jeder, der von ihm behandelt würde, verließe sich darauf, daß er ein richtiger Heiler ist, aber er würde ihm überhaupt nicht helfen können. Statt dessen würde er ihn vielleicht sogar verletzen. Das wäre… das wäre…«

»Der Plan eines selbstsüchtigen Mannes?« fragte der Mönch. »Oder das Werk eines verängstigten Kindes?«

Alles Blut wich aus Cedras Wangen. Er hob die Hand an die Lippen, als wolle er seine eigenen Worte rückgängig machen. Der schreckliche Ausdruck von Schuld, der seine Augen ausfüllte, verwandelte sich schnell in eine Grimasse des Zorns. *»Ich hasse Sie!«* schrie er den Mönch an und lief aus dem Schrein.

»Ich weiß«, sagte der Mönch zu den heftig schwingenden Perlenketten des Vorhangs an der Tür. »Diese Wirkung erziele ich bei vielen.« Er hob die Hand, und die funkelnden Perlenschnüre hingen plötzlich still und ruhig da. Dann bückte er sich, um die Kerze auszublasen, und verschwand in den Schatten.

16

Dr. Bashir trat von Dejanas Bett zurück und drehte sich zu Commander Sisko und Lieutenant Dax um. »Das war's«, sagte er.

Sisko trat zum Bett und schaute auf das Mädchen hinab. Dejanas Haar war ein feuchtes Gewirr, und ihr Gesicht hatte die Farbe von Käse. Sie warf den Kopf von einer Seite zur anderen und murmelte vor sich hin, wie Jake es manchmal tat, wenn seine Alpträume zu lebhaft wurden und ihn zu dem Zeitpunkt zurückführten, da seine Mutter gestorben war. Sisko fragte sich, was für Visionen das Fieber heraufbeschworen haben mochte, die nun den Schlaf störten, den dieses unglückliche Kind so dringend benötigte.

Er sah wieder Dr. Bashir an. »Was nun?«

Dr. Bashir wusch sich die Hände. »Nun warten wir«, sagte er.

Siskos Blick fiel wieder auf Dejana. Ihre Lider flatterten, über ihre aufgesprungenen und trockenen Lippen kamen weiterhin unverständliche Silben. Er legte die Hand auf ihre Stirn und strich die nassen Haarsträhnen zurück. Manchmal befreite die Berührung seiner Hand Jake von dem Alptraum. Aber Dejana war nicht Jake; Sisko spürte die Hitze, die sie bei lebendigem Leib verzehrte, bevor sie stöhnte und den Kopf zur Seite warf. Er tauchte die Hand in eine Tasse mit Wasser und fuhr dann mit einem feuchten Finger über ihre Lippen.

»Sir ...« Dr. Bashir stand neben ihm. »Wir wissen noch nicht, ob dieses Virus in einem menschlichen

Wirt genausogut leben kann wie in Bajoranern. Vielleicht sollten Sie lieber ...«

»Sie waren ihm häufiger als irgendwer sonst ausgesetzt«, sagte Sisko. »Sind bei Ihnen irgendwelche Symptome aufgetreten?«

»Nein, und bei Fähnrich Kahrimanis auch nicht«, gestand Bashir ein. »Lieutenant Dax' Physiologie ist natürlich eine ganz andere Geschichte. Aber wir sind hier im Bereich vieler Unbekannter. Manche Mikroorganismen sind sehr wählerisch, was ihre Gastkörper betrifft, manche sind so anpassungsfähig, daß sie einfach alle Grenzen überschreiten können. Falls Menschen sich an dieser Krankheit anstecken können, wissen wir nicht, wie lange die Inkubationszeit ist oder wie sie sich zuerst manifestiert. Dax hat mir gesagt, daß der zweite Ausbruch des Fiebers bei Dejana mit den Symptomen einer einfachen Erkältung begann.«

»Das ist eine ernste Sache, Doktor«, sagte Sisko. »Sie haben mir gerade gesagt, daß wir vielleicht eine sehr ansteckende, anpassungsfähige und möglicherweise tödliche Krankheit auf die Station eingeschleppt haben.«

Dr. Bashir hob eine Hand. »Ich habe bereits eine Schutzimpfung für alle bajoranischen Bewohner der Station organisiert. Und was Angehörige anderer Spezies betrifft, so bin ich nicht der Ansicht, daß große Gefahr besteht. Talis Dejanas politische und medizinische Isolation hat hier zu unserem Vorteil gewirkt.«

»Isolation?« Sisko runzelte die Stirn. »Nicht, solange Vung sie hatte. Dieser verdammte Ferengi hat das Kind von einem Versteck zum nächsten gebracht. Wir kennen nicht mal die Hälfte der Orte, an denen er sie versteckt gehalten hat, solange sie durch die Tarnvorrichtung verborgen war. Wie viele Leute sind direkt an ihr vorbeigegangen und wissen es nicht einmal?«

»Und wie viele davon haben seitdem wieder ihre

Raumschiffe bestiegen und sind davongeflogen?« fügte Dax hinzu. »Das gilt übrigens auch für Vung.«

Sisko schloß die Augen und atmete tief durch. »Na schön«, sagte er und streckte die Hände aus. »Darum kümmern wir uns später. Im Augenblick gilt unsere einzige Sorge hier diesem einen Fall, diesem einen Kind.«

»Falls der Antikörper so ähnlich wie der erste arbeitet, müßte ziemlich schnell eine Veränderung eintreten«, sagte Dax.

»Ich weiß nicht, ob wir uns darauf verlassen können«, wandte Dr. Bashir ein. »Bedenken Sie, wir haben es hier mit einer Version des Virus zu tun, die einen weiteren Evolutionsschritt getan hat. Vielleicht läßt es sich viel schwerer abtöten als die vorherige Generation. Und ich will es hundertprozentig abtöten. Wenn der Antikörper das Virus nur in eine zweite Ruhephase treibt, wird dieses Kind später darunter zu leiden haben. Keine halben Sachen, keine zukünftigen Überraschungen; ich will ihr das Leben zurückgeben.«

»Auch nachdem sie zum Tempel gebracht worden ist, wird man sie genau überwachen«, sagte Dax. »Die bajoranischen Mönche, die den Heilorden angehören, sind auf ihre Weise ganz ausgezeichnete Ärzte.«

»Der Tempel ... wann muß sie dorthin gebracht werden?« fragte Bashir.

»Wann ist sie transportfähig?« konterte Commander Sisko.

»Am Abend des *Nis Thamar*«, erwiderte Dax nüchtern und sachlich. »Wie viele Stunden bleiben uns, bis über dem Tempelbezirk die Sonne untergeht?«

»Nein«, sagte Sisko. »Falls der Transport auch nur die geringste Gefahr für das Mädchen darstellt, bleibt es, wo es ist. Ich werde mich persönlich mit den *Dessin-ka* treffen, um einen Kompromiß zu arrangieren. Sie müssen einsehen, daß es besser ist, die Präsentation der *Nekor* im Tempel zu verschieben und das

Mädchen dafür lebendig und gesund zu bekommen. Ich weigere mich, das Leben eines Kindes aufs Spiel zu setzen, um einen willkürlichen Termin einzuhalten.«

»Und was, wenn das Leben des Kindes Bajor Frieden oder Krieg bringen kann?« Kejan Ulli trat in die Krankenstation, ging an Sisko, Dax und Bashir vorbei und baute sich neben dem Fußende von Dejanas Bett auf. »Hier ist sie also. Mögen die Propheten Ihnen Gnade dafür erweisen, was Sie ihr angetan haben.«

»Was haben Sie hier zu suchen?« fragte Sisko. »Sie verletzen unsere Übereinkunft.«

»Dieselbe Übereinkunft, die Sie gerade zu ignorieren vorgeschlagen haben«, erinnerte der Beauftragte der *Dessin-ka* ihn. »Ich gehöre keinem der formellen religiösen Orden an. Solange ich nicht mit der alleinigen Absicht hierherkomme, die *Nekor* zu sehen, verletze ich nicht die Buchstaben der Vereinbarung. Außerdem scheint sie im Augenblick für eine politische Beeinflussung nicht besonders anfällig zu sein. Sie werden ihren Tod verantworten müssen.«

»Sie wird nicht sterben!« rief Dr. Bashir.

»Warum nicht? Weil ihr Tod für die Föderation ein Nachteil wäre?« Er trat einen Schritt auf Dr. Bashir zu. »Ich glaube nicht, daß wir schon das Vergnügen gehabt haben.«

Bashir betrachtete den untersetzten Bajoraner mißtrauisch. »Ich bin Dr. Julian Bashir, der Chefarzt der Station.«

»Doch nicht *der* Dr. Bashir!« Kejan Ullis Freude war zu dick aufgetragen, um echt zu sein. »Herrje, Sie sind eine Legende. Täglich erreichen neue Berichte die Hauptstadt, die Ihre Arbeit in den Flüchtlingslagern im Kaladrys-Tal beschreiben. Sie haben die politische Lage nachhaltig beeinflußt. Einige Leute begreifen nun allmählich, daß die Not unseres Volkes nicht mit dem Abzug der Cardassianer wie durch ein Wunder beendet wurde. Sie erinnern sich nun wieder daran, daß der Rat zwar alle Bequemlichkeiten genießt, es aber Bajoraner gibt, deren einzige Bequemlichkeit ein halb gefüllter Bauch und der Gedanke sind, daß sie nicht ewig leben müssen. Das bereitet der Regierung entschiedenes *Unbehagen*. Herzlichen Glückwunsch, mein Herr.« Er zeigte ein wölfisches Grinsen.

»Das war nie meine Absicht«, erwiderte Dr. Bashir hitzig.

»Das spielt keine Rolle. Sie haben trotzdem meine Bewunderung und meinen Dank. Sie haben nicht nur dafür gesorgt, daß die Regierung das Gesicht verliert, sondern Ihr verlängerter Aufenthalt auf Bajor hat auch bewirkt, daß Sie hier nicht auf die Gesundheit der *Nekor* achten konnten. Wenn sie stirbt, wird dies ein doppelter Schlag für die provisorische Regierung und die Föderation sein.«

»Das hätten sie wohl gern.« Commander Sisko machte sich gar nicht erst die Mühe, eine Frage zu stellen. »Sie interessieren sich lediglich für die Gesundheit des Mädchens, weil es der Föderation schaden wird, sollte sie sterben. Und doch hat Major Kira mir gesagt, daß die *Dessin-ka* es vorzieht, ihre politischen Kämpfe ehrlich und offen zu führen. Ihr größter Stolz ist ihre Ehrlichkeit. Solche Ränkezüge klingen gar nicht nach der *Dessin-ka*. Wer sind Sie also wirklich, Kejan Ulli? Wem dienen Sie in Wirklichkeit?«

Die Zähne des Bajoraners funkelten. »Sehr gut, Commander. Ich *bin* allerdings wirklich ein Mitglied der *Dessin-ka;* die meisten von uns sind Angehörige der einen oder anderen Sekte. Das Komische an einer Gruppe, die solchen Wert auf Ehrlichkeit legt, ist allerdings, wie tölpelhaft sie sein kann. Sie mögen Außenseitern nicht mit ganzem Herzen vertrauen, sind aber der Ansicht, jedes Mitglied ihrer Sekte sei vertrauenswürdig, nur weil man der *Dessin-ka* vertrauen kann. Eine im Kreis verlaufende Logik wie diese bietet meiner kleinen Gruppe ein hervorragendes Versteck. Im Kreis verlaufend ... ha!« Er kicherte über seinen eigenen kleinen Witz. »Wir stehen einem starken Militär genauso positiv gegenüber wie die *Dessin-ka,* sind jedoch der Ansicht, daß sie ein wenig ... wie soll ich es ausdrükken ... *furchtsam* sind, was ihre Ziele betrifft. Sie sehen ihre Gruppe als die einzige an, die rein genug ist, um auf Bajor weise zu herrschen. Sobald sie die Macht an sich gerissen haben, dürfen die anderen ihre eigene Glaubensrichtung behalten, solange sie auch die Gesetze befolgen.« Er rümpfte die Nase. »Eine Verwässerungspolitik! Wir hingegen sind der Ansicht, daß Bajor erst einmal gesäubert werden muß.«

»Natürlich nach Ihrer eigenen Vorstellung von Reinheit«, stieß Sisko hervor.

»Es gibt keine andere. Ist nicht der Kreis die reinste aller Formen?« Er zog das Symbol in der Luft nach.

»Der Kreis ...« Sisko spürte, daß Kejan Ulli von etwas Bedeutungsvollerem als nur von Geometrie sprach.

»Ich verspreche Ihnen, Sie werden noch mehr von uns hören. Wir haben Geduld, Commander; im Augenblick holen wir uns unsere kleinen Siege dort, wo wir sie bekommen, aber eines Tages ... Wir haben in den Sekten bereits ziemlich einflußreiche Positionen erreicht. Ich hatte gehofft, die Erziehung der *Nekor* übernehmen zu können, nachdem sie im Tempel präsentiert worden war. Wenn ich dazu dem Orden beitreten muß ... nun gut; die *Dessin-ka* würde denken, ich täte es für sie.« Er schwelgte in dieser Ironie. »Überlegen Sie doch, wie gut wir unsere Botschaft über ihre Lippen hätten verbreiten können! Aber auch ihr Tod wird für uns nützlich sein. Zum einen wird er viel dazu beitragen, Bajor der Föderation zu entfremden, genau wie die Föderation ihr Bestes gegeben hat, um Bajor dem Kreis und unserer Wahrheit zu entfremden.«

»Nachdem die *Dessin-ka* erfahren hat, daß Sie sie benutzt haben, wird sie sich nicht von der Föderation abwenden.«

Kejan Ullis Lachen hallte scharf und laut durch die Krankenstation. »Und Sie erwarten, daß sie Ihnen *glauben?* Das Wort eines Außenstehenden gegen das eines der ihren?«

»Commander Sisko ist nicht der einzige Zeuge«, sagte Dr. Bashir. »Lieutenant Dax und ich ...«

»Alles Außenstehende.« Kejan Ulli war unbesorgt. »Für die *Dessin-ka* ist mein Wort wie ein Schwur; Ihre Worte sind nur Schall und Rauch. Ob das Kind nun lebt oder stirbt ... meine Sache wird so oder so gewinnen.«

»Verdammt«, murmelte Julian so leise, daß nur Lieutenant Dax ihn verstehen konnte. »Ich wünschte, Major Kira wäre hier. Die Aussage einer Bajoranerin könnte bewirken, was die unsere nicht schafft.«

»Ich glaube, unser Freund Kejan hat sich davon überzeugt, daß Kira nicht hier ist, bevor er sich uns offenbarte«, flüsterte Dax zurück. »Er gehört zur gründlichen Sorte.«

»Ich werde jetzt gehen«, sagte Kejan Ulli. »Ich halte mich aus rein geschäftlichen Gründen auf Deep Space Nine auf und muß einen Termin bei einem hier ansässigen Geschäftsmann wahrnehmen. Es wird nicht lange dauern. Wenn die *Nekor* präsentiert wird, möchte ich wieder in der Hauptstadt sein.« Er verzog angesichts der Bedeutung des letzten Satzes genüßlich das Gesicht und wandte sich zum Gehen.

Doch er wurde fast von den Füßen gerissen, als die Tür der Krankenstation aufgestoßen wurde und Cedra hereingestürmt kam. »Wo ist meine Schwester? Ich will sie sehen ...« Er verharrte abrupt und starrte Dejana entsetzt an. »Nein«, flüsterte er mit zitternder Stimme. »Nein, sie kann nicht tot sein.«

»Sie ist nicht tot, mein Sohn«, versicherte Commander Sisko ihm und legte einen Arm um die Schulter des Jungen. »Dr. Bashir hat ihr gerade eine Spritze gegeben, die sie heilen müßte … heilen wird.«

»*Nein!*« Cedra stieß unter den höchst interessierten Blicken Kejan Ullis Commander Siskos Arm zurück. »Dr. Bashir kann das nicht allein schaffen. Wir müssen aus dem Tempel auf Bajor einen Heiler holen!«

»Ein bewundernswerter Glaube«, sagte Kejan Ulli, der erneut die Maske des hingebungsvollen Dieners der *Nekor* aufgesetzt hatte. »Ein Schatten der Macht der Heiligen ist auf dich gefallen, mein Junge. Die Propheten sprechen durch deine Lippen.«

»*Ich* spreche!« schrie Cedra. »Ich spreche für mich und für Dejana! Ich werde euch keine Spielchen mit ihrem Leben mehr treiben lassen! Wenn ein bajoranischer Tempelheiler sie retten kann, dann *schickt* nach einem. Aber das werdet ihr nicht tun, denn euch allen liegt nur daran, diese Fraktion glücklich zu machen oder dafür zu sorgen, daß jene Fraktion nicht wütend wird. In die Tiefen mit ihnen allen!«

»Cedra, du bist sehr aufgeregt«, sagte Dax und versuchte, ihn zu beruhigen. »Du kannst Dejana jetzt nicht helfen. Dr. Bashir hat alles getan, was in seiner Macht steht. Komm mit mir; wir warten woanders.« Die Trill griff nach dem Jungen, um ihn vom Krankenbett seiner Schwester wegzuholen.

»Autsch!«

Cedra sprang zurück, während Lieutenant Dax eine blutende Hand hochhielt. »Er hat mich gebissen«, sagte sie. Dr. Bashir trat schnell zu ihr, um die Wunde zu behandeln.

»Cedra, du mußt gehen«, sagte Commander Sisko streng. Er wollte den Jungen am Kragen seines Hemdes packen, doch Cedra tänzelte aus seiner Reichweite und sprang neben Dejanas Bett.

»Hör auf damit!« rief Dr. Bashir. »Du reißt sonst wichtige Schläuche heraus, die sie am Leben erhalten.«

Dann beteiligte auch er sich an der Jagd, doch das Kind duckte sich unter seinem Arm hinweg, stand plötzlich auf der anderen Seite des Bettes und stieß eine Reihe von Flüchen aus, die auch die Erwachsenen zum Teil noch nie gehört hatten. Kejan Ullis trockenes, überlegenes Kichern erfüllte den Raum.

Sein Gelächter erstarb abrupt, als Cedra von einem Tablett in der Nähe ein Instrument ergriff, durch den Raum sprang und damit auf sein Herz zielte.

»Du unverschämter kleiner ...« Kejan Ulli hob seine Hand zu einem wuchtigen Schlag.

»Nicht!« rief Dr. Bashir. Man konnte unmöglich sagen, welchen der beiden Bajoraner er meinte. Beide erstarrten.

»Hören Sie auf ihn«, knirschte Cedra. »Er weiß, was das ist.« Er veränderte den Winkel des Stabs, damit die Spitze weiterhin genau auf Kejan Ullis Brust deutete. »Und er weiß, was man damit tun kann.«

»Du anscheinend auch«, erwiderte Kejan Ulli kalt. »Würdest du mich vielleicht aufklären?«

»Das ist eine chirurgische Sonde«, sagte Dr. Bashir. »Der Junge hat oft gesehen, wie ich sie im Lazarett des Lagers benutzt habe. Man kann mit ihr Schnitte jeder beliebigen Tiefe vornehmen, ohne daß es zu exzessiven Blutungen kommt.«

»Was bedeutet, daß Sie wenigstens nicht verbluten werden, wenn ich Ihnen das Herz herausschneide«, sagte Cedra zu Kejan Ulli.

»Kind, warum bedrohst du mich?« versuchte der Mann den Jungen zu beschwatzen. Sein gesamtes Verhalten erlebte eine radikale Veränderung. »Ich bin dein Freund, dein Berater. Ich unterstütze deine Forderung, einen Tempelheiler für deine Schwester hinzuzuziehen.«

»Sie sind ein verdammter Lügner«, erwiderte Cedra. »Sie sind niemandem ein Freund, nur sich selbst.« Er funkelte die anderen an. »Genau wie ihr auch!«

»Cedra, leg das Instrument hin«, sagte Dr. Bashir und trat einen Schritt auf den Jungen zu. Cedra wich zurück, ohne den Arzt aus den Augen zu lassen, und drückte die stumpfe Spitze der Sonde etwas tiefer gegen Kejan Ullis Brust. »Denk doch mal nach. Spielt es eine Rolle, *warum* wir versuchen, deiner Schwester das Leben zu retten, solange es gerettet wird?«

Die Sonde wurde um den Bruchteil eines Zentimeters zurückgezogen. Cedras Unterlippe zitterte. »Das habe ich auch gedacht«, sagte er. »Ich habe gedacht, sie und ich, wir müßten aus diesem Lager raus, ein sicheres Leben finden, ein *gutes* Leben, und es würde keine Rolle spielen, was wir tun müßten, um es zu bekommen. Sie ist so klein, so schwach – wißt ihr, wie oft sie krank wurde, als wir zu dem Lager unterwegs waren? Ich habe sie damals geheilt. Ich habe wilde Kräuter benutzt, wie mein Vater es mir auf unserer Farm beigebracht hat. Sie haben ihr die Kraft gegeben weiterzumarschieren, bis wir das Lager erreichten. Aber was, wenn das Lager zufällig vernichtet werden sollte? Was, wenn mir etwas zustoßen sollte? Dann wäre sie nur ein weiteres Kind unter vielen, ungewollt, allein. Nur auf sich gestellt könnte sie nicht überleben. Für den Fall, daß ich es eines Tages nicht mehr schaffen konnte, mußte ich dafür sorgen, daß sie immer jemanden hat, der sich um sie kümmert – der dafür sorgen *muß*, daß es ihr gut geht. Aber ich lag völlig falsch. Was nutzt es, wenn jemand sich um sie kümmert, nur weil er sie *benutzen* kann? Was wird aus ihr, wenn sie nicht mehr nützlich ist? Hätte ich doch nie gelauscht! Hätte ich doch nie von der *Nekor* gehört! Hätte ich doch …« Seine Stimme erstarb.

Dr. Bashir trat vor und nahm Cedra die Sonde aus der Hand. Der Junge leistete keinen Widerstand, sondern warf sich schluchzend in die Arme des Arztes. »Bewerte nicht alle Angehörigen deines Volkes nach den Taten eines einzigen Mannes«, sagte Bashir. »Dejana ist für viele etwas ganz Besonderes. Sie werden sich um sie kümmern und ihr selbstlos dienen.«

Cedra sah ihm in die Augen. »Was ist mit den anderen? Was ist mit denen, die so sind wie *er?*« Er zeigte mit einem Finger auf Kejan Ulli, der zurückwich und den Saum seiner Robe von dem Kind zurückzog. »Woher sollen wir wissen, wem wir vertrauen können?«

»Vertraue, wem immer du willst«, knurrte Kejan Ulli. »Vertraue meinetwegen auch Starfleet. Sie sind nicht besser als ich. Wenn sie deine Schwester anschauen, sehen Sie nur eine Möglichkeit, die provisorische Regierung etwas länger auf ihren wackligen Beinen zu halten und sich damit eine freie Passage durch das Wurmloch zu sichern.«

»Wenn dem so wäre, Kejan Ulli ... warum hat Commander Sisko denn gerade gesagt, daß er sich weigert, das Mädchen zum Tempel bringen zu lassen, wenn es dadurch gefährdet wird?« fragte Dax ruhig. »Als ich ihn an den Termin erinnerte, hat er gesagt, der spiele keine Rolle. In seinen Augen ist Dejanas Leben wichtiger als die Forderungen von hundert politischen Fraktionen.«

Cedra ging langsam auf Commander Sisko zu. »Sie haben das gesagt?«

»Lieutenant Dax ist ein alter Freund von mir«, erwiderte Sisko. »Aber trotzdem würde sie nicht für mich lügen.«

»Wenn Sie also so viel um Dejanas Gesundheit geben ... werden Sie dann einen Heiler aus dem Tempel kommen lassen?«

»Cedra, wir haben es dir doch schon gesagt: Dr. Bashir hat alles getan, was man für deine Schwester tun kann. Ein Tempelheiler würde nicht ...«

»Schicken Sie nach einem!« rief Cedra. »Schicken Sie sofort nach einem, denn ich schwöre Ihnen, wenn meine Schwester stirbt, werden Sie Ihre *Nekor* niemals bekommen!«

»Eine ziemlich offensichtliche Schlußfolgerung, meinst du nicht auch?« Nun, da sein Leben nicht mehr bedroht wurde, hatte Kejan Ulli seine Selbstsicherheit zurückgewonnen.

Mit perfekter Treffsicherheit spuckte Cedra ihm genau aufs Auge. »So offensichtlich ist das!« sagte er. »Dejana ist nicht die *Nekor!*«

»Das ist unmöglich«, sagte Kejan Ulli barsch. »Alle Berichte, alle Beweise ...«

Cedra lachte verbittert. »Ach, es war so einfach, euch alle zu täuschen! Ihr habt gesehen, was ihr sehen wolltet. Ich habe es ihr eingepaukt, und sie war perfekt. Ich wußte genau, was sie tun mußte, um euch zu überzeugen.«

»Der Junge ist auf seine eigene Schwester eifersüchtig«, sagte Kejan Ulli. »Solch ein Unsinn!«

»Das ist nicht einfache Eifersucht!« sagte Commander Sisko und trat zu dem Jungen. »Woher hast du gewußt, was uns überzeugen würde, daß Dejana die *Nekor* ist?«

»Das war ganz einfach«, sagte Cedra. »Viel schwieriger war, daß Sie alle Zeichen in ihr sehen, ohne sie vorher in mir zu sehen.«

»In dir?«

»Sie ist nicht die *Nekor;* ich bin es.«

»Mögen die Propheten gewähren, daß Ihre Föderationsmedizin eine Heilung für Wahnsinn kennt«, murmelte Kejan Ulli.

Cedra musterte ihn streng. »Man wird herausfinden, wo Ihre wahre Treue liegt«, sagte er. »Die *Dessin-ka* vertraut der Ehrenhaftigkeit ihrer Mitglieder, aber das heißt nicht, daß ihre Augen für Verrat von innen verschlossen sind. Nun, ist *das* Wahnsinn?«

»Du kleiner Mistkerl hast gelauscht ...!« Kejan Ulli sprang auf den Jungen zu, doch Dr. Bashir trat vor ihn, stieß dem Bajoraner den Ellbogen in den Bauch, wirbelte dann herum, schob einen Fuß hinter sein Bein und stieß ihn sanft mitten gegen die Brust. Kejan Ulli stolperte zurück, fiel auf den Boden der Krankenstation, rollte sich wie eine Krabbe zusammen und rang nach Atem.

»Das hast du doch nicht erfahren, indem du gelauscht hast, Cedra«, sagte Dr. Bashir ruhig.

»Habe ich auch nicht«, erwiderte der Junge voller Stolz. »Es gibt Dinge, die ich einfach *weiß*.«

»Wir haben gerade erst damit angefangen, etwas über die bajoranischen Mystiker in Erfahrung zu bringen«, sagte Sisko. »Mehr als nur ein paar der Leute, die im Dienst des Tempels stehen, haben Fähigkeiten, die sich mit den deinen vergleichen lassen. Einige davon sind noch Kinder. Das macht noch keines davon zur *Nekor*. Der Brief der Kai Opaka sprach davon, daß eine Heilerin kommen würde. Er hat nicht viele Einzelheiten genannt, aber eins ist völlig klar: Es muß sich um ein Mädchen handeln.«

Cedra legte den Kopf zurück und stieß ein Heulen der völligen Frustration aus. »Die Vereinbarung besagt, daß keine bajoranischen Mönche auf die Station kommen dürfen. Der Brief der Kai besagt, daß die *Nekor* ein Mädchen sein muß! Die *Nekor* muß bis zum Abend des *Nis Thamar* zum Tempel gebracht werden! Muß, muß, *muß!* Warum öffnet ihr nicht endlich die Augen!«

»Cedra, beruhige dich«, sagte Sisko fest und versuchte, die Hand des Jungen zu ergreifen, doch die seine wurde weggeschlagen.

»Hören Sie mir zu, Commander!« sagte Cedra und richtete den Zeigefinger auf Sisko. »Wenn meine Schwester überlebt, können wir weiterhin vorgeben, sie wäre die *Nekor*, und alle sind zufrieden. Ich werde dafür sorgen, daß sie bei der kleinen Maskerade mitspielt und nichts tut, um den Frieden auf Bajor zu gefährden. Aber wenn sie stirbt« – er legte eine kleine Pause ein, damit die Worte Wirkung erzielten – »wenn sie stirbt, habe ich nicht den geringsten Grund mehr, so zu tun, als wäre sie diejenige, die die Kai angekündigt hat. Dann werde ich vortreten und erklären, wer ich bin. Und ich werde noch mehr tun: Ich werde eine Möglichkeit finden, von dieser Station zu fliehen, nach Bajor zurückzukehren und mich dort – mit Körper und Seele – jeder Fraktion hingeben, die bereit ist, gegen die Föderation und gegen ein friedliches Bajor zu arbeiten!«

»Wie kannst du so etwas sagen, wo du doch selbst erlebt hast, was der Krieg dir angetan hat?« fragte Sisko. Er sprach ruhig und ohne Zorn. Er sah, daß das wilde Gerede des Kindes der Furcht und Hilflosigkeit angesichts von Dejanas schlechtem Zustand entstammte.

»Sollen sie doch lernen, was Krieg wirklich ist«, gab Cedra hitzig zurück. »Soll der Rat es erfahren, sollen die Leute es erfahren, die uns den Rücken zugewandt und so getan haben, als gäbe es die Lager gar nicht! Hätten sie versucht, uns zu helfen, hätten Dejana und ich nicht versucht, das Lager unbedingt zu verlassen, ganz gleich wie. Sollen sie alle es erfahren!«

»Du treibst ein gefährliches Spiel, Cedra«, versuchte Lieutenant Dax zu schlichten. »Angenommen, du kannst die Leute überzeugen, daß trotz allem, was in Kai Opakas letztem Brief steht, der verheißene Heiler ein Junge ist – wie kommst du darauf, daß die Führer Bajors es zulassen, daß du sie auf den Weg des Krieges bringst? Wenn du eine einzige politische Fraktion unterstützt, werden die anderen nicht einfach untätig zusehen. Du wirst ein Symbol sein, ein mächtiges Symbol, das jede einzelne Fraktion zu ihrem Vorteil benutzen will, und sie werden um dich kämpfen. Es wird Krieg geben, aber du wirst das Schlachtfeld sein.«

»Dann werde ich mir die richtigen Verbündeten aussuchen müssen«, sagte Cedra. »Verbündete, die so stark und skrupellos sind, daß sie mich vor den anderen beschützen können. Selbst wenn das bedeutet, daß ich mich mit einem wie *ihm* zusammentun muß.« Er nickte zu Kejan Ulli hinüber, der sich verdrossen aufrappelte und sich den Leib hielt.

»Wenn Hunde um einen Knochen streiten, verliert stets der Knochen, ganz gleich, welcher Hund gewinnt«, sagte Dax. »Sei fair zu dir selbst, Cedra. Du bist begabt – das habe ich selbst gesehen –, aber du hast keine Ausbildung. Im Tempel, oder wo auch immer man dich anständig unterweisen kann, wirst du lernen, die volle Bandbreite deiner Begabung zu nutzen. Was wirst du sein, wenn du alles wegwirfst, nur um Rache zu üben? Ein Symbol – ein hohles –, aber niemals der verheißene Heiler, der zu sein du behauptest.«

»Als ob … als ob dieser … dieser *Scharlatan* irgendwen überzeugen könnte, daß er die *Nekor* ist!« keuchte Kejan Ulli, der sich an einer Tischkante festhielt.

»Wer seid ihr« – Cedra sprach so, daß man seine Worte einfach nicht ignorieren konnte –, »daß ihr mir sagen wollt, was ich kann und nicht kann, wenn kein einziger von euch gesehen hat, wer ich wirklich bin?«

Das Kind ging durch die Krankenstation und legte sich auf ein freies Bett. »Dr. Bashir, untersuchen Sie mich«, bat es leise.

Verwirrt gehorchte Julian und aktivierte das Gerät. Sein Blick huschte über die Anzeigen. Alles schien normal zu sein. Er wollte gerade seine Verwirrung zum Ausdruck bringen, als ihm die Forderung einfiel, die das Kind vor kurzem gestellt hatte: *Warum öffnet ihr nicht endlich die Augen?*

Er überflog die Werte ein zweites Mal, bis sein Blick auf die Zeile fiel, die die Fortpflanzungsfähigkeit der betreffenden Person erläuterte. Bei einer normalen Untersuchung achtete er kaum auf diese Angabe, aber jetzt …

Angesichts dessen, was er sah, weiteten sich seine Augen. »Großer Gott…«, murmelte er und schaute dann Commander Sisko an. »Ich hätte nie gedacht, ich müßte das mal außerhalb eines Kreißsaals sagen, aber…« Ein schiefes Lächeln legte sich auf seine Lippen. »Herzlichen Glückwunsch. Es ist ein Mädchen.«

Cedra grinste zu ihm hinauf. »Ich werde trotzdem kein Kleid tragen, und Sie können mich nicht dazu zwingen.«

»Cedara!« Alle Blicke richteten sich auf Dejana, die sich in ihrem Bett aufgesetzt hatte. Auf ihrem Gesicht lag ein Ausdruck kindlicher Empörung. »Du hast *gepetzt!*«

17

Der Wohlgeruch einer Myriade exotischer Kräuter und Blumen versüßte die Dämmerung in dem kleinen Tempelgarten. Commander Sisko schritt über Schotterwege, deren zufällige Biegungen und Windungen es auch dem Geist erlaubten, frei zu schweifen, und die diejenigen, die Frieden suchten, dem Augenblick der Entdeckung ein Stück näher brachten. Rosafarbene, weiße und goldene Steine blinzelten ihn im Licht der schlanken Fackeln an, die die Bewohner des Tempels trugen, die ebenfalls über die Gartenwege schritten, während das Tageslicht immer schwächer wurde. Ihre Stimmen hoben und senkten sich in dem Gesang, mit dem sie die eintretende Dunkelheit und den Abend des *Nis Thamar* willkommen hießen.

Sisko schaute durch den Garten zum Tempel, dessen goldene Kuppeln noch im letzten violetten Schimmer des Sonnenuntergangs leuchteten. *Wir haben sie gefunden, werte Freundin,* dachte er, während er vor seinem inneren Auge das Gesicht der Kai Opaka sah. *Ich wünschte, Sie könnten hier sein, um die Heilerin Ihrer Vision zu sehen. Ich glaube, Sie würden sie mögen.* Er stellte sich vor, daß die Kai ihn hörte, und lächelte.

In der Mitte des Gartens lag ein Teich mit stillen Wassern, in dem silberne und schwarze Fische schwammen. Er war von fackelbewehrten Tempelangehörigen umgeben, die fast bewegungslos dort standen. Ihre Lichter überzogen die Oberfläche des Teichs mit Flammen. Weltliche Bajoraner, jene in den Gewändern des Tempelordens und einige Personen in Starfleet-Uniformen hatten sich unter die Fackelträger gemischt und warteten. Sisko interessierte sich besonders für eine Gruppe von fünf Bajoranern mit ernsten Gesichtern, die mit ähnlichen Roben bekleidet waren, wie Kejan Ulli sie bevorzugt hatte. Das letzte, was Sisko von dem Doppelagenten gesehen hatte, war dessen schnell entschwindender Rücken gewesen, als er aus der Krankenstation gelaufen war.

Ich konnte nicht mal Odo hinter ihm herschicken, dachte er. *Er hatte ja wirklich nichts Verbotenes getan – noch nicht. Und er hatte recht – die* Dessin-ka *wird keinen Anschuldigungen Glauben schenken, die ein Außenstehender gegen einen der ihren erhebt.* Sisko schaute zur Mitte des Gartens. *Wenigstens hatte er nicht die Frechheit hierherzukommen.*

Die Sonne ging hinter dem Horizont unter. Genau in diesem Augenblick verstummten die Gesänge der Fackelträger. Sie strömten aus allen Ecken des Gartens herbei, um die Lücken zwischen ihren reglos am Teich stehenden Brüdern auszufüllen. Die zahlreichen Fackeln verwandelten das Wasser in eine prachtvolle Miniatursonne.

Während Sisko und die anderen zusahen, wurde das Wasser des Teichs abgesogen. Die schwarzen und silbernen Fische verschwanden schnell außer Sicht, während der schimmernde, sandige Boden sich hob, so trocken, als stamme er aus dem Herzen einer Wüste. Dann fiel der Sand selbst mit dem leise rauschenden Geräusch von Regen zur Seite, während der Grund des Teichs sich abschnittsweise, wie die Blumenblätter einer Seerose, öffnete. Innerhalb des aufblühenden Gebildes aus Sand und Stein stand Talis Cedara. Die ruhige Luft der neugeborenen Nacht geriet in Bewegung, als all jene, die ihr Erscheinen in ihrer Mitte beobachteten, staunend ausatmeten.

Cedra – Cedara – *sieht wunderschön aus,* dachte Sisko,

der sich noch immer nicht daran gewöhnt hatte, das Kind bei seinem richtigen Namen zu nennen. *Kaum zu glauben, daß es sich um denselben Satansbraten handelt, der mit Jake und Nog durch die Station fegte, Lieutenant Dax gebissen hat, das Holosystem durcheinanderbrachte, jenem bajoranischen Jungen die Nase blutig geschlagen hat ...*

Er sah zu, wie zwei Vedeks zum Rand des Teichs gingen und die Rampe betraten, die eins der entfalteten steinernen Blütenblätter bildete, um sich zu Cedara auf die Plattform zu gesellen. Der eine war sein alter Bekannter Vedek Torin, der andere war ihm unbekannt. *Sie ist wie eine Königin, der man huldigt – elegant, würdevoll. Sie ist mit jedem Zentimeter das Kind aus der Prophezeiung.*

Vedek Torin hob die Hände über Cedaras Kopf und sprach die Anwesenden an. Seine Stimme hob und senkte sich in den Kadenzen der uralten Zeremonialsprache, die Commander Sisko bislang nur zwei- oder dreimal gehört hatte, als sie aus dem Schrein auf der Station gedrungen war.

Dann sprach der Vedek so, daß alle ihn verstehen konnten. Er holte den Brief der Kai aus seinem Ärmel, zeigte ihn Cedara und sagte: »Du bist die Heilerin, deren Ankunft durch eine Vision der Propheten vorausgesagt wurde. Wir vertrauen dir das Zeugnis dieser Vision zur Aufbewahrung an.«

Cedara beugte den Kopf über die Schriftrolle. Ihr kurzes Haar war gewaschen und zurechtgemacht worden, so daß es sich in einer leuchtenden Wolke um ihr Gesicht kräuselte. Ihr Ohrring funkelte mit einer wahren Galaxie kristalliner Sterne, fing das Licht der Fakkeln ein und warf eine schwache, süß klingende Musik zurück.

»Wenn die Propheten mir die Macht des Heilens gewähren, werde ich dieses Geschenk der Heilkunst meinem Volk widmen«, sagte sie.

Vedek Torin drehte sich zu der Menge um. »Wie die

Weisheit der Propheten alle willkommen heißt, heißt auch das Kind der Prophezeiung alle willkommen. Jeder, der mit ihm sprechen möchte, möge vortreten.«

Die weltlichen Zeugen beeilten sich, der Aufforderung nachzukommen, und bildeten eine Schlange, doch niemand drängelte, schob oder stieß. Vedeks bezogen Position um den Teich und auf der steinernen Rampe, um die Bittsteller zu ihr zu geleiten und die Schlange in Bewegung zu halten.

Commander Siskos Bewunderung für Cedara wuchs mit dem Verlauf der Zeremonie der Präsentation. Sie hatte ein Wort und ein Lächeln für jeden, der vor sie trat. Sie und diejenigen, die gekommen waren, um sie zu sehen, sprachen zu leise, als daß Sisko etwas hätte verstehen können, aber er stellte fest, daß niemand argwöhnisch oder enttäuscht von ihr ging.

Die Delegation der *Dessin-ka* bestieg die steinerne Rampe zuletzt. Angeführt von einem löwenmähnigen Bajoraner mit eisengrauem Haar, traten sie gemeinsam vor Cedara. Sisko sah, wie der Anführer die Stirn runzelte, als er sich an Cedara wandte. Was auch immer er sagte, seine Worte ließen die in der Nähe stehenden Vedeks zusammenzucken. Vedek Torin hob die Hände und trat vor, doch eine Geste Cedaras bewirkte, daß er sich wieder zurückzog, und die ermahnenden oder tadelnden Worte, die auf seinen Lippen lagen, blieben ungesagt.

Mit einer sanften Geste bedeutete Cedara dem Anführer der *Dessin-ka*, er solle den Kopf heben und sie ansehen. Kaum befand er sich in der Reichweite ihrer Arme, ergriff sie sein Ohr und drückte ihre Wange gegen die seine. Sisko sah, daß ihre Lippen sich kurz bewegten, bevor sie ihn wieder losließ. Er starrte sie ehrfürchtig an und fiel dann auf die Knie. Seine Gefolgsleute taten es ihm gleich. Seine Stimme grollte durch die von Fackeln erhellte Dunkelheit, doch auch er sprach zu leise, als daß Sisko die Worte verstehen konnte.

»Erhebe dich.« Nun sprach Cedara mit klarer, laut hallender Stimme, die durch den gesamten Garten drang. »Ich werde mich nicht verehren lassen. Ich bin gekommen, um zu heilen, und nicht, um jenen den Rücken zuzuwenden, die der Heilung am meisten bedürfen. Dein Versprechen ist mir genug.«

Zitternd gehorchten die *Dessin-ka*, erhoben sich und machten ein Zeichen der Ehrfurcht. »Wenn dies dein Wunsch ist, werden wir dich nicht verehren«, sagte der Anführer, und endlich sprach er so laut, daß auch Sisko ihn verstehen konnte. »Aber wir werden nach den Worten leben, die du in dieser Nacht zu mir gesprochen hast.«

Cedara bedachte ihn mit ihrem freundlichsten Lächeln. »Mehr verlange ich nicht.«

Als der letzte der *Dessin-ka* die steinerne Rampe hinter Cedara hinabging, verließen die Vedeks die Plattform und kehrten an den Rand des Teichs zurück. Nur Vedek Torin und Cedara blieben dort stehen. Langsam hoben sich die unterteilten Brücken und schlossen sich über ihren Köpfen, während die Plattform wieder unter die Oberfläche des Teiches sank. Im Garten war lediglich das Geräusch des Wassers zu hören, das in sein Bett zurückfloß, und das gedämpfte Plätschern der schwarzen und silbernen Fische, die zu den Monden Bajors hochsprangen.

In einem abgeschirmten Vorraum des Tempels erhob Commander Sisko sich gerade noch rechtzeitig von seiner Bank, als Cedara sich in seine Arme warf. Das barfüßige Kind kletterte wie ein Äffchen an einem Bananenbaum an Benjamins Körper hinauf und schlang die Arme um seinen Hals.

»Sie haben mich *gezwungen*, ein Kleid zu tragen!« klagte das Mädchen.

»Und du hast darin sehr hübsch ausgesehen«, sagte Sisko und versuchte, sich ein Lächeln zu verbeißen.

»Ach, das will ich nicht hoffen. Dann werden sie mich zwingen, es noch mal zu tragen.«

»Ich habe das Gefühl, daß niemand auf Bajor dich zu etwas zwingen kann, das du nicht willst. Und ganz bestimmt nicht zweimal.«

»Einmal war schon schwierig genug«, sagte Vedek Torin, der gerade den Raum betreten hatte. »Wir konnten von Glück sprechen, eine Novizin zu finden, der es gelang, das Kind zu überreden, das Gewand nur für ein paar Stunden anzulegen.«

»Ich mag sie«, flüsterte Cedara Sisko ins Ohr. »Sie ist neu hier, aber sehr nett. Ich will, daß sie sich um uns kümmert, wenn Dejana wieder gesund ist und ebenfalls hier wohnt.«

»Das müßte doch bestimmt zu arrangieren sein«, erwiderte Benjamin. »Als ich hier auf dich gewartet habe, habe ich übrigens zufällig mit Dr. Bashir gesprochen. Deine Schwester erholt sich mit phantastischer Schnelligkeit, und er hat mir mitgeteilt, daß sämtliche Spuren des Virus in ihrem Körper ausgelöscht wurden.«

»Heißt das, daß sie sofort hierherkommen kann?«

»Ziemlich bald – *falls* sie dir schon verziehen hat, daß du das Geheimnis verraten hast.«

Cedara seufzte. »Ich muß auf die Station zurückkehren und ihr erklären, daß wir von jetzt an ein anderes Spiel spielen werden.« Sie löste die Arme von Siskos Hals und glitt zu Boden. Ihr Haar war noch immer elegant frisiert, und ihr Ohrring funkelte, doch es war ihr gelungen, ein normales Hemd und Arbeitshosen in die Hände zu bekommen – überdies noch schmutzige. Talis Cedara, Kind der Prophezeiung, hatte sich wieder in Talis Cedra, Kind der übermütigen Streiche, verwandelt.

»Weißt du, Cedara, nun, da du die *Nekor* bist, mußt

du dann und wann vielleicht Kleider tragen«, zog Sisko sie auf.

Das Mädchen verzog den Mund. »Und ich habe Dejana gesagt, das Schönste daran, die *Nekor* zu sein, sei, daß niemand sie zwingen könne, etwas zu tun, was sie nicht will.«

»Wie schade«, sagte Vedek Torin. »Sogar die Kai Opaka war oft gezwungen, Rollen anzunehmen, die ihr nicht gefielen.« Er tätschelte vorsichtig ihre Schulter. Dabei erweckte er eher den Eindruck, eine heilige Reliquie zu berühren, als einem Kind Trost zu spenden.

»Ob nun mit oder ohne Kleid, im Garten hast du dich sehr gut benommen«, sagte Commander Sisko. »Wie ich gehört habe, ist es nicht leicht, ein Mitglied der *Dessin-ka* zu beeindrucken, nicht einmal, wenn man ihre verheißene *Nekor* ist.«

»War das nicht wunderbar?« warf Vedek Torin ein. »Sie hat der provisorischen Regierung die Unterstützung der *Dessin-ka* gesichert. Nicht einmal die Kai Opaka war dazu je imstande.«

»Ich konnte nicht alles hören, was in der Mitte des Gartens gesprochen wurde«, sagte Sisko. »Ich war der Ansicht, die Anwesenheit eines Ungläubigen sei nicht angemessen, daher habe ich mich im Hintergrund gehalten. Hat sie das wirklich geschafft?«

Cedara zuckte mit den Achseln. »Es war ganz einfach. Ich habe ihm ein Geschenk gemacht, und er hat mir dafür den Treueeid geleistet.«

»Was für ein Geschenk?« fragte Sisko.

»Ein paar seiner Geheimnisse, die für mich keine Geheimnisse waren«, erwiderte Cedara. »Und den Namen eines Mannes, den er lieber im Auge behalten sollte. Kejan Ulli wird allein aufgrund seines Ehrenworts in der *Dessin-ka* wohl nichts mehr bewirken können.«

Commander Sisko warf den Kopf zurück und

lachte. »Ausgezeichnet!« Er reichte ihr die Hand. »Bist du jetzt bereit, nach Deep Space Nine zurückzukehren?« Cedara nickte eifrig.

Vedek Torin schaute gequält drein. »Ist das wirklich nötig? Es gefällt mir nicht, daß das Kind den Tempelbezirk verläßt. Es gibt so viel zu tun, für ihre Ausbildung müssen so viele Vorkehrungen getroffen werden...«

»Und für die meiner Schwester«, erinnerte Cedara ihn. »Wir lassen uns nicht trennen. Sie können mich zwingen, das dumme Kleid zu tragen, aber Sie können uns nicht auseinanderbringen.«

»Daran denken wir wirklich nicht«, versprach der Vedek ihr. »Du hast mein Wort. Ich habe bereits alles mit Commander Sisko besprochen. Deine Schwester wird hierhergebracht, sobald es ihr wieder besser geht. Oder vertraust du meinem diesbezüglichen Versprechen nicht?«

»Sie kehrt nicht wegen Dejana auf die Station zurück«, beruhigte Sisko den Vedek. »Sie will sich nur von ihren Freunden verabschieden.«

Cedara ergriff die Hände des Vedek und sah ihm in die Augen. »Ich werde nicht mehr vor meiner Pflicht davonlaufen. Sie können *meinem* diesbezüglichen Versprechen vertrauen.«

Die Abschiedsparty für Talis Cedara im Replimat bestand aus langen, unbehaglichen Phasen des Schweigens und plötzlichen, unbeholfenen Ausbrüchen von Gesprächen. Jake spielte mit seinem Eisbecher, bis nur noch brauner Matsch in der Schüssel schwamm, und Nog bedachte das Mädchen immer wieder mit verstohlenen Blicken, die zu besagen schienen: *Du bist in Wirklichkeit doch gar nicht weiblich, oder? Doch, du bist es. Nein, du bist es nicht. Wie* konntest *du nur!* Als einziger Erwachsener in der Runde war Commander Sisko aufrichtig erfreut, als er sah, daß Dr.

Bashir das Restaurant betrat und ihm hektisch zuwinkte.

»Commander!« rief Bashir und kam sofort an ihren Tisch gelaufen. »Ich habe gerade wunderbare Nachrichten bekommen. Ich habe meine Untersuchungsergebnisse über das bajoranische Lagerfieber in all seinen Manifestationen an die medizinische Fakultät von Starfleet geschickt. Selok von Vulkan, mein alter Professor, hat ein paar weitere intensive Untersuchungen der Daten vorgenommen. Er hat mir gerade mitgeteilt, daß die physische Konfiguration des Virus selbst inkompatibel mit nichtbajoranischen Wirten ist. Damit ist die Gefahr einer Epidemie außerhalb des Planeten ausgeschlossen.« Er stützte die Ellbogen auf der Lehne von Siskos Stuhl ab und wandte sich an Cedara. »Weißt du, deine Schwester hat mir die geheime Zeichensprache erklärt, mit der ihr beide alle anderen an der Nase herumgeführt habt.«

»Zeichensprache?« Jake vergaß plötzlich den Schock, der sich bei ihm eingestellt hatte, als er herausgefunden hatte, daß sein ehemaliger bester Freund – und Zimmergefährte – ein Mädchen war. Nog schnaubte lediglich.

»Wir haben sie uns ausgedacht, als wir unterwegs waren«, erklärte Cedara. »Manchmal mußten wir uns verstecken und völlig still sein, uns aber trotzdem etwas mitteilen.« Sie kicherte. »Ich sage euch: Die Leute schauen nicht richtig hin. Als alle glauben sollten, Dejana sei die *Nekor*, stand ich einfach hinter jedem, der ihr Fragen gestellt hat, und habe ihr mit der Zeichensprache mitgeteilt, was sie sagen soll. Deshalb klang sie so, als wüßte sie so viel. Wir haben sogar Lieutenant Dax hereingelegt, und die ist innen *sehr alt!*«

»Euer Versteckspiel hätte fast eine ganze Welt erschüttert.« Nun, da die Krise ausgestanden war, konnte Sisko mit Gleichmut sprechen. »Hättet ihr euch nicht eine andere Möglichkeit ausdenken können, um Dejanas Zukunft zu sichern?«

»Ich habe es versucht«, sagte Cedara. »Zuerst dachte ich, wenn ich Dr. Bashir helfen würde, würde er uns vielleicht mitnehmen, sobald er auf die Station zurückkehrt. Vielleicht würde er mich sogar als Heilerin ausbilden! Auf Bajor muß man einem Heilorden angehören, um respektiert zu werden, aber ich wollte keinem beitreten. Dann muß man sein ganzes Leben dem Tempel widmen! Aber dann habe ich gehört, daß sie nach der *Nekor* suchen, und ... nun ja ...« Sie kicherte erneut.

»Du hast mir sehr geholfen, Cedara«, sagte Dr. Bashir. »Du wirst bestimmt eine sehr gute Heilerin werden.«

»Ich glaube ...«, sagte das Mädchen nachdenklich. »Ich glaube, das sollte ich auch sein. Nicht die *Nekor*, nicht nur ein Symbol. Dejana und mir geht es jetzt gut, aber was ist mit den anderen? Mit den Kindern, die noch in den Lagern leben müssen, für die es keinen Ausweg gibt? Sie brauchen Heiler – Heiler wie Sie, Dr. Bashir, die sich nicht nur um ihren Körper, sondern auch um ihren Geist kümmern. Ich weiß, als Ärztin kann ich Bajor mehr nutzen denn als *Nekor*.« Sie klang niedergeschlagen.

»›Ich bin gekommen, um zu heilen, und nicht, um jenen den Rücken zuzuwenden, die der Heilung am meisten bedürfen‹«, wiederholte Commander Sisko die Worte, die Cedara im Garten gesprochen hatte. »Warum sagst du Vedek Torin nicht, was du gerade uns gesagt hast, Cedara?«

»Meinen Sie denn, er würde zuhören?« fragte Cedara, und ihre Augen waren voller Hoffnung.

»Ich könnte dich begleiten und dir dabei helfen, wenn du ihn zum Sehen bringst«, bot Dr. Bashir an. Dann wandte er sich schnell an Commander Sisko. »Das heißt, mit Ihrer Erlaubnis, Sir.«

»Erlaubnis gewährt. Aber versuchen Sie diesmal, etwas schneller nach Hause zurückzufinden«, scherzte Sisko. Dann fügte er ernsthaft hinzu: »Wir brauchen Sie hier, Doktor.«

Julian strahlte. »Jawohl, *Sir!*«

»Mich hat sie nicht hereingelegt!« explodierte Nog ohne jede Vorwarnung. »Ich habe von Anfang an gewußt, daß sie ein Mädchen ist!«

»Wann hast du es gewußt, Nog?« fragte Jake spöttisch. »Bevor sie dich zu Boden geworfen und sich auf dich gesetzt hat, oder danach?«

»Na warte, du ...!« Der Ferengi sprang Jake an, und die beiden Jungs begannen mitten im Replimat zu raufen.

»Glaubst du, so etwas kannst du auch heilen, Cedara?« fragte Dr. Bashir spitzfindig.

Cedara sah zu, wie Commander Sisko sich in das Getümmel warf, um die beiden Kampfhähne voneinander zu trennen. *»Männer.«*

EPILOG

Dr. Bashir ging mit Vedek Torin durch den Tempelbezirk. Er hatte noch nie die Wunder dieses größten aller bajoranischen Heiligtümer gesehen, die auch noch beeindruckend waren, nachdem die Cardassianer versucht hatten, sie zu zerstören. Sie hatten sich schon seit geraumer Zeit unterhalten, wobei Vedek Torin zu dem Gespräch jedoch wenig mehr als ein gelegentliches zustimmendes Murmeln beigetragen hatte.

»Sie haben Talis Cedaras Anliegen beredsam vorgetragen, Dr. Bashir«, sagte der Bajoraner schließlich. »Vielleicht haben Sie Ihren wahren Beruf verfehlt und wären besser Anwalt geworden.«

»Ich weiß, was ich hätte werden sollen«, erwiderte Julian. »Genau das, was ich bin.«

»Aber Sie haben nicht gewußt, wie Sie dies am besten sein können«, erklärte der Vedek. »Nicht, bis Sie dem Kind begegnet sind.«

»Cedara? Aber sie hat doch nie ...«

»Ich habe nicht gesagt, *wie* Ihre Augen geöffnet wurden, oder auch nur, ob ich dieses Kind gemeint habe.« Vedek Torins Gesicht war völlig gelassen.

Angesichts der Worte des Vedeks fiel Julian die Vision von der Höhle wieder ein. Der Arzt schüttelte den Kopf. »Ich kann Ihnen wirklich nicht folgen, Vedek Torin. Ich weiß lediglich, irgendwie hat sich bei mir das Verständnis eingestellt, daß ich immer imstande sein werde, etwas für die Kinder Bajors zu tun, auch wenn ich nicht vor Ort sein kann, um die unmittelbaren Früchte meiner Arbeit zu sehen.«

»Es spielt keine Rolle, ob wir die Früchte je genießen können; wir müssen die Bäume trotzdem pflanzen«, sagte Vedek Torin.

»Gerade deshalb sollten Sie Cedara erlauben, sich als Heilerin ausbilden zu lassen, selbst wenn sie nie einem der Tempelorden beitreten sollte. Ich selbst bin bereit, an ihrer Ausbildung mitzuwirken und, wenn es soweit ist, ihr Studium an der medizinischen Fakultät von Starfleet zu finanzieren. Als Ärztin könnte sie Ihrer Welt mehr bieten denn …«

»… als die *Nekor?* Soll sie ihre geistliche Berufung völlig zurückweisen?«

»Vedek Torin, ich habe Talis Cedara und ihre Schwester auf ihre Bitte hin hierherbegleitet.« Julian zögerte. Was er dem Vedek sagen mußte, ließ sich nicht so einfach ausdrücken. »Auf dem Weg hierher, im Flitzer, hat sie mir gesagt, daß sie … daß sie nicht genau weiß, ob sie eine geistliche Berufung hat. Ja, sie hat gewisse Gaben, aber …«

Vedek Torin zog die Hände aus den Ärmeln seiner Robe. Er klatschte laut, und aus den Schatten tauchte eine Novizin auf. »Hole das Kind Talis Cedara«, sagte er leise.

Kurz darauf wurde eine etwas müde Cedara zu dem Arzt und dem Vedek geführt. Sie standen vor einer Meditationsnische, in der das Objekt der Betrachtung eine winzige tönerne Tasse mit auffallender frühlingsgrüner Glasur war. Daneben stand ein kleiner silberner Krug auf einem bronzenen Dreifuß.

»Ich habe gerade viel von deinen Wünschen gehört«, sagte Vedek Torin zu dem Mädchen. »Aber die Worte sind nicht über deine Lippen gekommen. Muß ich davon ausgehen, daß du diesen Mann rufen wirst, wann immer du mir etwas zu sagen hast? Das könnte ziemlich umständlich werden.«

»Ich … ich hatte Angst, daß Sie wütend sein werden«, erwiderte Cedara. »Ich hatte Angst, wenn ich Ihnen sage, daß ich ein Heiler wie Dr. Bashir werden will, würden Sie mir antworten, daß ich die Vision der Kai Opaka verrate.«

»Hast du den letzten Brief der Kai dabei, Kind?«

Cedara wurde ungehalten. »Sie haben ihn mir anvertraut. Ich würde ihn niemals aus der Hand geben.«

»Zeige ihn mir.«

Cedara war noch immer auf der Hut, als sie die Schriftrolle hervorzog und dem Vedek gab. Er rollte sie in der Nische auf und winkte das Mädchen herbei. »Sag mir, was du hier siehst«, sagte er.

»Da steht, daß ich die *Nekor* sein muß«, murmelte Cedara verdrossen, ohne auch nur einen Blick auf die Schriftrolle zu werfen.

Vedek Torin kicherte. »Und das ist das Kind, das geglaubt hat, nur es selbst könne richtig hinschauen!« sagte er zu Dr. Bashir. An Cedara gewandt wiederholte er: »Was siehst du?« Sein Finger schwebte über der Oberfläche der Schriftrolle, berührte die mit schwarzer Tinte geschriebenen Zeilen aber nicht. Statt dessen wies er auf den breiten, goldenen Zierrand auf dem blauen Untergrund.

Cedara starrte das gekräuselte Muster an, und ihre Augen wurden größer. »Das … das sind Buchstaben!« rief sie. »Nicht nur eine Verzierung, die die Rolle schmücken soll; das sind Buchstaben!«

»Auch ich habe es erst vor kurzem herausgefunden, während ich über der letzten Mitteilung der Kai Opaka meditierte. Die Propheten haben es für angemessen befunden, mir die Augen zu öffnen und sie wirklich sehen zu lassen, was sich die ganze Zeit über vor ihnen befunden hat. Wenn hier Buchstaben für dich stehen, Kind, wäre es nicht richtig, sie ungelesen zu lassen«, sagte Vedek Torin sanft.

Dr. Bashir spähte über Cedaras Schulter. »Buchstaben?« wiederholte er. »In diesem Ornament am Rand?« Er runzelte die Stirn. »So eine bajoranische Schrift habe ich noch nie gesehen.«

»Die Nachricht wurde von jemandem geschrieben, der wollte, daß nur ganz bestimmte Augen ihre wirkliche Bedeutung finden«, erwiderte Vedek Torin. »Es handelt sich um eine Sprache, die älter ist als die, die wir bei unseren Zeremonien benutzen, und die nur eine Handvoll Gelehrter kennt.« Er lächelte, als er Cedaras Gesicht sah. Das Mädchen studierte die uralten Lettern angestrengt.

»Ich glaube ... ich glaube, ich verstehe es«, sagte Cedara und begann laut zu lesen: »Der Feind ist fort, und wir kehren zu unseren alten, streitsüchtigen Wegen zurück, ohne einen weiteren Gedanken daran zu verschwenden, was unser Wahnsinn dieser Welt, diesem Tag und dem Morgen antut. Wenn wir überleben wollen, muß eine Heilerin gefunden werden, die die hundert kriegführenden Fraktionen Bajors zusammenführen kann. Die Propheten haben mir in ihrer Weisheit gezeigt, daß diese Heilerin ein Kind ist – ein beliebiges Kind. Wo ist das so herzlose Ungeheuer, das in die Augen eines Kindes schauen kann, das den Krieg gekannt hat, und mit der Hand trotzdem zum Schwert greifen kann, um neue Schlachten zu führen? Die Zeit der Erfüllung der uralten Prophezeiung ist noch nicht gekommen, doch unsere Heilerin müssen wir jetzt finden. Dieselben Fraktionen, deren Streitigkeiten die Regierung und unsere Hoffnung auf Einheit und Frieden schwächen, werden miteinander wetteifern, die Erfüllung ihrer jeweils eigenen Sache in dem Kind der Prophezeiung zu sehen. Sie werden sich in ihrem Namen vereinigen, und in ihrem Namen werden unsere Welt, unsere Kinder und unsere Seelen geheilt werden. Mögen die Propheten mir in ihrer Gnade vergeben, was ich in ihrem Namen tue, indem ich die Prophezeiung im Namen der Gnade ausspreche.«

Cedara hob den Blick von der Schriftrolle. »Dann … bin ich gar nicht die *Nekor?*« Sie klang, als wüßte sie nicht, ob sie glücklich oder traurig sein sollte.

Dr. Bashir nahm sie in den Arm. »Was du bist, hat sich nicht verändert. Und was du tun kannst, bleibt ebenfalls das gleiche.«

»Aber wenn die Prophezeiung keine Bedeutung hat, bin ich … bin ich überflüssig«, sagte das Mädchen ganz leise.

»Kind, nimm das hier.« Vedek Torin gab ihr die Tasse aus der Meditationsnische. Sie umschloß sie verständnislos mit den Händen, während er sie mit Trinkwasser aus dem silbernen Krug füllte. Sofort leckte das Wasser durch zahlreiche unsichtbare Sprünge in dem zerbrechlichen Gefäß. Automatisch legte Cedara die Finger über die Sprünge, so daß kein Tropfen Wasser mehr zu Boden fiel.

»Siehst du?« Der Vedek lächelte. »Es ist nicht überflüssig, einen schönen Gegenstand wiederherzustellen, ob es nun eine Tasse oder eine Welt ist … Heilerin.« Er nahm ihr die Tasse aus den Händen. Die Sprünge waren versiegelt.

Später ging Julian mit Cedara durch den Garten. Das Mädchen hielt seine Hand und plauderte eifrig über ihre Pläne für die Zukunft.

»… und ich werde mit den Tempelheilern studieren, und ich werde Ihnen schreiben und mit Ihnen sprechen und Sie besuchen, wann immer es mir möglich ist … Das muß ich einfach, Dejana hat sich in Sie verliebt und wird mir nie verzeihen, wenn ich ihr nicht *irgendeinen* Vorwand biete, Sie zu sehen … und es ist wirklich ein Glück, daß diese Novizin, die sich um uns kümmert, ebenfalls zur Heilerin ausgebildet wird, und sie ist schrecklich nett, und Sie müssen sie unbedingt kennenlernen, und … Oh! Da ist sie ja, da drüben bei Dejana! Kommen Sie!«

Sie zog die Hand aus der Dr. Bashirs und lief durch

den Garten zu Dejana hinüber, die im Schatten eines Obstbaums saß, neben einer Frau, die mit dem traditionellen Gewand der Tempelnovizinnen bekleidet war. Julian folgte ihr angemessenen Schrittes. »Talis Cedara hat gesagt, ich müsse Sie unbedingt kennenlernen«, begann er, als er die kleine Gruppe unter dem Baum erreicht hatte.

Die Worte erstarben auf seinen Lippen, als die Novizin den Kopf hob und er in Borilak Jalikas Gesicht sah.

Sie erhob sich mit derselben atemberaubenden Anmut, an die er sich aus den Höhlen erinnerte, und ihr Lächeln durchdrang ihn wie ein Messer. Während er sie anstarrte, nahm Cedara Dejana bei der Hand und schleppte ihre kleine Schwester davon, um mit ihr zwischen den blühenden Sträuchern und Hecken Verstecken zu spielen.

»Du scheinst dich nicht zu freuen, mich zu sehen, Julian«, sagte Jalika mit einem Anflug von Melancholie in der Stimme.

»Ich habe… ich hätte nie erwartet, dich hier zu sehen… dich überhaupt so… so zu sehen…« Er zeigte hilflos auf die alles verhüllende Robe. Mit einem plötzlichen Schmerz erinnerte er sich daran, was sie ihm über das Leben einer Tempelnovizin erzählt hatte, die Heilerin werden wollte. »In deinem Leben gibt es keinen Platz mehr für mich, nicht wahr?« fragte er heiser. »Deine gesamte Welt besteht nur noch aus dem Studium, der Hingabe, der Arbeit… Ich kann jetzt nur noch darauf hoffen, für dich ein… ein Lehrer zu sein.«

»Ich könnte mir keinen besseren wünschen. Wenn meine Unterweiser hier es erlauben…«

»Ich will mehr als das, Jalika, und das weißt du auch.«

»Mehr als das kann es für uns nicht geben, Julian.« Ihre Worte versickerten wie Wasser im Sand. »Jetzt nicht mehr.«

Er legte die Hände auf ihre Schultern. »Wie konntest

du das tun? Wie hast du diese Wahl treffen können, wo du doch gewußt hast, daß …«

»Ich habe mich freiwillig für die Welt des Heilens entschieden, Julian«, sagte sie und schüttelte seine Hände sanft ab. »Genau wie du, schon vor langer Zeit. Erinnerst du dich noch, wie du mir gesagt hast, es sei falsch, dich in der Höhle festzuhalten, dich daran zu hindern, auch weiterhin anderen zu helfen, die deine Fertigkeiten vielleicht brauchen?«

»Ich erinnere mich daran.« Seine eigenen Worte blieben ihm in der Brust stecken und schmerzten. »Ich habe dir gesagt, auch du wüßtest, daß es falsch ist, ganz gleich, was wir füreinander empfinden.« Er atmete tief ein und langsam wieder aus. »Du wirst eine gute Heilerin sein, Jalika. Du hast die richtige Wahl getroffen.«

»Ich habe meine Wahl nicht wegen oder trotz meines Vaters getroffen – oder wegen irgendeiner anderen Person; nur wegen mir selbst. Ich möchte, daß du auch das weißt.«

»Ich wäre zurückgekommen, Jalika«, sagte er. Es klang wie eine Bitte um Verzeihung. »Ich habe versprochen, zu dir zurückzukommen.«

»Du bist zurückgekommen, Geliebter.« Sie schaute zu Boden. »Wir beide sind zu dem zurückgekehrt, von dem wir wissen, daß wir es sein müssen.«

Ihre bleiche Hand stahl sich in seine dunklere, drückte sie kurz und zog sich wieder zurück. Er wußte, daß sie die Wahrheit sprach. Durch mehr miteinander verbunden, als eine Umarmung es je ausdrücken konnte, standen sie nebeneinander. Über ihnen erklangen die lachenden Stimmen der Kinder, die von den Tempelmauern zurückgeworfen wurden und durch den Garten hallten.

STAR TREK™

in der Reihe
HEYNE SCIENCE FICTION & FANTASY

STAR TREK: CLASSIC SERIE

Vonda N. McIntyre, Star Trek II: Der Zorn des Khan · 06/3971
Vonda N. McIntyre, Der Entropie-Effekt · 06/3988
Robert E. Vardeman, Das Klingonen-Gambit · 06/4035
Lee Correy, Hort des Lebens · 06/4083
Vonda N. McIntyre, Star Trek III: Auf der Suche nach Mr. Spock · 06/4181
S. M. Murdock, Das Netz der Romulaner · 06/4209
Sonni Cooper, Schwarzes Feuer · 06/4270
Robert E. Vardeman, Meuterei auf der Enterprise · 06/4285
Howard Weinstein, Die Macht der Krone · 06/4342
Sondra Marshak & Myrna Culbreath, Das Prometheus-Projekt · 06/4379
Sondra Marshak & Myrna Culbreath, Tödliches Dreieck · 06/4411
A. C. Crispin, Sohn der Vergangenheit · 06/4431
Diane Duane, Der verwundete Himmel · 06/4458
David Dvorkin, Die Trellisane-Konfrontation · 06/4474
Vonda N. McIntyre, Star Trek IV: Zurück in die Gegenwart · 06/4486
Greg Bear, Corona · 06/4499
John M. Ford, Der letzte Schachzug · 06/4528
Diane Duane, Der Feind – mein Verbündeter · 06/4535
Melinda Snodgrass, Die Tränen der Sänger · 06/4551
Jean Lorrah, Mord an der Vulkan Akademie · 06/4568
Janet Kagan, Uhuras Lied · 06/4605
Laurence Yep, Herr der Schatten · 06/4627
Barbara Hambly, Ishmael · 06/4662
J. M. Dillard, Star Trek V: Am Rande des Universums · 06/4682
Della van Hise, Zeit zu töten · 06/4698
Margaret Wander Bonanno, Geiseln für den Frieden · 06/4724
Majliss Larson, Das Faustpfand der Klingonen · 06/4741
J. M. Dillard, Bewußtseinsschatten · 06/4762
Brad Ferguson, Krise auf Centaurus · 06/4776
Diane Carey, Das Schlachtschiff · 06/4804
J. M. Dillard, Dämonen · 06/4819
Diane Duane, Spocks Welt · 06/4830
Diane Carey, Der Verräter · 06/4848
Gene DeWeese, Zwischen den Fronten · 06/4862
J. M. Dillard, Die verlorenen Jahre · 06/4869

STAR TREK™

Howard Weinstein, Akkalla · 06/4879
Carmen Carter, McCoys Träume · 06/4898
Diane Duane & Peter Norwood, Die Romulaner · 06/4907
John M. Ford, Was kostet dieser Planet? · 06/4922
J. M. Dillard, Blutdurst · 06/4929
Gene Roddenberry, Star Trek (I): Der Film · 06/4942
J. M. Dillard, Star Trek VI: Das unentdeckte Land · 06/4943
David Dvorkin, Die Zeitfalle · 06/4996
Barbara Paul, Das Drei-Minuten-Universum · 06/5005
Judith & Garfield Reeves-Stevens, Das Zentralgehirn · 06/5015
Gene DeWeese, Nexus · 06/5019
D. C. Fontana, Vulkans Ruhm · 06/5043
Judith & Garfield Reeves-Stevens, Die erste Direktive · 06/5051
Michael Jan Friedman, Das Doppelgänger-Komplott · 06/5067
Judy Klass, Der Boacozwischenfall · 06/5086
Julia Ecklar, Kobayashi Maru · 06/5103
Peter Norwood, Angriff auf Dekkanar · 06/5147
Carolyn Clowes, Das Pandora-Prinzip · 06/5167
Diana Duane, Die Befehle des Doktors · 06/5247
V. E. Mitchell, Der unsichtbare Gegner · 06/5248
Dana Kramer-Rolls, Der Prüfstein ihrer Vergangenheit · 06/5273
Michael Jan Friedman, Schatten auf der Sonne · 06/5179
Barbara Hambly, Der Kampf ums nackte Überleben · 06/5334
Brad Ferguson, Eine Flagge voller Sterne · 06/5349
Gene DeWeese, Die Kolonie der Abtrünnigen · 06/5375
Michael Jan Friedman, Späte Rache · 06/5412
Peter David, Der Riß im Kontinuum · 06/5464
Michael Jan Friedman, Gesichter aus Feuer · 06/5465
Peter David/Michael Jan Friedman/Robert Greenberger, Die Enterbten · 06/5466
L. A. Graf, Die Eisfalle · 06/5467

STAR TREK: THE NEXT GENERATION
David Gerrold, Mission Farpoint · 06/4589
Gene DeWeese, Die Friedenswächter · 06/4646
Carmen Carter, Die Kinder von Hamlin · 06/4685
Jean Lorrah, Überlebende · 06/4705
Peter David, Planet der Waffen · 06/4733
Diane Carey, Gespensterschiff · 06/4757
Howard Weinstein, Macht Hunger · 06/4771

STAR TREK™

John Vornholt, Masken · 06/4787
David & Daniel Dvorkin, Die Ehre des Captain · 06/4793
Michael Jan Friedman, Ein Ruf in die Dunkelheit · 06/4814
Peter David, Eine Hölle namens Paradies · 06/4837
Jean Lorrah, Metamorphose · 06/4856
Keith Sharee, Gullivers Flüchtlinge · 06/4889
Carmen Carter u. a., Planet des Untergangs · 06/4899
A. C. Crispin, Die Augen der Betrachter · 06/4914
Howard Weinstein, Im Exil · 06/4937
Michael Jan Friedman, Das verschwundene Juwel · 06/4958
John Vornholt, Kontamination · 06/4986
Mel Gilden, Baldwins Entdeckungen · 06/5024
Peter David, Vendetta · 06/5057
Peter David, Eine Lektion in Liebe · 06/5077
Howard Weinstein, Die Macht der Former · 06/5096
Michael Jan Friedman, Wieder vereint · 06/5142
T. L. Mancour, Spartacus · 06/5158
Bill McCay/Eloise Flood, Ketten der Gewalt · 06/5242
V. E. Mitchell, Die Jarada · 06/5279
John Vornholt, Kriegstrommeln · 06/5312
Laurell K. Hamilton, Nacht über Oriana · 06/5342
David Bischoff, Die Epidemie · 06/5356
Diane Carey, Abstieg · 06/5416
Michael Jan Friedman, Relikte · 06/5419
Michael Jan Friedman, Die Verurteilung · 06/5444
Simon Hawke, Die Beute der Romulaner · 06/5413 (in Vorb.)
Rebecca Neason, Der Kronprinz · 06/5414 (in Vorb.)

STAR TREK: DIE ANFÄNGE
Vonda N. McIntyre, Die erste Mission · 06/4619
Margaret Wander Bonanno, Fremde vom Himmel · 06/4669
Diane Carey, Die letzte Grenze · 06/4714

STAR TREK: DEEP SPACE NINE
J. M. Dillard, Botschafter · 06/5115
Peter David, Die Belagerung · 06/5129
K. W. Jeter, Die Station der Cardassianer · 06/5130
Sandy Schofield, Das große Spiel · 06/5187
Lois Tilton, Verrat · 06/5323
Diane Carey, Die Suche · 06/5432

STAR TREK™

Esther Friesner, Kriegskind · 06/5430
Melissa Scott, Der Pirat · 06/5434 (in Vorb.)
Nathan Archer, Walhalla · 06/5512 (in Vorb.)

STAR TREK: STARFLEET KADETTEN
John Vornholt, Generationen · 06/6501
Peter David, Worfs erstes Abenteuer · 06/6502
Peter David, Mission auf Dantar · 06/6503
Peter David, Überleben · 06/6504
Brad Strickland, Das Sternengespenst · 06/6505
Brad Strickland, In den Wüsten von Bajor · 06/6506
John Peel, Freiheitskämpfer · 06/6507
Mel Gilden & Ted Pedersen, Das Schoßtierchen · 06/6508
John Vornholt, Erobert die Flagge! · 06/6509
V. E. Mitchell, Die Atlantis Station · 06/6510
Michael Jan Friedman, Die verschwundene Besatzung · 06/6511
Michael Jan Friedman, Das Echsenvolk · 06/6512

STAR TREK: VOYAGER
L. A. Graf, Der Beschützer · 06/5401
Peter David, Die Flucht · 06/5402
Nathan Archer, Ragnarök · 06/5403
Susan Wright, Verletzungen · 06/5404 (in Vorb.)
John Betancourt, Der Arbuk-Zwischenfall · 06/5405 (in Vorb.)

DAS STAR TREK-UNIVERSUM, 2 Bde.,
überarbeitete und aktualisierte Neuausgabe!
von *Ralph Sander* · 06/5150

DAS STAR TREK-UNIVERSUM, Ergänzungsband
von *Ralph Sander* · 06/5151

William Shatner/Chris Kreski, Star Trek Erinnerungen · 06/5188
William Shatner/Chris Kreski, Star Trek Erinnerungen: Die Filme · 06/5450

Phil Farrand, Cap'n Beckmessers Führer durch
STAR TREK – DIE NÄCHSTE GENERATION · 06/5199
Phil Farrand, Cap'n Beckmessers Führer durch
STAR TREK – DIE CLASSIC SERIE · 06/5451

Diese Liste ist eine Bibliographie erschienener Titel
KEIN VERZEICHNIS LIEFERBARER BÜCHER!